EN LA
SANGRE

EN LA SANGRE

SUSANA RODRÍGUEZ LEZAUN

Editado por HarperCollins Ibérica, S. A.
Avenida de Burgos, 8B - Planta 18
28036 Madrid

En la sangre

Diseño de cubierta: CalderónSTUDIO®
Imágenes de cubierta: Dreamstime.com y Shutterstock

ISBN: 978-84-9139-853-0
Depósito legal: M-28222-2022

Estamos unidos por la sangre, y la sangre es memoria sin lenguaje.

Joyce Carol Oates

Hoy estoy sin saber yo no sé cómo,
hoy estoy para penas solamente,
hoy no tengo amistad,
hoy solo tengo ansias
de arrancarme de cuajo el corazón
y ponerlo debajo de un zapato.

Miguel Hernández, «Me sobra el corazón»

A Eva. Si os cruzáis con ella, debéis saber que nunca conoceréis una persona mejor, más generosa y con el corazón más grande

A Iker. La luz de mis días, el muchacho de la sonrisa eterna, de los ojos brillantes, del ceño fruncido ante las injusticias

1

No sabía por qué, pero lo único en lo que podía pensar en esos momentos era en los viajes en el tiempo. ¿Serían reales algún día? Reales y sencillos, claro. Recordaba películas en las que los viajeros en el tiempo perdían con cada salto temporal parte de su materia física, de sus moléculas o algo así. No quería deshacerse entre rayos azules y esferas que giraban a la velocidad de la luz, ni saltar montada en un DeLorean enorme, ruidoso e impredecible. No, ella solo quería hacer y deshacer a su antojo, arreglar situaciones y, lo más importante, adelantarse a sus rivales.

Lo que estaba ocurriendo en ese momento no tendría por qué suceder si hubiera sabido de antemano que estaba pactando con el diablo. Y, sobre todo, si hubiera sido capaz de predecir, de ver de algún modo, lo estúpida que estaba siendo.

El pelo dibujó retorcidos remolinos alrededor de su cabeza y le azotó la cara cuando le dio la espalda al viento. Estaba helada. La noche ya era fría de por sí, pero allí abajo podía sentir sobre la piel la gélida caricia de la nieve que ya debía de estar cayendo en las cumbres más altas. Hundió las manos en los bolsillos del anorak y rozó distraída el cañón de la pistola. La tranquilizó sentir el metal en la yema de los dedos. Ese era el único tacto frío que no le molestaba.

Giró una vez más sobre sí misma, despacio, atenta a cualquier movimiento.

En aquel camino no había farolas, y hacía muchos metros que había perdido de vista las luces del pueblo. Podía oír el paso furioso del río Bidasoa, ahíto después de las últimas lluvias, pero apenas veía un par de metros a su alrededor. Suficiente. Conocía aquel lugar como la palma de su mano, tanto de día como de noche.

Se refugió en el túnel de piedra y miró el reloj. Allí dentro el ruido era ensordecedor. Guijarros rodando ladera abajo hasta el río, arrastrados por el vendaval; el silbido del viento entre las piedras del estrecho pasadizo; el quejido de los viejos árboles, que crujían con cada sacudida. Golpeteó el suelo y bufó, aunque lo que más ruido hacía era su propio corazón, que rebotaba en su pecho y lanzaba furiosos empellones de sangre palpitante a sus sienes, sus muñecas y sus ingles.

Si pudiera viajar en el tiempo, saltaría hasta volver a tener veinte años. Eso sí, era primordial conservar la memoria o, al menos, llevar un papel en el bolsillo advirtiéndose a sí misma de lo que debía y, sobre todo, lo que no debía hacer.

Escuchó un ruido a unos metros de ella, a la derecha. Por ese lado descendía el sendero que conducía hasta el punto de encuentro, donde ya llevaba casi media hora esperando. No veía nada. Si habían elegido ese lugar para encontrarse era precisamente porque allí no había vecinos, ni cámaras, ni siquiera una carretera o un camino por el que pudiera acercarse un coche sin ser visto. Era el vacío.

Pasos. Largos, fuertes, decididos.

Acarició una vez más su pistola. La culata repujada, el percutor, el suave gatillo, el terrorífico y tranquilizador cañón...

Se giró hacia la derecha. Él debía estar a punto de llegar, a pesar de que ya no oía nada. Supuso que se había detenido un momento. Quizá se había enganchado en una púa, no sería raro entre tanta zarza.

El siguiente sonido la pilló por sorpresa. Ya no procedía de su derecha, sino de su espalda. Pasos cortos, ligeros, rápidos.

—¿Eres tú? —preguntó a la nada.

Silencio, un rasgueo metálico y un clic que no identificó.

Saltó hacia un lado justo cuando una roca se hizo añicos a su lado. El siguiente disparo impactó a su izquierda, en el muro de entrada del túnel que acababa de salvarle la vida.

—¡Para! —gritó—. ¡Para, por favor!

Se adentró en el túnel y corrió con el ímpetu que dan la desesperación y el miedo. Corrió a oscuras, chocando una y otra vez contra las paredes rocosas que le rasgaban la ropa y le arañaban la piel.

Se detuvo un momento y escuchó. Tuvo que taparse la boca con las dos manos para que su respiración no la delatase. Pero aparte de sus pensamientos, que gritaban como locos, no oyó nada.

Y tampoco veía nada. Cerró los ojos con fuerza y contó. Uno, dos, tres… Diez segundos. Abrió los ojos y confió en que sus pupilas fueran capaces de captar hasta la mínima partícula de luz que flotara ante ella. Seguía ciega.

Cerró los ojos de nuevo y contuvo las ganas de llorar.

Avanzó con la espalda pegada a la pared del túnel, tanteando con el brazo primero y moviendo las piernas después, prácticamente arrastrando los pies. Su mano izquierda sostenía con fuerza la pistola. Había comprobado el cargador antes de salir de casa y había estado practicando toda la tarde con el seguro y el gatillo. La había sorprendido una vez, pero no volvería a pasar.

La pared desapareció bajo su mano. Reconoció el lugar; había llegado a la pequeña hondonada en el muro en la que solía esconderse de pequeña para asustar a su hermano o a sus amigas. Estaba muy cerca de la salida. Se esforzó por recordar el lugar a la luz del día. Diez metros, doce como mucho. ¿Unos veinte pasos? Sí, eso era.

Escuchó guijarros que rodaban ladera abajo. Él había cubierto la misma distancia que ella, pero por arriba. Tenía que estar cansado, el túnel salvaba una colina breve y abrupta. Si volvía sobre sus pasos, él no la alcanzaría. Podía llegar al otro lado del túnel, recuperar su moto y volver a casa. Y luego, como en un viaje en el tiempo, deshacer los errores y volver a empezar. Sí, volver a empezar.

El silencio se adueñó una vez más de la noche. ¿Habría bajado ya? No podía perder ni un segundo. Dio media vuelta, se cambió el arma de mano y puso la que le quedó libre sobre el muro rugoso. Entonces, el ruido volvió. La seguía. Miró hacia atrás y vio una pequeña luz que se balanceaba de un lado a otro. Pasos, guijarros aplastados y una respiración tan agitada como la suya.

—Vamos a hablar —oyó que le decía—. Tranquila, hablemos —insistió.

La luz.

Se apoyó en la pared y apuntó a la luz. Brazos extendidos, manos firmes.

Disparó.

La bala se perdió al fondo del túnel. Había fallado.

Él respondió casi al instante. El disparo impactó en el suelo, muy cerca. Gritó y echó a correr. Él la imitó.

«No perder el control, no perder el control», se repetía mientras intentaba trazar correctamente la curva que dibujaba el túnel. Los pasos sonaban cada vez más cerca. Se detuvo, estiró el brazo armado hacia atrás y disparó de nuevo.

La luz no se detuvo. Lo tenía casi encima. Gimió y disparó de nuevo. Una vez, dos, tres...

Él disparó una vez más. El brazo le ardió y al instante sintió el calor de la sangre abandonando su cuerpo. Se tiró al suelo e intentó apuntar de nuevo.

La luz estaba a pocos metros, pero apuntaba hacia arriba, buscaba su cabeza, su espalda.

Quizá...

Esperó en silencio, con los dientes apretados, aguantando a duras penas el dolor y los calambres. La luz se detuvo un instante y luego siguió avanzando más despacio. No la oía ni la veía. Bien.

Cuando llegó a su altura, aguantó la respiración y esperó unos segundos.

Dejó que la rebasara; luego extendió las piernas y capturó las suyas en un movimiento rápido mil veces ensayado en los talleres de defensa personal.

Lo oyó caer y golpearse contra el suelo.

—¡Mierda! —gritó.

Ella disparó dos tiros rápidos. Él giró, gritó de nuevo y la luz se apagó.

Echó a correr, y corrió hasta que una mano alcanzó su anorak y tiró de ella hacia abajo.

De rodillas, luchó por volver a levantarse y seguir corriendo. Delante, a pocos metros, la negrura era menos densa. Estaba tan cerca...

Sintió una mano sobre su hombro, y luego otra. Una mano subió hasta su frente y le echó la cabeza hacia atrás.

Gritó, pero la voz se le quedó pegada a las cuerdas vocales, desgarradas por el filo del enorme cuchillo que acababa de atravesarle el cuello.

Cayó al suelo mientras los pasos se alejaban, de nuevo apresurados, y ella no tenía fuerzas ni para intentar cubrir con las manos el profundo tajo de su garganta.

2

La mujer meció despacio las caderas adelante y atrás, conteniendo la respiración. Sintió las manos del hombre en sus nalgas, apretando, masajeando y dirigiendo sus movimientos con suavidad. Le gustaban las manos grandes y masculinas, le excitaba sentirlas firmes sobre su piel. Suspiró, gimió y se movió un poco más deprisa. Apoyó las manos sobre el vello de su pecho y le pellizcó los pezones. Él dejó escapar un aprobatorio sonido gutural. Cerró los ojos y levantó las caderas para encontrarse con las de ella e instalarse más adentro. No aguantaría mucho más. Esa mujer lo había puesto a cien y ahora no sabía cómo frenar el tren. La cogió por la cintura y la tumbó sobre la cama.

—Vamos... —susurró contra su cuello. Acto seguido aumentó el ritmo, le lamió y mordisqueó los pezones, primero uno, luego otro, hasta que los gemidos de ella se convirtieron en agudos jadeos. Apoyó los puños en el colchón, junto a los hombros de la mujer, y se movió con rapidez. Ella cerró los ojos. Eso era buena señal.

Escuchó unos golpes fuertes en la puerta. Supuso que procederían de la habitación de al lado y los ignoró.

—¡Sí! —exclamó ella con un tono agudo.

Los golpes se repitieron, esta vez acompañados de gritos. Algo ocurría en el pasillo. Abrió los ojos y giró la cabeza en dirección a la puerta justo a tiempo de verla saltar por los aires bajo el empuje de un ariete.

—¡Guardia Civil, quietos!

Varios hombres, no sabía muy bien cuántos, entraron en tromba y se repartieron por la habitación. Tres de ellos se detuvieron junto a la cama y le apuntaron con sus armas.

—¡Quieto! —repitió uno de ellos—. Las manos donde pueda verlas.

La mujer se revolvió debajo de su cuerpo mientras gritaba aterrorizada. Uno de los agentes la empujó fuera de la cama con violencia y la obligó a tumbarse en el suelo. Él se arrodilló despacio sobre el colchón y levantó las manos. Estaba desnudo, podían ver que no iba armado. Aun así, el agente que estaba más cerca de él y que no había dejado de gritar desde que entraron le lanzó un culatazo en los riñones que le dejó sin respiración.

—¡Compañero! —consiguió decir al fin—. ¡Soy compañero!

—Lo sabemos —respondió el que le había golpeado—. Inspector Fernando Ribas, queda detenido.

—Pero qué coño…

—Supongo que conoce sus derechos —masculló el que parecía estar al mando desde detrás de su visera transparente—, pero si quiere, se los recuerdo.

—No hace falta. Solo quiero que me digáis qué coño pasa y que me dejéis vestirme.

—Claro, no pensamos pasearle en pelotas por la calle. ¡No lo perdáis de vista! —ordenó al resto del equipo—. Su amiguita también se viene. Por cierto —añadió, agachándose hasta colocarse a su altura. Pudo ver sus ojos pequeños y oscuros detrás de la pantalla—, tenemos una orden de registro. No esperaremos a tu abogado, no te vamos a dar la oportunidad de destruir las pruebas.

Fernando Ribas se sentó en el borde de la cama y se agachó en busca de sus calzoncillos. Cuando volvió a levantarse, se encontró con la boca de una automática apuntándole a la cabeza.

—No hay nada que más asco me dé que un poli corrupto. —El jefe del asalto apoyó el metal en su mejilla con tanta fuerza que pudo sentir el frío en las encías—. Date prisa.

—Llama a un abogado. Sabes que no podéis negármelo —masculló entre dientes.

Uno de los guardias se detuvo junto a él. Llevaba unas bridas negras en la mano. Iba a esposarlo. Se agachó de nuevo, localizó sus pantalones, los zapatos y la camisa y se los puso lo más rápido que pudo. No había terminado de abrocharse los botones cuando el agente le obligó a echar los brazos hacia atrás y le colocó las esposas de plástico en las muñecas.

—¡No hace falta que aprietes tanto, cabrón! —gritó al sentir las bridas clavadas en la piel.

Él le ignoró y se sumó a sus compañeros, que habían vaciado el contenido de su maleta y ahora revolvían en lo poco que había en los cajones desde que llegó a aquel piso.

Obligaron a la mujer, ya vestida y también esposada, a sentarse a su lado. No lo miró ni dijo nada. Se limitó a llorar con la cabeza agachada, gimiendo en voz baja. Un par de lágrimas cayeron directamente sobre su regazo. Luego vendrían muchas más.

—No sé qué hostias buscáis, ya aclararemos esto en la comandancia, pero ella no tiene nada que ver. Dejad que se vaya, joder. Os jugáis una denuncia, eso como poco.

—Cállate, gilipollas —gruñó el jefe—. Colega, hasta aquí has llegado.

Levantó su arma y, sin mediar una palabra más, estampó la culata contra su estómago desprotegido. Ni siquiera pudo tensar los músculos para minimizar el impacto. Se quedó sin respiración, se dobló sobre sí mismo y cayó de cabeza al suelo, donde se quedó mientras un desfile de botas negras pasaba muy cerca de su cara.

—¡Lo tenemos! —exclamó uno de ellos. Estaba visiblemente emocionado.

—Bien, cabrón. —El jefe se había agachado a su lado y le hablaba con una sonrisa torcida a un palmo de su cara—. Colorín, colorado, este cuento se ha acabado. ¡Nos vamos!

Dos hombres lo obligaron a ponerse en pie y lo sacaron a empujones de la habitación y del piso. Varios vecinos se arremolinaban en el descansillo y en las escaleras, sin duda desvelados y atemorizados por el estruendo de los golpes y el asalto. La mujer, poco más que una muchacha en realidad, trastabillaba detrás de él, pero ya no lloraba.

La bajaron primero a ella y luego a él en el único ascensor del edificio y los metieron en dos coches patrulla. Las luces azules acariciaban la fachada con suaves destellos, que se convirtieron en afilados alaridos en cuanto el vehículo se puso en marcha.

El inspector Fernando Ribas levantó la cabeza y trató de imaginar qué iba a ocurrir a partir de ese momento, intentando prepararse para lo peor, pero no lograba ponerse en una situación más jodidamente incomprensible, disparatada y surrealista que la que estaba viviendo en ese momento.

3

Todo estaba en orden. Cada cosa, en su sitio. Los efectivos, dispuestos, agazapados tras los coches sin distintivos, en los laterales de la nave industrial y a ambos lados de la enorme puerta metálica que la cerraba. No eran más que un borrón negro en medio de la noche, en un polígono mal iluminado y alejado de la carretera. Estaban listos, a la espera de la señal.

El grupo de crimen organizado de la comisaría de Pamplona había pedido refuerzos para la operación final, así que la inspectora Marcela Pieldelobo y el subinspector Miguel Bonachera se sumaron al despliegue y se pusieron a las órdenes del inspector jefe Montenegro, que observaba el operativo desde debajo de su casco.

—Avancen —ordenó Montenegro.

Al instante, dos de los miembros del grupo de cabeza adelantaron al resto de sus compañeros con una enorme palanca metálica en las manos. Se colocaron frente a cada una de las cerrajas y las hicieron saltar en un suspiro. Otros dos agentes se situaron a su lado y juntos subieron la persiana metálica, que chirrió y se resistió, pero pronto estuvo un metro sobre sus cabezas.

—¡Ahora! —gritó Montenegro—. ¡Avancen!

Los gritos de «¡Policía!» lanzados por los primeros efectivos que entraron en la nave pronto quedaron sofocados por el sonido de los disparos y el rugido de varios motores.

Desde su posición, Pieldelobo y Bonachera esperaban el momento de actuar sin perder de vista la enorme nave industrial, un edificio rectangular de una sola planta y tejado alto visiblemente deteriorado, con la pintura exterior desconchada, los canalones rotos y fuera de sus guías y cubierto de grafitis nada artísticos.

Cuando cesaron los disparos llegaron las órdenes lanzadas a gritos.

—¡Al suelo!

—¡Quiero verte las manos! ¡Las manos!

El protocolo se cumplía según lo esperado. Las cosas siempre solían seguir el mismo patrón y acabar de la misma forma. El factor sorpresa y el impresionante operativo desplegado acostumbraban a ser suficientes para reducir a los delincuentes.

Lo que no había cesado, además de los gritos del interior, era el bramido de varios motores.

—Dos sospechosos huyen en moto. —La voz metálica del subinspector Sanvicente les llegó alta y clara a través de los auriculares—. Están rodeando el edificio, buscan la carretera.

—Entendido —respondió Marcela—. Vamos.

Bonachera y ella abandonaron su parapeto y se agazaparon a la derecha del edificio, a unos veinte metros de la entrada, atentos a la procedencia del ruido, cada vez más cercano.

Dos motos de alta cilindrada se abalanzaron sobre ellos a toda velocidad.

—¡A las ruedas! —ordenó Pieldelobo.

Bonachera no respondió. Se tumbó en el suelo con el torso levantado, clavó los codos en el asfalto y levantó su arma reglamentaria, que sostenía con las dos manos. A unos metros de él, Marcela había adoptado la misma posición.

Sin dudar, abrieron fuego al mismo tiempo. Disparos bajos, a las ruedas y el motor. Una bala tras otra, resonando en sus oídos a través del casco.

Una de las motos realizó una cabriola imposible y dio una vuelta casi completa en el aire antes de caer a plomo sobre el suelo. La segunda dibujó varias eses en la gravilla, se desplomó y se arrastró más de cincuenta metros con el motorista bajo el chasis. Ninguno de los conductores se movía.

Varios agentes se situaron junto a Pieldelobo y Bonachera, que se habían levantado y avanzaban despacio hacia los fugitivos con las armas preparadas.

—¡Está vivo! —grito Marcela cuando llegó al primer motorista.

—¡Este también! —confirmó Miguel.

Sus compañeros los inmovilizaron y permanecieron junto a ellos a la espera de la ambulancia.

—Buen trabajo —los felicitó Montenegro.

Entraron juntos en la nave. Los detenidos esperaban sentados en el suelo el momento de ser trasladados al furgón policial. Ningún agente había resultado herido, y varios de ellos habían empezado a registrar y fotografiar el botín incautado.

—¿Cuánto crees que habrá? —preguntó Miguel, señalando una larga mesa metálica en la que alguien había dejado al menos veinte paquetes perfectamente sellados.

—Un kilo por paquete —calculó Marcela—. Supongo que será coca, no creo que estos tíos se pringuen por unos kilos de hachís.

Al fondo de la nave, seis cochazos de alta gama brillaban y lanzaban destellos oscuros cada vez que la luz de una linterna incidía sobre ellos.

—Hay dos Teslas —murmuró Miguel—, cuestan casi cien mil euros cada uno. Y un Ferrari…

—Estás babeando como un chiquillo —bromeó Marcela—. Deja de mirar y vamos a seguir con la inspección. Tú por aquí y yo por la izquierda.

Marcela avanzó despacio, moviendo cada bulto para comprobar qué había detrás, abriendo cajas y rastreando el suelo. Los detenidos los observaban desde la zona iluminada de la nave, esposados y sentados en el suelo. Ninguno hablaba, pero su gesto indicaba con claridad qué estaban pensando.

Detrás de los coches encontró evidentes signos de lucha. Varios impactos de bala en la pared, salpicaduras de sangre, una zapatilla perdida en la reyerta y un teléfono que zumbaba y vibraba en el suelo. Marcela se agachó y alcanzó el móvil con la mano enguantada. *Número privado.*

Deslizó el dedo por la pantalla y se lo llevó a la oreja, con cuidado de que su piel no tocara la superficie.

Esperó en silencio, pero quien llamaba tampoco dijo una palabra. Por fin, al otro lado de la línea cortaron la comunicación y Marcela se quedó observando la pantalla, de nuevo negra y muda. Luego lo dejó otra vez en el suelo, donde estaba, y lo fotografió con su móvil. Hizo fotos del entorno, se alejó para tomar imágenes en perspectiva y lo cogió de nuevo.

—¡Tengo un teléfono! —gritó, levantando la mano—. Y una zapatilla —añadió.

—Busca a la gente de Domínguez, entrégalo y firma —le ordenó Montenegro.

—¿Ha venido la Reinona? —preguntó Marcela en voz baja.

—En persona —confirmó el inspector jefe con una sonrisa divertida en su cara redonda—. Si no le das motivos, no es un mal tipo.

—Yo no le doy motivos, me tiene cruzada —se defendió Marcela.

—Claro, Pieldelobo. Una santa es lo que tú eres. Entrégalo y firma —repitió antes de alejarse.

Marcela buscó con la mirada a los fantasmas de la científica. El inspector Domínguez, alias la Reinona, responsable de la brigada, tomaba notas y observaba a sus hombres firme como un mástil. Un ir y venir estudiado, concienzudo e incómodo, a juzgar por sus espaldas encorvadas y las veces que debían acuclillarse o arrodillarse en el suelo para observar, fotografiar y recoger pruebas. La Reinona no toleraba los descuidos y vigilaba a sus subordinados con ojos de halcón. Era un tipo soberbio y desagradable con el que Marcela evitaba tratar en lo posible.

Se acercó al primero de los hombres enfundados en un mono blanco que encontró y le mostró el móvil que llevaba en la mano.

—Estaba tirado detrás de los coches —explicó—. También hay una zapatilla deportiva y bastantes salpicaduras, por si os interesa.

—¿Lo ha cogido sin reseñarlo, inspectora? —La voz de la Reinona le llegó desde atrás. Se giró y lo vio dirigirse hacia ella como un obús, con el torso adelantado y los puños cerrados.

—En absoluto. He hecho las fotos preceptivas y luego lo he cogido con guantes. —Levantó la mano y le mostró la extremidad cubierta de látex negro—. Cuando he llegado estaba sonando; he descolgado, pero no ha hablado nadie. Luego han colgado. Supongo que quien fuera habrá oído el follón de fondo y ha sacado sus propias conclusiones.

—Por supuesto —bufó Domínguez—. Estos tipos no son unos aficionados.

Marcela ignoró a la Reinona y entregó el *smartphone* al agente que la miraba en silencio.

—¿Dónde firmo? —preguntó.

El agente miró a su jefe y luego anotó el modelo del móvil, el nombre de la inspectora y su número de placa, el día y la hora y los datos de quien recibía la prueba. La Reinona esperó impaciente y le quitó la carpeta de las manos cuando terminó.

—Suba las fotos a la intranet con esta referencia —ordenó Domínguez sin mirarla mientras le alargaba un pósit con una serie de letras y números—. Es importante que no se confunda, inspectora. Hágalo antes de cenar.

—Vete a la mierda, Domínguez.

El inspector sonrió, dio media vuelta y se alejó.

*

—Un día le voy a partir la cara —gruñó Marcela.

Se había reunido con el subinspector Bonachera en el bar al que solían acudir cada tarde al acabar la jornada. Se tomaban una cerveza o dos, picaban una bolsa de patatas fritas o un platillo de aceitunas y se despedían hasta el día siguiente. Intentaban no hablar de trabajo, pero a veces, como entonces, era inevitable.

—No te lo tomes como algo personal —respondió Miguel después de darle un trago a su cerveza—, es así con todo el mundo. No pierde oportunidad de insultar o menospreciar a cualquiera, en serio.

—A mí me tiene cruzada —insistió ella.

—Bueno —sonrió Miguel—, se lo sueles poner muy fácil, jefa.

—No me llames jefa.

—Es un hecho, eres mi jefa.

—Lo que es un hecho es que tú eres tonto y que Domínguez se merece que alguien le meta un petardo por el culo.

—En lo segundo estamos de acuerdo. ¿Quieres otra? —Señaló la cerveza vacía de Marcela.

—No, me voy a casa.

—Como quieras, yo me quedo un poco más. Mañana nos vemos.

—Hasta mañana, sé bueno.

—Siempre —respondió Miguel levantando su botellín.

Lanzó un cojín al suelo y se sentó con el móvil en la mano. Los acontecimientos del día y el encontronazo con Domínguez la habían sobrexcitado; le costaría conciliar el sueño, si es que lo conseguía. Las noches en blanco eran una constante en su vida, aunque de un tiempo a esta parte contaba con un par de soluciones a las que podía recurrir en casos desesperados como el de esa noche. El remedio químico estaba en el cajón de su mesita de noche; el humano, en la palma de su mano.

Marcó el número de Damen Andueza y esperó respuesta.

—Dime que te aburres solo en casa —dijo cuando Damen contestó.

—Me aburro solo en casa —repuso él sin dudar.

—Lo sabía. ¿Te apetece venir?

—Claro. ¿Has cenado? —preguntó él.

—No, no tengo nada en la nevera.

—Vaya novedad. Aguanta sin desfallecer hasta que llegue.

—Lo intentaré.

Sonreía cuando colgó. Damen tenía ese efecto en ella. A pesar de sus encontronazos y discusiones, su relación con el inspector Andueza, de la Policía Foral de Navarra, era la que más le había durado desde que se divorció de Héctor, hacía ya casi cuatro años.

Héctor Urriaga, vaya elemento. El hombre más atractivo que había conocido en su vida. Divertido, atento y más listo que el hambre, como solía decir su madre. Un mago de las finanzas, hasta que el truco le salió mal y el público, en forma de fiscal y juez instructor, descubrió el pastel. Ya había cumplido casi la mitad de la condena, por lo que no tardaría mucho en disfrutar de permisos penitenciarios. Marcela se divorció de él en cuanto fue declarado culpable y borró cualquier huella que hubiera dejado en ella. Todo. Vendió el piso que compartían, se deshizo de las pertenencias que su exsuegra no reclamó y se sometió a un aborto para que un bebé no buscado no la atara a él de por vida. Ese punto de inflexión en su vida la había convertido en quien era ahora, una persona desconfiada, cubierta de aristas, caótica y dolorida.

Le dolían las cenizas de su alma, que ardió como el papel cuando se la vendió al diablo, y le dolió la aguja que le perforó la piel y la rellenó de tinta, un tatuaje que era un recordatorio indeleble de todo lo que podía salir mal y de lo atenta que debía permanecer para no volver a romperse.

Se levantó del suelo y ordenó un poco el salón. Recogió la ropa tirada sobre el sofá y los papeles desperdigados encima de la mesa, cerró el portátil y dejó en el fregadero la taza de café del desayuno.

La ventaja de vivir en un apartamento pequeño era que había poco espacio que desordenar y quedaba presentable en un suspiro.

Comprobó el estado de su habitación, estiró el edredón, guardó más ropa en el armario y abrió un poco la ventana para refrescar el ambiente.

Volvió a sonreír cuando llamaron a la puerta.

—¿Un mal día? —preguntó Damen cuando entró.

—Mejor ni me lo recuerdes —le pidió Marcela—. Ya pasó.

—¿Un mal día? —repitió Damen una hora después.

El invierno se colaba inclemente por la rendija de la ventana entreabierta, pero era agradable acurrucarse bajo el edredón junto a un cuerpo tibio.

—Ni más ni menos que otros —reconoció Marcela.

Damen, fiel a su costumbre, la acariciaba siguiendo las sombras del árbol seco que cubría la espalda de Marcela. Desde la base, el tronco tatuado se extendía retorcido hasta el cuello, mientras que las ramas negras abrazaban su cintura, el tórax y el pecho. La yema de su dedo se detuvo brevemente en los cuervos que alzaban el vuelo sobre su piel. Uno por su hermano gemelo no nato, otro por su exmarido, muerto para ella, y el tercero por su madre. El rálido de Aldabra que acariciaba al último cuervo con su pico ya era pardo, como ella quería. Un ave que había reaparecido sobre la faz de la Tierra después de miles de años extinta, un milagro de la evolución. Un ser resucitado que alcanzaba al ave que portaba el alma de su madre.

El brazo relajado de Marcela ocultaba al último cuervo, una pequeña figura sobre una delgada rama que se inclinaba hacia el ombligo, un corvato con las alas plegadas y la cabeza hundida. Nunca hablaban de ese tatuaje, ella cambiaba de tema o lo mandaba callar. Pero si algo tenía Damen era paciencia.

—¿Te quedas a dormir? —le preguntó Marcela.

—Mañana trabajo.

—Y yo, ¿qué tiene que ver eso?

—Nada, en realidad.

Se giró hacia ella, Marcela acomodó su espalda contra el pecho de Damen y él la abrazó desde atrás. La besó en el pelo y ella le acarició brevemente el antebrazo.

Frío fuera y calor dentro. «Esto es vida», pensó.

4

El zumbido del teléfono; el incesante tecleo de los dedos sobre el ordenador, unos raudos, otros lentos como el cerebro de sus dueños; palabras perdidas en el pasillo; gritos y de nuevo el teléfono. Papeles, órdenes, formularios y más llamadas.

El subinspector Bonachera odiaba el trabajo de oficina, traer y llevar documentos o llamar a gente que no conocía ni tenía ganas de conocer. Llevaba horas con el papeleo de la actuación en la que habían participado la noche anterior. Ni siquiera pertenecía a esa brigada, pero le habían encasquetado un montón de trabajo sin que pudiera hacer nada por evitarlo. Fichas, códigos, descripciones... Estaba hasta las narices.

Por eso agradeció en el alma, por primera vez en su carrera, que el asistente del comisario lo llamara.

Escuchó las órdenes, imprimió lo que le enviaron por *email*, se levantó y se dirigió hacia el despacho de la inspectora Pieldelobo.

—Jefa.

Miguel no llamó a la puerta antes de entrar y sentarse frente a ella. Dejó sobre la mesa la delgada carpeta azul que traía con él y cruzó las piernas.

—Bonachera —devolvió ella el saludo.

La observó en silencio hasta que levantó la vista de los papeles que estaba leyendo y lo miró a su vez.

—El comisario me ha pedido que te avise en persona.

Eso era nuevo. Estiró la espalda, apretó los puños y miró fijamente a Bonachera, que seguía impertérrito, sentado con la elegante pose que solo él era capaz de mantener con naturalidad. Esperó lo peor.

Marcela alargó la mano y atrajo hacia sí la carpeta que Miguel había dejado sobre la mesa. Ojeó rápidamente el primer documento, el informe de una autopsia, y dio un respingo cuando llegó al segundo.

—¿Qué es esto? —preguntó sin dejar de leer.

—Un caso de los feos, con uno de los nuestros implicado. Drogas, un cadáver...

—No lo entiendo.

—Han arrestado al inspector Ribas.

—¿A Fernando? ¿Están locos o qué?

—Me temo que no. Lo detuvieron ayer en Bera. La lista de delitos de los que se le acusa es larga, y ninguno menor. Se niega a declarar, así que el comisario ha pensado que quizá sea buena idea que vayas tú.

—No tenemos jurisdicción en Bera, eso compete a la Guardia Civil, o a la Policía Foral en todo caso.

—La operación es conjunta. Empezó en Galicia y luego se trasladó a Navarra. Los tres cuerpos juntitos, en amor y compañía, ya sabes. Como el detenido es de los nuestros, han tenido la cortesía de cedernos el marrón, aunque lo detuvo la Benemérita. El jefe dice que así al menos podremos intentar controlar los daños.

—¿Y ellos qué van a hacer? Me refiero a los picoletos y los forales.

—Siguen sobre el terreno. Se quedan con el alijo incautado y continúan buscando al pez gordo. Nosotros nos quedamos con el muerto. O la muerta, mejor dicho.

—¿Quién ha muerto?

—Una confidente, una joven de la zona.

—¿Cómo ha muerto?

—Le han abierto la garganta, ninguna posibilidad de sobrevivir. También recibió un disparo en el brazo —explicó Miguel—. Y luego le cortaron la lengua. La han encontrado a unos metros, entre unos matorrales, cerca del río. Es como si la hubieran lanzado sin más.

—Joder, eso pinta peor que mal —bufó Marcela.

—Lo sé, todo el mundo lo sabe. Si quieres mi opinión, creo que los picoletos nos lo encasquetan porque la víctima se movía en los ambientes *abertzales* de la zona y pasan de movidas políticas. Sospechan que uno de los tipos tras los que andan, además de ser secretario general o lo que sea de un partido *abertzale* y concejal del ayuntamiento, es uno de los traficantes que buscan.

—No me fastidies… —Marcela palpó el paquete de tabaco en el bolsillo de su chaqueta y maldijo una vez más las leyes sanitarias que tan rigurosamente se empeñaban en aplicar en la comisaría. Su despacho no tenía ventana, así que ni siquiera podía burlar la normativa sacando medio cuerpo a la calle para echar una calada—. Lo que no entiendo —continuó, resignada— es por qué me mandan a mí. Aranda está en Asuntos Internos y ha pasado por Homicidios. También es amigo de Ribas, él sería el adecuado, no yo.

—Se niega a declarar —repitió Miguel.

—Yo también lo haría.

—Por eso te mandan —zanjó Miguel con un encogimiento de hombros.

Así que Fernando Ribas por fin había cruzado la fina línea sobre la que llevaba tantos años haciendo equilibrios. Un funambulista con placa, eso es lo que era el inspector Ribas. Él la formó cuando no era más que una agente en prácticas, le mostró la luz bajo la que podía transitar y cómo controlar las sombras, avanzar bajo su amparo, convertirse en una más para sorprender al objetivo y vencer. Ese era su lema: todo sirve si al final tú ganas. Bien, pues parecía que la suerte acababa de darle la espalda.

—Siempre fuiste un poco idiota —masculló Marcela mientras estudiaba la ficha policial de su antiguo mentor.

Cerró la carpeta, se puso el abrigo y salió del despacho y del edificio. Luego subiría a ver al jefe, pero de momento necesitaba estar sola, intentar entender a qué se enfrentaba antes de que la trituradora se pusiera en marcha. Cuando el rodillo legal y policial echara a andar, no habría nada capaz de detenerlo.

Se refugió en el cercano parque de la Ciudadela, donde los gruesos muros de piedra ofrecían un parapeto perfecto para protegerse del viento. La primavera solo era una promesa lejana, y mientras, el invierno campaba a sus anchas por Navarra, con su viento gélido, su lluvia eterna y la niebla que se te pegaba a la piel y se colaba hasta los huesos. Odiaba la niebla de una manera irracional pero firme. En ella, los ruidos se difuminaban hasta desaparecer, igual que las personas y las cosas, que quedaban reducidas a una figura amorfa, una sombra sin contornos definidos que lo mismo podía estar avanzando que retrocediendo, tal era el engaño para la vista que las nubes blancas producían.

Los caminos que atravesaban la Ciudadela estaban transitados por figuras desdibujadas que se apresuraban hacia su destino. El césped, verde y brillante en primavera y verano, esplendoroso después de una buena tormenta, parecía agonizar bajo el peso de las nubes a ras de suelo. Ni rastro de las esculturas en las que solían jugar los chiquillos, ni de los portones de madera y metal, ni de los bancos rojos, siempre ocupados cuando hacía buen tiempo. El apetito de la niebla era insaciable.

Apoyó la espalda en el muro y encendió un cigarrillo. La vaharada de humo abrió una pequeña brecha en la bruma antes de fundirse con ella.

—No te separes de mí, ¿lo has entendido bien?
—Entendido.
Marcela se pegó al entonces subinspector Ribas y avanzó agachada, con su arma reglamentaria en la mano. Tenía veinticuatro años y

hacía menos de un mes que había salido de la Academia. Su primer destino, donde la convertirían en una policía de verdad, fue la comisaría del barrio de Moratalaz, en Madrid, donde el subinspector Fernando Ribas la recibió entre bufidos y protestas. Alegaba que «los pimpollos», como llamaba a los novatos, le hacían perder el tiempo, y que en más de una ocasión había tenido que «salvarles el culo». En ese momento, la joven agente en prácticas Marcela Pieldelobo, con el uniforme impecable, los zapatos recién lustrados y todo el equipamiento reglamentario colgando del cinturón, dio un paso al frente.

—Señor —le dijo con la mirada fija en sus ojos—, gracias, pero de mi culo me ocupo yo.

Ribas la observó con las cejas en mitad de la frente y avanzó hasta situarse a un palmo de su cara.

—En tu vida vuelvas a llamarme «señor».

Él la esperó al final del turno para explicarle unas cuantas normas básicas que, según dijo, les facilitarían mucho la vida a ambos. Hablaron, o más bien habló él, sentados a la barra de un bar, dando buena cuenta de media docena de cervezas entre los dos. Terminaron la conversación en un hotel que Ribas pagó en metálico y sin necesidad de mostrar la documentación. Prebendas de buen ciudadano, alegó guiñándole un ojo.

Esa noche los habían requerido para intervenir en lo que parecía una trifulca entre yonquis. Los vecinos aseguraban haber oído disparos en una de las viviendas, un piso en el que todo el mundo sabía que se traficaba con droga. Nadie había salido ni entrado de la casa desde entonces.

Ribas abría la marcha, con Pieldelobo pegada a su espalda. Marcela oía la fuerte respiración del subinspector, que prácticamente solapaba la suya, también acelerada y brusca. Se notaba húmeda de sudor debajo del uniforme y las protecciones. Cada músculo, cada nervio, cada tendón, cada milímetro de sus venas estaban cargados de adrenalina. Podía oler la que exudaba Ribas. No era miedo. Era instinto de supervivencia.

Un compañero derribó la endeble puerta con el ariete y el resto entraron en tromba.

La casa estaba en silencio. No oyeron pasos, gritos ni exclamaciones. Nada.

Encontraron el primer cadáver sobre un sofá asqueroso que ocupaba la mitad de lo que supusieron que sería el salón. El segundo cuerpo estaba detrás de un sillón volcado. Marcela pensó que el desgraciado había intentado esconderse de su atacante, obviamente sin éxito.

La casa olía a cerrado, a podredumbre y a humedad.

—No sé cómo pueden vivir así —musitó Ribas mientras avanzaban metro a metro.

—¿Vivir? —respondió simplemente Marcela detrás de él.

Los efectivos se dividieron en el salón. Ribas y Pieldelobo se dirigieron hacia la derecha, donde una puerta blanca entreabierta permitía adivinar la presencia de la cocina.

El subinspector adelantó el arma y entró. Iba a dar un paso más cuando la puerta empezó a cerrarse con rapidez. Un brazo cubierto de ropa oscura cayó sobre Ribas como un mazo y lo lanzó al suelo. Marcela se irguió y empujó la puerta con todas sus fuerzas. El brazo se alejó del cuerpo de Ribas, que había caído sobre las mugrientas baldosas. No había terminado de incorporarse cuando Pieldelobo dio un paso adelante y al lado y apuntó con su arma al individuo que se ocultaba pegado a la pared. Un tipo alto y fuerte, muy diferente a los dos cadáveres del salón, la observó un instante con mirada desafiante.

Marcela levantó el arma y le apuntó con ella a la cabeza mientras con la otra mano agarraba el canto de la puerta y la empujaba violentamente contra la cara del tipo. Cuando separó la madera, la pintura blanca estaba manchada de rojo, igual que la nariz y la boca del agresor.

Ya de pie, Ribas sumó su arma a la de Marcela y gritó alertando a sus compañeros. Pieldelobo cogió al matón del hombro y lo obligó a abandonar su escondite. Luego lo forzó a tumbarse en el suelo y puso una rodilla sobre su espalda mientras le colocaba las esposas con firmeza.

Marcela se levantó la visera del casco y sonrió a su superior.

—A ver ahora quién le salva el culo a quién —dijo.

Ribas le devolvió la sonrisa y le hizo un guiño.

—Tendré que llamarte señora —respondió—, o jefa.

—Ni se te ocurra llamarme jefa.

Sonrió al recordar las viejas anécdotas que atesoraba en su memoria. Nunca se hicieron fotos juntos. Ribas era un hombre casado, y seguía siéndolo hasta donde ella sabía, pero no se cortaba a la hora de ir con ella, o con el resto de sus amantes, a concurridos bares, restaurantes céntricos y, por supuesto, al hotel u hostal que más cerca les quedara cuando la cosa se ponía caliente. Pero nunca se hicieron fotos. Aun así, las imágenes discurrían nítidas por su mente. Podía oír la risa de Fernando, y sus jadeos roncos cuando se acostaban. Si cerraba los ojos era capaz de evocar el aroma de su piel, regada con un perfume denso y un sudor dulce. Lo veía caminar, alargar la mano para cogerla por la cintura y arrinconarla para darle uno de esos besos desesperados que tanto le gustaban.

Disfrutaron de una relación breve, totalmente física, sin promesas, pero que los convirtió en grandes amigos cuando dejaron de verse como amantes y se convirtieron simplemente en compañeros. Mantuvieron el contacto cuando Marcela se trasladó a Pamplona, aunque la frecuencia de sus llamadas y mensajes se había espaciado bastante últimamente. De hecho, hacía meses que no sabía nada de él, a pesar de que acudía a su memoria con bastante frecuencia. Él le enseñó que las puertas solo están cerradas para aquel que no sabe abrirlas, y que todas las normas son susceptibles de interpretación. Sus consejos le habían valido grandes éxitos y tremendas broncas a lo largo de los años, pero hasta hacía poco jamás se había arrepentido de ninguna de sus decisiones. Eso también había cambiado últimamente.

Tantas cosas habían cambiado…

—Creí haberle dicho al subinspector Bonachera que quería verla en el acto, inspectora.

El comisario Andreu no estaba de buen humor.

—Me lo dijo —respondió Marcela rápidamente—, pero necesitaba un poco de tiempo para asimilar la información. El inspector Ribas fue el responsable de mi formación, me impresionó mucho leer el informe.

—¿Le ha dicho Bonachera que la esperan en Bera?

—También me lo ha dicho, sí, y no entiendo la necesidad ni el motivo de que sea yo quien se coma este marrón, si me permite la expresión.

Andreu frunció levemente el ceño y lo dejó pasar.

—Los delitos de los que se le acusa al inspector Ribas son muy graves. Homicidio, tráfico de drogas, cohecho… La lista es larga, me temo. Permanece detenido en Bera, pero se niega a declarar. Creemos que si colaborara podríamos no solo concluir la misión que llevó hasta allí a tres efectivos hace varios meses, sino llegar incluso a la cúpula de la organización y superar por la mano al resto de los cuerpos con presencia en la zona. Además, una declaración podría beneficiarle bastante cuando la fiscalía presente cargos.

—Está dando por hecho que es culpable —dijo Marcela.

—Las pruebas son abrumadoras, al menos las que se refieren a la tenencia de drogas. A partir de ahí, es muy fácil tirar del hilo y demostrar que el resto también es cierto. Sin embargo, seguiremos investigando, por supuesto.

—Lo entiendo —aceptó Marcela sin creérselo demasiado—, pero no ha respondido a la pregunta de por qué yo.

Andreu bajó la mirada y fingió ojear los papeles que tenía delante.

—Su relación con él no es ningún secreto. Hemos hablado con antiguos compañeros del inspector Ribas y su nombre ha salido a colación varias veces. Creo que se... llevaban bien, y que todavía mantienen el contacto.

—Esporádicamente —aclaró ella.

—Aunque así sea —continuó el comisario—, parece que él la tiene en alta estima.

—Aun así... —Marcela estaba preparada para protestar, pero en ese momento Andreu propinó un golpe seco a la mesa.

—A ver si me explico, inspectora. —Su tono de voz había cambiado. Ahora era mucho más severo y grave, casi amenazador—. Su posición en esta comisaría es bastante delicada, por decirlo con suavidad. Su último caso nos causó muchos problemas a todos, incluida a usted misma, y no la voy a engañar: hubo quien propuso su expulsión del cuerpo. —Hizo una pausa para que sus palabras causaran el efecto buscado. Marcela pensó en Domínguez y volvió a desearle una muerte lenta y dolorosa—. Por suerte, conseguí detener la rueda que la iba a aplastar, pero tenga claro que está aquí a prueba. Un desliz, y el expediente seguirá su curso. No puede negarse —añadió—. Al contrario, debería darme las gracias por ofrecerle esta oportunidad de redención.

Marcela guardó silencio, asintió con la cabeza y se levantó con intención de irse.

—García le ha enviado al subinspector Bonachera toda la documentación que necesita. Tráigame resultados, Pieldelobo. Me los debe.

Saludó al oficial García al salir. El asistente del comisario le devolvió el saludo con un breve cabeceo y una sonrisa.

Bonachera la esperaba en su despacho.

—¿Dónde te habías metido? —preguntó.

—Estaba con el jefe.

—¿Todavía?

—Bueno, antes de subir he salido a dar una vuelta. Necesitaba pensar.

Bonachera cerró los ojos y negó con la cabeza.

—Supongo que se te hará tarde —dijo por fin—, puedo pedir que te reserven una habitación en un hostal. Así no tendrás que conducir de noche.

—Como quieras, pero intentaré no usarla.

—Tú decides —claudicó Bonachera—. Aquí lo tienes todo.

Le entregó la misma carpeta azul que a primera hora de la mañana, pero algo más gruesa. La cogió y volvió a salir del edificio, esta vez en dirección a su casa.

5

Llegó a Bera al atardecer. El invierno era inmisericorde con el sol. La niebla, que la había perseguido desde Pamplona, se había deslizado por la ladera de los montes hasta detenerse a las puertas del pueblo, como si esperara a que todo el mundo estuviera dormido para colarse y engullir todo lo humano y lo material.

Miró hacia su derecha. Si conducía en línea recta desde allí, entrando y saliendo de Francia, en menos de media hora estaría en Zugarramurdi, en la casa que compró tras divorciarse de Héctor y que consideraba su hogar.

El piso alquilado de Pamplona no era más que el sitio en el que pasaba las horas que no estaba trabajando o en Zugarramurdi. En lugar de eso, aparcó en el amplio estacionamiento junto a la rotonda y se dirigió a la izquierda, hacia el pequeño y discreto puesto de la Guardia Civil en cuyos calabozos permanecía encerrado Fernando Ribas.

Bera. Casi cuatro mil habitantes, con una población joven bastante significativa para lo que era habitual en otros pueblos. A setenta y cinco kilómetros de Pamplona y a treinta y cinco de Donosti. Una carretera complicada, llena de curvas, en la que eran muy frecuentes los accidentes. Bera. En la comarca de las Cinco Villas. Tumba de

Julio Caro Baroja. Hogar durante algún tiempo del mismísimo Pío Baroja, que tanto renegó de esta tierra.

Saberlo todo, comprobarlo todo. No lo podía evitar. Saber la tranquilizaba, le daba seguridad. «El conocimiento es poder», solía decir para defenderse de las pullas de su exmarido cuando se burlaba de su costumbre. Ignorar lo que él estaba haciendo mientras estuvieron casados estuvo a punto de arrastrarla al abismo.

Antes de salir del coche le escribió un mensaje a Damen explicándole el motivo del inesperado viaje y le prometió llamarlo antes de acostarse.

Franqueó la verja y cruzó la puerta para entrar en la reducida recepción del cuartelillo. Tras el mostrador, de un tamaño en consonancia con la estancia, un guardia tan joven como delgado la miró con ojos recelosos. Se levantó de la silla en la que estaba sentado y su altura hizo aún más evidente su flacura y falta de robustez. Era apenas un muchacho al que le había tocado un destino complicado en misión administrativa. Si una cosa era mala, pensó, la otra peor.

—Inspectora Marcela Pieldelobo, de la Jefatura de Pamplona. Creo que me están esperando.

—Guardia Einer Tobío, a sus órdenes. El sargento Salas está avisado de su llegada. Le diré que ya está aquí. Si es tan amable de sentarse mientras tanto…

El joven de verde y con un cantarín acento gallego desapareció a través de una puerta, dejándola sola. Se giró y descubrió tres sillas blancas pegadas a la pared. Se sentó y sacó el móvil de nuevo. Saber, su puñetera manía de saberlo todo. Ahora, por ejemplo, no hacía más que darle vueltas al nombre del muchacho. Tecleó en el navegador de Internet. *Einer*. Nombre de origen escandinavo que significa guerrero, líder en la batalla. ¿Sabría él lo que quería decir su nombre? Era lo menos parecido a un guerrero que podía imaginarse. Era alto, pero de una delgadez que las capas de ropa que cubrían su huesuda silueta no conseguían disimular, de piel pálida y pelo ralo castaño muy corto, con marcas de acné y hoyuelos en las mejillas. Ojos audaces y marrones, muy oscuros, de maneras rápidas y decididas y andar ágil y elástico, como pudo comprobar mientras correteaba en busca de su superior. Si pudiera rebautizarlo, lo llamaría Alonso.

La puerta volvió a abrirse unos minutos después y el quijotesco guardia-guerrero la mantuvo abierta para que ella lo siguiera. Marcela se levantó y aceleró en su dirección. La guio hasta un despacho decorado con parquedad castrense. La enseña nacional, la foto del rey, un par de diplomas, un perchero desnudo, un armario archivador herméticamente cerrado, una estantería con una colección de libros de solapas oscuras, una mesa de escritorio y tres sillas, una a un lado y dos al otro. Suelo de madera y paredes blancas que habían empezado a amarillear.

Un hombre alto y corpulento, de mediana edad pero con restos evidentes de juventud, la esperaba de pie junto a la mesa. En posición de firme, extendió el brazo y apretó la mano que Marcela le ofrecía. Fuerte y decidido, una sacudida breve y clara.

—Sargento Salas, comandante de puesto, a su servicio.

—Inspectora Pieldelobo. Gracias por recibirme tan rápido, sobre todo teniendo en cuenta la hora que es.

Fuera, el sol ya se había puesto y las buenas gentes se habían retirado a sus casas. Hacía frío y la niebla era una mala compañera de paseo, así que en las calles de Bera apenas quedaban unos cuantos rezagados y los parroquianos fijos de los bares de la localidad, que completarían su ronda antes de retirarse.

—Aquí no hay horario, inspectora. Somos pocos efectivos y tenemos que cubrir todas las eventualidades que se presentan.

—Tengo entendido que últimamente han tenido más trabajo del habitual.

—Así es. Aunque recibimos refuerzos del grupo especial de estupefacientes de Madrid, lo cierto es que fuimos nosotros los que descubrimos el paso de los correos a Francia a través de uno de los viejos caminos que utilizaban los contrabandistas. Son un grupo muy bien organizado, tipos escurridizos, pero los pillamos.

—Creo que contaron también con la colaboración de efectivos del Cuerpo Nacional de Policía —añadió Marcela. Nunca había sido excesivamente corporativista, pero le fastidiaba que dejara a sus compañeros fuera del caso.

—Por supuesto, y de la Policía Foral. Ambos cuerpos han hecho un trabajo impecable.

Marcela cabeceó. De momento, prefería ser cordial.

—¿Podría explicarme qué es lo que ha ocurrido aquí?

—Siéntese. —Le señaló una silla con la mano y él ocupó la del otro lado del escritorio—. Le he preparado un dosier con toda la información de la que disponemos. Como comprenderá, no es mucha todavía.

Marcela abrió el expediente y le echó un rápido vistazo. Se detuvo en las fotografías que mostraban el contenido de la maleta de Fernando Ribas en el momento de su detención. Los apretados fajos de billetes compartían espacio con la ropa interior y con varias bolsas marrones opacas que, como comprobó unas fotos más tarde, contenían una cantidad nada desdeñable de droga.

—La marca de las bolsas —apuntó el sargento, golpeteando la foto con el índice— es la misma que la incautada en uno de los barcos del narco al que llevamos años persiguiendo. Estamos pendientes de los análisis de laboratorio para confirmarlo.

Marcela masculló por lo bajo, dejó con brusquedad la carpeta sobre la mesa e insultó en silencio a su amigo sin piedad.

—Anteayer por la mañana —siguió Salas—, recibimos la llamada de un senderista que había encontrado un cadáver en el interior del túnel del paseo fluvial. No nos costó identificarla. La joven trabajaba como camarera en uno de los bares de Bera y era bastante conocida; además, era la pareja de un tipejo muy popular entre nosotros, un individuo chulo y violento que encabeza todas las algaradas *abertzales* que se convocan. —El sargento hizo una pausa, se miró las manos y luego levantó la vista para clavar sus ojos en ella—. ¿Usted sabía que el inspector Fernando Ribas trabajaba en una misión encubierta?

—Me he enterado esta tarde.

—No estaba solo. El dispositivo estaba compuesto por tres personas sobre el terreno, más la cobertura necesaria que les brindaban desde Madrid. Por supuesto, ahora todo ha saltado por los aires. —Se reacomodó en la silla y continuó hablando—. Uno de los vecinos declaró haber visto a la víctima unos días antes discutir violentamente con un hombre moreno de complexión fuerte. Dijo que la arrastró del brazo, pero que ella logró zafarse y volver a entrar en el bar.

—¿No avisó a la policía?

—No. Conocía a la chica, y supuso que sería alguno de los tipos con los que solía juntarse.

—La descripción que dio encaja con cientos de hombres, y eso sin salir del pueblo.

—Claro, claro… Pero uno de mis hombres encontró una pulsera médica muy cerca del cadáver. La inscripción no deja lugar a dudas: *Fernando Ribas, Rh O+, alérgico a la penicilina*. Debió de caérsele durante el forcejeo, o quizá ella se la arrancó en la pelea. Hemos hablado con sus dos compañeros y ambos aseguran que últimamente el inspector Ribas se comportaba de forma extraña, apenas hablaba con ellos, salía solo y ofrecía excusas vagas cuando le pedían explicaciones.

—Todo parece bastante circunstancial —apuntó Marcela.

—Quizá, pero el juez nos firmó la orden de detención y registro. Después, con todo lo que encontramos, ya no quedó ninguna duda. La historia se resume, *grosso modo*, en una banda de narcotraficantes, un grupo de correos que transportaban la droga de un lado a otro de la frontera, un alijo al que le faltaban varios kilos, un policía infiltrado y corrupto y una chica muerta. El panorama no puede ser más negro para su colega. Pero ahora —Salas levantó las dos manos hacia el cielo, resignado—, nuestros respectivos superiores han decidido que, en aras de la paz y la concordia entre cuerpos, nosotros retomaremos la investigación del tráfico de drogas, de la que poco podremos sacar después de la que se ha liado, y la Policía Nacional se encargará de todo lo relacionado con el asesinato. La parte más sencilla, en mi opinión. Lo que les va a costar es lavar su buen nombre.

El sargento apretó los labios en un mohín que, sin palabras, dejó bien claro que no le hacía ninguna gracia que le hubieran quitado una parte del caso.

—Creía que esta era una investigación conjunta —apuntó Marcela, y añadió a sus palabras una fingida cara de asombro. Le solía funcionar.

El sargento entrelazó los dedos de las dos manos y las apoyó sobre la mesa. Su cara se convirtió en una máscara seria, severa. Frunció el ceño y acercó las cejas al centro de su frente.

—Desconozco las razones que los han llevado a desmembrar este caso, inspectora. —Desenlazó los dedos, le acercó la carpeta y se levantó de la silla. Marcela le imitó—. No —la detuvo el sargento—, usted puede quedarse aquí y leer tranquilamente la documentación. Luego, el guardia Tobío la acompañará al calabozo. Quédese el tiempo que quiera, tanto aquí como abajo. Supongo que ya conoce las normas sobre las visitas a un detenido. No puede interrogarlo, solo hablar con él e intentar convencerle para que declare. Mañana lo trasladarán a Pamplona, no sé por qué no lo han hecho ya... Nada de lo que le diga a usted es admisible ante un juez. Bien —añadió después de exhalar un largo suspiro, medio hastiado, medio agotado—. Yo me retiro ya, si me necesita, el guardia sabe dónde encontrarme. En caso contrario, hasta otra.

Desapareció con una celeridad asombrosa, dejándola sola en el despacho. Suspiró ella también, se acomodó en la silla y abrió la carpeta del caso Ribas. Leyó el informe con atención, intentando dejar a un lado el hecho de que estaban hablando de uno de sus mejores y más antiguos amigos, y se esforzó por memorizar los datos y los puntos más importantes. Ya tendría tiempo luego de profundizar en los detalles.

6

La celda apestaba. Su ropa apestaba. Él apestaba. Llevaba casi dos días allí encerrado y en ese tiempo ni siquiera se había lavado los dientes. Iba sin afeitar y con la misma ropa que se había puesto a toda prisa en el momento de su detención, calzoncillos incluidos.

Todos y cada uno de los que habían pretendido hablar con él para ayudarle llevaban el odio y el desprecio dibujado en los ojos. Al principio insistió en que estaban cometiendo un error, que no sabía de qué estaban hablando, pero ante la inutilidad de sus negativas, ante la sordera y el desdén colectivo, optó por cerrarse en banda y esperar su siguiente movimiento. Quizá entonces encontrara un resquicio por el que salir.

No se molestó en levantar la cabeza cuando los goznes metálicos de la puerta anunciaron visita. El pestillo volvió a cerrarse unos segundos después.

—¿Ni siquiera te vas a dignar a saludar? —preguntó la última voz que esperaba oír. Sin embargo, le sonó a música celestial. Quizá las cosas empezaran a arreglarse, después de todo.

—Pieldelobo —respondió Fernando Ribas, incorporándose de un salto. Una sonrisa iluminó su peluda y oscura cara. Dio un paso hacia ella, pero Marcela levantó la mano para detenerlo.

—Me han advertido que nada de efusividades —dijo. Para compensar, le ofreció la mano, que él aceptó sin dejar de sonreír—. Tienes un aspecto horrible.

—Gracias, tú tampoco estás mal.

A pesar de que intentaba bromear, a Marcela le impresionó lo que vio. Acostumbrada a un Fernando Ribas impecable, con su pelo oscuro pulcramente domesticado hacia atrás, siempre bien afeitado y vestido con lo mejor que su sueldo podía pagar, encontrarse con aquel guiñapo desaseado la sorprendió y asustó. Habría jurado que incluso había perdido masa muscular y que bajo la camisa había empezado a desarrollarse una incipiente barriga. Aquel no podía ser «su» Fernando Ribas. Aunque si lo que había oído y leído era cierto, su amigo de tantos años estaba muerto y enterrado, y quien tenía enfrente era un perfecto desconocido.

—¿Te importa si me siento? —preguntó, intentando aparentar normalidad, algo muy difícil si tenían en cuenta que se encontraban en una diminuta celda de la que uno de ellos no saldría cuando quisiera.

—Elige —respondió él.

Allí no había más que un par de camastros anclados al suelo, uno a cada lado de la celda, y un banco que formaba parte de la propia pared. Nada que pudiera levantarse y lanzarse. Se sentó en el banco de baldosas blancas, evitando tocar la colchoneta que lo cubría y que empujó con cuidado hacia un lado. El frío de las losetas le congeló el trasero.

Fernando se acomodó sobre uno de los camastros, casi en el mismo lugar en el que había pasado la mayor parte del día, y la miró expectante.

—Gracias por venir —empezó Ribas en voz baja.

—No me han dejado mucha opción —replicó ella—. Órdenes directas de arriba. Debes de haberla montado gorda para que me hayan obligado a venir.

—No he hecho nada, Marcela —respondió Ribas mirándola fijamente.

—No es eso lo que he oído. Tráfico y consumo de estupefacientes, pertenencia a banda criminal y asesinato. O complot para asesinar, al menos.

El inspector se puso en pie de un salto y se acercó a Marcela. Ella arrugó la nariz al percibir el hedor que expelía su compañero y amigo. Sudor y miedo a partes iguales.

—¡Mienten! —gritó—. No sé quién ni por qué, pero mienten.

—Te has negado a declarar.

—¡Por supuesto! No voy a hablar con personas que dan por hecho que soy culpable. ¡Me están tratando peor que al Lute! Prefiero esperar hasta estar cara a cara con un juez. Al menos, él respetará la presunción de inocencia.

—He echado un vistazo a las pruebas. Siento decirte que estás jodido.

—¿Pruebas? Yo no sé nada de eso. Me detuvieron en el piso que alquilamos y me trajeron aquí. Registraron mis cosas, lo pusieron todo patas arriba. No sé qué encontraron, pero te juro que yo no he hecho nada ilegal.

—Había drogas en tu maleta. Y dinero. Mucho dinero…

—¡Nada de eso es mío! No sé quién lo puso allí ni con qué intención, pero yo estoy limpio, ¡te lo juro! —Suspiró sin apartar la mirada de los ojos de Marcela—. Llevamos tres meses aquí, intentando infiltrarnos en el grupo de correos. Suponemos que son gente de Ferreiro, un narco gallego de primera línea. El muy cabrón ha conseguido remontar el tráfico de cocaína hasta situarlo al nivel de los años ochenta. Nadie ha logrado acabar con su red de barcos y lanzaderas. Negocia directamente con Colombia, sin intermediarios, y eso nos complica mucho las cosas. La puta globalización, ahora todo está a un clic de distancia. Los más cercanos le son absolutamente leales. O le tienen mucho miedo, no lo sé. En cualquier caso, en diez años solo han arañado la superficie de la organización, se han incautado de algún alijo menor y no les ha quedado más remedio que contemplar sin poder hacer nada cómo todo volvía a llenarse de polvo blanco y de pastillas cada vez más adictivas y peligrosas. Así que cuando nos enteramos de que parte de la mercancía llegaba a Francia a través de la frontera de los Pirineos, establecimos el operativo y nos instalamos en Bera. La idea era no solo desarticular a la banda aquí, sino hacer una especie de camino hacia atrás para descubrir cómo llega la droga hasta la frontera y cerrarles también el grifo.

—¿Alguna idea? —preguntó Marcela.

Ribas movió la cabeza de un lado a otro.

—Sospechamos que llegan por barco hasta algún punto de la costa guipuzcoana y, después, por carretera hasta el punto de entrega, pero no tenemos certeza de nada.

Pieldelobo asintió en silencio. Tres meses, un trabajo ingente arriesgando la propia vida y unos resultados exiguos. Podía entender la frustración que traslucían las palabras del inspector.

—¿Te pasó la chica muerta la mercancía que encontraron en tu maleta? —lanzó a bocajarro.

Supo en el acto que esa flecha había herido de gravedad a su amigo. Su mente había olvidado con quién estaba hablando, influenciada quizá por el ambiente, por la celda, por el olor, por la deforme e infecta colchoneta. Y por su propia torpeza. El rostro de Ribas se endureció, apretó los labios y la miró como si quisiera matarla. Seguramente, en ese momento era lo que más deseaba en el mundo. Matarla.

La observó durante unos segundos eternos. Enderezó la espalda y se estiró la arrugada camisa.

—¿Vas a ayudarme? ¿Vas a sacarme de aquí?

Una voz dura, desconocida para ella hasta ese momento, le inundó un cerebro que todavía se recriminaba sus últimas palabras. Sin embargo, no podía olvidar quién era y qué hacía allí.

—Cuéntame lo que pasó —le exigió.

—Te lo estoy diciendo. —Ribas agachó la cabeza y la escondió entre las manos. Luego se revolvió el pelo, se rascó la barba y la miró de nuevo—. Llevamos años detrás de Ferreiro. Los operativos antidroga

48

en Galicia no conseguían nada, apenas algunas detenciones menores. Uno de esos tipos les contó que la droga pasaba a Francia por Navarra, y que los correos cruzaban la frontera a pie. Se activaron todas las alertas y la investigación se centró en Bera, no me preguntes por qué. Un día, los gendarmes franceses incautaron un par de kilos. El laboratorio certificó que era el mismo material que recibe Ferreiro en la costa gallega. No les costó mucho establecer la vía de entrada. Es prácticamente la misma que utilizaban los contrabandistas después de la Guerra Civil. Nadie podía imaginarse que retomaran los viejos caminos, y por eso llevaban vete tú a saber cuánto tiempo operando con éxito. No sabemos cuánta droga habrán pasado a Francia, pero seguro que no es poca.

—¿Por qué no se quedó la Guardia Civil con el caso? Ellos son los que tienen un puesto aquí, no nosotros. De hecho, me sorprende que se prestaran a colaborar.

—En origen, en Vilagarcía de Arousa, eran los nuestros los que estaban investigando, y como era el mismo hilo, los jefazos se pusieron de acuerdo para cazar juntos. Más tarde incluyeron a los forales. Así que, juntos como hermanos, nos repartimos el pastel y la cagamos en fraternal camaradería.

A su pesar, Marcela no pudo por menos que sonreír ante la sorna y la ironía de sus palabras. La «fraternal camaradería» a la que se refería Fernando solía ser en realidad un constante intercambio de pullas entre las distintas policías, unas veces más elegante que otras. Y eso a la cara, porque por la espalda, en privado, las expresiones podían llegar a ser bastante menos educadas.

—¿En qué consistía el operativo? —El olor comenzaba a ser opresivo entre esas cuatro paredes, cada vez más juntas. Marcela había empezado a sudar, uniendo su propio hedor al que desprendía Fernando y al que ya estaba impregnado en los camastros y en la tela del cojín arrugado a su espalda.

—Sencillo. Tres miembros de la unidad teníamos que intentar infiltrarnos en el grupo de personas que se dedica a transportar la droga de un lado a otro de la frontera, o al menos acercarnos lo más posible. Nos interesaban más los proveedores que las mulas, pero por algún sitio había que empezar. No fue difícil identificarlos. Colocamos unas cuantas cámaras a lo largo de la senda y sus caras pronto tuvieron nombre y apellidos. Los picoletos nos dieron toda la información de que disponían y les pusieron una discreta vigilancia. Mientras, nos hicimos pasar por técnicos de Verkol, una empresa a las afueras del pueblo que se dedica a los lubricantes. Se suponía que estábamos haciendo un estudio de viabilidad y mejora de la planta, lo que justificaba que llegáramos de improviso y nos daba libertad de movimientos. Solo el director de la planta estaba al tanto de nuestra identidad.

Ribas se removió incómodo en el camastro.

—¿Tienes tabaco? —le preguntó.

Marcela dudó. Sabía que se podía fumar en las instituciones penitenciarias, pero aquello no era exactamente una prisión.

—Claro —respondió. Sacó el paquete que llevaba en el bolsillo del anorak, cogió uno y le pasó el resto a Ribas—. Quédatelo.

El inspector frunció los labios para cebar el pitillo y exhaló el humo mientras Marcela encendía el suyo.

—Nos acercamos a la gente —continuó Ribas con el cigarro entre los dedos—, fuimos a los bares que frecuentaban los sujetos de interés, compramos maría, hachís y, de vez en cuando, algún gramo de coca. Fumamos porros en calles por las que sabíamos que iban a pasar y contábamos chascarrillos sobre las grandes juergas que nos habíamos corrido.

—Hasta que confiaron en vosotros.

—Más o menos. Algunos empezaron a darnos conversación, a aceptar nuestras copas y a invitarnos a otras. Nos avisaban cuando iban a recibir «material del bueno» y nosotros siempre nos mostrábamos interesados. Mi compañero comenzó a decir que no le importaría conocer a su contacto y participar en el negocio a pequeña escala, solo para sufragarse el consumo. Les dijo que tenía muchos conocidos en Madrid que estarían interesados en una mercancía de tanta calidad, y que él mismo se encargaría del transporte. Pero no coló. No soltaron prenda.

—¿Acaso esperabais otra cosa?

Fernando se limitó a encogerse de hombros. Parecía cansado, derrotado.

—Podías haber traído unas birras, Pieldelobo. Habría sido todo un detalle.

—Tienes razón, lo siento. No se me ocurrió. Mañana sin falta.

—Mañana me voy.

—Te las llevo a donde estés.

—Espero que a casa.

—La cosa pinta mal. Estás jodido…

—Y una mierda. ¡Yo no he hecho nada! Lo que te estoy contando no se lo he dicho a nadie, todavía no he testificado. —Alargó una mano y le agarró el brazo con fuerza. Con demasiada fuerza—. Confío en ti. Espero que sepas responder a esta confianza. Por los viejos tiempos.

—¿Qué pasó con la chica?

—No sé de qué me estás hablando. Cuando los camellos se negaron a dejarnos participar tuvimos que buscar otra fuente de información, un confidente. Alcolea la fichó por su cuenta hace no mucho. Estaba desesperado por salir de aquí. Vio la oportunidad y actuó. Me molestó, por supuesto, pero al menos nos quedaba una puerta abierta.

—Entiendo.

—No estoy seguro de que entiendas nada, pero bueno —la cortó Ribas con sorna—. Alcolea le ofreció un trato: convertirse en nuestra informante a cambio de dejarla en paz cuando la banda cayera.

—¿No hablaste con ella tú mismo? Eres el superior al mando.

—Ya te he dicho que no. Quizá lo habría hecho más adelante, no lo sé, pero ahora era muy arriesgado, no quería presionar demasiado. Nunca hablé con ella, Pieldelobo, te lo juro.

—¿Ni una palabra?

—No, nada en absoluto. Pedirle una caña cuando estaba tras la barra no es hablar. Nunca la vi fuera de allí. Puedes creerme o no, a estas alturas ya me trae sin cuidado, pero te estoy diciendo la verdad. Yo no le he tocado ni un pelo a esa chica.

—Han encontrado pruebas que te sitúan justo allí, en el lugar del crimen.

Ribas la miró con una mezcla de estupefacción, asombro y miedo.

—¿Pruebas? En serio, no sé de qué estás hablando.

—Tu alerta médica. Estaba muy cerca del cuerpo. Siempre la llevas encima, por lo de la alergia. Lo sé muy bien.

—¡Lleva meses guardada en una bolsa de plástico, oculta en el fondo de la maleta, junto con la placa y el resto de mis identificaciones! Estoy de incógnito, ¿recuerdas? Quien quiera que pusiera la droga, se llevó la pulsera para incriminarme.

Marcela levantó una ceja y cambió de tema. No tenía sentido enzarzarse en una discusión sin fundamento ni salida. De momento, nada corroboraba su afirmación ni lo contrario.

—Cuando te detuvieron, te estabas dando una alegría con una jovencita. Al parecer, no hay problema en acercarse al resto de las mujeres del grupito que vigilabais.

—¿Y eso qué tiene que ver con el hecho de que lleve dos noches durmiendo en chirona?

—¿Formaba parte del camuflaje? —Silencio—. ¿Sabe tu mujer que tu disfraz cuando te infiltras incluye tomar drogas, beber hasta caerte y follarte a desconocidas?

—No era una desconocida. No del todo. Me la encontré esa tarde en un bar de las afueras del pueblo. Se puso a tiro y..., bueno, estaba muy estresado.

—Es miembro de la banda de traficantes, su nombre aparece en el listado que os pasaron.

—No me dijo su nombre, o si lo hizo, lo he olvidado. Y la lista no incluía fotos.

—Muy oportuno. Pero no niegas que la conocías.

—La había visto de vez en cuando con la banda de Ferreiro.

—¿Y con la víctima?

—No lo recuerdo.

—Claro, cómo no. También era una chavala guapa, muy joven.

—Lo que tú digas —bufó Ribas.

—¿Y bien? —le azuzó Marcela—. No quiero quedarme a dormir aquí.

—Yo sí. Le he cogido gusto al hotel, no te jode. —Se levantó, caminó dos pasos, dio media vuelta, regresó de nuevo al camastro y se sentó—. Te digo que no sé qué hago aquí. No he matado a nadie. No he tocado ni un gramo de coca, ni un billete que no fuera mío. —La miró largamente desde el borde del colchón. Tenía los ojos hundidos y enrojecidos, y una maraña de arrugas le recorría los párpados y las ojeras oscuras. El surco alrededor de la boca era aún más profundo, tanto que ni siquiera la barba, negra y tupida, conseguía ocultarlo.

—No te creo —dijo Marcela sin más.

Él pareció sorprenderse un instante, pero un segundo después sus facciones se endurecieron. Crispó los puños sobre sus muslos, apretó los dientes y levantó un poco la barbilla sin dejar de mirarla. Habría jurado que sus pupilas también se habían oscurecido, hasta competir con la noche que reinaba fuera.

—Eres una hija de puta. ¿A qué has venido?

—A descubrir qué coño pasó de verdad —respondió Marcela, ignorando el insulto. En su lugar, ella seguramente ya le habría saltado a la yugular—. Si llevabas tres meses infiltrado, en algún momento tuviste que hablar con ella.

—¡Claro que he hablado con ella! Para pedirle una caña cuando iba al bar. —Ribas bajó la cabeza un instante y volvió a subirla para mirar a Marcela.

—¿Y nunca sospechó que tú eras uno de los polis que la extorsionaban? ¿No te lanzó ninguna indirecta, ninguna mirada más larga de lo necesario?

—No.

Pieldelobo meneó la cabeza, decepcionada. El relato de su amigo no le parecía nada convincente.

Ribas se levantó, esta vez sin intención de sentarse. Cuando se acercó al banco de baldosas, Marcela no tuvo más remedio que imitarle y ponerse de pie.

—¿Tú de qué parte estás…, amiga?

—Quiero saber qué pasó, para eso he venido.

—Y yo que creía que estabas aquí por los lazos que nos unen.

—No puedo anteponer nuestra amistad a una investigación. —Se sonrojó al decirlo, y más cuando vio la sonrisa socarrona de Ribas—. Se supone que tengo que convencerte para que declares cuanto antes. —Rebajó un poco el tono de su voz—. Cuenta la verdad, a mí o al juez, di todo lo que ocurrió. Estaré a tu lado.

Él la miró unos segundos eternos, inmóvil, mientras soltaba por la nariz, muy despacio, el aire que guardaba en los pulmones.

—Que te den, Pieldelobo. Que te den. Lárgate de aquí. Eres como los demás.

—He venido a ayudarte.

—Has venido porque te lo han ordenado. Quieren que me sonsaques, que me inculpe, y tú te has prestado. Que te den —repitió, y volvió a sentarse sobre el camastro, que gimió bajo su peso.

Ella suspiró a su vez y notó cómo sus hombros se hundían, rendidos. El zarpazo de la jaqueca la alcanzó en la sien izquierda. Pronto el martilleo sería insoportable. Tenía que salir de allí.

—¿Necesitas algo? ¿Libros, una radio…?

—Sí, que te largues.

7

Marcela salió del cuartelillo sin despedirse del guardia Tobío, que se quedó en el mostrador de la entrada después de haberle abierto la celda. Tuvo el buen criterio de no hablar ni intentar detenerla. Una vez en la calle, abrió un nuevo paquete de tabaco, encendió un cigarrillo y pidió a Google que la guiara hasta el hostal que le habían reservado. Dio vueltas por calles que no conocía hasta ver una luz y gente entrando y saliendo. Estaba de suerte. El hostal tenía un bar en la planta baja que seguía abierto. Una cerveza y algo de comer la ayudarían a quitarse el mal sabor de boca que le había dejado su encuentro con Fernando Ribas.

Estaba cansada, agotada física y mentalmente, y le dolía la cabeza. Al menos, al día siguiente podría marcharse. Ella lo había intentado. Cumplió las órdenes, había ido a Bera y tratado de dialogar con Fernando, pero este se había cerrado en banda. Nada que hacer. Fin de la historia. Pero no lo dejaría en la estacada. Intentaría ayudar a su amigo, aunque la mandara a la mierda una y mil veces. No era de las que se apartaban al primer puñetazo, y eso apenas había sido una suave bofetada para lo que otras veces le había tocado encajar.

La calle estaba tranquila, pero los parroquianos que bebían y charlaban en el interior del local no parecían tener prisa por marcharse.

La mayoría no había cumplido los treinta, vestían ropa oscura, deportiva y abrigada y hablaban en euskera. Reían, bebían y seguían charlando en voz muy alta.

Marcela echó un vistazo a lo expuesto en la barra y leyó el menú que colgaba de la pared antes de ocupar una mesa libre. Dejó la mochila con sus cosas en la silla de al lado y esperó hasta que el camarero se acercó a tomarle nota. Huevos rotos con jamón y una cerveza.

—Tengo habitación reservada —le dijo mientras le servía la bebida—, pero la entrada al hostal está cerrada. Espero no llegar demasiado tarde. ¿Con quién tengo que hablar?

—Conmigo mismo —respondió con una sonrisa. Marcela no podía apartar la vista de la colección de pendientes plateados y negros que casi ocultaban sus orejas. También llevaba un *piercing* en el labio inferior y una especie de clavo atravesándole la ceja. Pelo cortado al estilo mohicano, negro y tupido, y varios tatuajes en los brazos—. La recepción cierra a las ocho. Luego, los huéspedes tienen que usar su llave para entrar. Cuando termine de cenar, avíseme y la acompaño para que pueda registrarse.

Quince minutos después llegó el plato humeante. Rebuscó en el bolso hasta dar con un ibuprofeno. Lo tragó y dedicó toda su atención a lo que tenía delante. Los huevos estaban calientes y melosos, las patatas fritas jugosas, ni demasiado blandas ni muy tostadas, y el jamón, refrito y un punto salado. No era un plato de alta cocina, pero, como decía su madre, a buena hambre no hay pan duro. Eso sí, necesitaría más líquido para no morir de sed esa noche.

La sombra de dos cuerpos se interpuso entre ella y las luces del local. Levantó la vista hasta alcanzar los dos pares de ojos que la observaban desde unos semblantes extremadamente serios. Un hombre y una mujer, ambos al final de la treintena y en buena forma, vestidos de manera informal pero correcta. Espaldas erguidas, palmas abiertas pegadas a unas piernas levemente separadas. Ella la miraba mientras el hombre observaba con disimulo el local. Dos polis, seguro.

Al instante, los jóvenes que estaban más cerca de ellos se apartaron como si fueran apestados y les dedicaron furiosas miradas con el ceño fruncido. Marcela creyó escuchar un «polis de mierda», pero el volumen de la música le impedía estar segura.

—Inspectora Pieldelobo, supongo. —No era una pregunta, sino la constatación de una certeza. La mujer habló en voz baja, con cuidado de no ser captada por quienes los rodeaban. Ella asintió y siguió masticando. Tenía hambre, y tendría que darse prisa antes de que esos dos le aguaran la cena—. Somos los subinspectores Casals y Alcolea. Acompañábamos al inspector Ribas en el operativo. Creo que ha estado con él. ¿Podemos sentarnos?

Marcela los miró un momento. No tenía forma de negarse. Asintió con un golpe de cabeza y se concentró en lo que quedaba en el plato. Si lo dejaba para más tarde, el huevo se quedaría frío, el jamón seco y duro, y las patatas flácidas y gomosas.

—Pedid algo mientras termino —les dijo.

El subinspector Alcolea levantó la mano para llamar la atención del camarero. A juzgar por el gesto despectivo del joven, todo el pueblo debía saber ya que eran los policías que iban detrás de algunos de los suyos. Sin embargo, cumplió con su trabajo y les llevó el pedido.

Cerveza para los dos. Bebieron en silencio mientras Marcela masticaba cada vez más deprisa. Le gustaba comer sola, y sobre todo no sentirse observada mientras lo hacía. Aceleró el ritmo de sus mandíbulas y mantuvo la vista fija en el mantel hasta que terminó con la última patata frita. Apuró entonces la jarra de cerveza, agrupó las migas con una mano, las echó en la palma de la otra y las depositó con cuidado en el plato. Luego convirtió la servilleta de papel en una pelota y dio por concluida la cena.

Apoyó los codos en la mesa y miró a sus acompañantes.

—Vaya cagada de operación —empezó.

Casals ni se inmutó, pero Alcolea abrió mucho los ojos y se echó hacia atrás en la silla antes de efectuar el movimiento contrario y apoyar todo su peso sobre la mesa. El contenido de los vasos se balanceó peligrosamente en su interior. Frunció el ceño y apretó los labios. Marcela pensó que iba a lanzarle un escupitajo.

—¿Una cagada? ¿Cómo se atreve? ¡No tiene ni idea! Tres meses de trabajo, estábamos a punto de conseguir algo grande, definitivo. Y entonces…

La mano de Casals se posó en el antebrazo de Alcolea, que se calló en el acto. Marcela tomó nota mental del control que la subinspectora tenía sobre su compañero de operativo. Se preguntó si manejaría igual de bien el inestable y efervescente carácter de Fernando Ribas.

—Han sido tres meses de duro trabajo —empezó ella con voz tranquila—. Tres meses sin apenas salir de este pueblo, sin ir a casa, luchando por infiltrarnos en la red. Lo que dice mi compañero es cierto. Casi lo teníamos. Y entonces, Ribas se vuelve codicioso y…

No terminó la frase. Sacudió la cabeza, moviendo a un lado y a otro su corta melena castaña, y esbozó una sonrisa amarga.

—Tres meses —insistió Alcolea en un tono mucho más bajo—, tres putos meses viendo llover para irnos a casa con las manos vacías.

—No exactamente —intervino Marcela—. Han identificado a casi la totalidad de los miembros de la banda, conocen la ruta y están en disposición de inutilizarla.

—Eso no es nada —matizó irónico—. Nosotros íbamos a por el grande, a por Ferreiro, y todo se ha ido a la mierda de un día para otro. Llevamos años detrás de ese mafioso, pero seguimos sin tener ni una prueba de su implicación en nada. Seguro que ahora mismo se está descojonando a nuestra costa.

Volvió a echarse hacia atrás en la silla y cruzó los musculosos brazos sobre el pecho. Quizá no estuviera tan calmado como había pensado.

—Sinceramente, no creo ni que se inmute por unos peces tan pequeños como los que pululan por aquí. ¿Cuánto se supone que mueven? ¿Dos o tres kilos por viaje? ¿Un par de viajes al mes, más el menudeo local?

—Unos veinte kilos por viaje —la corrigió la inspectora Casals—, quizá más. Se dividen la mercancía entre varios correos y pasan la frontera a pie. Cruzan, hacen la entrega y vuelven en coche. Al amanecer, ya están cada uno en su cama.

—Y si tenéis todos esos datos, ¿por qué no los habéis detenido, en lugar de quedaros mirando y permitir que ahora los picoletos se cuelguen las medallas?

—Le repito que el fin último de la operación era conseguir pruebas para detener a Ferreiro. Conocer la procedencia de la droga, obtener información relevante, pruebas, testimonios. Coger al pez por la cola y subir por su espina hasta arrancarle los ojos.

A Marcela no le gustó el símil marinero. Levantó la mano y pidió otras tres cervezas con un gesto. El camarero dejó las jarras frías con tanta fuerza que la espuma salpicó la mesa. No se llevó las vacías ni los restos de la cena. A pesar de ser más de medianoche, el bar se había llenado de jóvenes bulliciosos que reían, hablaban en voz alta y no dejaban de moverse de un lado a otro del local, saludándose con una efusividad propia de quien lleva semanas, incluso meses, sin verse, y no de personas que a buen seguro estuvieron allí mismo el día anterior y estarían también al siguiente. De vez en cuando, un grupito de personas cuchicheaba unos segundos y acto seguido se giraban para mirarlos sin disimulo. Marcela no tenía problema en que la miraran, y los dos subinspectores parecían más incómodos con ella que por estar en un bar lleno de jóvenes a quienes su presencia no les hacía demasiada gracia.

—Lo que de verdad me preocupa —empezó Marcela— no es que hayáis perdido la posibilidad de detener a un narco o a sus camellos. Lo que de verdad me molesta es que Fernando, el inspector Ribas, esté encerrado en los calabozos de la comandancia acusado de un montón de cosas, entre ellas homicidio y tráfico de estupefacientes. ¿Alguien me puede explicar qué es lo que ha pasado?

Casals y Alcolea parecieron ponerse de acuerdo para evitar a Pieldelobo y centrar su atención en sus propias manos, que descansaban sobre la mesa, lejos de la cerveza.

—Deberíamos seguir hablando en otro sitio —propuso Alcolea. Casals agitó la cabeza arriba y abajo de inmediato.

Marcela suspiró. Desinfló los pulmones, relajó los brazos y curvó la espalda. Estaba agotada, pero no podía dejar a Fernando en la estacada. El cuerpo le pedía a gritos meterse en la cama. Su cerebro, nublado por el cansancio, apoyaba esa idea con énfasis, pero el poco sentido común que le quedaba le decía que no podía irse todavía, al menos no hasta que conociera toda la historia.

—Tengo que recoger las llaves —les dijo—. Esperadme un momento.

Se abrió paso entre el tumulto del bar en busca del camarero recepcionista y le hizo una seña cuando lo vio salir de la cocina con una bandeja. Él sacudió la cabeza para darse por aludido, dejó el pedido en una de las mesas y se apresuró hacia ella.

—Ha elegido el momento de más jaleo para registrarse —protestó mientras casi corrían hacia la entrada—. ¿Individual o doble?

—Cama grande.

—Una doble. —Se giró, abrió un amplio cajón y sacó una llave que colgaba de un sencillo llavero de plástico verde con un número inscrito en el centro. El *34*—. Tercera planta, a la derecha. No hay ascensor. ¿DNI? No me vale la placa —añadió con un reto en los ojos.

Marcela ignoró la bravata, sacó su documento de identidad de la cartera y lo dejó sobre el mostrador. El joven lo escaneó en la impresora y se lo devolvió a toda prisa.

—Listo. Luego rellenaré el formulario.

Y desapareció de nuevo tras la puerta del bar. Casals y Alcolea salieron un segundo después. Les lanzó la llave, que la subinspectora cogió al vuelo.

—Necesito fumar. Esperadme arriba, vuelvo en un minuto.

8

Lo único que recordaría más tarde de la habitación que le habían asignado era la fantástica cama que ocupaba el centro de la estancia y que la llamaba como las sirenas a los marineros.

Una cubierta blanquísima, igual que las dos almohadas que la esperaban en la cabecera, una manta como el chocolate caliente, un colchón de más de un palmo de grosor... Y dos personas observándola en silencio. Estaba empezando a convertirse en una molesta costumbre.

Dejó la mochila en el suelo y se sentó en la pequeña butaca situada junto a la ventana. La oscuridad era total al otro lado de los cristales, pero el frescor que emanaba de ellos serviría para mantenerla despierta. Alcolea ocupó la silla del escritorio y Casals permaneció de pie hasta que Marcela la invitó con un gesto a sentarse en la cama. Su estrecho trasero apenas ocupó unos pocos centímetros cuadrados de la esquina más lejana a ella.

Paseó la mirada de uno a otro y se tragó el cansancio.

—Fernando Ribas —dijo simplemente.

—Yo contacté con Elur Amézaga —empezó el subinspector Alcolea. Había erguido la espalda y mantenía los puños cerrados sobre los muslos, listo para defenderse—. Me pasé dos semanas rondándola, compartiendo cervezas y porros, haciéndome el encontradizo en el pueblo. Solía llevar bastante dinero y varias papelinas encima y procuraba que las viera. Apenas habíamos hecho avances desde que llegamos, así que una noche decidí jugármela.

—¿Tú solo?

—Sí, yo solo.

—¿Dónde estaban tus compañeros?

—No lo sé exactamente.

Marcela le hizo un gesto con la cabeza para que continuara.

—Una noche, Elur estaba sola en el bar. Faltaban varios de los habituales, por lo que supuse que tocaba pasar la frontera. —Había abierto un poco los puños, pero su posición continuaba siendo defensiva—. Me acodé en la barra con ella, bebí un par de tragos y me acompañó a la calle a fumar. Llovía bastante, estábamos completamente solos. Pensé en los tres meses que llevábamos aquí y en cuánto más tendríamos que quedarnos si no obteníamos resultados pronto. Así que me lancé. La acorralé contra el muro de piedra y me identifiqué, le dije que la tenía cogida por las pelotas, que teníamos imágenes y vídeos suyos trapicheando, pero que si colaboraba nos olvidaríamos de su nombre cuando detuviéramos a toda la banda. El resto se pasaría como mínimo dos décadas entre rejas, pero a ella le ofrecí la oportunidad de hacer borrón y cuenta nueva.

—¿Y aceptó?

—Al principio, no. Me insultó, intentó pegarme y me amenazó con denunciarme a los demás para que se ocuparan de mí. Entonces amagué con detenerla y llevármela en ese mismo instante para evitar que me delatara. Le aseguré que en unos días nadie preguntaría por ella. Habría desaparecido, sin más. Le juré que somos capaces de hacer cosas así… y me creyó.

—Muy bien, Alcolea —aplaudió Marcela—, expandiendo el buen nombre del cuerpo, tan querido por estas tierras, por otra parte.

—¿Qué quería que hiciera? Al menos funcionó.

—¿Accedió?

—Así es. Con reticencias, pero al día siguiente aceptó reunirse conmigo en unos días.

—Me da la sensación de que estaba ganando tiempo.

—Es posible —reconoció, encogiéndose de hombros.

—¿Llegasteis a reuniros? —siguió Marcela.

—Habíamos quedado justo hoy; teníamos que vernos esta noche, pero hace dos días encontraron su cadáver cerca del río.

—¿Tú sabías que esa reunión iba a producirse? —le preguntó a Casals.

—Sí —afirmó tajante—, aunque no estaba previsto que asistiera. Iría solo Santiago, era su contacto y no queríamos que se asustara más de lo que ya estaba, ni que nos pusiera cara a los demás. El resto del operativo debía continuar en la sombra.

—¿La visteis en algún momento durante estos últimos días? —Ambos negaron con la cabeza. Luego continuó—: Bien. ¿Y Fernando? ¿Qué pinta el inspector Ribas en todo esto y cómo ha terminado en el cuartelillo?

—Se puso muy nervioso cuando le dije que Elur Amézaga iba a ser nuestra confidente —aseguró Alcolea—. Me acusó de ser un inconsciente y de actuar sin el consenso del equipo ni de nuestros superiores. Le expliqué que tenía que aprovechar la oportunidad, pero se enfadó mucho. Ya llevaba un tiempo raro, actuaba de un modo extraño, pero desde entonces su actitud cambió de forma radical.

—¿Ribas habló alguna vez con ella?

—No tenemos la certeza. Él lo niega, pero ya no me creo nada.

Marcela cabeceó resignada. No podía culparlo; ella misma dudaba de Ribas, y eso que se estaba esforzando por defenderlo.

—¿Cómo iba la operación?

Alcolea y Casals intercambiaron una rápida mirada antes de contestar.

—Estancada —aseguró Casals mientras su compañero asentía con la cabeza.

Marcela decidió avanzar.

—¿Qué pasó después?

—Ni idea. —Alcolea remarcó sus palabras con un gesto de los hombros.

Marcela se levantó de la silla y abrió una de las hojas de la ventana. Miró a su alrededor y no descubrió ningún detector de humos, así que sacó el paquete y el mechero del bolsillo trasero del pantalón y encendió un pitillo. Lo apuró con rapidez, en cuatro caladas largas, expulsando el humo con los ojos cerrados mientras pensaba en lo que los dos policías le habían contado.

Asomó la cabeza por la ventana, comprobó que la calle estaba desierta y lanzó la colilla.

—Bien —siguió una vez sentada—. ¿Cómo explicáis que Ribas haya terminado en el calabozo?

—Se supone que para eso ha venido usted, ¿no? —soltó Alcolea—. De un tiempo a esta parte no era el mismo —repitió—, estaba raro, actuaba de forma extraña. Hace dos noches le oí salir de su habitación de madrugada. Volvió un par de horas más tarde. Aún no había amanecido.

—¿Cómo puedes estar tan seguro?

—La puerta de su habitación estaba al final del pasillo; las de Emma y la mía, una junto a otra. El sonido vino del fondo del pasillo —zanjó—. Por la mañana —siguió, aunque todos sabían qué iba a decir— apareció el cuerpo de la joven.

—Me da la sensación de que tú ya has atado todos los cabos sin ayuda de nadie y has juzgado y condenado a Ribas —ironizó Pieldelobo.

—Estaba raro, evitaba nuestra compañía siempre que podía, le oí salir en plena noche, justo en la franja horaria en la que se cometió el asesinato…

—Y no olvides lo que encontraron en su maleta —insistió Casals. Alcolea le lanzó una mirada rápida y severa.

—Sí, pero en ese momento vosotros no teníais manera de saber qué escondía Ribas… ¿O sí?

Cabezas bajas, vista al suelo. Silencio.

—¿Registrasteis sus cosas? ¿Sin una orden? —Más silencio—. ¡No me lo puedo creer!

—Fui yo —intervino Alcolea—. Me colé en su cuarto y husmeé un poco. En realidad quería tranquilizarme, convencerme de que todo eran paranoias mías. Acababan de encontrar el cadáver. Ribas y Casals se acercaron al lugar. Yo me quedé. Esperaba encontrar… Nada. Que no hubiera nada. Cuando abrí la maleta… —Suspiró largamente, con los ojos fijos en el suelo.

—Al volver —continuó Casals—, me informó de lo que había encontrado. Sabíamos que era un registro ilegal, por supuesto, pero teníamos sospechas anteriores en las que basarnos, así que llamamos a nuestros superiores y ellos organizaron el operativo con la Guardia Civil.

—¿Llamamos? ¿Los dos? —Los miró con desprecio, las comisuras de los labios apuntando hacia abajo y la bilis en la garganta—. ¿Quién llamó?

—Yo lo denuncié —afirmó Alcolea en voz alta y clara. Volvió a apretar los puños, que había relajado levemente mientras hablaba.

—¿Y la subinspectora Casals estaba al tanto, o es otro eufemismo?

Alcolea estaba a punto de responder, con los labios separados y la lengua pegada a los dientes, pero ella se le adelantó.

—Por supuesto que lo sabía —aseguró tajante.

—Ribas lo niega todo. —La voz de Marcela fue casi un susurro. El agotamiento había comenzado a trepar por sus piernas, opresivo, pulsante. Pronto le agarrotaría el cuerpo entero y apagaría sus conexiones neuronales.

—Es lo habitual —intervino Alcolea con una mueca—. Dejaremos que hablen las pruebas.

—Si tú accediste a su maleta —le rebatió Marcela—, cualquiera pudo hacerlo.

—Yo no accedí a su maleta —masculló Alcolea con los dientes apretados.

—Acabas de confesarlo.

—Negaré haber dicho tal cosa.

—De acuerdo, como quieras —zanjó Marcela, cansada. El dato, sin embargo, se instaló en su cabeza como un molesto Pepito Grillo. Estridulación. Así se llamaba el sonido que hacían los grillos. Y el suyo no dejaba de estridular—. Mañana lo trasladarán a Pamplona, y al día siguiente se reunirá con el juez. Es su oportunidad para aclarar las cosas.

—O para confesar —añadió Casals.

—Ojalá lo haga —concluyó Alcolea—. Todo sería mucho más fácil para él.

—Una cosa más —dijo Marcela, incapaz de mover un solo músculo—. ¿Comunicasteis a los forales o a los picoletos vuestra intención de contactar con una posible confidente?

Casals y Alcolea se miraron un segundo. Marcela pensó que entre ellos había demasiada complicidad y excesivos silencios. Parecían estar interpretando una obra mil veces ensayada, y no le hacía ninguna gracia.

—Me puse en contacto con el sargento Salas —reconoció finalmente Alcolea—. Él conoce a esa gente, tiene sus fichas e información de la que nosotros carecemos. Le pregunté por la joven en cuestión.

Marcela esperó a que el subinspector continuara hablando, pero el silencio se extendió por la habitación como la niebla por el pueblo. Espeso, voraz, ocultándolo todo a su paso. Todo, menos el hecho de que esos dos habían tramado una operación paralela a espaldas de su superior inmediato.

—¿Y bien? —insistió Marcela. No podía más—. ¿Qué te respondió el sargento?

Alcolea bufó, miró de reojo a su compañera y apretó los labios.

—Que no era buena idea —soltó por fin de mala gana—. Que esa chica era complicada, que ni siquiera ellos estaban seguros de en cuántos círculos estaba metida. Era la pareja del que suponemos que es el cabecilla de los correos, que además es miembro destacado de un partido *abertzale*. Salas insinuó también que ella tenía sus propios negocios, pero que los llevaba con mucha discreción.

—Y aun así, a pesar de que tu superior inmediato te desautorizó, de que el sargento de la Guardia Civil te dijo que no era buena idea, aun así, decidiste tirarte a la piscina sin comprobar primero si había agua. Y te atreves a culpar a Ribas de lo sucedido.

—Yo no he matado a nadie —masculló Alcolea entre dientes.

—Eso está por ver —respondió Marcela dándole la espalda.

No recordaba si les había pedido que se marcharan o si Casals y Alcolea habían salido de la habitación por iniciativa propia. Cuando su cerebro consiguió librarse del cansancio acumulado y recuperó algunas horas de sueño, se despertó vestida solo con sus bragas entre las sábanas blancas. No había corrido las cortinas ni bajado la persiana, así que el nuevo día le regaló un desfile de naranjas y violetas sobre las montañas, todavía oscuras, que se asomaban a través de los cristales.

Se había dormido sin llamar a Damen, a pesar de que se lo había prometido. Miró la hora en el móvil y buscó el número. Eran las siete de la mañana. Seguro que para entonces Damen ya habría vuelto de su carrera matinal y se estaría preparando para ir a trabajar. Orden y método, así era él.

Tardó bastante en contestar; de hecho, Marcela estaba a punto de colgar cuando oyó la voz de Damen.

—¿Te has caído de la cama? —bromeó él.

—Y tú, ¿estabas durmiendo? ¿Me voy un día y pierdes las buenas costumbres?

—Me has pillado en la ducha, y ya sabes que no me llevo el móvil al baño. Dime, ¿qué tal va todo por Bera?

—Bastante mal, pero al menos no llueve.

—¿Complicado? —preguntó sin más.

—Mucho —respondió ella mientras se tapaba con el edredón. La mañana era fresca y la habitación no estaba caldeada—. Fernando niega los hechos y acabó por mandarme a la mierda, literalmente.

—Vaya, lo siento. Sé cuánto lo aprecias.

—Ya, bueno. Luego hablé con sus compañeros de operativo, dos subinspectores que no me han gustado nada.

—Eso es algo innato en ti. Nadie te gusta de entrada, ni siquiera yo.

Marcela sonrió. Tenía razón.

—Sigue empeñado en no declarar, no se da cuenta del daño que se hace. Permite que las pruebas se acumulen sobre su cabeza y luego no podrá hacer nada para defenderse. Está cavando su propia fosa.

—Si las pruebas se acumulan, quizá sea culpable, ¿lo has pensado?

Marcela cerró los ojos. Claro que lo había pensado. Una y otra vez, la idea aparecía en su cabeza como un foco hollywoodiense.

—Tenía intención de volver ahora mismo, pero ya que estoy aquí, echaré un vistazo.

—Buena idea, y ten cuidado ahí fuera.

Marcela puso los ojos en blanco y bufó lo bastante alto como para que Damen la oyera.

—Te prohíbo que vuelvas a hablar con mi hermano.

—Tu hermano me cae bien —protestó él.

—No confraternices. Punto.

—Hasta mañana.

Damen conoció a su hermano Juan hacía unos meses, cuando un coche la sacó de la carretera y la mandó al hospital. Ambos se turnaron para cuidarla en el hospital y en casa y se habían hecho más amigos de lo que a Marcela le parecía adecuado. Juan era un pedazo de pan, le caía bien a todo el mundo, pero que Damen se acercara tanto a su familia le sonaba a un convencionalismo que no estaba segura de querer para sí misma en ese momento.

Marcela colgó sin despedirse, aunque ya había una sonrisa en su cara. Damen tenía ese efecto en ella. Damen Andueza, inspector de la Policía Foral de Navarra, el bálsamo para sus heridas, real y metafóricamente hablando; la única persona en mucho tiempo que se había colado en su interior, de nuevo real y metafóricamente. Leal, íntegro, honrado. Estaba empeñado en rascar bajo su piel. El día que descubriera las cenizas de su alma, se acabó el inspector Andueza. Intentaba prepararse para ese momento, pero un pellizco le retorcía el estómago cada vez que imaginaba su rechazo. Podría aprender a vivir sin él, pero su odio y su desdén le pesarían para siempre como una losa.

9

—Tengo que irme.

Elur Amézaga se libró de las manos de su novio, se levantó del sofá y corrió hacia el baño. Las baldosas del suelo estaban heladas. Si se le metía el frío en el cuerpo, no conseguiría calentarse en toda la noche. Y le esperaba una noche muy larga.

—Date prisa, no vayas a llegar tarde —le gritó Bizen.

Ella abrió el grifo de la ducha y fingió no haberlo oído. Nunca llegaba tarde, pero él se sentía en la obligación de recordárselo cada día. Puso la radio y empezó a tararear la melodía. Hacía tiempo que descubrió que la música era un método infalible para acallar la voz de Bizen en su cabeza. Bizen pidiendo. Bizen exigiendo. Bizen gritando.

Salió, se secó y se vistió rápidamente. Bizen volvió a hablarle cuando ella cruzó deprisa el salón rumbo a la cocina. Algo sobre su pelo y gotas en el suelo, pero Elur subió el volumen de la música en su cabeza, le sonrió y siguió adelante.

Le daba tiempo de comer algo rápido antes de salir hacia el bar. La noche anterior se había acostado casi a las tres de la madrugada. Tenía cosas que hacer después de cerrar, pasada la medianoche, cosas de las que era mejor ocuparse cuando el pueblo dormía. Menos mirones, menos interrupciones, más seguridad.

Trapicheaba a pequeña escala, clientes escogidos que no se sentían cómodos recurriendo a los vendedores habituales. Padres de familia que buscaban maría o hachís y no querían acercarse a determinados ambientes, camioneros de paso que buscaban un poco de hierba para dormir bien, camareros cuya clientela les requería unos gramos de coca de vez en cuando... Pero Bizen no debía enterarse de esto. Ni él, ni nadie.

Entró en la habitación, recogió el bolso del suelo, se puso el abrigo, le dio un beso rápido a Bizen, que se estaba a quedando dormido frente a la tele, y salió a la calle.

Hacía frío. El viento, húmedo tras atravesar las nubes cargadas de lluvia, le empapó el pelo en menos de cinco minutos. Se levantó el cuello del abrigo, hundió la cabeza entre los hombros y siguió adelante.

Casi había llegado. Ralentizó el paso cuando una figura cubierta por un chubasquero oscuro se materializó ante ella. Sacó la mano derecha del bolsillo y extendió los dedos. Al llegar a su altura, el hombre alargó unos centímetros el brazo. Un segundo después, el pequeño paquete había cambiado de dueño.

Elur volvió a meter la mano en el bolsillo y siguió adelante a buen paso. Notaba el bulto caliente entre sus dedos. Sonrió con la cabeza baja y giró la última esquina antes de llegar al trabajo.

El bar la recibió con su habitual ambiente de charlas animadas, tintineo de vasos y botellas, luces claras que se oscurecerían a partir de las once de la noche y un constante trajín de bebidas y personas. La hora de comer todavía no había terminado, y los dos camareros de la mañana se afanaban en servir los postres, los cafés y los chupitos a los clientes rezagados. Las seis mesas que componían el escueto comedor estaban llenas. En total, más de veinte menús. El jefe estaría contento ese día.

Elur levantó la mano para saludar a Luken y a Andoni y se apresuró hacia la trasera del bar, donde un minúsculo cuarto hacía las veces de zona de descanso y vestuario colectivo. Colgó el abrigo en el perchero, se sacudió el pelo y se miró en el espejo. Todo bien. Sonrió, se ahuecó el pelo y se recolocó el escueto flequillo. Mejor así. Cambió las botas por las deportivas que guardaba allí y se preparó para empezar una jornada que terminaría al día siguiente. Palpó de nuevo el paquete que ocultaba en el bolsillo del abrigo. No lo necesitaría hasta que las luces se oscurecieran.

—Esta noche hay concentración por los presos —le recordó Luken cuando se colocó tras la barra.

—Lo sé. Irá Bizen, yo no puedo. Os veré después.

Esa iba a ser una noche muy productiva.

10

El guardia Einer Tobío la miraba con una sonrisa forzada desde el otro lado de su mesa. El sargento estaba ocupado, y el inspector Fernando Ribas se negaba a recibirla. De hecho, estaba previsto que el furgón policial lo recogiera en unos minutos para trasladarlo a Pamplona.

Marcela hervía por dentro. ¿Qué se supone que debía hacer ella en ese momento? Desde luego, lo primero era perder de vista la cara de idiota del pimpollo.

Dio media vuelta y salió a la calle. Se colocó a un lado del edificio y encendió un cigarrillo. No había dado ni dos caladas cuando el portón del garaje comenzó a moverse con un discreto zumbido. Marcela se hizo a un lado y siguió fumando junto al porche. Un furgón verde subió despacio la rampa y se detuvo junto a ella antes de incorporarse a la carretera. Los cristales tintados le impedían ver quién viajaba en su interior, pero Marcela estaba casi segura de que Fernando la estaría observando desde el otro lado.

No consiguió sonreír. Le habría gustado decirle que todo iría bien, pero no podía. Fernando no era tonto, y ella era una pésima mentirosa. Nada iría bien. Nada puede ir bien cuando viajas en la parte trasera de un furgón de la Guardia Civil camino de un calabozo aún más hondo que del que sales.

El vehículo avanzó por la calzada hasta perderse de vista dos calles más adelante. Marcela tiró la colilla al suelo y la aplastó con el pie. Luego dio media vuelta y volvió a entrar en la comandancia. El guardia Tobío seguía donde lo había dejado, aunque ya no sonreía.

—¿Era el inspector? —preguntó Marcela, solo por confirmar lo que le decían las tripas.

Tobío asintió en silencio.

—Me gustaría ver el lugar de los hechos —pidió la inspectora—, el sitio donde mataron a la chica.

—Yo no sé… —empezó el guardia. Dio la sensación de que su flaca figura encogía dentro del uniforme.

—Pues apúntame la dirección e iré sola —zanjó Pieldelobo.

—Voy… —empezó Tobío—. Voy a ver.

Correteó pasillo adelante hasta cruzar el umbral de una puerta. Cinco minutos después regresaba más calmado, con paso rápido y decidido, el anorak oficial puesto y unas llaves en la mano.

—El cabo Olmos me autoriza a llevarla. De hecho —añadió—, estoy a su servicio mientras permanezca en Bera. ¿Vamos?

El Patrol de la Guardia Civil avanzaba despacio por el estrecho sendero. Los árboles inclinados a lo largo de todo el camino ofrecían el efecto óptico de una gruta sin fin, un largo tubo sostenido por las ramas y oscurecido por las escasas hojas que se mantenían unidas a la corteza. La única luz que se filtraba lo hacía desde abajo, lo que incrementaba aún más la sensación de encontrarse bajo tierra.

Los huesos recién soldados de Marcela lanzaban pequeñas señales eléctricas a su cerebro en cada bache, y los músculos apalizados temblaron con calambres que creía haber dejado atrás.

—¿Falta mucho? —preguntó.

Tobío movió la cabeza de un lado a otro.

—¿Ve ese túnel en la roca? Encontraron a la joven ahí dentro —añadió sin esperar respuesta.

Aparcaron a un lado y cambiaron el cálido confort del vehículo por una seca bofetada helada. El látigo de viento procedente del túnel los sacudió con fuerza.

Marcela intentó protegerse detrás del coche, pero las ráfagas la encontraban y la zarandeaban sin piedad. Buscó un charco de sol y se colocó en el centro. No era mucho, pero agradeció el cambio.

—¿A cuántos kilómetros estamos del pueblo? —preguntó.

—A unos cinco —respondió Einer.

Les había costado menos de diez minutos llegar hasta allí, circulando muy despacio por la estrechez de la vía y la presencia de algunos paseantes. Calculó que a pie, a buen paso, habría necesitado algo más de media hora. Giró sobre sí misma sin salir de la zona caldeada. A su derecha, abajo, el río Bidasoa se deslizaba entre un estruendo de agua y viento. Las orillas estaban cubiertas de piedras blancas y grises, redondeadas por el roce del agua. Sobre su cabeza, la carretera 121-A, elevada sobre enormes pilares y desdoblada en tres carriles para intentar reducir su macabro *ranking* de accidentes. Al otro lado del río, la antigua carretera de Bera, mil veces parcheada, con los estrechos arcenes llenos de maleza y desperdicios y un tráfico demasiado intenso para semejantes condiciones.

—¿Qué es eso? —Marcela señalaba hacia un edificio de hormigón con evidentes signos de abandono que se alzaba a unos cincuenta metros de donde estaban, en una posición algo elevada sobre el cauce del río.

Einer Tobío siguió el dedo de Pieldelobo.

—¿Eso? Es la antigua estación eléctrica de Endarlaza. Lleva años cerrada.

—¿Cerrada y abandonada?

—Supuestamente, no —añadió el guardia civil—. Hay un equipo de mantenimiento, pero el resto del tiempo está vacía.

Marcela ignoró la cinta policial y se dirigió hacia el camino de entrada a la central. Una senda de grava mal peraltada dibujaba una pronunciada pendiente hacia el edificio principal, una anodina construcción de ladrillo de muros color crema y tejado rojo a dos aguas. Una pasarela de hormigón apenas protegida conducía hacia la maquinaria que había quedado allí tras el cierre. Aunque el recinto estaba vallado, cualquiera mínimamente ágil podía sortear la verja y adentrarse en el caserón enmohecido. De hecho, las pintadas que adornaban los muros eran buena muestra de esos allanamientos.

Bajó decidida la cuesta. Oyó los pasos saltarines del guardia detrás de ella. Ese hombre necesitaba un Rocinante para imponer cierto respeto.

—Inspectora —la llamó—. Necesitamos un permiso para entrar —continuó ante su silencio. Marcela ya tenía las manos en la verja.

—Lo pediré en cuanto volvamos, no se preocupe. Es solo curiosidad —añadió mirándolo de reojo. El guardia se detuvo junto a la verja.

—No puede entrar sin permiso —insistió—. Por favor, no me obligue a llamar al sargento, bastante lío tenemos ya.

Marcela lo miró y a continuación consultó su reloj.

—De acuerdo —accedió de mala gana—. Veamos lo de arriba y así podremos irnos. Hace mucho frío. —Pasó junto al guardia sin mirarlo y subió la cuesta a grandes zancadas. Se detuvo al llegar junto a la cinta blanca y azul—. ¿Aquí tampoco puedo pasar?

Tobío la alcanzó y trazó una breve curva para coger la cinta sin rozar a la inspectora. Levantó la banda y la sostuvo en alto para que Pieldelobo pudiera pasar al interior del túnel.

—Debí haber pedido las fotos de la escena —bufó contrariada.

—Las tengo —dijo simplemente Tobío. El joven le mostró un iPad y lo encendió en el mismo gesto.

Marcela lo miró con otros ojos. Al final, el muchacho de la triste figura no iba a ser tan inútil como parecía. Cogió la tableta y fue pasando despacio las fotos. Amplió alguna, se detuvo en los detalles e intentó colocarlos en el lugar correcto. Encontró las zarzas aplastadas y las huellas en la grava, menos visibles en ese momento por efecto del viento. Luego entró en el túnel. Aunque la luz del sol iluminaba suficientes metros como para distinguir lo que buscaba, Tobío encendió la potente linterna que llevaba al cinto y cuyo haz prácticamente devoró la oscuridad. Marcela escrutó el suelo hasta dar con la enorme mancha parduzca sobre la que se desangró la joven. No le hizo falta demasiada imaginación para recrear lo que había ocurrido allí. Las largas salpicaduras en las paredes, la gravilla empapada.

Inspeccionó los lugares en los que habían impactado las balas a lo largo del túnel, el goteo de sangre en varios puntos, las marcas que dejan dos personas enzarzadas en una pelea.

Se giró a derecha e izquierda.

—¿No hay otra forma de llegar hasta aquí que por donde hemos venido? —preguntó.

—No exactamente —respondió Tobío—. Esta vía verde tiene unos cuarenta kilómetros y atraviesa varios pueblos. Además, en varios puntos hay puentes que salvan el río Bidasoa. Quien atacó a la víctima pudo llegar desde Navarra o desde Gipuzkoa, incluso desde Francia, que está aquí al lado.

El guardia giraba sobre sí mismo para señalar las direcciones según las mencionaba, con el brazo largo extendido y el índice a modo de aguja de brújula.

—¿Se sabe cómo llegó ella hasta aquí? —continuó Pieldelobo.

Einer Tobío se giró de nuevo e indicó hacia el lugar en el que habían aparcado el coche oficial.

—Encontramos su moto aquí mismo.

—¿Algún rastro del agresor?

—No, nada. El jefe supone que el inspector... Que quien fuera —corrigió— vino con su propio coche, moto o bicicleta, lo dejó antes del túnel y caminó en la oscuridad. No le debió costar mucho sorprenderla. No hay farolas, es muy fácil ocultarse.

Marcela observó en silencio el resto de las fotos. La joven desmadejada sobre un charco de sangre; el enorme boquete de su garganta;

la boca abierta, la mitad inferior de la cara cubierta de sangre, la ropa empapada. Las piernas recogidas bajo el cuerpo hacían suponer que había caído a plomo, sin intentar huir o salvarse. La herida del brazo era poco más que un rasguño, pero aun así tuvo que dolerle y, sobre todo, incapacitarla para la lucha. Elur aparecía con el pelo revuelto y la ropa cubierta de polvo.

Salió en silencio.

La siguiente foto la obligó a girar sobre sí misma un par de veces, hasta dar con el lugar donde habían encontrado la pulsera médica de Fernando Ribas. A su izquierda, una pared de piedra gris cubierta de maleza se hundía en el suelo, donde un reguero de pequeños y dispersos arbustos flanqueaba el camino. Había unos diez metros de distancia entre el charco de sangre y los arbustos. Se acercó con cautela y estudió el suelo y las zarzas. No distinguió restos de sangre ni nada que le llamara la atención.

—¿Qué han hecho con la ropa de Ribas? —preguntó.

El agente se encogió de hombros.

—La tiene la científica —respondió—. La suya —añadió con la aguja magnética apuntándola a ella. Eso implicaba al inspector Domínguez, y nada le apetecía menos que llamarlo. Sin embargo, las preguntas se estaban acumulando en su cabeza y necesitaba respuestas que solo él podría facilitarle.

—¿Encontraron sangre?

Un nuevo encogimiento de hombros.

—No le sabría decir…

Marcela frunció el ceño.

—¿Qué ropa se llevaron?

—Creo que toda la que tenía en el piso. Pero la tienen los suyos —insistió.

—¿Nos vamos? Me estoy congelando.

Sin esperar respuesta, Marcela se dirigió hacia el Patrol y esperó allí hasta que Einer accionó el mando a distancia. El interior estaba casi tan helado como el exterior.

—¿Puedes conseguirme una copia de todo lo que tenéis sobre el caso? —preguntó cuando el agente estuvo frente al volante—. Declaraciones, fotografías, informes… Me gustaría echarles un vistazo.

Los hombros de Tobío siguieron su habitual camino ascendente.

—No creo que haya problema. A eso ha venido, ¿no?

—Así es —ratificó ella, aunque no era del todo cierto. Su único cometido era conseguir que Fernando Ribas declarara, y había fracasado estrepitosamente.

—Se lo acercaré al hostal en un rato.

—Genial. Arranca.

El restaurante del hostal ofrecía un interesante menú que no tuvieron problema en prepararle en envases para llevar. No sabía si los subinspectores Alcolea y Casals seguían en Bera, y no quería que volvieran a sorprenderla antes de terminar de comer.

Cogió la bolsa que le preparó la camarera, pagó y subió a su habitación. El servicio de limpieza ya había pasado por allí. La cama estaba hecha, la papelera vacía y habían repuesto los botecitos de gel y champú del baño. Despejó la mesita auxiliar y colocó encima los envases que fue sacando de la bolsa. Ensalada de bonito, canelones de hongos y una cuajada.

Empezó a comer acompañada por el sonido que le llegaba desde la calle. Seguía sin llover, y el tiempo inusualmente seco se había convertido en tema central de la mayoría de las conversaciones.

—Y luego dicen que no hay cambio climático —comentaba alguien con sorna.

—Es cíclico, acuérdate de la sequía de hace diez años, que casi nos tenemos que beber el agua del río —respondía otro.

—¿Has comprado chorizo? —Una señora, mayor a juzgar por el temblor de su voz.

—El de siempre, tranquila. ¿Vamos? —La paciencia tenía acento sudamericano, sin duda.

Marcela masticó despacio, concentrada en las voces de la calle. Sin embargo, su cabeza estaba llena de las imágenes que había visto en el iPad de Tobío, de los sonidos de aquel túnel, del olor a humedad y a podrido que se le había quedado pegado a la piel.

Acabó de comer y recogió la mesa. Un agradable sopor empezó a apoderarse de su cabeza. No le apetecía bajar a por un café, así que se resignó a lo inevitable. Se quitó las botas, se desabrochó el pantalón y se tumbó sobre la cama.

No había terminado de cerrar los ojos cuando el teléfono empezó a vibrar en la mesita de noche.

—No me lo puedo creer —gruñó.

Dudó entre levantarse o ignorar la llamada, pero el zumbido pudo más que ella. Se sentó en la cama y cogió el móvil. Era su hermano Juan.

—¿Tú no sabes que la gente decente descansa después de comer? —dijo a modo de saludo.

—Tú no eres gente decente —respondió su hermano después de soltar una carcajada—. Siento haberte despertado.

—No había llegado a dormirme —reconoció Marcela. Apoyó de nuevo la cabeza en la almohada y cerró los ojos mientras escuchaba a su hermano pequeño.

Hacía tres meses que su madre había muerto, pero el dolor de la pérdida se convirtió en rabia con la inesperada aparición de un padre al que creían desaparecido para siempre. Ricardo Pieldelobo se había instalado en la casa familiar alegando que nunca habían llegado a divorciarse, por lo que él, según su mente fabuladora, era el legítimo propietario de aquel edificio en el centro de Biescas.

Comenzó entonces un trajín de abogados, consultas inmobiliarias y amenazas nada veladas por ambas partes que todavía no había terminado y que estaba consumiendo la paciencia de Marcela y los recursos económicos de los dos hermanos.

Le revolvía el estómago pensar que aquel tipo dormía ahora en la misma cama en la que su madre había muerto.

—Me acaba de llamar el abogado —anunció Juan Pieldelobo.

—No estoy para malas noticias…

—No son malas. El juzgado ha dictaminado que si quiere vivir en la casa, Ricardo tiene que pagar la mitad de los gastos originados desde que se fue. Todo. Impuestos, reparaciones, plusvalías, muebles y electrodomésticos… Todo —repitió—. Y además, si pretende quedarse tendrá que comprarnos nuestra parte, ya que hemos dejado claro que no queremos compartirla con él.

—¿De cuánto estamos hablando? —preguntó Marcela. No quería el dinero, solo calcular si su padre era capaz de afrontar la deuda.

—De casi trescientos mil euros, además de las costas procesales y nuestros gastos.

Marcela suspiró y sonrió. Ya no tenía sueño, estaba despejada y contenta.

—Como acordamos —continuó Juan—, nuestro abogado ha comunicado a la juez que estamos dispuestos a condonarle la deuda a cambio de un documento en el que renuncie a cualquier derecho sobre la propiedad de la casa.

—Seguro que acepta —afirmó Marcela.

—Eso, o vuelve a desaparecer otros veinte años. Lo mismo nos da.

—Así es.

Tendrían que esperar unos días, quizá semanas, hasta que todo estuviera definitivamente en orden. Su padre era un alcohólico con una pensión de jubilación mísera y sin ahorros, como él mismo reconoció durante la vista oral. Era imposible que pudiera afrontar semejante pago y muy improbable que ningún banco le concediera una hipoteca. Ni siquiera los usureros privados serían tan estúpidos como para prestarle dinero a un tipo como él.

—¿Qué haremos si ha vendido cosas de mamá? —preguntó Juan. El retorno de su padre había sido tan inesperado que no habían tenido tiempo de retirar sus pertenencias. Allí se quedaron sus pocas joyas, los muebles e incluso la ropa. No tenían ni idea de qué habría hecho Ricardo con ellas.

—Hablaré con él —dijo Marcela.

—¿Como la última vez?

—No —zanjó Marcela—. Sin testigos.

Juan rio al otro lado de la línea, a pesar de no estar seguro del todo de si su hermana bromeaba o no. La última vez que los hermanos vieron a su padre, justo después de morir su madre, Marcela lanzó escaleras abajo al viejo después de propinarle un puñetazo en el estómago.

—¿En qué andas? —preguntó después.

—Estoy en Bera, pero esta tarde me vuelvo a Pamplona, no puedo hacer nada más aquí.

—¿Llueve?

—Ni gota.

El silencio se extendió entre ellos. No tenían nada más que decirse. Los años de separación y la distancia pesaban como una losa. Juan había formado una familia en Biescas, donde vivía y trabajaba, y ella apenas pisaba el pueblo, menos ahora que su madre había muerto.

—¿Cuándo vas a venir? —quiso saber Juan—. Tus sobrinos no te van a reconocer. Ni tú a ellos.

Marcela sonrió recordando a las tres pequeñas bestias de su hermano.

—También puedes venir tú —dijo por fin.

—Quizá lo haga, pero que no sea para cuidarte.

—Eres un pésimo enfermero, la próxima vez que alguien me dé una paliza contrataré a un profesional —se defendió con una sonrisa—. Gracias por llamar —añadió unos segundos después—, me has alegrado el día.

—Te conformas con poco —bromeó Juan.

—No es poco, es el principio del fin. Ese cabrón está a punto de ser historia.

—Eso espero. Llámame cuando llegues a Pamplona, quizá me pase.

—Hecho. Un beso, y otro para tus pequeños engendros.

Juan rio una vez más y luego desapareció.

Las voces de la calle recuperaron su lugar, pero Marcela ya no las escuchaba.

Nada es lo que parece. Durante sus primeros años en la policía, cuando según Fernando Ribas no era más que un pimpollo torpe, Marcela Pieldelobo solía esforzarse por buscar el significado oculto de las cosas. Estaba convencida de que todo tenía un doble sentido, una cara encubierta que era preciso encontrar y descifrar para resolver el caso. Como sus tatuajes. Ramas retorcidas que simbolizaban su propia vida; cuervos que acompañaban el alma de sus seres queridos hacia el paraíso; el rálido que le devolvía la vida a su madre, que viviría para siempre con ella. Y el pequeño corvato, el que no llegó a nacer, el que nunca tuvo nombre, ni sexo, ni cara. El embrión que solo recibió de ella una ira que no merecía. Todo tenía un significado oculto, una nueva interpretación que había que descifrar.

Sin embargo, los años le habían enseñado que eso casi nunca era cierto. Las cosas eran exactamente lo que daban a entender, sin dobleces ni extraños significados. Lo que ves es lo que hay. Ningún asesino es una buena persona en el fondo; ningún ladrón piensa en el prójimo cuando da un palo; ningún yonqui tiene la rehabilitación en mente hasta que no le obligan.

Llevaba más de una hora intentando encontrar una respuesta satisfactoria a lo que estaba viendo. Satisfactoria para ella y para Fernando Ribas, claro, pero no había sido capaz.

El agente Tobío le había entregado en mano un abultado dosier con la información que le había pedido. No quiso cruzar el umbral de la habitación, así que se limitó a alargar su brazo uniformado para pasarle la carpeta antes de largarse a toda prisa por donde había llegado.

Leyó los informes y extendió sobre la cama las imágenes que los acompañaban. Había fotos de la víctima en la escena del crimen, muchas de las cuales ya había visto esa mañana, e imágenes de la detención de Ribas. Lo distinguió en una de ellas, esposado sobre la cama, con la cabeza levantada y la boca muy abierta, seguramente gritando algo a los efectivos que habían asaltado la habitación.

Vio los seis bultos cuidadosamente envueltos, los paquetes de billetes de cien y cincuenta euros, ropa tirada de cualquier manera, su arma reglamentaria, un cuchillo cuidadosamente envuelto... Había poco que pensar. Aquello era lo que parecía, ni más ni menos. Un policía codicioso y corrupto que había visto la oportunidad de enriquecerse y que había puesto los dos pies al otro lado de la línea.

Marcela conocía al menos una docena de técnicas de relajación. Las había probado todas durante el juicio contra Héctor y el posterior proceso de divorcio. Respiración, posturas, sonidos, mantras... Nada funcionó. Lo único que conseguía calmarla un poco y le permitía disfrutar de una noche sin pesadillas eran dos o tres chupitos de Jagger. O cuatro. Era el colchón emocional perfecto. Legal y asequible. Un colchón sobre el que saltaba y del que, con demasiada frecuencia, salía despedida hacia el abismo.

Abrió la ventana de su habitación del hostal y se encendió un pitillo. Tenía un nudo en el estómago y un regusto asqueroso en la garganta. Le estaba costando digerir los datos del expediente.

Realizó cuatro respiraciones profundas, apuró el cigarrillo y lo apagó en el vaso que había llenado de agua. Intentaría acordarse de vaciarlo antes de marcharse.

Tenía que moverse.

Se puso las botas y cogió el anorak de encima de la cama. Estaba a punto de ponérselo cuando el móvil comenzó a vibrar en el bolsillo trasero del pantalón. No conocía ese número. Descolgó y saludó con un escueto «Sí».

—Hola —le respondieron al otro lado.

No podía ser. Sintió cómo todo su cuerpo se tensaba al instante.

—Soy Ricardo —insistió al no recibir contestación alguna.

—Sé quién eres —dijo por fin Marcela—. ¿Quién…?

Su padre intuyó la pregunta y se adelantó con la respuesta.

—Tu número y el de tu hermano aparecen en los papeles que me ha mandado el abogado.

—Eso no es una invitación para que llames.

Eso era una metedura de pata enorme por parte del juzgado, que había incluido los datos personales de los demandantes en la sentencia. Presentaría una queja, desde luego.

—¿Qué quieres? —preguntó ante el silencio de Ricardo Pieldelobo.

—Lo estoy pensando —respondió él—. No estoy seguro.

—Adiós, entonces.

—¡Espera! —se apresuró Ricardo Pieldelobo. Su voz sonaba cansada, rota, pero demasiado cercana para el gusto de Marcela—. Cuando recibí los papeles y vi tu teléfono, decidí llamarte para decirte que eres una puta sin corazón por echarme de la única casa que he tenido.

—Eres… —bufó Marcela, a punto de colgar.

—¡Déjame seguir! —pidió en voz alta, imponiéndose a las palabras de su hija—. Luego pensé que a lo mejor podía intentar explicarme. Tienes razón, soy un borracho de mierda incapaz de controlarme. Cuando me marché, lo hice muerto de vergüenza por lo que había pasado.

—Te fuiste porque si mi madre moría, terminarías en la cárcel. —Marcela respiró con fuerza—. No era la primera vez que le pegabas.

—Es cierto, pero ese día… Perdí el control por completo. Me asusté.

—Un poco tarde, ¿no? Casi la matas.

Ricardo Pieldelobo calló durante unos segundos. Luego continuó en un tono tan bajo que Marcela tuvo que pegarse el teléfono a la oreja.

—Me asusté mucho —repitió—. Te juro que cuando me fui, mi intención era rehabilitarme y regresar.

—Nosotros solo queríamos que no volvieras a aparecer —masculló Marcela.

—Lo he pasado mal —replicó él al instante—. Muy mal.

—No voy a decir que lo siento.

—No lo espero —reconoció su padre—. Cuando murió tu madre y vine a Biescas… —dijo a continuación—, empezamos con mal pie.

—No tenías ningún derecho a instalarte en su casa.

—También es mía; te recuerdo que quien trabajaba como un desgraciado para pagar la hipoteca era yo.

—Perdiste cualquier derecho que tuvieras sobre ella el día que la apuñalaste. Deberían haberte encerrado, pero te fuiste de rositas.

—¿De verdad crees que estos años han sido fáciles?

—¿Sinceramente? Espero que no.

—No, no lo han sido, ¿contenta?

Marcela no respondió.

—¿Qué quieres? —repitió ella un minuto después.

Oyó a su padre suspirar al otro lado de la línea.

—Voy a firmar todos los papeles que me han traído y me marcharé de nuevo.

—Bien —dijo Marcela. Al fin una buena noticia.

—Me vendría bien algo de pasta para empezar de nuevo.

—Ni lo sueñes. Alégrate de que no te exijamos la deuda. Acabarías en la cárcel.

Ricardo Pieldelobo pareció meditar sus siguientes palabras.

—¿Sabes? —dijo por fin. Su voz era mucho más grave que unos segundos antes—. No eres mejor que yo. No. Eres igual que yo. Y empiezas pronto; yo no empecé a joderme la vida tan pronto. Eres como yo, hija. Lo llevas en la sangre.

Sin dudarlo, Marcela colgó y bloqueó las llamadas de ese número. Luego llamó a su hermano, le explicó lo sucedido y le recomendó no responder si Ricardo llamaba y bloquearlo en el acto. Juan prometió que así lo haría.

Por segunda vez, los hermanos Pieldelobo acababan de quedarse huérfanos.

11

Felina, Elur arqueó la espalda y se separó de Bizen, que extendió los dedos para prolongar el contacto un poco más. Solía esperarla en la cama, dormido o en el duermevela previo al sueño. Elur llegaba de madrugada. La oía trastear por el apartamento, lavarse como la gata que era, cepillarse el pelo y los dientes y, por último, desnudarse sobre las frías baldosas del cuarto de baño. Entonces Bizen empezaba a tocarse, calculando cuánto tardaría la mano de Elur en sustituir a la suya.

Se hacía a un lado cuando la sentía llegar junto a la cama para cederle el lado caliente del colchón, y un segundo después comenzaba a recorrerla, a besarla y a lamerla.

Unos días, ella se dejaba hacer, se colaba bajo los calzoncillos de Bizen y se concentraba en que acabara cuanto antes. Otros, cada vez menos, se giraba hacia él, lo cogía furiosa por las caderas y lo obligaba a follarla con fuerza, sin descanso. Bizen se volvía loco, pero intentaba estar a la altura y darle lo que quería. No siempre lo conseguía, pero esa noche no había estado mal.

Se separó de él y le dio un beso de despedida antes de dormirse. Bizen tenía que marcharse. Tenía un viaje que hacer y debía estar preparado.

—¿Cuándo volverás? —murmuró Elur, más dormida que despierta.

—Mañana —respondió él—. Tengo una asamblea por la tarde. ¿Me echarás de menos?

—Ya sabes que sí —murmuró antes de dormirse.

No lo oyó salir.

Unas horas después, no sabía cuántas, sintió una mano fría sobre su hombro desnudo. Pensó que sería Bizen. Si ya había vuelto, algo debía haber salido mal. Encendió la luz de la mesita de noche y se giró. Estuvo a punto de gritar cuando descubrió quién la miraba de pie junto a la cama.

No era Bizen.

—¿Qué haces tú aquí? —preguntó mientras recuperaba el edredón y se tapaba con él—. ¿Cómo has entrado?

—Tenemos que hablar —respondió simplemente el hombre.

—¿Hablar? Estás loco, nos matarán a los dos. Márchate ahora mismo.

El hombre se abrió la parka y dejó a la vista una pistola perfectamente enfundada en la sobaquera. Elur retrocedió instintivamente hasta sentarse sobre la almohada. No podía apartar la mirada del arma.

—Tranquila —susurró él—, no pasa nada.

—Llevas una pistola... Por favor...

El hombre observó a Elur. Sus ojos abiertos al máximo, los labios separados, el rictus tenso de la frente... Tenía miedo. «Bien», pensó mientras reprimía una sonrisa. Pero no quería que el miedo se convirtiera en pánico y todo se desbocara. Control. Esa era la clave de todo. Tenía el control y debía mantenerlo.

Se sentó en la cama y se abrochó la parka de nuevo para ocultar el arma de la vista de Elur. Ella no dio muestras de tranquilizarse en absoluto. Siguió aferrando el edredón y escudriñando el espacio de la habitación en busca de una vía de escape. Sus ojos giraban rápidos en las órbitas, mirando a derecha e izquierda sin perder de vista al intruso y, sobre todo, sus manos, que ahora descansaban sobre los muslos, relajadas.

—Tranquila —repitió—. En serio, solo quiero hablar.

—¿De qué quieres hablar? —consiguió preguntar Elur.

El hombre se acomodó sobre la cama y cruzó las piernas. Luego consultó su reloj. Estaba alargando la visita innecesariamente y eso era peligroso, así que enderezó la espalda y fue al grano.

—Las cosas van a cambiar mucho por aquí. Estoy listo para hacerme cargo del negocio. Reduciremos intermediarios y aumentaremos los beneficios. Bizen es historia —añadió, sacudiendo las manos—. Todo será mucho más sencillo. Y lucrativo. Tú también puedes ganar mucha pasta. Nos conocemos, sé lo que haces a espaldas de Bizen. Menudencias. Hazlo a lo grande, dale la patada.

—Estás loco, ¡estás como una puta cabra! —La voz le temblaba tanto que dudaba de que él la hubiera entendido. Aun así, continuó—: ¿Qué te hace pensar que no se lo diré en cuanto vuelva? También puedo llamarlo ahora mismo y contarle la sarta de gilipolleces que estás diciendo.

El hombre se acercó a ella. No hizo ademán de tocarla, pero Elur se encogió aún más bajo el edredón.

—¿Eres consciente de hasta qué punto puedo complicaros la vida? —susurró el tipo—. Claro que lo sabes. —Simuló sonreír y estiró la espalda de nuevo—. Es muy fácil. Haz lo que te pido, lo que te pediré a partir de ahora, y muy pronto serás una mujer libre y rica. Podrás olvidarte de ese imbécil con el que sales y elegir con quién follas. Quién sabe si entonces…

El hombre alargó la mano y trazó con el índice la curva de la cadera de Elur. Ella le agarró por la muñeca para impedirle avanzar y aguantó sin pestañear su sucia sonrisa.

—No puedes hacerme esto —protestó Elur.

—Claro que puedo —se burló él—, y no olvides que siempre cumplo lo que prometo.

—Eres un cabrón hijo de puta…

—Eso también —sonrió el tipo mientras se levantaba de la cama y se dirigía a la puerta—. Hablaremos pronto y te explicaré qué hay que hacer. Si sabes lo que te conviene, no le dirás ni una palabra a nadie. ¿Amigos? —preguntó con la puerta ya abierta.

Elur lo miró unos instantes y afirmó con la cabeza. Él sonrió y se marchó.

12

La documentación que le había facilitado la Guardia Civil incluía la dirección de la casa familiar de Elur Amézaga. Llamó, confirmó que los padres estarían allí por la tarde y tecleó en el móvil el nombre de la calle y el número. Cinco minutos andando. Le sobraba tiempo.

Tenía que sacarse a su padre de la cabeza. Y no volver a referirse a Ricardo Pieldelobo como su padre.

Encendió el ordenador, convirtió su móvil en un wifi portátil para evitar conectarse a ninguna red pública y entró en Instagram desde un navegador seguro. Escribió en el buscador de la red social el nombre de la víctima y accedió a su perfil. La joven que la saludó a todo color distaba mucho de la que había visto en el informe del caso hacía pocas horas, ensangrentada, sucia y desmadejada en el suelo. Muerta.

En la primera imagen, Elur miraba a la cámara de soslayo con unos ojos marrones perfilados por unas pestañas espesas. El pelo, largo, castaño y con unas ligeras ondas, parecía volar por efecto del viento. Estaba sentada en una roca, en la cima de una montaña, y se abrazaba las piernas con unos brazos delgados y musculados.

Marcela se detuvo en la siguiente imagen. Elur saludaba a alguien con el brazo levantado y una cerveza en la mano. Junto a ella, un joven bastante atractivo imitaba el gesto con un brazo mientras que con el otro la abrazaba por la cintura. Él era casi una cabeza más alto que Elur, quien a su lado parecía más menuda de lo que en realidad era. El joven, moreno, de barba cerrada y complexión fuerte, sonreía con la boca abierta, mostrando unos dientes grandes y blancos.

Sonrisas, cervezas, paisajes, amaneceres y atardeceres; algunas instantáneas en manifestaciones y concentraciones, casi siempre junto al mismo joven o muy cerca de él, caras alteradas detrás de una pancarta… Nada sorprendente.

Repasó los comentarios. Tuvo que traducir la mayoría, escritos en euskera. De nuevo, nada que le llamara la atención.

Elur no tenía Twitter, y en Facebook encontró una réplica casi exacta de sus publicaciones en Instagram. Anotó los nombres de las personas más activas en su hilo y de la organización cuya pancarta sostenía en una manifestación y se preparó para visitar a los padres de la joven que sonreía en la pantalla.

Marcela aceptó el café que le ofreció la madre de Elur y se sentó en una de las sillas que rodeaba la mesa del comedor. El padre se acomodó al otro lado de la mesa, en una silla gemela, pero con una cerveza en la mano. Un joven de unos dieciocho años se levantó del sofá y desapareció escaleras arriba. El silencio era abrumador, incluso los pasos de puntillas del muchacho resultaban inapropiados.

Un minuto después, la madre dejó un plato con unos trozos de empanada sobre la mesa y se sentó junto a su marido. Ambos la miraron fijamente, sin romper el silencio.

—Me gustaría transmitirles mi más sincero pésame, que hago extensivo a todos mis compañeros —empezó Marcela.

—¿Incluido el que la mató? —preguntó el padre con los ojos brillantes.

Marcela estiró la espalda y entrelazó los dedos sobre el cristal de la mesa.

—La investigación sigue adelante, por eso estoy aquí, y si se demuestra que el inspector Ribas mató a su hija, no les quepa duda de que pagará por ello.

—¿Y qué es exactamente lo que está buscando aquí? —intervino la madre con un hilo de voz. Estaba afónica y congestionada—. Ya se han llevado todo lo que quisieron, y sin preguntar, por supuesto. Ropa, un peine, su ordenador, el móvil...

«Mierda», bufó Marcela para sus adentros. Tendría que llamar a la Reinona en cuanto saliera de allí. Intentaría dar con el subinspector Torres, pero todos le tenían demasiado miedo a Domínguez como para proporcionar cualquier información sin su consentimiento.

—Además de darles el pésame, intento hacerme una idea de quién era Elur, cómo era.

Ambos se encogieron de hombros al mismo tiempo.

—Una chica normal —aseguraron. La madre ahogó un hipido y el padre siguió hablando en solitario—. Trabajaba, salía con los amigos, venía a vernos... Una chica normal —repitió en un susurro.

Marcela los miró. Hombros caídos, piel enrojecida, amplias ojeras moradas. La viva imagen de la desolación. Sin embargo, distinguió en sus caras un gesto apenas contenido: el de la furia, la rabia, una violencia que amenazaba con desbordarse en cualquier momento.

Marcela respiró y se lanzó de cabeza a los tiburones.

—No estoy segura de hasta dónde los han informado sobre Elur...

Las fauces del escualo volaron hacia ella.

—¡Mentiras! —bramó el padre—. Nos contaron una sarta de mentiras. No vamos a consentir que difamen a nuestra hija para proteger a un policía asesino. Si lo sueltan, lo mataré yo mismo, ¡con mis propias manos!

—Elur jamás colaboraría con la policía, eso está fuera de cualquier posible discusión —añadió la madre.

—En esta casa tenemos las cosas muy claras —retomó el hombre—. Defendemos a los nuestros, sabemos quiénes somos y de dónde venimos. Elur también lo tenía muy claro, así que tendrán que pensar en otra excusa si quieren sacarse este marrón de encima. Un policía ha matado a nuestra hija. Es un asesino, y no le va a valer de nada esconderse detrás de un uniforme.

El padre echó violentamente la silla hacia atrás, se levantó y desapareció escaleras arriba.

—Aunque les cueste creerlo, nosotros queremos lo mismo que ustedes.

—Como ha dicho —replicó la madre, levantándose también—, nos cuesta creerlo.

Marcela abandonó su asiento y siguió a la mujer hacia la puerta. Ya estaba sobre el felpudo cuando una pregunta se materializó en su cabeza. Se giró hacia la madre, que había empezado a cerrar la puerta, y estiró la mano para detenerla.

—Solo una cosa más —dijo—. ¿Cuántos ordenadores tenía Elur?

La madre frunció el ceño y la miró sin comprender.

—Uno —respondió.

—¿Y lo tenía en esta casa, en lugar de en la suya?

La mujer bajó los ojos. Marcela esperó, respetando su silencio pero dispuesta a no marcharse sin una respuesta.

—Vino unos días antes de... —La voz se le resquebrajó como una rama seca. Tragó saliva, se enjugó las lágrimas con el pañuelo arrugado que llevaba en el bolsillo del pantalón y encontró la fuerza para seguir hablando—. Había discutido con Bizen. Una discusión fuerte.

—¿Le pegó? —preguntó Marcela.

La madre hizo un gesto con un hombro y asintió en silencio.

—Nunca me gustó Bizen, pero no imaginé que pudiera... Elur cambió cuando empezó a salir con él.

—¿En qué sentido? —quiso saber Marcela.

—En muchos aspectos. Seguía siendo la misma en el fondo, pero cambió de trabajo y de amistades, vestía diferente...

—¿Habían roto definitivamente?

—No lo sé, no estoy segura. Yo no la animaba a volver, desde luego. —La voz le hizo un nuevo quiebro y ella se tomó unos segundos para recomponerse antes de continuar—. Parecía nerviosa, estaba intranquila, se sobresaltaba con frecuencia. Quizá no fuera la primera vez que le pegaba y tenía miedo de que viniera a por ella. Pero su padre y yo la habríamos defendido, seguro, con uñas y dientes. Mi niña, mi niña… —balbuceó con los ojos llenos de lágrimas—. Mi nena preciosa…

La madre se apoyó en la jamba de la puerta y sollozó con fuerza. Marcela se quedó donde estaba, a dos pasos del felpudo, dudando entre marcharse o alargar el brazo e intentar consolarla. Decidió esperar. Dejó caer los brazos a los costados y bajó la vista para no mirarla directamente. Un par de minutos después, el padre apareció en el umbral y la cogió por los hombros. Ella se inclinó y se apoyó en el pecho masculino, que pareció actuar como un sedante. El llanto furioso dejó paso a unas lágrimas mudas pero igual de dolorosas.

Cuando ella entró de nuevo en casa, el padre de Elur volvió hacia Marcela su rostro cansado. Parecía derrotado, hundido. Marcela alargó la mano a modo de despedida y volvió a guardarla en el bolsillo sin llegar a tocar la del señor Amézaga.

—Estaremos en contacto —ofreció Pieldelobo.

—Solo si es necesario —matizó él—. Tenemos un abogado que se encargará de todo y nos evitará estos tragos a partir de ahora. Eneko Orzaiz. Hable con él y déjenos en paz.

La puerta se cerró antes incluso de que Marcela hubiera abandonado el felpudo.

Conocía a Eneko Orzaiz. Un tipo desagradable, maleducado y soberbio, pero muy eficaz ante las cámaras y, para su desgracia, en los juzgados. Inteligente, rápido y manipulador. Afín a los grupos *abertzales*, era habitual que defendiera a los detenidos en manifestaciones y trifulcas. Los medios de comunicación lo adoraban y lo seguían como perritos falderos. Al comisario no le iba a gustar nada enterarse de esto, si es que no lo sabía ya. Lo primero que solía hacer Orzaiz era anunciar a bombo y platillo su implicación en un caso. No le extrañaba que hubiera aceptado representar a la familia Amézaga, incluso era posible que él mismo les hubiera ofrecido sus servicios a buen precio. Un policía asesino era un caramelo demasiado goloso como para dejarlo escapar.

Si las cosas ya estaban complicadas para Ribas, acababan de ponerse verdaderamente cuesta arriba.

Xabier Amézaga cerró la puerta y apoyó la espalda en la madera. No tenía ganas de volver a una casa oscura y silenciosa. Los tres se esforzaban por no hacer ruido, como si una palabra, un paso demasiado fuerte o el tintineo de la vajilla en la cocina fuese una ofensa a la memoria de Elur. Su hija, que ya no sentía, no oía, no los veía nunca más. Elur, que los alborotaba con sus risas, con sus idas y venidas intempestivas, siempre desobediente, afrontando luego las reprimendas con una sonrisa. Su niña valiente, casi temeraria, tan ansiosa por salir a la vida que no esperó hasta ser lo bastante mayor.

Esa no parecía la casa de Elur.

Se enderezó y avanzó despacio, sin hacer ruido. Encontró a su mujer en la cocina, limpiando unas judías verdes en la encimera y sofocando los últimos hipidos del llanto. Al lado había colocado tres patatas y un par de zanahorias. Xabier se lavó las manos en el fregadero, sacó el pelador del cajón y se situó junto a su mujer.

—¿Son frescas? —le preguntó.

Sabela levantó la vista de las judías. Tenía los ojos hinchados y los párpados enrojecidos. Ella frunció el ceño. Él dibujó una súplica en sus ojos. «Por favor», decía, «vivamos». Sabela pestañeó un par de veces antes de responder.

—Eso me ha dicho la que me las vendió en el mercado, y parece que era verdad, porque han pasado unos días y siguen tiesas.

Xabier se concentró en las patatas. Cuando las tuvo peladas, las lavó bajo el grifo y las troceó con cuidado.

—¿Cómo está Ander? —preguntó después—. Hoy apenas lo he visto.

Sabela dejó la judía que tenía en las manos y se volvió hacia su marido.

—Creo que nos tiene miedo —dijo en voz baja.

—¿A nosotros? —exclamó sorprendido.

Ella movió la cabeza de un lado a otro.

—Por cómo estamos. Tiene miedo de hacer o decir algo que nos haga más daño, y se pasa el día solo en su cuarto para evitarlo.

—Pero eso no… —empezó a protestar Xabier.

Se detuvo a mitad de la frase; comprendía lo que su mujer había dicho. Y comprendía a su hijo. Él tenía catorce años cuando su madre murió, y se pasó una semana entera sin acercarse a su padre, que deambulaba día y noche por la casa, llorando y hablando solo, incapaz de asumir la pérdida. Salió el día que su padre volvió al trabajo. Cuando regresó estaba más calmado, casi parecía el mismo, pero durante semanas él siguió temiendo decir o hacer algo inconveniente que volviera a hundirlo en la tristeza. El duelo por la muerte de su madre los separó irremediablemente.

—Voy a buscarlo —dijo un momento después.

Subió las escaleras ligero, haciendo resonar los pies, y llamó con energía a la puerta de la habitación de Ander.

—¡Sí! —respondieron desde el interior.

Xabier giró el pomo y entró.

—Tu madre está haciendo judías verdes con patatas para cenar —anunció—. Baja y vemos los deportes juntos mientras cuecen. Hace días que no sabemos nada de la Real.

Ander lo miró desde la cama, donde estaba recostado con el móvil en las manos.

—Brais Méndez se ha lesionado —dijo en voz baja, con los ojos clavados en su padre.

—¿Ya? —exclamó Xabier—. ¿Es grave?

—No parece mucho, pero no jugará el domingo contra el Getafe.

El chico se levantó de la cama y siguió a su padre escaleras abajo. Se sentaron juntos en el sofá y encendieron la televisión.

La voz del comentarista deportivo despejó un poco el ambiente. Elur los miraba sonriente desde la foto que presidía la mesa del salón. Xabier decidió que, a partir de ese momento, su misión en la vida sería que su hija no perdiera la sonrisa. Y si podía, si le dejaban solo cinco minutos con él, ajustar cuentas con el cabrón que la había matado.

La primera vez que Pieldelobo vio a Ainara Irazoki, la joven estaba desnuda al borde de una cama y lloraba y gritaba mientras intentaba cubrirse. A su lado, el inspector Fernando Ribas también desnudo se debatía con las manos esposadas a la espalda. Alrededor de ambos, media docena de agentes de la Guardia Civil, de verde y negro, con las armas preparadas y las bocachas hacia ellos, parecían esperar órdenes. En la esquina inferior izquierda de la imagen pudo ver una pequeña parte de la maleta que encontraron en su armario y que contenía una interesante cantidad de estupefacientes, además de dinero en efectivo y un cuchillo con restos de sangre.

Ahora, los ojos de Ainara Irazoki la retaban desde detrás de sus enormes gafas redondas. Llevaba el pelo recogido en una coleta informal y se había vestido con unos vaqueros estratégicamente rotos y un jersey naranja. Sobre el respaldo de la silla reposaban un abrigo negro y una bufanda amarilla.

Había accedido a reunirse con ella solo cuando Marcela le aseguró que, de lo contrario, al día siguiente recibiría un requerimiento oficial para personarse en la Jefatura de Pamplona.

—Imposible —dijo entonces—, estoy hasta arriba de trabajo. No tengo nada que contarle, así que supongo que terminaremos en cinco minutos. Hay un bar cerca del campo de fútbol, el Xuga. Estará cerrado a estas horas, pero conozco al dueño, nos abrirá.

No le costó encontrar el bar. Cuando entró, los colores se quedaron fuera. Suelo negro, barra blanca. Mesas negras, sillas negras y blancas. Platos blancos, fuentes negras. Las paredes, el techo y las vigas eran de un negro brillante, a excepción de un par de paneles lacados en blanco.

Ainara Irazoki removía tranquila un café. Marcela se quitó el anorak, lo dejó en el respaldo de su silla y miró a su alrededor en busca de un camarero o de cualquiera que le suministrara un poco de cafeína. Hacía frío allí dentro. Se arrepintió de haberse quitado el abrigo. Confió en que, como Ainara había predicho, fuera cuestión de cinco minutos.

Las presentaciones formales apenas duraron quince segundos. Después, Marcela fue directa al grano.

—¿Cómo conoció al inspector Fernando Ribas? —preguntó.

—Para empezar, yo no tenía ni idea de que era inspector. De haberlo sabido, nunca me habría ido con él.

—¿Quién pensaba que era?

—Un técnico de Verkol. Me dijo que se llamaba Fernando, en eso no mintió, pero el resto era todo falso, sobre todo su profesión. —Una mueca de disgusto, casi de asco, acompañó a sus palabras.

—El inspector asegura que se conocieron en el bar que ambos frecuentaban.

—Así es. Yo voy allí casi todos los días. No sé cuándo empezó a venir él. Me fije en él hace algo más de un mes. Hablaba con unos y con otros, bebía, pagaba alguna ronda… Parecía majo.

—¿Consumía drogas con el grupo? ¿Os compraba material?

—No fastidies, tía —respondió Ainara—. No sé de qué me hablas.

Se apoyó en el respaldo de la silla y cruzó los brazos.

Marcela sonrió de medio lado y cambió de tema.

—¿Mantenía una relación con Fernando Ribas?

La joven negó con la cabeza antes de contestar.

—No, para nada. Me entró hace dos semanas. El tío no estaba nada mal para su edad y se enrollaba muy bien, así que acepté. Anteayer, la noche de la movida, era la tercera vez que quedábamos. Eso no es una relación —insistió.

—¿Qué pensó cuando se enteró de que Ribas era policía?

—Vaya pregunta... —bufó. Sin embargo, el silencio de Marcela la obligó a contestar—: ¿Qué quiere que piense? Al principio no me enteré. Me asusté mucho cuando entraron los picoletos y todo el mundo se puso a gritar. No sabía qué estaba pasando. Pensé que era por alguna movida política, ya sabe. Me sacaron esposada de allí, medio pueblo se ha enterado ya, y el otro medio no tardará en hacerlo. —Había rabia en sus palabras, una furia indisimulada que buscaba una diana en la que explotar—. Luego empezaron a hacerme preguntas, y yo no entendía nada. Me costó varias horas convencerlos de que yo no sabía nada de la droga ni de la pasta, y que me acababa de enterar de que ese tío era un madero. Cuando salí de allí ya era de día, y se supone que estoy a su disposición por si quieren llamarme otra vez. O las que se les ponga en las narices. Aquí todo el mundo hace lo que le da la gana...

—¿Conocía a Elur Amézaga? —continuó Marcela.

—Claro —reconoció Irazoki—. Éramos amigas. Nos conocíamos desde niñas.

—Colaboraba con la policía para desarticular el tráfico de drogas en la frontera.

—¡Chorradas! —gritó, poniéndose de pie. Como salido de la nada, un hombre de unos cincuenta años, casi tan alto como ancho de hombros, salió de un cuarto de detrás de la barra y se situó junto a Ainara.

—¿Todo bien? —preguntó con los brazos en jarras. Su calvicie más que incipiente dejaba ver unas profundas arrugas en la frente que se curvaban en el centro y volvían a ascender hacia las sienes.

—*Elur salati bat zela dio* —dijo con la congoja golpeando cada palabra—. Elur no era una chivata, están muy confundidos. No tienen ni puta idea de lo que hablan, no la conocían...

—Esa es una acusación muy grave —intervino el hombre—, le

sugiero que no la suelte a la ligera y que sea consciente de con quién está hablando antes de lanzar semejante disparate. ¿Ha terminado ya de hablar con mi hija? —preguntó a continuación.

Habían sido más de cinco minutos, pero Ainara tenía razón en una cosa: apenas había obtenido información útil de la charla, aparte de confirmar una vez más que a Ribas se le estaba yendo el asunto de las manos.

Se detuvo cuando casi había llegado a la puerta. Se giró hacia el padre y la hija, que se estaba poniendo el abrigo.

—Una cosa más —dijo Marcela—. ¿Recuerda si el inspector llevaba una pulsera? Una alerta médica.

La joven frunció el ceño y perdió la mirada en la pared del fondo.

—No —dijo por fin—. No recuerdo que llevara ninguna pulsera. No —añadió, mirándola fijamente—, me acordaría, seguro.

A Marcela le pareció que Ainara sonreía levemente. Quizá el recuerdo que guardaba de Ribas no era tan desagradable como quería hacer ver. Se dirigió de nuevo hacia la puerta.

«Puto Ribas», sonrió ella también.

Condujo despacio por el sendero junto al río, atenta al profundo desnivel que ocultaban los arbustos del arcén. Atardecía muy deprisa. Calculó que apenas le quedaría una hora de luz natural. Después, aquello estaría oscuro como una tumba.

Se desvió a la derecha en la bifurcación y aparcó lo más cerca que pudo de la verja de la antigua estación eléctrica. Paseó alrededor. Ni rastro de cámaras o de cualquier sistema de seguridad. Ni alarmas, ni perros. Solo un candado en la puerta principal, un modelo antiguo que ella no tardaría más de un par de minutos en abrir. Sin embargo, prefirió encaramarse a una roca y saltar la verja de hierro, de poco más de un metro de altura. Entrar en el edificio fue aún más fácil. La puerta principal estaba cerrada con una aparatosa barra metálica, pero todas las ventanas de la planta baja llevaban años destrozadas, sin cristales ni apenas marcos de madera.

Se quedó quieta y escuchó. El río. El viento. Los árboles. El tráfico sobre su cabeza. Los guijarros aplastados por los pies de los últimos paseantes, que regresaban raudos al pueblo.

Se sentó en el alféizar de la ventana y giró el cuerpo hacia el interior. Como suponía, ni la valla ni los cerrojos habían disuadido a quienes buscaban un lugar discreto en el que guarecerse. El suelo estaba plagado de colillas, latas de cerveza en diferentes puntos de oxidación, vidrios rotos y restos de pequeñas hogueras. En las paredes, los grafitis recientes tapaban las pintadas antiguas, aunque el tema no parecía haber variado demasiado desde que alguien entró por primera vez al edificio abandonado. Las luchas obrera, política y sindical gritaban sus consignas desde los muros, junto con lemas feministas, republicanos y anarquistas. Encontró un desleído *Txakurrak kanpora*, perros fuera, el grito con el que solían recibir a las fuerzas de seguridad. La habían llamado cosas bastante peores a lo largo de su vida, con y sin uniforme.

El piso superior guardaba dos habitaciones selladas con cerraduras modernas y prácticamente infranqueables incluso para ella. Pasadores con cuatro anclajes dobles, marcos reforzados y pestillos eléctricos. Un búnker en un edificio abandonado. Curioso.

Se entretuvo curioseando alrededor de las dos puertas blindadas hasta que un ruido procedente del exterior la sobresaltó. Pasos apresurados y pesados, y voces. Dos hombres intercambiaban frases rápidas en euskera mientras se acercaban al edificio.

Marcela bajó las escaleras y se acercó a la ventana por la que había entrado. Las voces procedían de su derecha, de la pasarela que conducía hasta la estación. El único camino de entrada y de salida. Era inevitable que la vieran.

Volvió a sentarse en el alféizar y empujó el cuerpo hacia fuera. Prefería que el encuentro tuviera lugar en un espacio abierto. Las voces se detuvieron en cuanto sus pies golpearon el suelo.

—*Nor dago hor?* —gritaron.

—¿Quién anda ahí? —repitieron al no obtener respuesta.

—¡Policía! —anunció Marcela.

Los dos hombres se acercaron a ella despacio y se detuvieron a tres metros de distancia.

—Inspectora Pieldelobo —se presentó cuando comprobó que no tenían intención de acercarse más—. ¿Quiénes sois? Esto es una propiedad privada.

Uno de ellos dio un paso adelante. Los dos vestían ropa deportiva oscura, gruesas cazadoras con capucha y botas de montaña. Rondarían la treintena, aunque la barba descuidada que llevaban les echaba varios años encima.

Ambos lucían *piercings* en las orejas y en la nariz. Reconoció a uno de ellos, era el que abrazaba por la cintura a Elur Amézaga en las fotos de Instagram.

—Somos de mantenimiento —dijo este.

—Documentación —exigió Marcela.

El tipo la miró de arriba abajo antes de sacar la cartera del bolsillo. Rebuscó con tranquilidad hasta encontrar el DNI y le mostró un carné en el que aparecía su foto, aunque sin barba y sonriente. Bizen Itzea. Su acompañante no hizo ademán de identificarse. Se mantuvo a un lado, quieto y en silencio.

—Identifícate tú también —le pidió Bizen—. Los polis estáis obligados a hacerlo si os lo piden.

Marcela decidió pasar por alto el tuteo y la ignorancia.

—Eres el novio de Elur Amézaga —dijo, en cambio.

—Lo era hasta que tu colega se la cargó.

El segundo tipo avanzó hasta colocarse junto a su amigo. Juntos parecían un muro infranqueable.

—¿La viste la noche de su muerte? —siguió Marcela. Bizen movió la cabeza de un lado a otro—. ¿Por qué no? Tengo entendido que vivíais juntos.

—Estaba de viaje —explicó sin más.

—¿Qué haces aquí? —preguntó de pronto el segundo hombre—. Es propiedad privada.

Marcela creyó distinguir cierta sorna en sus palabras.

—Investigo la muerte de Elur Amézaga —respondió Marcela.

—No murió aquí. La asesinaron en el túnel —insistió él—. Tu colega.

Pieldelobo se giró hacia Bizen.

—Quiero hablar contigo oficialmente.

—No tengo nada que decir, ni oficial ni extraoficialmente —replicó con una mueca de desdén.

—¿No quieres saber qué pasó?

—Ya sé lo que pasó —escupió él a dos palmos de su cara. Había adelantado el tronco y la cabeza y Marcela pudo ver unos ojos azules que desentonaban con la oscuridad de su pelo y de su ropa. La furia que desprendían, sin embargo, sí estaba en consonancia con el conjunto.

—Supongo que no te haría mucha gracia que colaborara con la policía para acabar con el tráfico de drogas en la zona.

—¡Mataré a quien diga eso! —gritó Bizen.

—Lo estoy diciendo.

Marcela metió la mano entre la abotonadura de su abrigo y la llevó hacia la axila.

El tipo más alto detuvo a Bizen, que había dado un nuevo paso adelante y apretaba los puños mientras intentaba decidir qué hacer.

—No merece la pena —le dijo. Bizen no aflojó, pero tampoco avanzó—. Intenta provocarte. Luego te pegará un tiro y dirá que ha sido en defensa propia. Piensa en Elur.

El nombre de la joven actuó como un calmante. Bizen se liberó de la zarpa de su amigo, recuperó la posición erguida y empezó a respirar despacio.

—Elur nunca colaboraría con vosotros, putos perros represores.

—Lo hacía —insistió Marcela antes de pensarlo dos veces.

—¡Demuéstralo!

—Demuestra tú que no lo hacía. Tenemos nombres, lugares, rutas...

—Mentira, ¡mientes! —Bizen estaba volviendo a perder la calma.

—Si no tienes una orden —intervino el segundo hombre—, nosotros no tenemos nada más que decir.

Marcela dio un paso atrás y sacó la mano del abrigo.

—Ábreme la puerta —ordenó.

—Sal por donde has entrado —replicó Bizen entre dientes.

Los hombres pasaron por su lado y se dirigieron hacia el edificio. Antes de llegar a la puerta, Bizen se giró y la llamó.

—Provocar puede ser un juego peligroso —dijo—, igual que meterte donde no te llaman o colarse en propiedades privadas. Para nosotros no eres una poli, no hemos visto tu identificación, así que vuela, lárgate cuanto antes.

—¿Me estás amenazando?

Bizen Itzea no respondió. Retiró la barra metálica de la puerta y los dos desaparecieron en el interior de la antigua estación.

13

Elur leyó una vez más el mensaje antes de borrarlo definitivamente. Era el tercero que recibía. Había ignorado los dos primeros, pero su interlocutor había cambiado el tono condescendiente por uno mucho más perentorio, tajante y amenazador.

Once de la noche. Detrás de la farmacia. Te conviene acudir. No me toques los cojones.

Dijo en el bar que tenía que ir a casa de sus padres un momento y corrió calle arriba hasta el lugar de la cita. Detrás del edificio de la farmacia solo había campo, una extensión de tierras de labranza y, después, el bosque, una ininterrumpida maraña de árboles surcada solo por caminos mal asfaltados que conducían a los caseríos más alejados. Francia estaba a hora y media a pie por una carretera estrecha e irregular, apenas un cuarto de hora en coche o moto.

Se apostó en la esquina del edificio, vacío a esas horas, y esperó.

—Estaba empezando a pensar que ibas a romper nuestro acuerdo —escuchó en la oscuridad.

Elur dio un respingo y encendió la linterna del móvil para buscar al dueño de la voz.

—Apunta al suelo. No quiero que nos vean.

—A estas horas no pasa nadie por aquí —se defendió ella.

—Haz lo que te digo, me revienta tener que discutir cada indicación que doy. Y a partir de ahora, un mensaje será suficiente, ¿de acuerdo?

Sintió su aliento en la cara. Dio un paso atrás y se arrepintió por enésima vez de haber cedido a su chantaje. Debería haber hablado con Bizen, o con Markos. Seguro que ellos la habrían ayudado. Quizá todavía pudieran hacerlo.

Retiró el brazo cuando sintió sus dedos alrededor.

—Tranquila —bromeó él—. No muerdo.

—¿No podíamos haber hablado en el pueblo? —protestó Elur.

—¿Estás segura de que quieres que te vean conmigo? —preguntó él a su vez.

Elur movió la cabeza de un lado a otro. Tenía razón.

—Nos ponemos en marcha —siguió—. El contacto está hecho, Ferreiro ha aceptado mi oferta y muy pronto la mercancía abandonará su cauce habitual para pasar por nuestras manos. Y nuestros bolsillos. Habrá cambios en los viajes, ya te informaré en su momento. Más rápidos y más seguros.

—Nunca han detectado a los que pasan ahora… —apuntó Elur.

—Eso es lo que tú te crees.

Elur se alegró de que estuvieran casi a oscuras, así él no podía ver su cara de sorpresa y miedo.

—Cuando Bizen se entere, se va a liar —murmuró ella—. Tiene un pronto muy malo. Y si alguien le dice que te estoy ayudando…

—Tal como yo lo veo, soy yo quien te ayuda a ti. No tienes futuro con ese tipo; tarde o temprano lo cazarán. Y no lo buscan solo por camello, también vigilan las movidas políticas en las que se mete. Los forales lo tienen controladísimo. Además, si la gente del partido se entera de sus actividades secretas, está acabado. Y se enterarán, no lo dudes. —El tipo respiró y exhaló un largo suspiro—. Piénsalo, la pinza está a punto de cerrarse sobre tu novio, la va a cagar por un lado y por el otro. Te conviene alejarte para que no te salpique la mierda.

Elur asintió. Poca gente sabía que Bizen se dedicaba a pasar droga de un lado a otro de la frontera, pero su militancia *abertzale* era de sobra conocida en todo el valle. El movimiento lo tenía en gran estima, y Bizen ya acariciaba la idea de convertirse en secretario del partido después de haber conseguido un puesto como concejal en el ayuntamiento. De momento se dedicaba a pulir su discurso, moderado y correcto unas veces, exacerbado y violento cuando convenía. Elur le decía que era mucho mejor político que cualquiera de los que estaban en Madrid, y no lo decía en broma.

—Quiero que vayas en el próximo viaje —le ordenó.

—¿Yo? Imposible, tengo que trabajar.

—Pide un par de días libres.

—Bizen sospechará, nunca los he acompañado.

—Busca una excusa, la que quieras. Dile que necesitas pasta, que vas justa.

—Yo… —Elur se devanó los sesos buscando la excusa definitiva.

—Y deja de menudear a espaldas de todo el mundo. Eres la comidilla del pueblo. ¿Crees que Bizen o sus colegas no van a acabar enterándose? Se acabó, ¿entiendes? Demasiado riesgo por nada.

—Me estoy cansando de que me organices la vida —protestó Elur—. No sé quién te has creído que eres.

—Agradéceme que haya decidido ponerte de este lado. Si te hubiera mantenido al otro, muy pronto serías historia.

Se acercó a ella y alargó la mano. Elur se sobresaltó y él volvió a reírse.

—Te he traído un móvil. Úsalo solo para comunicarte conmigo. No lo apagues ni lo pongas en silencio, tienes que estar preparada cuando los hombres de Ferreiro se pongan en marcha. De momento, quiero una lista de todos los contactos de Bizen a ambos lados de la frontera.

—¡No tengo ni idea! No conozco a nadie.

—Por eso quiero que vayas en el próximo viaje, y en el siguiente si hace falta, para que los conozcas y anotes sus nombres, apodos o lo que sea. Luego me lo pasas.

A Elur le brillaban los ojos, aunque él no llegó a verlo.

—Guarda el móvil, pero tenlo a mano, ¿entendido? Vete —añadió sin esperar respuesta—, yo me marcharé dentro de unos minutos.

Temblaba cuando volvió al bar. Encontró a Bizen acodado a la barra. Fue directo hacia ella y la siguió hasta el vestuario.

—¿Dónde estabas? —preguntó en cuanto se cerró la puerta.

—Tenía que ver a alguien —respondió Elur.

—Luken me ha dicho que has ido a casa de tus padres. He ido y no estabas, y tampoco te habían visto.

—¿Ahora me vigilas? —Seguía con el abrigo puesto, esperando a que sus huesos entraran en calor.

—Me preocupo.

Elur se rindió. Bizen no aflojaría. Nunca lo hacía.

—He quedado con una amiga.

—¿Con qué amiga?

—Una que tiene problemas, no te importa quién es. Son cosas nuestras.

—Si me dices quién es y qué pasa, tal vez pueda ayudar.

—No puedes. Lo que sí puedes hacer es confiar en mí y dejarme en paz. Tengo que trabajar.

Bizen abrió la puerta y salió.

—Luego hablamos —dijo antes de que se cerrara del todo.

Elur suspiró.

—Qué remedio —murmuró tras el portazo.

14

—No podemos quedarnos de brazos cruzados. La gente tiene que estar al tanto de esta intromisión en nuestras vidas. ¡Policías infiltrados! Nos tratan como a delincuentes, ¿no te das cuenta?

Bizen daba vueltas por la sede del partido como un león enjaulado. El *arrano beltza*, una enorme bandera amarilla con la silueta de un águila negra, cubría la pared del fondo casi por entero. Enfrente, carteles convocando a diferentes actos, manifestaciones y huelgas se disputaban el espacio con la ikurriña, la bandera de Navarra y la silueta de Euskal Herria.

Sentado en una de las sillas que rodeaba la larga mesa, Markos observaba en silencio el ir y venir de su amigo. Apenas se habían quedado unos minutos en la antigua estación de Endarlaza. Se marcharon en cuanto dejaron de oír el motor del coche de la policía. Tendrían que despejar el edificio, y era una pena, porque era el mejor emplazamiento que habían encontrado en todo ese tiempo para guardar el material.

Bizen se había empeñado en convocar a la junta permanente del partido para debatir sobre lo que estaba ocurriendo. Les habló de invasión, de acoso injustificado a los jóvenes de la localidad. Policías infiltrados en sus grupos, a la caza de delitos de los que acusarlos, inventándoselos si no daban con algo. También habló de Elur. Uno de esos policías la había matado y ahora andaban buscando algún modo de exculparlo. Si no estaban atentos, uno de ellos acabaría comiéndose el marrón.

—Yo mismo soy candidato a asesino —aseguró con la voz rota. Los hombres y mujeres que rodeaban la mesa lo miraban hipnotizados, con el ceño fruncido, compartiendo su dolor y su indignación—. Esta mañana, una inspectora recién llegada nos ha interrogado ilegalmente a Markos y a mí. Vienen a por nosotros —insistió con los puños apretados—, a por mí.

Los nervios le acalambraban los músculos. Necesitaba moverse.

Habían estado cerca, se habían confiado y bajaron la guardia. ¿Cuánto sabían? Bizen se hacía esa pregunta una y otra vez, de día y de noche.

El contrabando era algo conocido en aquella zona fronteriza. Personas y mercancías llevaban siglos cruzando la *muga* clandestinamente a través de los cientos de senderos que herían las montañas. La frontera no era más que una ilusión, una línea trazada por Gobiernos que no tenían ni idea de lo que era vivir a un paso de otro mundo. Si lo que necesitaban estaba al otro lado, ¿qué les impedía ir a buscarlo? Si los del otro lado precisaban su mercancía, ¿por qué no llevársela? Así había sido durante siglos y así seguía siendo, ahora más fácil que nunca.

Pero nadie del partido, jamás, debía vincularlo con el tráfico de drogas. La organización era tajante con ese tema, una lección aprendida de sus padres, que vivieron los duros años ochenta. Eso acabaría con su reputación y lo convertiría en un paria en su pueblo, en su partido, en el movimiento.

Bizen detuvo su nervioso vaivén y miró a cada uno de los miembros de la asamblea. Respiró hondo, se sentó en su silla en la cabecera de la mesa y retomó su discurso: policías infiltrados; el Estado intentando una vez más tomar el control; amenazas y juego sucio, la misma guerra que iniciaron los GAL; y Elur. Se le encogió el estómago cuando pensó en ella. Cada vez le costaba más controlar sus emociones. Cómo pudo, cómo fue capaz… Elur, precisamente Elur. Ella los estaba vendiendo. Elur, Elur…

Tampoco nadie podía enterarse de eso. Nadie, nunca, o estaría acabado.

Elur, desde ese momento, era una mártir del partido.

15

Marcela se marchó de Bera casi de noche, sin despedirse ni dejar ningún mensaje. Tampoco era que en el cuartelillo hubieran mostrado interés por saber si seguía en el pueblo o no. Supuso que Alcolea y Casals ya habrían hecho las maletas y volado de allí, pero no se molestó en comprobarlo. Volvió a meter en la bolsa lo poco que había sacado de ella, se lavó en un baño congelado y bajó a recepción. La mujer que ocupaba el mostrador se interesó educadamente por su estancia mientras pasaba la tarjeta de crédito por el datáfono y le entregaba la factura. Marcela sonrió cortés mientras empezaba a mover compulsivamente la pierna. Aquel cacharro era muy lento.

Cuando por fin todo estuvo en orden, dio las gracias, recogió su mochila y salió casi a la carrera hacia su coche. Lanzó la bolsa al asiento de atrás y se colocó frente al volante. Ni un titubeo. Allí ya no había nada que ella pudiera hacer.

Cinco minutos después, Bera desaparecía a su espalda.

Las siete de la tarde. Sabía por sus mensajes que Bonachera seguía en comisaría, así que aparcó en zona reservada, juró en recepción que solo sería un momento y subió a su despacho. Marcela tuvo la sensación de que el número de expedientes que había dejado sobre la mesa se había multiplicado de manera exponencial cada hora que había pasado fuera.

Se acercó al subinspector, que le daba la espalda mientras hablaba por teléfono junto a la ventana. Su mesa acumulaba casi tantos papeles como la suya. Reconoció en las fotos que ocupaban la pantalla del ordenador la nave industrial en la que habían intervenido unos días atrás. Suponía que ese tema estaba zanjado, y que el equipo de Montenegro se ocuparía de los trámites. A juzgar por lo que estaba viendo, no era así.

Miguel se dejó caer en su silla y escondió la cabeza entre las manos. Marcela admiró un segundo las uñas cuidadas, la piel tersa y uniforme del subinspector. Se preguntó cuántas horas y dinero invertiría en su cuidado. Le gustaría que su propio cuerpo y su salud le importaran tanto como a Bonachera, pero no tenía tiempo…

—¿De qué va todo esto? —preguntó con la mano extendida hacia el escritorio de Miguel.

—Montenegro —respondió sin más. Luego bufó y continuó—: Se presentó en el despacho del jefe quejándose de la falta de medios. Jugó la baza de la publicidad. En aquella nave había dinero, drogas, coches de alta gama, armas… La prensa se va a volver loca —explicó con sorna, imitando el tono grave del inspector—. Supongo que el comisario empezó a babear al instante, porque diez minutos después Montenegro se presentó aquí y nos reclutó a los dos para «su» caso.

Miguel levantó los dedos y dibujó unas comillas en el aire.

—Acabo de llegar de Bera —protestó Marcela—, o estoy en una cosa, o en otra.

—Estás en las dos hasta nueva orden.

—¿Y qué se supone que tenemos que hacer?

Bonachera se giró hacia las carpetas y las cogió una a una.

—Registros telefónicos —empezó. La carpeta hizo un ruido seco cuando la dejó caer sobre la mesa—. Instancias para la Interpol, la Europol y la Guardia Civil. —Otro golpe—. Listados de talleres mecánicos y de pintura, desguaces y tiendas de suministros. —Una carpeta más lanzada con fuerza—. Y todo para ayer, claro.

Marcela paseó la mirada de su compañero a la pila de papeles. La tentación de delegar el trabajo en él y así poder centrarse en Bera se apoderó de ella al instante.

—¿Una cerveza? —dijo, sin embargo—. Luego pasaré un momento a saludar a Montenegro.

Había algo que le urgía más que quitarse de encima el marrón de Montenegro. Cuando volvieron del bar, dejó a Bonachera de nuevo enfrascado en el papeleo y se encerró en su oficina. Marcó la extensión del despacho del inspector Domínguez y esperó. Había perdido la cuenta de las veces que se había alegrado de que las instalaciones de la policía científica estuvieran en otro edificio, bastante alejado de la comisaría. Eso ponía distancia entre la Reinona y ella y los obligaba a mantener una comunicación telefónica, aunque ambos preferían el cortés intercambio de correos electrónicos. Nunca se había quejado por eso y, desde luego, nunca lo haría.

Imaginó a Domínguez mirando la pantalla de su teléfono, observando la extensión desde la que le estaban llamando, decidiendo si descolgar o no. No era solo por su físico; su mirada altiva, su actitud condescendiente, la barbilla levantada cuando miraba a los demás desde sus casi dos metros de altura y ese mohín que le hacía fruncir sus gruesos labios justificaban más que de sobra el apodo por el que todo el mundo le llamaba a sus espaldas.

La retahíla de tonos se interrumpió cuando Marcela ya estaba a punto de colgar.

—Sí —respondió sin más.

—Inspectora Pieldelobo —se presentó en el mismo tono. Domínguez no respondió. Marcela dejó que el silencio se prolongara cinco segundos antes de continuar—. Sobre el caso de Bera, ¿hay algo destacable en el ordenador o el móvil de la víctima? —Un nuevo silencio. Marcela comenzó a golpetear con la punta del bolígrafo sobre el cuaderno que tenía abierto y listo para tomar notas—. La familia me dijo que se lo llevaron.

—Como es preceptivo —saltó Domínguez.

—¿Hay algo? —insistió.

—Estamos en ello, la avisaré cuando terminemos.

—Me vendría bien un informe preliminar. El comisario le ha dado prioridad a esta investigación —lanzó.

—Nosotros también —le devolvió la Reinona. Lo oyó suspirar—. Lo tendrá mañana.

—¿Y sobre la autopsia?

—Mañana —repitió tajante.

Lo siguiente que oyó fue un golpe seco. Domínguez había colgado.

—Que te jodan —masculló con el teléfono todavía en la mano.

16

Las cosas siempre son lo que parecen.

Si el teléfono suena a las seis de la mañana, son malas noticias.

Si al otro lado de la línea está tu jefe en persona, el comisario Andreu ya en su despacho, nada puede ir bien.

Si suelta a bocajarro que tu mentor, quien un día fuera tu mejor amigo, tu amante, está muerto, lo lógico es que el suelo se abra bajo tus pies y la tierra te devore. Que te falte el aire, que un millón de luces blancas llenen tu cabeza, impidiéndote pensar. Que te convenzas de que hay un error, que se han confundido de número, de persona. De muerto.

Marcela estaba durmiendo y ahora, de repente, intentaba entender lo que Andreu acababa de decirle.

Ribas está muerto.

En su celda.

En la cárcel de Pamplona.

Parece un suicidio. Una sábana al cuello, jabón líquido en el suelo.

«Esta llamada es para otro».

Ribas, muerto.

Sucio, desgreñado, sin afeitar.

Y muerto.

«Ahora lo lavarán. No, no, porque no está muerto».

Ribas ha muerto.

Más tierra. No puede soportar más tierra, ni más cipreses. No quiere más cuervos, más tinta en su espalda.

Quiere que Ribas no esté muerto. Si lo piensa bien, si se concentra, quizá...

Ribas muerto.

—Mierda, Ribas, ¿qué has hecho?

Marcela hundió la cabeza entre las manos y dejó que el dolor y la perplejidad se convirtieran en lágrimas. No podía pensar, ni sentir nada más allá de la opresión del enorme nudo que se había formado en su estómago.

Muerto. Estaba muerto.

Le costó mucho encontrar un bar abierto en el que tomar un café. Pamplona era una ciudad madrugadora, pero en el casco viejo solo quedaban tiendas y oficinas cuyos empleados no empezarían a llegar hasta después de un par de horas, así que las cafeterías no tenían prisa por abrir. A las seis y media de la mañana la calle era un páramo oscuro y desierto.

Tenía café en casa, pero necesitaba salir, caminar, respirar, pensar. Y quizá algo más fuerte que la ayudara a comprender lo que estaba pasando.

Caminó deprisa, mirando a derecha e izquierda cada vez que llegaba a un cruce. Dos personas fumando en la acera y una tenue luz en la fachada la hicieron girar y dirigirse hacia el único bar abierto.

—Un café doble —pidió cuando entró—, pero no uno americano; quiero dos cafés solos en un vaso, ¿me entiende?

—Por supuesto —respondió la camarera—. Un café doble, fuertecillo.

Con la taza en la mano, salió a la calle y se unió a los parroquianos que fumaban en la acera. Encendió el pitillo y aspiró con ansia.

Ribas no fumaba, y siempre la criticaba cuando la veía con un cigarro entre los dedos.

—Esto te va a matar, Pieldelobo —le decía—. Y además, besarte es como lamer un cenicero.

Acto seguido solía abalanzarse sobre su boca sin miramientos ni remilgos, pero se lo repetía una y otra vez.

—Puto Ribas —masculló para sí.

Los hombres que fumaban a escasos metros de ella la miraron curiosos un instante antes de volver a su charla.

Marcela apuró el café, llevó la taza dentro y salió de nuevo. Se encendió un segundo pitillo y emprendió despacio el camino de vuelta. El amanecer mostraba un cielo despejado. Rosa, violeta, azul. Empezó a distinguir ventanas, las farolas se apagaron. ¿Cómo era posible que arrancara un nuevo día si Ribas estaba muerto? Agradeció el frío, le despejaba la mente.

No quería volver a casa. Allí no habría nada que la distrajera de sus pensamientos.

Giró a la derecha, luego a la izquierda y sus pasos desembocaron en una pequeña plaza empedrada. Se sentó en un banco, apoyó la espalda en la madera y levantó la cara al cielo. La mañana ya era un hecho. Las palomas zureaban en el suelo de grandes losas en busca de migas y semillas, y las puertas de los portales comenzaron a vomitar trabajadores y estudiantes.

La vida.

El mundo, que no entiende de dolor ni de pérdidas.

Marcela respiró hondamente y se resignó a seguir adelante ella también.

Le escocía la piel. Sentía a Fernando colarse en ella, pero tendría que esperar un poco.

Sacó el teléfono del bolsillo y seleccionó el último número del registro de llamadas.

El comisario Andreu respondió al segundo tono.

—Pieldelobo, ¿se encuentra bien?

—Sí, jefe, gracias. Y perdone por haberle colgado antes, me ha sorprendido la noticia y la he gestionado mal.

—No se preocupe, lo entiendo perfectamente. No hace ni dos días que estuvo con él y ahora… En fin, en el centro penitenciario tendrán que aclarar las circunstancias de lo sucedido, nosotros poco o nada podemos hacer. Tómese el día libre.

—Quiero el caso.

—¿Qué caso?

—El de la muerte del inspector Ribas. Quiero hacerme cargo.

—No sea ridícula, Pieldelobo. Esto compete a Instituciones Penitenciarias, nosotros no pintamos nada.

—Jefe, el inspector Ribas insistía en su inocencia. Era muy vehemente. Déjeme investigar la muerte de la joven en Bera y lo que le ha sucedido a Ribas —insistió.

—No hay caso —repitió tajante el comisario—. Tómese un par de días libres y luego vuelva a sus tareas.

—Jefe…

—Inspectora, no. No me vuelva loco, ¿quiere? Tranquilícese. El asunto se va a investigar, pero no por usted. Descanse y vuelva. Retomará el asunto de Bera, aunque no podré asignarle ayuda, andamos muy justos de efectivos.

Marcela meditó unos instantes. Con la batalla perdida, se iniciaba la etapa de la guerra fría.

—Necesitaré más días libres, quiero asistir a su funeral —pidió.

—No tengo ningún problema con eso —le aseguró Andreu—. Estamos en contacto.

Y colgó.

Marcela miró a su alrededor. De pronto, la calle y la plazuela en la que estaba eran un hervidero de gente de todas las edades que iba y venía. Chiquillos arrastrando sus mochilas escolares; madres apresuradas que tiraban de ellos; adolescentes escondidos detrás de sus auriculares, de sus flequillos, de sus carpetas; gente en bici y a pie, gente por todos lados.

Se levantó y enfiló sus pasos hacia casa.

«Ribas no es de los que se suicida», pensó. No era...

Metió en una bolsa todo lo que tenía en la nevera, guardó algo de ropa en la mochila, junto con el portátil y los cargadores, y volvió a salir a la calle. Se concentró en el sonido de sus pasos mientras se dirigía al aparcamiento. Escuchó las voces ajenas, palabras sueltas sin significado para ella. Algún ladrido, el motor de un coche, el ronroneo de una bicicleta sobre los adoquines de la calzada. Ruidos que la ayudaban a no pensar, a que su cabeza no reprodujera la imagen de Ribas sucio, desgreñado y muerto al final de una sábana, en el suelo cubierto de jabón. Sin embargo, las preguntas se colaban en su cerebro, inmisericordes.

¿Cuánto tardó en morir?

¿Por qué estaba solo en la celda?

¿Se orinó encima?

¿Estaba descalzo?

¿Se arrepintió?

¿En qué pensaba mientras luchaba por respirar?

¿En quién?

Metió las dos bolsas en el maletero y puso rumbo a Zugarramurdi.

Ribas la acompañó todo el camino, recuerdos inconexos que la asaltaban sin motivo aparente, momentos vividos que carecieron de importancia entonces y que ya jamás significarían nada.

La casa estaba helada. Llevaba diez días sin pasar por allí y el invierno no tenía piedad con las viviendas cerradas. La piedra era un magnífico conductor del frío.

Puso dos troncos en la chimenea, la encendió y se sentó en una butaca frente a ella. Llevaba en la mano la última botella de pacharán que le quedaba en la despensa y un vaso.

A pesar del dolor sordo que se había instalado en su estómago, a pesar de las imágenes que la torturaban, de la voz de Ribas rebotando en su cerebro y de la leve tiritona que todavía le sacudía la espina dorsal, no pudo evitar sonreír al escuchar el familiar golpeteo de un puño en el cristal de la ventana.

—¡Hola! —gritó Antón desde la calle. Dos rápidos ladridos acompañaron el saludo.

—¡Usa tu llave! —contestó Marcela en voz alta.

—¡No la he traído!

Resignada, abandonó el sofá y abrió la puerta. Azti entró como una flecha y comenzó a saltar, poniendo las patas húmedas sobre su estómago.

—¡Quieto! —le ordenó, pero el perro siguió bailando a su alrededor hasta que decidió que había cosas más importantes que olisquear.

Antón cerró la puerta y hundió las manos en los bolsillos del abrigo.

—Aquí hace un frío que pela —se quejó.

—Acabo de llegar —le explicó Marcela.

—Lo sé, te he visto. Me podías haber llamado para que encendiera la calefacción.

—No sabía que iba a venir, ha sido una decisión de última hora.

El joven asintió despacio. Tenía la mirada clavada en la botella de pacharán.

—Para entrar en calor —se justificó Marcela—. Todavía no la he abierto. Es la última.

—Ya. —Se volvió y sonrió—. Este año hemos puesto un montón de botellas, te traeré un par cuando lo filtremos.

No pudo contestar. El nudo que le retorcía el estómago se deshizo de pronto y franqueó el paso a todas las emociones que llevaba horas conteniendo. La rabia, el dolor, la frustración, la ira, la incomprensión, y de nuevo las preguntas. Las sintió subir por los brazos, por el pecho, agolparse en la garganta y, por fin, rebosar por los ojos.

No quería llorar, no delante de Antón, pero no pudo evitarlo.

Antón se acercó a ella y puso las manos sobre sus hombros.

—¿Qué ha pasado?

Marcela sonrió un segundo. A pesar de su discapacidad, Antón era lo bastante intuitivo como para no preguntarle qué tal estaba. Era evidente que estaba mal.

—Un amigo ha muerto —respondió.

—Vaya, lo siento mucho. ¿Necesitas algo?

—No, tranquilo. He traído comida de Pamplona y tengo el pacharán. —Le guiñó un ojo—. Además, supongo que tendré que marcharme mañana.

Antón asintió.

—Venía a traerte a Azti, pero si quieres me lo vuelvo a llevar.

—No, déjalo aquí. Me vendrá bien dar un paseo.

El perro pertenecía a Marcela, pero vivía con Antón cuando ella no estaba en Zugarramurdi. Negro y brillante como la capa del mago que le daba nombre, el chucho husmeaba inquieto alrededor de la cocina con el morro pegado al suelo. Estuvo a punto de atropellarlo en una rotonda hacía unos meses. Se detuvo, lo encontró y otro conductor lo metió en el maletero de Marcela sin darle opción a protestar. Desde entonces tenía perro, una decisión que todavía entonces no era consciente de haber tomado. Por suerte, Antón, su vecino y amigo, un joven especial gran amante de los animales, se ofreció a cuidar de él cuando Marcela no estuviera en Zugarramurdi. Era inviable llevárselo a Pamplona, donde pasaría casi todo el día solo y encerrado en un piso.

—¿No le has dado de comer? —preguntó Marcela, de nuevo con los ojos secos.

—Sí, pero siempre tiene hambre.

Cuando Antón se marchó media hora después, Marcela comprobó lo difícil que era beber mientras unos ojos negros y brillantes seguían cada uno de sus movimientos. Dejó el pacharán y comió un poco, luego llenó el cuenco de Azti de pienso y le abrió la puerta del jardín para que hiciera allí sus necesidades y correteara por la hierba. Le vendría bien dar un paseo, como le había dicho a Antón, pero no tenía ganas ni fuerzas.

Lo que sí sabía era qué debía hacer a continuación.

Sacó el ordenador de la mochila, lo encendió y lo conectó al wifi portátil de su móvil. Protegió la señal y entró en Internet. Tecleó con rapidez las órdenes necesarias para que su búsqueda fuera efectiva y, sobre todo, discreta.

Empezó por lo más sencillo. Revisó las redes sociales de Ribas, sus conversaciones en Messenger, sus contactos en Tinder, las publicaciones en Instagram. No encontró nada reseñable. De hecho, no había actividad desde hacía más de tres meses, coincidiendo con su llegada a Bera. El inspector se había tomado muy en serio su tapadera. No pudo evitar echar un vistazo a la *app* de citas. Encontró *matches* con tres mujeres en los últimos dos años. No era mucho, pero, en cualquier caso, demasiado para un hombre casado.

Accedió después a su correo electrónico, al oficial y al particular, e intentó rastrear la posible existencia de otras cuentas vinculadas con la misma IP. Nada.

Subió un peldaño más y entró en sus cuentas bancarias. Primero, la que compartía con su mujer. Todo en orden. Después, una cuenta de ahorros a su nombre con un único depósito de casi veinte mil euros realizado cinco años atrás. La transferencia había sido realizada por una gestoría especializada en herencias. Marcela sabía que la madre de Fernando había muerto por esas fechas.

Todo parecía en orden.

Marcela se levantó y abrió la ventana de par en par. Azti se acurrucó junto a la chimenea. El aire era frío y húmedo, con ráfagas que le revolvían el pelo y la obligaban a cerrar los ojos. Y eso era lo último que le convenía. Cada vez que se quedaba a oscuras, su cabeza se llenaba de las imágenes de Ribas muerto. La sábana, las marcas sobre el jabón, los pies torcidos, la cara amoratada… No había visto las fotos, todavía no, pero sabía qué iba a encontrarse. No era el primer recluso que recurría a esa técnica para acabar con todo.

—Mierda —escupió antes de volver al ordenador.

Cambió de ruta y tecleó hasta encontrar el mejor camino hacia su siguiente parada. No estaba segura de si el dosier que le había entregado el magro agente de la Guardia Civil contenía toda la investigación. Solía aplicarse el dicho de piensa mal y acertarás y, por desgracia, acertaba con frecuencia. Nadie era claro con nadie, y la información se compartía con cuentagotas. Todo el mundo se guardaba un as en la manga, pero ella sabía cómo hacerse con toda la baraja.

—Mierda, Ribas —masculló quince minutos después.

Burlar la seguridad de la intranet de la comandancia de Bera no había sido complicado. Hurtó un nombre de los disponibles y entró en los archivos. Lo que más tiempo le llevó fue asimilar lo que estaba leyendo.

Los documentos que no le habían facilitado ni mencionado incluían dos listados de otros tantos teléfonos móviles que le fueron incautados a Ribas en el momento de su detención. Uno estaba sobre la mesita de noche de su habitación y el otro en el doble fondo de la maleta, junto a los paquetes de droga. En este segundo teléfono encontraron llamadas a la fallecida, un constante intercambio de mensajes entre ambos y documentos en clave, mapas y planos de la zona y de áreas boscosas muy concretas.

Descargó los documentos en su ordenador y lo guardó todo en una carpeta encriptada. Luego borró sus huellas, salió de la intranet, de Internet y desconectó el wifi.

Tenía el estómago lleno de bilis.

Azti iba y venía por el camino de grava. Saltaba entre los arbustos bajos, giraba, olfateaba alrededor y volvía corriendo junto a Marcela. Luego acompasaba un rato su paso al de su dueña, pero un perro joven e inquieto no está hecho para un paseo meditabundo. Un par de veces, al bajar la mirada, Marcela encontró los ojos negros de Azti fijos en su semblante. La miraba con calma, con un gesto apacible, si era que podía decirse eso del rostro de un perro. La miraba con confianza, eso que a ella le habían ido arrancando, jirón a jirón, a lo largo de los años.

No confiaba en nadie, e intentaba por todos los medios que nadie depositara su confianza en ella, porque sabía que tarde o temprano lo defraudaría. Había decepcionado a su madre, a su hermano, incluso a Antón. Tenía grabada a fuego la mirada desilusionada de Damen cuando se enteró de lo que había hecho en el caso de la muerte de las hermanas García de Eunate y del bebé, Pablo. Una profunda decepción. Y eso que no lo sabía todo. Miguel Bonachera la cubría en sus fallos mientras veía cómo su confianza en ella mermaba cada día.

Fallarle a alguien es lo más fácil del mundo. Crees que lo darás todo por una persona, por una causa, y así lo prometes, ante ti y ante los demás, pero cuando llega la hora de la verdad, y esa verdad es incómoda, exigente o comprometida, llegan las excusas. Bla, bla, bla. Evasivas baratas, prefabricadas. Como decía su padre, excusas de mal pagador.

Su padre... A pesar de ser un maltratador y un cabronazo, Marcela sabía que también le había decepcionado a él. Intentó que no le importara, pero cuando ladeó la cara y levantó las cejas mientras miraba su foto de uniforme vio la contrariedad en sus labios fruncidos, en el movimiento horizontal de su hirsuta cabeza, y sintió una dolorosa punzada en el estómago. No se arrepentía de haberle pegado, volvería a hacerlo, aunque confiaba (¡qué ironía!) en que cuando volviera a Biescas, Ricardo Pieldelobo hubiera desaparecido de nuevo, y esta vez para siempre.

Azti seguía correteando arriba y abajo. Hacía frío y estaba empezando a lloviznar. Lo llamó y dio media vuelta. El perro ni lo dudó. Giró en el camino y la siguió al trote. No quería pensar en cuánto tardaría en fallarle también a él.

17

La temperatura dentro de la casa había subido hasta unos agradables veinte grados mientras paseaba. Se preparó un café, rellenó los cuencos de Azti y avivó la chimenea.

Se sentía mejor, más calmada, tranquila y centrada.

Lista para enfrentarse al inspector Domínguez. Buscó un cuaderno, un bolígrafo y marcó el número de la Reinona.

—Buenas tardes, inspectora —saludó Domínguez con un tono casi marcial.

—Hola, inspector. Ayer me dijo que hoy tendría el informe preliminar del homicidio de Bera. ¿Y bien? —preguntó ante el silencio del jefe de la científica.

—Bien, Pieldelobo. ¿Qué quiere saber?

—Todo lo que tenga, por supuesto.

Marcela estaba cansada de jueguecitos que solo divertían a una parte.

—Causa de la muerte: pérdida masiva de sangre a través de herida punzante que seccionó la carótida y la tráquea. El instrumento utilizado, extremadamente afilado, cortó también los nervios supraclaviculares y el cervical transverso. Le hizo un buen tajo, contundente y decidido, a juzgar por la ausencia de otras heridas aparte de la mortal. No pinchó ni rasguñó antes, le bastó un solo movimiento, breve y definitivo. También presenta una herida por arma de fuego en el brazo derecho con orificio de entrada y salida, y múltiples laceraciones y abrasiones producidas posiblemente durante la lucha o la huida. Varias heridas están cubiertas de polvo que coincide con el presente en el interior del túnel.

—¿Cuál diría que era la posición de la víctima y el asesino en el momento del ataque?

—Según el informe preliminar de la autopsia, el asaltante estaría detrás de la víctima, ligeramente a la izquierda, supongo que para poder sujetarla bien y propinar un corte eficaz. Tuvo que utilizar mucha fuerza, no es sencillo seccionar una tráquea. Es probable que la víctima estuviera agachada o arrodillada, ya que el corte presenta una clara tendencia ascendente.

—No parece obra de un aficionado.

—Así es —convino Domínguez—. Desde luego, alguien con mucha decisión y suerte podría haber efectuado ese corte la primera vez que lo intentara, pero lo normal es que los novatos duden, peleen con la víctima y hagan varios cortes antes de conseguir reducirla y matarla. Pero, como le digo, esto de momento son solo conjeturas.

—¿Encontraron el arma del crimen?

—No en el lugar, pero la herida de la víctima es compatible con el cuchillo incautado en la maleta del inspector Fernando Ribas. Un arma muy afilada, de filo estrecho y con restos de sangre que coinciden con la de la señorita Amézaga. Se están analizando los proyectiles encontrados en el lugar y la sangre del cuchillo, pero no tenemos nada de momento.

—¿Heridas, hematomas, signos de pelea? —preguntó Marcela a continuación.

—La joven tenía varios hematomas antiguos, compatibles con golpes y puñetazos. Por la coloración de la piel, tenían al menos tres o cuatro días. Y, además, como le he dicho, presentaba heridas recientes, compatibles con una pelea en el lugar de los hechos.

Marcela recordó lo que le había contado la madre de Elur Amézaga. Quizá la bronca con Bizen Itzea había ido más allá esta vez.

—¿Alcohol, drogas? —siguió Marcela.

—Nada.

—¿Pertenencias?

—Encontramos su bolso con todos sus objetos personales dentro, incluido el dinero. Llevaba unos sesenta euros, no es mucho, pero si se tratara de un robo, el ladrón se lo habría llevado.

—Desde luego —convino ella.

—También llevaba dos anillos de plata, un colgante de oro con un *lauburu* del mismo material y pendientes de bisutería. Todo estaba en su sitio y no había muestras de que hubieran intentado quitárselos.

Marcela respiró un segundo para colocar cada pieza del puzle en su sitio y siguió.

—La lengua…

Domínguez guardó un par de respetuosos segundos de silencio.

—Cortada *post mortem*, aunque inmediatamente después del asesinato. Sangró mucho, lo que indica que la amputación tuvo lugar antes de que el torrente sanguíneo se detuviera por completo.

—¿El lugar en el que encontraron la lengua de la víctima le dice algo?

—Me inclino a pensar que el asesino la arrojó sin mirar dónde caía —afirmó Domínguez—. Otra cosa habría sido que la hubiera dejado junto al cuerpo o sobre él, pero simplemente la tiró.

—Quizá las prisas… —pensó Marcela en voz alta.

—Quizá —respondió Domínguez—, pero mis dotes de adivino están de capa caída.

¿La Reinona acababa de hacer un chiste? Marcela cerró los ojos y movió la cabeza de un lado a otro ante lo absurdo de la situación.

Cortar la lengua de una víctima era una advertencia a otros posibles colaboradores, además de una acusación explícita, una justificación del asesinato. El que habla, muere.

Por el rabillo del ojo vio que Azti, saciado y cansado, merodeaba alrededor del sofá. Se hizo a un lado sobre el asiento y el perro saltó a su lado. Era un perro mediano pero, aun así, demasiado grande para ese sofá. Marcela se apretó un poco contra el reposabrazos para que el chucho dejara de dar vueltas y girar sobre sí mismo. Por fin, apoyó el trasero en el cojín, estiró las patas delanteras y descansó la cabeza sobre el muslo de Marcela, que aguantó el instinto natural de apartarlo de un manotazo. Al contrario, le rascó un poco entre las orejas antes de volver a coger el boli y retomar la conversación.

—¿Algo reseñable en la escena del crimen?

—Nada todavía. Además de las balas y los casquillos, recogimos infinidad de objetos de todos los tamaños, basura en su mayoría, pero nunca se sabe. También nos llevamos muestras de los guijarros, la arena y las hierbas de la zona, por si un día necesitamos compararlas con otra muestra.

—Bien hecho —le felicitó Marcela.

—No necesito su aprobación —gruñó Domínguez, que saltó sobre ella como un gato.

—No se la estoy dando, inspector. Ha sido solo un comentario, tómeselo como le dé la gana.

—¿Ha acabado? —preguntó Domínguez. Estaba claro que él sí.

—No —respondió tajante—. ¿Qué hay del ordenador y del móvil de la víctima?

—Le enviaremos el informe por correo, inspectora. No tengo todo el día.

—De acuerdo. Le llamaré si me surge alguna duda.

—Mejor no. Todo está perfectamente claro. Preguntar diría muy poco de su capacidad intelectual, inspectora.

—Los necesito ya —ordenó Marcela.

—Cuando podamos —repuso Domínguez antes de colgar.

Se dejó caer hacia atrás en el sofá y bufó sonoramente antes de empezar a insultar en voz alta a la Reinona. Azti, sobresaltado, se separó de ella y se reacomodó en el otro extremo del sofá.

Sabía que Domínguez la haría esperar un buen rato antes de enviarle los archivos que le había pedido. Una hora como mínimo, si no era más. Conocía las tácticas del inspector. Solo esperaba que un día se volvieran contra él y estar allí para verlo.

Sin darse cuenta, la noche había caído sobre Zugarramurdi como una losa. Se levantó, encendió la luz del salón y de la cocina y añadió un poco de leña a la chimenea. Azti la miraba somnoliento desde el sofá, con las orejas semilevantadas, el morro húmedo y los ojos como botones negros brillando por efecto de las llamas.

Lo último que hizo el inspector Domínguez antes de dar por concluida la jornada fue enviar el informe sobre el ordenador de Elur Amézaga. Sonrió mientras rellenaba los campos del correo electrónico y adjuntaba el archivo. No sabía por qué, pero molestar a la inspectora Pieldelobo le producía una extraña satisfacción. No le importaba que confundieran su rigor en el trabajo con un carácter difícil. Por él, los mediocres podían pensar lo que quisieran. Nunca llegarían a nada si daban por buena cualquier chapuza. Desde luego, no bajo su mando. Pero la inspectora Pieldelobo era harina de otro costal. Engreída, insubordinada, maleducada. Resolvía casos, sí, pero utilizando atajos inaceptables, recovecos en la franja de la legalidad. Pruebas dudosas, testimonios inducidos, registros ilegales… La lista de infracciones de la inspectora era larga y variada, muy variada. Y, además, estaba su gusto por la bebida. Y el tabaco. Por Dios, esa mujer apestaba.

La imaginó nerviosa, cabreada, insultándolo mientras comprobaba una y otra vez la bandeja de entrada. Y total, para nada, porque el ordenador de la chica no había aportado ninguna información interesante, nada que arrojara alguna luz sobre lo sucedido. Luz innecesaria, por otra parte, porque la autoría del asesinato parecía muy clara. El inspector Ribas, responsable de las prácticas de Pieldelobo. Dios los cría…

132

Pulsó el botón para enviar el correo y dejó de sonreír. Esperaba no tener que volver a tratar con esa mujer en una buena temporada, aunque había comprobado que era como la mala hierba, surgía en los rincones más inesperados, por mucho que uno se esforzase en mantenerlos limpios.

Marcela sabía que Domínguez retrasaría todo lo que pudiera el envío de la documentación. Contaba con su mala baba, así que intentó centrarse en otras cosas. La mente en blanco era un campo abonado para las ideas sombrías. Pensar la ayudaba a no ver a Ribas muerto al final de una sábana enrollada y sudorosa. No quería ver sus pies descalzos, ni su cara amoratada y sin afeitar. Y para eso tenía que pensar. Necesitaba hacer algo.

Entró en la Unidad Territorial de Inteligencia, la base de datos que reunía información sobre todo tipo de crímenes cometidos a lo largo y ancho del Estado, y se conectó con el histórico de homicidios. Seleccionó los campos de búsqueda, escribió *cuchillo, cuello, profesional* y esperó. Sabía que los ítems eran demasiado vagos, pero por el momento no tenía mucho más para afinar la búsqueda.

Unos minutos después la base le ofreció un informe con cientos de resultados. Las trifulcas con armas blancas y las heridas en el cuello eran demasiado comunes. Acotó la búsqueda a los últimos cinco años y añadió los campos *drogas* y *narcotráfico*. Los resultados se redujeron a «solo» varias decenas. Seguían siendo demasiados, pero merecía la pena echarles un vistazo.

Se hizo un hueco en el sofá entre las patas estiradas de Azti, se puso un cojín sobre las piernas y colocó el ordenador encima. Después, armada de paciencia, empezó a abrir expedientes.

Cuatro horas después había reducido la lista a una docena de homicidios cuyo *modus operandi* recordaba de algún modo, a veces muy vago, al cometido en Bera: un ataque sorpresa por la espalda, un tajo certero en el cuello asestado con la mano derecha y una víctima muerta en pocos minutos. Solo uno de los casos estaba resuelto, y el culpable seguía en la cárcel. En cuanto al resto, la mayoría se había abordado como un ajuste de cuentas entre bandas rivales de narcotraficantes y seguían sin aclararse. Marcela conocía la tendencia de todos los cuerpos a investigar solo lo justo los casos en los que los delincuentes se mataban entre ellos. Si la sangre no llegaba al río, es decir, si no se desataba una guerra de bandas ni implicaba a ningún buen ciudadano, se dejaba correr tras una investigación de rutina. Humo sobre los muertos indeseables.

Un icono emergente le anunció la llegada del correo de Domínguez. Abrió el *email* y pulsó el acuse de recibo que le requería el remitente.

Se preparó una cena ligera, avivó la chimenea y se sentó a la mesa del comedor con el ordenador y una cerveza. Leyó el informe sobre el ordenador de Elur Amézaga mientras masticaba y bebía. El del teléfono aún tardaría unos días. Lo único que le llamó la atención fue el historial de navegación de Internet. La víctima había consultado varios foros y blogs de viajes, interesándose especialmente por destinos bastante lejanos: Argentina, Costa Rica, Perú. La búsqueda no incluía hoteles ni apartamentos de alquiler, solo aviones e información sobre la moneda, vacunas y los requisitos para entrar.

«¿De qué querías huir?», pensó Marcela, «¿de Ribas?».

Y al final de la lista, casi oculta entre el enorme listado de búsquedas de alguien que no acostumbraba a borrar su rastro, una sola frase que le heló la sangre en las venas:

Policía corrupto. Cómo denunciar.

18

De nuevo se retrasaba. Elur estaba harta de que dispusiera de su tiempo sin miramientos. Disfrutaba mareándola, presentándose en su casa cuando sabía que estaba sola, siempre de noche; aterrorizándola.

Tenía miedo. Cada vez llegaba con nuevas exigencias, le urgía para que hiciera la ruta con Bizen, para que le diera los nombres, los lugares, todos los detalles.

Dos manos la atenazaron con fuerza por la espalda.

—¡Buh! —exclamó en su oído.

Elur dio un salto y lanzó un grito corto y agudo.

—Tranquila, soy yo.

El hombre apenas podía hablar, las palabras se le entrecortaban con las carcajadas que intentaba contener.

—Eres imbécil —consiguió decir ella.

—Siempre has sido muy asustadiza. ¡Relájate!

Elur apenas podía verlo. La luna iba y venía, ocultándose detrás de la densa capa de nubes que cruzaba el cielo, pero su presencia a su lado era apabullante. Instintivamente, se alejó un paso y se colocó junto al camino.

—No te he oído llegar —protestó ella—. Llevo aquí una eternidad, estaba a punto de irme.

—He venido andando, hace una noche preciosa.

Elur intuyó una sonrisa burlona. Siempre había sido un guasón, desde niño. Lo recordaba con los ojos chispeantes y una risita penetrante y contagiosa. El objeto de su mofa no solía sonreír en ese momento, ni lo haría más tarde. Nadie quería que se fijara en él. A su lado, quienes no eran sus amigos intentaban mantener un perfil bajo, pasar desapercibidos. Elur le caía bien, una suerte para ella, o eso había creído hasta entonces.

Llevaban mucho tiempo sin verse y, en su opinión, ahora se estaban viendo demasiado.

—¿Has arreglado lo del viaje? —preguntó de pronto. Se habían acabado las risas y las bromas. Su voz era afilada como un cuchillo.

—Todavía no. Bizen no quiere que los acompañe.

—¿Por qué no? —insistió.

Elur se encogió de hombros.

El golpe llegó sin previo aviso. No lo vio venir, aunque sintió que algo cortaba el aire antes de impactar contra su cara. La palma abierta del hombre, lanzada con fuerza y velocidad, la empujó hacia atrás cuando impactó contra su pómulo. Elur se tambaleó y saltó a un lado para alejarse de su agresor.

—¿Qué haces? —gritó—. ¿Te has vuelto loco? ¡No me toques!

—A Bizen no le hará gracia que te veas envuelta en una trifulca en el bar. Dile que no quieres volver, que tienes miedo.

—Esto no era necesario, estás como una cabra. ¡No vuelvas a tocarme en tu vida!

Él dio un paso adelante.

—Me duele más a mí que a ti —dijo en un susurro conciliador.

—Lo dudo —bufó Elur—. Me voy.

—Haz lo que te he dicho. La semana que viene quiero una lista de nombres y lugares. Es tu última oportunidad.

—Y si no, ¿qué? —le retó ella con la mano sobre la cara dolorida.

Él no respondió. Hundió las manos en los bolsillos del abrigo, ladeó la cabeza y sonrió burlón. Elur se estremeció.

*

—¿Quién te ha hecho esto? —preguntó Bizen mientras observaba la marca morada de la cara de Elur—. Le arrancaré la cabeza, ¿quién ha sido? —insistió, cogiéndola con fuerza de la muñeca.

Elur se apartó de él, le estaba haciendo daño.

—No tengo ni idea. Unos imbéciles se liaron a puñetazos y cuando fui a separarlos me llevé uno. No sé quién me dio, qué más da.

—Hablaré con Luken —dijo Bizen.

—¿Para qué? ¿Para que no sirva alcohol y así la gente no se emborrache y monten bronca? Es un bar, vive de eso. Yo también, de hecho. Salvo que cambie de trabajo. —Le cogió de la mano y se acercó a él—. Deja que os acompañe.

Bizen la miró un momento.

—De acuerdo —accedió por fin.

Elur sintió que el corazón se le aceleraba y la cena le subía a la garganta. Todavía le escocía la cara y no había conseguido sacarse el frío del cuerpo. Se encogió y abrazó a Bizen, que la rodeó con sus brazos.

—En dos días salimos —siguió él sin separarse de ella—. Cómprate unas buenas botas y ropa de abrigo. Te diré lo que tienes que hacer. Voy a avisar del cambio.

La besó en la cabeza y se alejó. Nunca hablaba por teléfono delante de ella. Si tenía que hacerlo cuando estaban juntos, se metía en la otra habitación y susurraba. Elur se acercó hasta la puerta cerrada y contuvo la respiración mientras escuchaba.

—Por supuesto que es de confianza —oyó—, no vendría si no lo fuera. Añade carga, claro, una mochila más.

Elur temió que el silencio al otro lado significara el fin de la conversación. Dio un paso rápido a un lado, entró en el baño y cerró la puerta. Para su sorpresa, el delgado tabique que separaba las dos estancias le permitía escuchar mejor que la madera.

—No tengo ni idea de lo que está pasando, me llamó Castro el otro día… Sí, decía que llamaba de parte de Ferreiro. Bueno, la cosa pinta mal, parece que tenemos competencia en la zona. —Un silencio. Elur oía sus pasos sobre el parqué—. No tengo ni idea de quién anda tras lo nuestro, pero me voy a enterar. —Nuevo silencio—. Vale, de acuerdo. *Agur.*

Elur esperó un momento y tiró de la cadena. Cuando regresó al salón, Bizen fumaba junto a la ventana. En la repisa había una caja de madera decorada con flores pintadas de vivos colores.

—Lo siento —dijo Bizen girándose hacia ella—, he cogido el último que había hecho.

—No importa.

Elur abrió la caja y extendió su contenido sobre la mesa. Papel de fumar, un mechero, un grínder metálico negro con una hoja de marihuana dibujada en la tapa, tabaco de liar, una bolsa con boquillas y, por último, el apretado paquete con la hierba.

—¿Les parece bien que vaya? —preguntó mientras picaba la maría en el grínder.

Bizen dio una profunda calada a su porro.

—Aquí se hace lo que yo digo —respondió mientras expulsaba el humo. Le brillaban los ojos—. No les he preguntado si les parece bien o mal, simplemente he avisado de que seremos uno más.

—Claro.

Elur añadió tabaco a la hierba y lo mezcló con los dedos. Luego cogió un papel, se lo colocó en una mano y, con la otra, extendió la maría en el centro con mucho cuidado. Puso la boquilla, enrolló el papel, lamió el borde y lo acarició despacio para sellarlo bien. Luego se lo llevó a los labios. Bizen alargó el brazo y encendió el porro. Elur cerró los ojos y aspiró.

—Te daré una mochila. Ocúpate de preparar lo que te he dicho, las botas y la ropa. Compra también una luz frontal, te vendrá bien.

—¿Cuántos somos? —preguntó. Había apoyado la espalda en el pecho de Bizen y ambos miraban la calle desde la ventana. Llovía de nuevo, y la luz de las farolas brillaba y centelleaba en los charcos de la calle, dibujando siluetas bailarinas que los mantenían absortos.

—Unos cuantos —respondió Bizen sin más.

—¿Conozco a alguno?

Bizen sonrió, la cogió despacio por los hombros y le dio la vuelta. Le acarició el morado de la cara y la besó despacio. Luego bajó las manos por los costados y las deslizó por su espalda hasta llegar a las nalgas. Puso una mano en cada glúteo y lo masajeó con fuerza, acercando su cadera a la de ella.

Elur se puso de puntillas para que su pubis quedara a la altura del de Bizen. Le sintió muy excitado a través del pantalón. Reconoció el pellizco en el estómago y la humedad entre las piernas.

—Fóllame —susurró en su oído.

Bizen no se hizo de rogar.

19

Marcela tuvo que madrugar para viajar a Madrid al día siguiente. Encontró un hotel barato y con *parking* en el centro. Tiró la mochila sobre la cama y volvió a salir. Tardaría unos veinte minutos en llegar a Puente de Vallecas, el barrio de Ribas, en el sureste de Madrid, justo al otro lado de la M-30. Había rechazado el ofrecimiento de Bonachera de acompañarla. No había podido convencer a Montenegro para que lo librara de la tediosa labor administrativa que le había asignado y seguía enterrado entre informes, fotografías y testificales.

Dejó el coche en el aparcamiento y cogió el metro en Sol hasta la estación de Buenos Aires. A Marcela, de Madrid solo le gustaba el centro. Las calles estrechas y acogedoras, aunque abarrotadas de turistas, la hacían olvidar que estaba en una urbe de más de tres millones de habitantes, con bares en los que nadie se interesaba por nadie, garitos que respetaban el anonimato y hacían bueno eso de no ver, no oír, no hablar. En las calles estrechas de Madrid, Marcela no era nadie, y eso le gustaba.

Sin embargo, el barrio en el que vivía Fernando Ribas estaba repleto de edificios envejecidos y llenos de ventanas, ojos invisibles en cada palmo de fachada, torres atestadas, coches, autobuses que petardeaban junto a la acera. Un barrio demasiado parecido a un pueblo, con toda una red de conocidos, donde todos sabían que eras policía aunque no te lo dijeran, levantado cuando la necesidad acuciaba y lo último en lo que se pensaba era en la estética, en la comodidad, en el mañana. Urgía alojar a los trabajadores que llegaban de toda España, sobre todo de Andalucía, Extremadura y La Mancha, y guardarlos cerca, pero lejos al mismo tiempo, que se sintieran parte sin serlo.

Y allí estaba el Puente de Vallecas, un barrio obrero idéntico a tantos otros, pero a la vez de fuerte personalidad, que se reivindicaba madrileño y se esforzaba por forjar su propia historia, marcada por la lucha vecinal y el antifranquismo, por dejar atrás los estigmas de las chabolas y la droga, aunque para eso tuviera que coser los retazos aportados por los dispares habitantes que lo poblaban.

Bien, Marcela supuso que eso también era Madrid. Una ciudad que se nutría de todos y cada uno de sus habitantes y que mudaba sus tradiciones y las enriquecía con aportaciones de lo más variado.

En Madrid todo el mundo es madrileño, pero los madrileños establecían rangos y estatus que les permitían mirar por encima del hombro a quien carecía de pedigrí, como la mayoría de los habitantes de Puente de Vallecas. ¿Cómo era aquello de los gatos? ¿Cuántas generaciones hacían falta para que te llamaran madrileño de verdad? ¿Y cuántos de esos quedarían? La mezcla era la base de la riqueza de Madrid, se pusieran los gatos como se pusieran.

No le costó encontrar la iglesia. El edificio que albergaba la parroquia lo mismo podría haber sido un supermercado que un colegio, pero le tocó acoger a los fieles cristianos que rezaban en los setenta. De una planta, chata y cuadrada, sin adornos, esculturas ni más identificación que la cruz, un fresco religioso pintado junto a la puerta y el letrero que la identificaba como tal. Pequeños grupos de personas se arremolinaban en la estrecha acera y charlaban en voz baja. Saludos mudos, palmadas en la espalda y algún abrazo. Marcela no distinguió ningún uniforme, aunque varias de las caras le resultaron familiares.

Al contrario de lo que solía suceder en las iglesias antiguas y tradicionales, el interior de esta estaba caldeado. Avanzó entre los bancos casi vacíos hasta llegar al primero, donde la viuda de Fernando Ribas observaba absorta la urna azul colocada sobre una peana de madera.

Marcela se acercó a ella y se colocó de pie a su lado. Alargó la mano despacio y la tocó suavemente en el hombro. No quería sobresaltarla. La mujer levantó la cara hacia ella y sonrió. Tenía los ojos enrojecidos y los labios acartonados.

—Verónica —la saludó, sin apartar la mano de su hombro—, no sé si…

—Marcela —la cortó ella—. Te recuerdo. Gracias por venir. A Fernando le habría gustado.

Ambas desviaron la vista hacia la urna azul.

Una puerta se abrió a la derecha del altar para dejar paso a un sacerdote escoltado por dos pequeños monaguillos.

—Luego hablamos —se despidió Marcela, reculando hacia los bancos de atrás.

Fue una misa breve y aséptica, sin pomposos salmos o canciones ni grandes alabanzas al difunto, aparte de su dedicación al prójimo. Tras la bendición final, la viuda cogió la urna, la pegó a su pecho y salió de la iglesia acompañada por el resto de la familia, cuyos gestos iban de la desolación a la resignación, pasando por quienes se enjugaban las lágrimas con discreción o, simplemente, entrelazaban las manos por delante del cuerpo, bajaban la cabeza y avanzaban en silencio.

Marcela se colocó a un lado de la puerta, un poco alejada de los grupos que habían vuelto a formarse, y esperó. Más abrazos, nuevas palmadas y una charla que iba animándose por momentos. La viuda avanzó despacio, sostenida por un hombre muy parecido a ella, y se detuvo al llegar a su altura. La urna azul seguía pegada a su pecho.

—Gracias por venir —repitió, quizá porque no recordaba haberlo dicho antes—. Aunque quizá estés aquí por trabajo…

—No —le aclaró Marcela—. Fernando fue importante para mí.

Verónica sonrió con tristeza y la miró a los ojos.

—Lo sé. Sé cómo era Fernando —continuó cuando Marcela iniciaba una justificación no pedida—, pero le quería con toda el alma, y él me quería a mí. Fernando no se ha suicidado —aseguró en voz baja. Marcela sintió una mano helada sobre su antebrazo—. Trabajaba duro, era un buen policía. Nada de lo que dicen es cierto, estoy segura.

—Lo que viene no va a ser fácil —respondió Marcela—. Van a poner tu vida patas arriba para investigar la de tu marido. Buscarán, preguntarán y revolverán cada rincón. Tienes que estar preparada —añadió en voz baja.

Verónica asintió.

—Ya han empezado. Han pedido acceso a todas nuestras cuentas y quieren llevarse sus dispositivos electrónicos. He contratado un abogado…

—Has hecho bien. —La miró a los ojos un instante y fue consciente de que ella, en realidad, nunca había significado nada para Fernando, no había poseído ni un centímetro de él. Verónica sí. Por eso Ribas las dejaba a todas, se acababa alejando y volviendo a casa. Lo vio en sus ojos. La pertenencia, el conocimiento, el amor, supuso.

Marcela contuvo el repentino deseo de alargar la mano y acariciar la urna. La miró un momento y luego subió la vista hasta los ojos de Verónica.

—Te llamaré en otro momento —dijo a modo de despedida.

—Cuando quieras.

Al girarse estuvo a punto de darse de bruces con Santiago Alcolea. El subinspector se había colocado a un lado de la acera, solo, con las manos hundidas en los bolsillos y la mirada fija en ella. Marcela se acercó y se puso a su lado, observando los grupos de personas que comenzaban a dispersarse calle abajo.

—No esperaba verla aquí —dijo Alcolea.

—¿Por qué no? Fernando era mi amigo.

—Ya. —Alcolea sacó un paquete de tabaco y le ofreció un cigarrillo a Marcela. Luego prendió los dos pitillos y juntos crearon una nube frente a sus caras—. Necesito estirar las piernas, ¿me acompaña?

Alcolea se giró y comenzó a caminar despacio, alejándose de la iglesia y de la gente. Cruzaron la calle y se adentraron en un pequeño parque casi desierto a esas horas. Grupos de jubilados charlaban en voz alta, y de vez en cuando un corredor o un ciclista aparecía y desaparecía por el sendero de grava. Se dirigieron hacia una especie de estanque circular en cuyo borde varios jóvenes desocupados fumaban y escuchaban música.

—Yo tampoco esperaba verte aquí —reconoció Marcela cuando estuvieron solos—, no después de lo que dijiste en Bera.

—Estaba cabreado —reconoció Alcolea.

—¿Y ahora no?

—Sigo enfadado, pero Ribas está muerto, las cosas han cambiado. No puedo guardarle rencor a un muerto.

Marcela pensó que esa no era una imposibilidad real. De hecho, sus tripas aún odiaban a algún cadáver.

—¿Qué pasó? —preguntó Marcela. El subinspector entendió a qué se refería.

—Lo que ya le dije. Ribas se enfadó cuando le conté que había contactado con la joven y la había convencido para que fuera nuestra confidente.

—¿Cuál era el problema?

—Según Ribas, la chica no solo estaba metida en el tema de las drogas. También estaba vinculada con grupos de extrema izquierda que, según la Policía Foral, se estaban organizando para relanzar la *kale borroka*. Estaba seguro de que esa chica era una bomba de relojería.

—Quizá tuviera razón, ¿no lo has pensado?

—Claro que lo he pensado, lo pensé mil veces, pero estábamos atascados, íbamos a tirar tres meses de trabajo a la basura.

—Y tomaste la decisión a la desesperada, por tu cuenta.

Alcolea no respondió. Marcela entendió en el acto.

144

—Casals lo sabía. La subinspectora estaba al tanto de tu decisión.

—Pensaba como yo. Ribas, en cambio, quería esperar un poco más. La Guardia Civil nos había desaconsejado un acercamiento personal al grupo, pero Emma y yo lo veíamos distinto.

Emma.

Vaya...

—La subinspectora Casals y tú sois más que amigos. —No era una pregunta.

Alcolea se encogió de hombros y perdió la vista en el agua de la fuente.

—Somos dos personas libres, no le hacemos daño a nadie.

—Desde luego que no, aunque no es muy apropiado en medio de una operación encubierta.

—No pretenderá darme lecciones sobre lo que es o no es apropiado, ¿verdad, inspectora? He oído hablar de usted.

Marcela sonrió. Alcolea seguía muy susceptible.

—No he visto a la subinspectora en el funeral.

—No ha venido. Está de baja.

—¿Algún problema? —preguntó Marcela.

—Nada grave. Necesitaba descansar. Se ha ido a Valencia, con su familia. Volverá en unos días.

Marcela asintió en silencio y se giró para mirarlo de frente.

—¿Sirvió de algo contactar con la chica? ¿Os pasó información útil?

Alcolea sacudió la cabeza de un lado a otro.

—No llegamos a hablar de nada importante.

—No veo nada que apunte a Ribas, no entiendo qué te llevó a sospechar de él.

—Ya se lo dije en Bera. Iba a su aire, actuaba por libre, no nos contaba nada. Le oí salir la noche del asesinato, justo a esa hora.

—¿Alguien más puede ratificarlo?

Alcolea negó brevemente. Luego metió la mano en el bolsillo y sacó un pequeño aparato oscuro. Se lo mostró a Marcela con la palma extendida.

—Encontré este localizador GPS en los bajos de mi coche. Emma tenía uno igual pegado a los de su moto. Comprobé el coche de Ribas. Estaba limpio. —Volvió a meter la mano en el bolsillo y le mostró un dispositivo diminuto. Marcela lo reconoció en el acto, era un Zeerkeer, uno de los rastreadores más potentes, pequeños y modernos del mercado—. Esto estaba dentro de mi cartera. Es…

—Sé lo que es —le cortó Marcela. Con ese chisme se podía controlar la posición exacta y en tiempo real de quien lo llevaba. Se activaba y desactivaba a distancia con una aplicación móvil y era tan ligero que se podía camuflar en cualquier parte.

—Siempre sabía dónde estábamos, y así podía decidir el mejor momento para actuar.

—Sigues sin tener pruebas de que fuera Ribas. —Quiso ser una protesta, un último intento por defender a su amigo, pero se estaba quedando sin argumentos.

—No —reconoció Alcolea—. No tengo pruebas, al menos no las que lo condenarían en un juzgado, pero ya no hacen falta, ¿no? Ha confesado. Un inocente habría peleado. Un culpable haría lo que Ribas ha hecho: huir.

—Te desacreditaste en el momento en que decidiste entrar a hurtadillas en su habitación y registrar sus cosas. Eres consciente de que tu acción puede invalidar el registro, ¿verdad? Porque significa que tú, o cualquiera, pudo acceder a la maleta y colocar el alijo, el dinero y las armas. —Marcela lo miró a los ojos unos segundos. Alcolea empezaba a enrojecer—. ¿Seguro que no lo hiciste? —lo espoleó.

—¿Lleva un micro? —preguntó el subinspector—. ¿Es una puta espía que pretende cazarme para librarle del marrón a Ribas? Está muerto, y su mujer cobrará la pensión hiciera lo que hiciera. Y por cierto —añadió—, yo no hice nada de lo que insinúa. Lo que encontraron es lo que había, ni más, ni menos.

El subinspector dio media vuelta y se dirigió hacia la salida del parque. Marcela se acercó al estanque y escrutó el agua verdosa. Distinguió un buen montón de colillas flotando y varias monedas de escaso valor en el fondo. ¡Qué manía tenía la gente de lanzar una moneda en cualquier pozo, fuente o alberca! La música de los adolescentes no consiguió acallar sus pensamientos. Rastreadores móviles, localizadores personales. Paseos nocturnos. Todo eso era muy de Ribas.

—Mierda —masculló—. Mierda, mierda, mierda.

La de Moratalaz no era una comisaría al uso. En realidad, se trataba de un enorme complejo policial que, además de la propia comisaría, albergaba la sede de la Unidad de Intervención Policial, los conocidos antidisturbios, y un centro de internamiento de inmigrantes. Marcela no tenía ni idea de cuántas personas trabajaban en aquellas dependencias, pero recordaba que se sintió como una hormiga durante los dos años que pasó allí.

Paseó por la unidad en la que trabajaba Ribas saludando aquí y allá. Charló con un par de excompañeros y repartió sonrisas y algún que otro abrazo mientras avanzaba entre los pasillos de sillas y archivadores. Se detuvo al llegar a un par de mesas enfrentadas. La más cercana a ella estaba ocupada por un hombre de pelo cano cortado al uno, hombros anchos y espalda carnosa cubierta por una camisa cuyas costuras se tensaban con cada movimiento de sus brazos. La mesa de enfrente estaba vacía.

—Busco al subinspector Vargas —dijo Marcela desde la espalda del hombre—. Es un tío alto y delgado, muy elegante.

El policía se giró en la silla y le regaló una amplia sonrisa. A continuación se levantó y se lanzó hacia Marcela con los brazos abiertos.

—Pieldelobo, siempre tan agradable —dijo mientras la estrujaba contra su pecho—. Me alegro mucho de verte —añadió cuando la soltó—, aunque sea en estas circunstancias. Se ha tenido que morir Ribas para que te dignes a visitarnos.

—Estoy hasta arriba, qué te voy a contar. —Se separó medio

metro para poder mirarlo a los ojos—. No te he visto en el funeral —añadió.

—No. No he podido ir.

Marcela no preguntó el motivo. Observó la mesa desocupada y casi vacía. Ribas llevaba más de tres meses sin sentarse allí y jamás volvería a hacerlo. Paseó la mirada por el resto de la enorme sala. Los teléfonos no dejaban de sonar, los agentes iban de un lado a otro, abrían y cerraban puertas, hablaban y seguían su camino. Como si nada hubiera pasado.

—A mí también me duele el estómago —susurró Vargas junto a Marcela. Ella asintió en silencio y se giró hacia él.

—¿A qué hora sales? —le preguntó.

Vargas consultó su reloj.

—Llevo aquí desde esta mañana, así que supongo que salgo ya. ¿Un café?

—Mejor algo más fuerte.

—Hecho. Hay un bar un par de calles más abajo, es un garito irlandés con una cerveza de primera. Espérame allí, voy en diez minutos.

Marcela desanduvo el camino en dirección a la salida. Se repitieron algunos saludos, aunque fue consciente de que varias personas fingieron estar ocupadas para no tener que despedirse.

El local en el que Vargas la había citado cumplía con todos los estándares para ser considerado un auténtico *irish bar*: mesas largas de madera oscura, grandes grifos de cerveza, enormes jarras de cristal grueso, una carta de bebidas kilométrica, cristales oscuros en tonos verdes, tréboles y duendecillos en las paredes y una suave música celta que de vez en cuando viraba al folk e incluso al *rock* irlandés. Una foto de U2, otra de The Cranberries y varias de grupos y cantantes que Marcela no había oído en su vida. Tópico tras tópico, pero era un sitio agradable.

Como prometió, Vargas tardó diez minutos en aparecer. Se acercó a la barra antes de sentarse y pidió una cerveza como la que Marcela ya tenía delante. Luego ocupó su sitio, alzó la jarra un momento y se la llevó a la boca. Casi la mitad del contenido desapareció en escasos segundos.

—Estuviste con Ribas allí arriba —dijo Vargas. No era una pregunta.

Marcela afirmó en silencio.

—No me quedó otra —aseguró—. Me habría gustado no tener que ir, fue muy duro verlo en esas condiciones.

Esta vez fue Vargas quien cabeceó sin decir nada.

—¿Te contó algo? —preguntó por fin.

—Lo negó todo, me juró que no tenía nada que ver con el homicidio ni con las drogas.

—¿Y le creíste?

Vargas la miró fijamente, atento a su reacción. Pieldelobo le devolvió una mirada triste antes de bajar la cabeza.

—No lo sé —reconoció—. No pintaba bien, aunque hubo un montón de irregularidades.

—¿De qué estás hablando?

Marcela se acercó a Vargas por encima de la mesa.

—Alcolea registró su habitación antes de avisar a los responsables del operativo. Dice que sospechaba algo y que entró para quedarse tranquilo, pero que encontró la droga y el dinero. Luego camufló sus actos para conseguir una orden de registro y detención.

—Qué hijo de puta…

Hizo un gesto con la mano, se levantó y volvió con otras dos jarras de cerveza. La espuma se mecía peligrosamente sobre el líquido ambarino, pero consiguió llegar sin derramar una gota.

—Si entró una vez —siguió Marcela—, pudo haberlo hecho más veces.

—E incluso él mismo pudo haber dejado las pruebas que lo incriminaban —añadió Vargas.

—Lo hiciera o no —siguió Marcela—, lo cierto es que este hecho anula por completo su credibilidad. Tenía acceso, lo que nos lleva a pensar que cualquiera lo tenía.

Los dos cabeceaban convencidos.

—Puto Alcolea —masculló Vargas—. ¿Esto lo sabe el comisario?

—No lo creo, lo reconoció ante mí en un descuido. Es mi palabra contra la suya; si me voy de la lengua lo negará con vehemencia y se dedicará a destruir mi reputación. Me temo que no le costará mucho…

—¿Y Casals? —propuso Vargas.

—Es de su cuerda y están juntos, yo no contaría con ella.

El silencio se extendió a su alrededor. Cada uno se concentró en su jarra y en el círculo de agua que la condensación había dibujado en la mesa.

—Pudo entrar cualquiera —insistió Vargas un par de minutos después.

Marcela asintió y apuró su bebida. Levantó el vidrio vacío, esperó el asentimiento de su colega y fue a la barra.

—Pudo ser el propio Alcolea. Quizá todo eso era suyo y lo que pretendía era cargarle el muerto a Ribas —siguió un par de minutos después.

—El problema es que Ribas está muerto. Fernando se habría defendido, te juro que cuando lo vi estaba dispuesto a hacerlo, a dar la cara. Creo que tenía intención de declarar ante el juez.

—Yo también lo he pensado —reconoció Vargas—, pero, por otra parte…

—¿Por otra parte? —se interesó Marcela.

—Hace mucho que no veías a Ribas —siguió, como si hiciera falta recordárselo—. A veces desfasaba un poco. Ya sabes, juergas, tías, algo de coca, mucho alcohol… Pero era un buen poli, impecable. Su vida privada y sus pequeños vicios no interfirieron nunca en su trabajo.

—Pero sugieres —se adelantó Marcela— que quizá en un entorno tan propicio, lejos del control de sus jefes y de su mujer, haya podido dejarse llevar.

—No lo sé, de verdad —reconoció Vargas con los hombros hundidos—. Los de arriba están convencidos de que es culpable. Les falta esto para cerrar el caso y enterrarlo más hondo que al propio Ribas —añadió, juntando el índice y el pulgar.

—Pueden decir lo que quieran, pero no lo habrían mandado si no confiaran en él. Piénsalo, ¿cuántos expedientes disciplinarios le han abierto a Ribas durante toda su carrera?

Vargas cruzó las manos debajo de la barbilla.

—Ninguno —respondió.

—¿Faltas administrativas? ¿Amonestaciones oficiales?

La cabeza del subinspector se movió de un lado a otro.

—¿Y qué me dices de su ratio de casos resueltos? —siguió Pieldelobo.

—Aceptable —reconoció Vargas.

—Aceptable —repitió ella—. ¿Quién le asignó este último caso?

—El jefe de brigada, el inspector jefe Cuenca. Y también eligió al resto del equipo.

Marcela asintió.

—Si este caso hubiera salido bien, habrían acabado con uno de los narcos más importantes de la actualidad, ¿es así? —Esperó hasta que Vargas movió la cabeza afirmativamente—. Y lo seleccionaron a él para que lo liderara, para que se infiltrara en la banda y trajera resultados.

—Supongo que no sospecharon nada.

—Quizá no había nada que sospechar —zanjó Marcela, inclinándose hacia delante. Suspiró y volvió a concentrarse en los círculos de agua sobre la madera pulida. Las preguntas se agolpaban en su cabeza, se sacudían y rebotaban de una duda a otra, de una incongruencia a la siguiente—. ¿Me puedes pasar algo de información? —pidió unos momentos después—. Para aclarar alguna cuestión y quedarme tranquila —añadió con su mejor sonrisa.

—¿Algo que no puedas conseguir tú misma? —bromeó Vargas.

—Ya no me dedico a eso, soy una buena chica.

—¡Ja! Claro.

El subinspector sonrió mientras apuraba su cerveza. Un hilillo de líquido se escurrió barbilla abajo. Vargas se secó la cara con el dorso de la mano y la miró de nuevo serio.

—Asuntos Internos se está encargando del posible caso de corrupción policial —explicó—, e Instituciones Penitenciarias investiga la muerte de Ribas. No nos van a dejar meter las narices. —Marcela lo miró si decir nada—. Puedo hacer un par de llamadas —accedió por fin—. Colegas que me deben favores.

—Eso sería perfecto —lo animó Marcela.

Vargas entrelazó los dedos de ambas manos sobre la mesa.

—¿Qué necesitas?

—El informe de la autopsia, las declaraciones de los testigos, copia de todo lo que Ribas hiciera o dijera de camino a Pamplona y una vez allí; una relación de las personas con las que tuvo trato desde que salió de Bera hasta el momento de su muerte, lo que comió y bebió, con quién estuvo, si salió al patio, si llegó a estar ante el juez y qué dijo en ese caso.

El subinspector sonrió divertido.

—Lo tienes muy claro —dijo—, pero te has venido muy arriba. A ver qué puedo conseguir.

—Todo me viene bien —respondió Marcela.

—Hablaremos mañana.

—De acuerdo —accedió Marcela—. ¿Tienes hambre?

Vargas asintió con una sonrisa y se concentraron en el menú.

20

El zumbido del teléfono la arrancó de un sueño plagado de toboganes, abismos y espacios sin oxígeno. No conseguía localizar la procedencia del sonido, sobre todo porque le costó un minuto entero recordar dónde estaba y qué hacía allí. Palpó el aire a su derecha en busca de algún interruptor mientras su móvil seguía zumbando. Estuvo tentada de taparse la cabeza con la almohada y seguir durmiendo, pero el giro le había revuelto el estómago.

Recordaba que Vargas le había pedido un Uber. Tuvo que buscar en su correo la confirmación de la reserva del hotel porque Marcela fue incapaz de recordar el nombre y mucho menos la dirección. Luego esperó con ella la llegada del coche y se despidieron con un abrazo.

Recordaba también el *hall* del hotel, apenas iluminado, y la ardua búsqueda de la tarjeta electrónica. Y el último trago, un botellín de vodka que sacó del minibar y que acompañó con un puñado de cacahuetes. Pero no se acordaba de dónde había dejado el móvil.

El zumbido cesó y volvió a empezar casi al instante. Se sentó en la cama y miró a su alrededor. Localizó el resplandor del teléfono a un par de metros de distancia, en el suelo, encima de una pila de ropa.

Lo dejó sonar mientras iba al baño. Se dio una ducha rápida, se cepilló los dientes y se puso la ropa limpia que llevaba en la mochila. Luego recogió lo que había en el suelo y lo guardó.

Cuando corrió las cortinas, Madrid le regaló un día luminoso, casi hiriente, pero helador. Cuatro pisos por debajo, la gente se arrebujaba en sus abrigos y lanzaba una nube de vaho al respirar que distorsionaba los contornos de sus caras y se mezclaba con el aliento helado de los demás, formando un extraño hilo de niebla que se deshilachaba y ascendía en una fracción de segundo.

Se sentó en la cama y consultó el móvil. Quien fuera que la había llamado había tirado la toalla. Era Damen. Cerró los ojos, frunció los labios y lo imaginó con un gesto similar, la boca apretada y los párpados entrecerrados, intentando adivinar el motivo por el que Marcela ignoraba sus llamadas.

Pulsó sobre su nombre y escuchó los tonos.

—Buenos días —la saludó Damen al tercero—. Se te han pegado las sábanas.

—Madrugas demasiado —respondió ella—, el resto del mundo tenemos un horario más normal. Además, ya estaba levantada, me has pillado en la ducha.

Damen no cuestionó sus palabras, nunca lo hacía. Marcela no tenía ni idea de si en realidad la creía o si decidía no entrar en una discusión que no conduciría a ninguna parte. En cualquier caso, ella lo prefería así.

—¿Qué tal fue ayer? —preguntó él.

—La mujer de Ribas no cree que se suicidara —le contó.

—No me sorprende —respondió Damen.

—A mí tampoco —reconoció Marcela—. También me dijo que Asuntos Internos ha pedido una orden para los dispositivos electrónicos, las cuentas y todo lo que se les ocurra.

—Imagino que querrán comprobar que Ribas estaba solo en esto.

—¿En qué? —preguntó Marcela cortante.

Al otro lado de la línea, Damen cerró los ojos un instante y suspiró. Había despertado a la loba.

—Lo sabes tan bien como yo. No van a buscar otro culpable, ya tienen uno.

—Muy conveniente, claro.

—Entiendo que te resistas a creerlo, pero las pruebas son aplastantes. La maleta, la pulsera médica, el arma…

—Hay que seguir investigando —bufó ella.

—Para eso estás tú, ¿no? ¿Cuándo vuelves? —preguntó para cambiar de tema.

—Tengo un par de cosas que hacer, en cuanto lo solucione. Te avisaré.

—De acuerdo. Ten cuidado.

Cuatro horas en coche o menos de dos en tren. Eso es lo que separaba a la inspectora Pieldelobo de la subinspectora Casals. Alcolea le dijo que estaba de baja y que había vuelto unos días a su casa familiar en Valencia. Si se daba prisa llegaría a tiempo de coger el AVE de las 09:40, y si perdía ese solo tendría que esperar una hora hasta el siguiente.

Pidió en la recepción del hotel que le reservaran la habitación una noche más y cogió uno de los taxis que aguardaban en la puerta.

La estación de Atocha la recibió con su habitual barullo de gente, el retumbar de las maletas al ser arrastradas por el suelo de baldosas y el murmullo de las escaleras mecánicas. El olor a café la distrajo un momento, pero no tenía tiempo. Corrió hasta la taquilla de trenes de alta velocidad y compró un billete de ida y vuelta a Valencia. Ida a las 09:40, lo había conseguido, y vuelta a las seis de la tarde. Eso le dejaba algo menos de cinco horas para localizar a Casals y hablar con ella. Esperaba que fuera suficiente.

Bajó al andén, buscó su vagón y su asiento y se dejó caer, exhausta. Una hora y cuarenta y cinco minutos. No necesitaba más.

Se puso las gafas de sol, cruzó los brazos, acomodó los pies y las piernas, se subió la cremallera del abrigo y se durmió.

Media verdad no es más que una mentira. Maquillada, pulida y brillante, pero una mentira al fin y al cabo. Tenía un solo hecho; complejo, pero solo uno: una confidente asesinada y la maleta de un policía hasta arriba de droga y dinero. La suma de los factores ofrecía un resultado irrefutable, y muy cómodo para todos ahora que Ribas había muerto. Interpretaban su suicidio como una confesión. El subinspector Alcolea apuntaba hacia Ribas, igual que el sargento Salas y el comisario Andreu, ansioso por que la prensa dejara de hablar del caso. Pero Ribas había negado ser culpable, fue muy taxativo en eso. Y aun así...

Le faltaba la mitad de la baraja, datos cruciales para entender semejante galimatías. Medias verdades. Mentiras completas. Eso era lo que tenía.

Marcela se miró las manos. Las uñas azuleaban por el frío y sentía un incómodo cosquilleo en las yemas. Le dolía la cabeza y tenía la boca pastosa.

Una inesperada sacudida del tren, plácido la mayor parte del recorrido, la había sacado de un sueño teñido de verde. Montes, prados, postigos de madera, jardines de hierba crecida. Soñaba con Zugarramurdi o con Biescas, no estaba segura. Con volver a casa, en cualquier caso.

Faltaba media hora para llegar a Valencia. Se levantó y buscó la cafetería. Pidió dos cafés en un solo vaso y un botellín de agua que se bebió antes de que la camarera le sirviera el resto del pedido. Seguía en la barra cuando la megafonía anunció que estaban llegando a la estación. Volvió a abrocharse el abrigo, se cruzó el bolso y se dirigió a la puerta.

La dirección de Casals estaba en el expediente. Le dio el nombre de la calle al taxista y se dedicó a mirar por la ventanilla mientras avanzaban entre el tráfico. El conductor culebreaba de un carril a otro, alejándose del centro. Los edificios eran cada vez más bajos, más nuevos y con más espacio entre uno y otro. Avenidas de ocho carriles, amplias aceras, carril bici, un paseo arbolado… Ahí estaba la Universidad de Valencia. Grupos de jóvenes cargados de libros y mochilas pululaban por la zona, apresurados unas veces, zanganeando otras. Edificios blanquísimos dejaban paso a otros de color ladrillo, y luego de nuevo blancos. Llevaba veinte minutos en el taxi. ¿Dónde vivía Casals? Entonces aparecieron las palmeras. El taxi giró en una bocacalle estrecha y avanzó despacio, atento a los números de los portales hasta que encontró el que buscaba.

—Aquí es —anunció mientras se hacía a un lado.

Marcela pagó y se bajó. El aire era húmedo y frío, y le traía el característico olor a sal, combustible y pescado de los puertos industriales. Las gaviotas lanzaban al viento sus estridentes graznidos en una conversación incomprensible e inacabable.

Una farmacia, una papelería cerrada desde hacía tiempo, a juzgar por las pintadas y los carteles que adornaban el escaparate, y un buzón de correos. Y al lado, el portal en el que vivía la subinspectora Emma Casals.

Cruzó a la acera de enfrente y observó el edificio. Siete alturas, fachada en chaflán a la avenida principal, balcones con instalación de aire acondicionado y ventanas con toldos verdes.

Había olvidado el piso. Sacó el móvil y se acercó al portal. Buscaba todavía la dirección cuando la puerta se abrió. Desde luego, Marcela era una mujer con suerte. La subinspectora Casals se detuvo en seco cuando la vio en la acera. Vestía ropa deportiva, zapatillas de *runner* y guantes. Un gorro oscuro de lana le cubría la cabeza y parte de la cara, pero lo que mostraba no podía ocultar el deterioro que Casals había sufrido en tan poco tiempo. Estaba pálida y había perdido peso. Tampoco quedaba rastro del porte erguido y orgulloso que mantenía cuando se conocieron en Bera.

—Inspectora…

—Pieldelobo —terminó Marcela al ver que Casals no acababa la frase—. ¿Me recuerda?

—Sí, claro —dijo por fin—. Es que me ha sorprendido verla. No me han avisado de su visita —siguió, de nuevo dueña de sí misma.

La luz del sol no conseguía disimular sus profundas ojeras.

—No voy a fingir que pasaba por aquí —empezó Marcela.

—No me lo creería. Está muy lejos de Navarra, inspectora.

—Necesito hablar con usted. Contigo, si me permites.

Casals arrugó la frente y los labios en un mohín desconfiado.

—Nos tuteaba en Bera —dijo—. A Santiago y a mí. Puede seguir haciéndolo.

—Tú también puedes tutearme —ofreció Marcela.

Emma negó con la cabeza.

—No es necesario. —Hundió las manos enguantadas en los bolsillos y comenzó a caminar por la acera—. Voy hacia la playa. El médico me ha recomendado hacer algo de ejercicio al aire libre. Estoy de baja, ¿lo sabía?

—Sí —reconoció Marcela—, el subinspector Alcolea me lo dijo.

—Debe de ser muy urgente si ha decidido venir hasta aquí sabiendo que estoy fuera de servicio. ¿No podía esperar?

—No me gustan los interrogantes.

—Y a mí no me gustan los interrogatorios —le devolvió la subinspectora.

Caminaron en línea recta entre estudiantes apresurados y jubilados que charlaban en pequeños grupos sobre la acera con las manos a la espalda. Los rayos de sol eran bienvenidos, y las aceras iluminadas estaban mucho más concurridas que las sombrías.

Intuyó el mar antes de verlo. El sonido de las olas, el graznar inquieto de las gaviotas y, sobre todo, el olor. El mar huele a sal, peces y arena mojada, pero, sobre todo, el responsable último de ese aroma tan característico, que mucha gente aspira ansiosa con los ojos cerrados, es el sulfuro de dimetilo, una sustancia producida por la descomposición de las algas. Marcela no pudo evitar fruncir los labios.

El olor del mar procede de sustancias muertas. Le costó mucho volver a meterse en el agua durante las vacaciones de verano después de haber descubierto este dato. Recordaba que su madre y su hermano la miraban con el ceño fruncido y los brazos en jarras.

—Hay cosas que es mejor no saber —le dijo su madre—. Disfruta un poco, chiqueta. No es tan difícil.

Más de una vez había lamentado no haberle hecho caso y dejar de buscar datos inútiles solo para saciar su absurda curiosidad, pero ahora ya no tenía remedio.

Cruzaron la calle a la carrera y Marcela siguió a Casals. El mar a su derecha, la ciudad a su izquierda.

La subinspectora no parecía en forma. Caminaba despacio y Marcela descubrió un leve temblor en sus manos. Quizá fuera por la sorpresa y la incomodidad de la visita, pero su rostro macilento y la curva de su espalda indicaban que se trataba de algo más. No había conseguido descubrir el motivo de la baja médica. Alcolea le había dicho el día anterior que solo estaba cansada. Quizá fuera cierto.

—Háblame de Bera —empezó Marcela.

Casals se encogió de hombros.

—Cualquier cosa que quiera saber está en el expediente.

—¿Cómo lograsteis infiltraros en el grupo?

Un nuevo encogimiento de hombros. Marcela pensó que quizá se tratara de un tic, un movimiento compulsivo, como quien se enreda el pelo en el dedo o juguetea con un anillo.

—La tapadera era buena —arrancó por fin—. Técnicos de una empresa química. —Miró a Marcela, que asintió, y luego continuó—: Los primeros días fuimos muy discretos. Íbamos a la fábrica y pasábamos algo de tiempo allí. Luego ya no íbamos tanto. Dijimos que teníamos que hacer un estudio medioambiental, así que a nadie le extrañó que no apareciéramos por la fábrica.

Caminaron unos metros en silencio. El viento era fresco, pero el sol amortiguaba la sensación de frío. Los ciclistas las superaban veloces, igual que algunos corredores. Sobre la arena, varios paseantes se habían subido las perneras de los pantalones y caminaban descalzos por la orilla del mar.

—La Guardia Civil nos pasó información sobre las personas de interés. Bera no es muy grande, no nos costó mucho localizarlos.

—¿Cómo establecisteis contacto?

—Eso ya no fue tan fácil. Son un grupo muy cerrado, compacto. —Sacó las manos de los bolsillos y chocó los puños para enfatizar sus palabras—. Cenábamos cada día en el bar que frecuentaban. La víctima trabajaba allí…

—Lo sé.

—Empezamos a saludar al entrar, a sonreír a los fijos, a charlar unos segundos cuando estábamos en la barra.

—¿Ibais juntos?

—Ribas solía funcionar por su cuenta, aunque Santiago y yo íbamos a menudo juntos.

Y una cosa llevó a la otra, pensó Marcela.

—No fue fácil —insistió Casals—, pero estábamos muy motivados. Podíamos pescar a un pez muy grande.

—Ferreiro —apuntó Marcela.

—Así es —asintió Casals—. El objetivo era tirar del hilo en Bera para llegar hasta Ferreiro.

Avanzaron unos pasos en silencio. Había refrescado y el aire olía a lluvia. Al fondo, el cielo comenzaba a teñirse de gris, pero la subinspectora no parecía tener intención de regresar.

—Empecé a fumar —dijo Casals de pronto. Marcela la miró con interés y esperó a que continuara—. Nunca había fumado, ni cuando era una adolescente, y hace unos meses empecé a fumar. Era la excusa para encontrarme en la calle, en la puerta del bar, con gente del grupo que había salido a echar un cigarro. Intenté disimular, no tragarme el humo, pero era demasiado evidente. —La subinspectora se encogió de hombros y bajó la cabeza—. Lo estoy dejando.

Casals frunció la frente en un gesto de dolor y se llevó la mano a la sien.

—¿Por qué estás de baja? —preguntó Marcela en voz baja—. No estás obligada a contestar.

La mujer se detuvo y se giró hacia el mar. Pequeñas olas se convertían en espuma al romper contra la orilla. El cielo teñía el agua de gris, dotando a la escena de una impresionante uniformidad cromática. Mar y nubes, cargueros y grúas. Todo gris. Menos la espuma de las olas. Lo que se rompe, cambia.

—No solo empecé a fumar —respondió en un susurro.

No necesitaba añadir nada más y, aun así, continuó hablando como si estuviera sola.

—Teníamos que ser creíbles, no valía solo con decir que hacíamos esto o lo otro. Así que empecé a comprar coca... y a esnifarla. Los primeros gramos fueron por cuenta del Ministerio del Interior. El resto, un mes después, salieron de mi bolsillo. No podía justificar el gasto. Y no solo fue coca. Pillaba meta, costo y un par de tiros de heroína que me fumé yo sola.

—¿Te encuentras bien?

Emma movió la cabeza de un lado a otro.

—No, no demasiado. De repente, un día me sorprendí pensando en una raya y fui a buscarla. Luego me preocupaba quedarme sin nada, así que compraba y atesoraba dosis de coca. Las escondía en mi habitación. No sé cómo pasó. Bueno, sí —añadió de pronto—. ¿Sabe lo que es una personalidad adictiva? —Esperó hasta que Marcela cabeceó arriba y abajo—. Pues, al parecer, yo tengo una. Es genético. Mi padre era un alcohólico y un ludópata, y parece que alguno de mis tíos tampoco se queda atrás. Mi abuelo siempre estaba buscando con quién echar una partida a las cartas, pero no lo recuerdo apostando dinero. Mi padre sí, él llegó a perder el salario del mes en una sola tarde.

—Lo siento —dijo Marcela. Fue lo único que se le ocurrió.

Casals se encogió de hombros.

—Toda mi vida he practicado un severo autocontrol. No quería ser como mi padre y hacer sufrir a mi familia. Ya soy una adulta, soy policía —añadió—, pensaba que estaba hecho, que lo había conseguido, pero mira. —Separó los brazos del cuerpo para que Marcela pudiera verla bien. Delgada, pálida, casi macilenta.

—¿Tus compañeros no sabían nada? —siguió Marcela.

—Los dos me vieron consumir, claro, ellos también lo hacían, pero solo Santi sabe... esto —siguió, señalándose a sí misma.

Casals se giró de nuevo hacia el paseo y reanudó la marcha.

—¿Sirvió de algo? ¿Conseguisteis información útil? —retomó también Marcela.

—Nada importante. Algún nombre cazado al vuelo en una conversación, muestras de la droga que transportaban, una idea de la ruta que seguían...

Marcela se detuvo y esperó hasta que Casals la imitó. Se puso frente a la subinspectora y la miró directamente a los ojos.

—Tenemos que hablar de Ribas —dijo sin más.

Casals se encogió de hombros. A Marcela, el gesto empezaba a resultarle irritante.

—No sé qué quiere saber. Ya le he contado todo lo que ocurrió desde el principio.

—Tu informe ha omitido el hecho de que el subinspector Alcolea, Santiago, entrara en la habitación del inspector cuando este no estaba. Dice que fue entonces cuando descubrió la droga.

—Así es —convino Casals—. Comunicamos nuestras sospechas y la Guardia Civil preparó el operativo.

—¿Estás segura de que Alcolea no puso allí el material? Si le estás encubriendo por miedo, no tienes nada que temer. Y si te ha prometido algo a cambio de tu silencio, tampoco.

Esta vez, la cabeza de Casals fue de un lado a otro con rapidez.

—Piénselo bien, inspectora. La droga que encontraron era de Ferreiro. Misma composición..., todo igual. Nosotros no habíamos hecho ninguna incautación aquí en Navarra. Nos vendieron coca, pastillas, hachís... Pero no tuvimos acceso a ningún paquete. Es imposible que Santiago se hiciera con todo ese material sin que yo me enterara, y de haber sido así, lo habría denunciado, téngalo por seguro.

Marcela prefirió no discutir. Todo era posible, desde luego, incluso que Alcolea formara parte del grupo de una manera más activa de la que pretendía, o que fuera Casals la que había cruzado la línea. O los dos...

—¿Y de dónde piensas que lo sacó Ribas? —preguntó, sin embargo.

—No lo sé, ya le he dicho que Ribas iba por libre. Y no olvide que también encontraron un arma blanca con restos de sangre. Las pruebas...

—No son concluyentes —la cortó Marcela—. De momento, ni siquiera hay noticias del laboratorio.

Se fijó en que la piel de Casals estaba cubierta de sudor.

—No me encuentro bien —dijo por fin—. Tengo que volver a casa. No duermo bien por la noche, y luego me cuesta mantenerme despierta durante el día. Llevo mucho rato fuera, estoy muy cansada. Adiós, inspectora.

—La acompañaré... —se ofreció Marcela.

—No hace falta, gracias. Adiós —repitió.

Marcela la vio alejarse por donde habían venido. De vez en cuando se llevaba la mano a la boca y creyó verla trastabillar un par de veces.

Marcela había visto a mucha gente con el mono, sobre todo cuando trabajó en Madrid y tenían que entrar en los poblados. Los yonquis, pobres desgraciados con poco más que un hálito de vida en su cuerpo, cambiaban las monedas que habían mendigado o robado por un chute y un par de cigarrillos que el camello les regalaba con un gesto paternal. Luego se arrastraban hasta un lugar tranquilo, una nave en ruinas, un portal o una zanja, y aliviaban su dolor mientras la droga perforaba sus venas y les robaba otro día de vida.

Los veía llegar sudorosos, encogidos sobre sí mismos por el dolor, con los ojos brillantes y la boca seca, trastabillando con sus propios pies. Capaces de cualquier cosa por un pinchazo.

—Mierda —bufó Marcela.

Miró su reloj. Aquello había sido una mala idea, y ahora tenía un montón de horas por delante hasta que saliera su tren.

La subinspectora Casals intentó acelerar escaleras arriba para llegar a su casa, pero no le respondieron las piernas. Notaba el vómito en la garganta, amargo y corrosivo. Corrió hasta el baño y se arrodilló frente a la taza del váter. Su madre la observaba desde la puerta, paciente como siempre, atenta a lo que le pasaba a su hija. Cogió una toalla limpia y la mojó en el lavabo para limpiarle los restos de vómito de la cara. Emma sonrió. Esa era la única recompensa que necesitaba su madre.

—Me voy a tumbar un poco —dijo cuando se sintió mejor—, el paseo me ha sentado fatal.

No le habló a su madre de la visita de la inspectora Pieldelobo. Sin embargo, en cuanto cerró la puerta de su habitación buscó el contacto de Santiago Alcolea en el móvil.

—¿Cómo estás? —preguntó él nada más descolgar.

—No muy bien —reconoció ella—. Pieldelobo ha estado aquí.

—¡No me jodas! La vi ayer en el funeral de Ribas y le dije que estabas de baja, ¡sabía que estabas de baja! Presentaré una queja, no puede hacer lo que le venga en gana…

—No servirá de nada —le aseguró ella, consciente de que tenía razón—. Está investigando un caso y nosotros somos parte del entramado. Tú habrías hecho lo mismo.

Alcolea bufó al otro lado del teléfono.

—Pero estás de baja —insistió en voz más baja. Luego suspiró largamente y siguió hablando—: ¿Qué tal has dormido? —preguntó.

Casals intentó sonreír.

—Bueno, esta noche solo me he caído por tres o cuatro precipicios, algo es algo.

—Me gustaría estar contigo —susurró Alcolea—, ayudarte. Me siento un inútil, además de culpable. Debí estar más atento.

164

Emma cerró los ojos un momento. La película se reprodujo a toda velocidad detrás de sus ojos. El bar, las rayas, la sensación de poder, las risas, el sexo. El miedo, la tensión, la búsqueda de dinero, el dolor. La confesión, la aceptación. El paso adelante.

—No habrías podido hacer nada —dijo una vez más—. Ya no hay vuelta atrás, ahora solo tengo que salir de esta.

El mantra que le había enseñado su psicóloga estaba empezando a perder fuerza, pero, aun así, lo repetía con frecuencia. No hay que arrepentirse, el pasado no se puede remediar, pero sí es posible curarse, volver a empezar. Y en ello estaba. Acababa de subirse en un nuevo tren y se aferraba al vagón con uñas y dientes.

—Me quedaré unas semanas más en Valencia —añadió unos segundos después.

—¿Puedo ir a verte? —preguntó Santiago.

Casals giró la cabeza hasta encontrarse a sí misma en el espejo. El pelo lacio, la piel sin brillo, las pesadillas, el malestar constante.

—Mejor que no, espera un poco, hasta que esté algo más fuerte.

—Como quieras —aceptó con un suspiro.

—Luego te aburrirás de verme —le aseguró sonriendo.

—Sabes que no —replicó él—. ¿Hablaremos de vivir juntos? —añadió.

Emma cerró los ojos, consciente de estar inmersa en un proceso que podía durar meses, incluso años.

—Paso a paso —le pidió—. Cuando me recupere, hablaremos de lo que quieras.

—Te quiero mucho —susurró él.

—Yo también, lo sabes.

Charlaron unos minutos más sobre el trabajo. Alcolea le contó los últimos chascarrillos de la comisaría y ella rio con ganas cuando compartió una anécdota que implicaba a un coche patrulla, dos agentes novatos y un contenedor de basura hasta arriba de residuos orgánicos.

Cuando por fin se despidieron, Emma se tumbó sobre la cama y cerró los ojos, concentrada en crear una película nueva. El mar, las gaviotas, el silencio… Pero nada funcionaba. Una y otra vez, las calles de Bera aparecían en su mente.

Madrid recibió a Marcela como la había despedido, con un día nublado y lluvioso, desapacible, de los que expulsan a la gente de la calle. Aun así, Atocha era un hervidero, y tuvo que esperar casi veinte minutos hasta conseguir un taxi que la llevara de vuelta al hotel.

Se dio una ducha para entrar en calor y utilizó una aplicación móvil para pedir algo de cenar. Luego se sentó en el escritorio de la habitación y encendió el ordenador.

Tenía dos mensajes en la bandeja de entrada. Vargas había cumplido lo prometido. Descargó las carpetas a un USB, eliminó los correos y limpió el historial. Estaba segura de que Vargas había hecho lo mismo. Salió del sistema operativo convencional, ejecutó Linux y abrió la primera carpeta. El rostro amoratado e hinchado de Ribas la sacudió como una descarga eléctrica. Tenía los ojos abiertos, igual que la boca, que dejaba ver una lengua gruesa y blanquecina. Alrededor del cuello, un trozo de tela blanca retorcido hasta convertirse en una soga mortal.

Alejó de su mente todas las preguntas y continuó estudiando el resto de las fotografías. Ribas desmadejado en el suelo, con el cuerpo semilevantado, colgando de la sábana que lo estranguló. El charco de jabón líquido bajo sus pies, los carriles dibujados por los talones cuando intentó levantarse, ensuciando sus pantalones y sus pies descalzos. Las manos lasas junto al cuerpo, la camisa abierta, con los botones arrancados.

Amplió la imagen y enfocó el tórax de Ribas. Un enorme hematoma cubría la zona de las costillas, y otro más le oscurecía el hombro. Recorrió despacio la anatomía del cadáver. Distinguió arañazos en el cuello y en un brazo, una herida en el labio inferior y erosiones en la oreja. Ribas no tenía ninguna de esas lesiones cuando lo vio en Bera. El informe del forense hablaba de hematomas recientes, lesiones internas en la zona abdominal y magulladuras en los nudillos. Aparte de eso, solo la enorme huella de la sábana alrededor de su cuello.

Había una litera en la celda, dos camas deshechas. Fernando no estaba solo. ¿Por qué su compañero no avisó a los funcionarios? ¿Por qué no impidió que se colgara?

Abrió los informes que Vargas le había enviado hasta dar con lo que buscaba.

—Mierda. No me lo puedo creer.

Cuando encontró el nombre del preso de confianza que compartía celda con Ribas pensó que el destino estaba demostrando una vez más su pésimo sentido del humor. El destino, o quien quiera que hubiera decidido que Héctor Urriaga acompañara durante sus últimas horas al amante de su exmujer.

21

Elur esperó cinco minutos desde que Bizen salió de casa antes de sacar el segundo teléfono móvil. Tenía una llamada perdida. Se situó a un lado de la ventana para poder controlar la calle sin ser vista y marcó el único número de la memoria.

—Sé que has comprado ropa de montaña —le dijo su interlocutor sin saludar—, así que imagino que está todo solucionado.

—¿Me espías? —se sorprendió Elur.

—Tengo que saberlo todo, es mi trabajo.

Elur escuchó una risita baja y luego un largo silencio.

—No estoy en un lugar seguro —siguió él—, así que dime, ¿cuándo pasáis?

—Mañana por la noche.

—Perfecto. Te he dejado un paquete junto al túnel, en el punto de encuentro. Retira la piedra plana apoyada en el muro. Ve hoy mismo a por él. Necesitaremos el GPS para guardar la ruta. También hay un regalito, espero que te guste. Ah, una última cosa —añadió—. Hay un tipo vigilándote. Es policía, y va a pedirte que colabores con él, que seas su confidente. Di que sí.

—¿Cómo? ¿Te has vuelto loco?

Elur sintió el suelo abrirse bajo sus pies, un foso enorme que se la tragaría para siempre. Bizen, el tipo, y ahora la policía. Era demasiado.

—Di que sí. Acepta. Así controlaremos lo que saben, ¿entendido? Y ten cuidado, hay más de un poli. Tres, de hecho. Te pasaré la información más adelante.

Elur no contestó, no podía. Le dolía el pecho y le ardían los ojos. Le temblaban las manos, las piernas, la espalda.

—Ve a por el paquete ahora mismo —insistió el hombre.

Y colgó.

Elur necesitó un buen rato para calmarse y volver a ser dueña de sus actos. Luego se puso el abrigo y fue a buscar su moto. Cuando llegó al punto indicado, le costó un poco encontrar el paquete que le habían dejado, envuelto en plástico marrón y oculto detrás de una enorme losa. Nadie que no lo buscara lo habría encontrado.

Miró a su alrededor. Estaba sola. Rompió la cinta, arrancó el plástico y estudió el contenido. El GPS prometido era un modelo de última generación. Una vez conectado, recogería los datos de la ruta gracias a la señal por satélite.

El regalo era negro mate, frío, metálico. Mortal. Una HK USP, el arma reglamentaria de la Policía Nacional. Ella la conocía, hablaban mucho sobre armas en el grupo de Telegram, sobre todo de las que utilizaban las fuerzas del Estado. Varios colegas tenían pistolas escondidas en el bosque o en zulos en su casa o en el garaje, pero hasta donde ella sabía, llevaban años pudriéndose en sus escondrijos. Dos cargadores de repuesto y una funda de cuero. Había pensado en todo.

Lo guardó rápidamente bajo el asiento de la moto, arrugó el envoltorio hasta que le cupo en el bolsillo y volvió a casa lo más deprisa que pudo.

De pronto, todas las amenazas y el miedo habían quedado en un segundo plano. Tenía un arma. Nadie podría hacerle daño. Nadie.

22

El comisario había aceptado recibirla, pero llevaba casi media hora sentada en la oficina del asistente, que se escondía tras la pantalla de su ordenador para esquivar las miradas interrogativas primero e iracundas después que la inspectora Pieldelobo le lanzaba. Ni siquiera podía salir a fumar. La calle estaba tres pisos más abajo y había dejado el tabaco en su despacho, convencida de que la visita a la última planta sería cuestión de unos minutos. Solo tenía un par de preguntas que hacer.

Pensar en no fumar era una tortura aún mayor que no tener tabaco. Intentó distraerse con la decoración del antedespacho, pero terminó muy pronto. Una foto del rey, tres diplomas de otros tantos cursos de especialización policial y un par de carteles promocionales del cuerpo. Se levantó, miró por la ventana y se sentó de nuevo.

—Si va a tardar mucho, puedo volver cuando me avises de que está libre —dijo por fin.

García miró los botones de la centralita y sonrió.

—Ha colgado, enseguida está —anunció.

Un par de minutos después, el comisario abrió la puerta del despacho y le hizo un gesto con la mano. Marcela se levantó en el acto y lo siguió al interior.

—Me alegro de verla, inspectora —la saludó Andreu mientras ocupaba su silla tras el escritorio. Marcela se acomodó al otro lado—. ¿Qué tal su viaje?

—Bien, gracias —respondió.

—Una lástima lo de Ribas, desde luego.

Ella no contestó.

—Verá, me gustaría saber… —empezó.

La mano en alto del comisario la detuvo.

—Iba a llamarla cuando me han dicho que quería verme. Casualidades… El tema de Bera ha saltado por los aires y nos ha colocado en una situación muy delicada. El operativo antidroga no ha servido prácticamente para nada y nosotros estamos perdiendo el escaso terreno que habíamos ganado en los últimos años. —Andreu hablaba a toda velocidad, sin apenas respirar, enfatizando las palabras con suaves golpes en la mesa con la palma abierta. Marcela veía la mano subir y bajar, esperando a que llegara al centro de la cuestión, fuera cual fuese—. El nombre de la Policía Nacional debe quedar libre de toda sospecha, completamente limpio. Si las pruebas apuntan hacia el inspector Ribas, las reuniremos y las mostraremos sin pudor, con transparencia. Entonaremos el *mea culpa* y seguiremos adelante.

—¿Y si apuntan en otra dirección? —preguntó Marcela. La mano de Andreu se refugió debajo de su gemela.

—¿Tiene alguna información que yo deba conocer?

—No, jefe, en absoluto —mintió—. Solo muchas preguntas y pocas respuestas satisfactorias.

—¿Qué preguntas?

Marcela enderezó la espalda y se acercó al borde de la mesa.

—Si realmente el inspector Ribas mató a la confidente, ¿por qué no se deshizo del arma del crimen? Los hechos ocurrieron a pocos metros del río Bidasoa y de una amplia zona boscosa. Sin embargo, encontraron el cuchillo en su maleta, aunque todavía no sabemos si es con el que la atacaron, y tampoco han llegado los resultados de balística, está por demostrarse que alguna de las balas encontradas en el lugar saliera de su arma reglamentaria. —Marcela hizo una pausa para respirar, pero retomó el hilo antes de que Andreu pudiera intervenir—. Ribas estaba de incógnito, no llevaba su documentación encima en ningún momento, ni siquiera su alerta médica, pero la encontraron a unos metros del lugar del crimen. Además, si Ribas hubiera matado a una persona y estuviera en posesión de drogas, armas y dinero, dudo mucho que se entretuviera acostándose con una mujer. Se habría marchado, jefe. Cualquiera lo habría hecho, hasta el delincuente más tonto, y Ribas no es ningún estúpido. No era...

—Aun así, las pruebas son...

Marcela levantó la mano y detuvo la excusa de su jefe.

—Las pruebas son, cuando menos, confusas. Igual que las circunstancias que han rodeado su muerte.

—Se está pasando, Pieldelobo —amenazó Andreu.

—Una pregunta más —siguió Marcela, ignorando el tono rojizo que estaba adquiriendo la cara del comisario—. Al inspector Ribas le asignaron un preso de confianza cuando fue trasladado a Pamplona; ¿quién lo seleccionó?

Andreu la miró con el ceño fruncido.

—Instituciones Penitenciarias, por supuesto. ¿Adónde quiere llegar?

—¿Sabe usted quién era ese preso de confianza? ¿Y por qué no estaba cuando Ribas murió?

—Se suicidó —enfatizó Andreu. Marcela no replicó, esperó en silencio una respuesta—. No tengo ni idea, inspectora, eso no me compete. Está interpelando a la persona equivocada y de muy malas maneras, como siempre.

—Tengo problemas con la versión oficial —siguió Marcela, intentando moderar el tono de voz.

—Usted siempre tiene problemas, Pieldelobo, ¡siempre! Y nos los causa a los demás. —El comisario se levantó de su asiento y caminó hasta la ventana. Miró a la calle, respiró y se giró hacia ella—. ¿Qué importa quién fuera el preso de confianza o dónde estuviera? Son ganas de buscarle tres pies al gato.

—A Ribas lo golpearon antes de morir, le dieron una paliza. Consta en el informe de la autopsia.

Andreu se detuvo junto a Marcela y la miró desde arriba.

—¿Y cree que pudo ser ese preso?

—No, no lo creo. Lo conozco. No sé quién lo hizo.

—¿Cómo se ha enterado de esto?

Marcela bajó la cabeza.

—Confidencial, jefe. Mi fuente podría tener problemas si llegara a saberse que ha hablado conmigo.

—Cómo no. —Dio la vuelta a la mesa, ocupó de nuevo su silla y la miró fijamente. Tenía el semblante rígido, endurecido. No movía ni un músculo—. Esto es lo que va a pasar a partir de ahora —empezó. El tono de voz había bajado al menos una octava—: Se va a encargar de cerrar el caso de Bera. Quiero pruebas, inspectora. Evidencias de lo sucedido.

—¿Que apunten a Fernando Ribas?

Andreu se puso de pie, se inclinó hacia delante y apoyó los puños sobre la mesa.

—No siga por ahí, Pieldelobo. Las acusaciones hay que demostrarlas. Insisto, tráigame pruebas de lo sucedido. Y ándese con cuidado, las cosas están calientes ahí arriba.

Se sentó y la miró fijamente mientras Marcela salía del despacho.

—¿Ya la has vuelto a liar, Pieldelobo? —masculló el auxiliar del comisario cuando pasó ante su mesa—. Ahora lo tengo que aguantar yo.

—Ánimo, García. Es perro ladrador.

Si tenía que ocuparse del asunto de Bera, nada la obligaba a permanecer en comisaría más tiempo del necesario. Recogió sus cosas y se acercó a la mesa de Bonachera.

—¿En qué andas? —le preguntó.

Miguel dio un respingo. Dejó sobre la mesa el móvil que tenía en las manos y se giró hacia su jefa.

—Deberías ponerte un cascabel, un día me va a dar un infarto —protestó.

—Eres muy joven. ¿En qué andas? —repitió.

—Sigo con el marrón de Montenegro, aunque espero terminar hoy mismo. ¿Tienes algo para mí?

—Tengo que ir a Bera. El comisario quiere que el caso de Ribas se resuelva sin ningún género de dudas. Ya sabes, por el buen nombre de la policía y todas esas cosas.

—Cómo no.

—Necesito que me cubras aquí. Avísame si oyes algo relacionado con el caso, ¿de acuerdo? Y me vendría muy bien que te ocuparas de la Reinona.

Marcela fingió que aquello no era una orden y Miguel simuló no hacerle un favor.

—Claro —accedió—. Mañana hablamos.

Bonachera esperó hasta que Marcela salió de la oficina y recuperó el móvil que había dejado sobre la mesa. Activó la pantalla y continuó con la consulta. La sesión todavía no había caducado. Rojo sobre blanco, el saldo de su cuenta corriente. El banco le había enviado un mensaje esa misma mañana para advertirle del descubierto. Tres malas noches seguidas, un par de decisiones equivocadas, una suerte esquiva y una necesidad que satisfacer. Nada que no pudiera arreglarse, por supuesto. Encontraría la solución.

Consultó su reloj. En una hora podría marcharse, quizá antes.

Un par de llamadas acabarían con su problema. Antes tendría que calmarse, claro. Los alfileres que le asaeteaban el cuerpo le estaban poniendo nervioso, y esa no era la mejor manera de presentarse ante nadie. Un tirito y listo. Solo uno.

*

Los padres de Elur habían insistido en estar presentes y Bizen no los desanimó. Al contrario, la asistencia de la familia a los actos de homenaje que estaban organizando serían un refuerzo más para su causa y animaría a la prensa. Eneko Orzaiz, el abogado, también había anunciado que asistiría al funeral y a la manifestación posterior. De hecho, había dejado caer que su «sitio natural» en el recorrido sería junto a la familia, sosteniendo la pancarta.

—Necesitamos carteles con la imagen de Elur —ordenó a una de las jóvenes que se afanaban en la enorme sala—. La madre ha enviado unas cuantas, elige tú misma.

—¿No prefieres hacerlo tú? —preguntó ella cuando cogió el USB que Bizen le tendía.

—No. —Bizen bajó la mirada. Le dolía el estómago y tenía mucho frío. Necesitaba alejar su mente de allí, que su cuerpo actuara, que su boca hablara e incluso sonriera, pero que su cabeza permaneciera en otro lugar, lejos. Con Elur, a pesar de todo. Con la otra Elur. Y si miraba las fotos, toda su fortaleza se vendría abajo.

—Claro, tranquilo.

Sintió la mano de su compañera en el brazo, cálida mientras le apretaba suavemente para transmitirle su cariño y su apoyo. Así había sido desde que Elur murió, constantes muestras de afecto y solidaridad por parte no solo de la gente del pueblo, de sus amigos y colegas, sino de compañeros del partido a los que ni siquiera conocía en persona, del sindicato, del movimiento, de Navarra y de toda Euskal Herria, incluso de partidos catalanes, gallegos, franceses y escoceses. Ahora su nombre estaba en boca de todos, y así debía seguir siendo. Le dolía la ausencia de Elur, pero si podía sacar algo bueno de toda esa mierda, debía hacerlo.

—Markos —llamó cuando la chica se alejó—, ¿has movido el tema en los grupos de Telegram? Todo el mundo tiene que estar avisado. Y asegúrate de que la pancarta es lo bastante grande como para que puedan sostenerla ocho personas. Me ha llamado el alcalde. No asistirá al entierro, pero sí a la manifestación. Si viene alguien del partido pueden estar detrás de nosotros, igual que los concejales.

—Será difícil pasar por algunas calles con una pancarta tan grande.

—Ya nos apañaremos, o podemos cambiar el recorrido. Es importante que estemos todos ahí. Por Elur, y para que los maderos y el Gobierno sepan que no pueden campar a sus anchas por nuestro pueblo. Tenemos que ser una piña en esto. Los titulares del día siguiente deben hablar de una movilización multitudinaria. Esa es la palabra, multitudinaria.

—Claro —aceptó Markos.

—Extenderemos las movilizaciones a Pamplona y a Donosti, eso para empezar, y no descarto presentarnos en Madrid, en el Congreso o en el Ministerio de Justicia. Ya veremos.

—Quizá sea demasiado, no sé si encontraremos apoyo para tanta movida.

—Ya veremos —repitió Bizen.

Markos le puso la mano en el codo y tiró de él hacia el punto más alejado de la mesa, a cubierto de oídos curiosos.

—Ha llamado Campillo —dijo en voz baja—. Ferreiro no quiere saber nada de nosotros, nos deja con el culo al aire. Alguien nos está jodiendo...

—No me jodas tú a mí sacando el tema aquí —farfulló sin apenas mover los labios—. Hablaremos esta noche.

Markos asintió y se alejó.

Cuando levantó la cabeza, Elur lo miraba sonriente desde la pantalla que colgaba del techo. Las instantáneas se sucedían despacio, brillantes. Vivas.

—Traidora de mierda —masculló Bizen entre dientes.

Desvió la mirada y se dio la vuelta. Había muchos asuntos que reclamaban su atención. Lo primero, llamar a Campillo. No podía perder los envíos de Ferreiro; si el gallego reculaba se quedaría sin fondos para su campaña, y necesitaba mucho dinero para llegar hasta donde tenía previsto llegar. Viajes, comidas, regalos… Todo costaba un dinero que no tenía. Él decidiría cuándo lo dejaba, no iba a permitir que nadie lo obligara a hacerse a un lado.

Esa noche harían una nueva entrega; convencerían a Ferreiro de que eran indispensables y serios. Respiró profundamente un par de veces. Todo saldría bien. Todo tenía que salir bien, o estaba muerto.

23

Elur esperó hasta que las graves notas de la canción llenaron el apartamento. Bizen había puesto la música a todo volumen, como siempre cuando se duchaba. El cantante de trap se desgañitaba sobre la base acústica, imponiéndose a cualquier otro sonido.

Se acercó a la puerta del baño. Al otro lado, Bizen cantaba bajo el chorro de agua.

Ahora.

Corrió hasta el armario del pasillo y rebuscó en el bolsillo interior de una chaqueta oculta bajo un abrigo largo.

Se quedó de pie, atenta a la música. Si se apoyaba en la pared podía sentir la vibración de las ondas sonoras. El móvil apenas tenía batería, pero no podría cargarlo hasta que Bizen se marchara. Revisó los mensajes. No había ninguno nuevo.

Tecleó a toda prisa. Bizen no se demoraba demasiado en la ducha.

Contacto hecho. Un poli. Hijo de puta. ¿Qué hago? El viaje es esta noche.

Estaba a punto de volver a meterlo en el bolsillo de la chaqueta cuando el móvil vibró en su mano.

Avísale del viaje. No harán nada. Lleva el GPS y anótalo todo. Nos vemos mañana.

Elur releyó el mensaje. No podía estar hablando en serio. Si la policía organizaba una redada, ella también caería, y la promesa de dejarla a un lado que el madero le había hecho eran solo palabras. Las ideas se arremolinaron en su cabeza, pugnando por imponerse. Podía huir. Podía delatarlos, hablarles a unos de los otros y que se apañaran. Podía hablar con Bizen, alertarlo. Y podía callar.

En ese momento fue consciente de que no oía la música.

Metió deprisa el móvil en su escondite, lo tapó con el abrigo y lo hundió al fondo del armario. Cerró la puerta con cuidado y corrió hacia la cocina, al otro lado del pasillo. Le temblaban las manos. Le costó sacar un cigarrillo del paquete y más aún encenderlo. Abrió la ventana y se apoyó en el quicio, expulsando el aire hacia fuera.

Callaría.

Bizen observó en silencio a Elur desde el dintel de la puerta del baño. La vio teclear en un móvil que no era el suyo y esconderlo después en el armario. Dio un paso atrás, volvió a entrar en el baño y cerró la puerta con cuidado.

24

Hormigón y acero.

Una valla de alambre para delimitar el camino; otra, mucho más alta, de una aleación de hierro y carbono y pilares de cemento. A continuación, un terreno baldío, más de diez metros rasos cubiertos de hierbajos congelados y zarzas desperdigadas. Por fin, el muro, gris, recio, imponente. Inexpugnable. Garitas de vigilancia, torres de iluminación, cámaras cada pocos metros.

Un bastión revestido de cierta amabilidad gracias a los ventanales de la entrada principal y a los brillantes tejados verdes. Las rejas quedaban detrás.

No es que a Marcela le molestara ver o visitar el centro penitenciario. De hecho, ella misma había colaborado en el encarcelamiento de varios de sus habitantes. Le resultaba chocante, sin embargo, girar la cabeza y encontrar un tractor arando la tierra hasta el borde justo de la primera valla, preparándola para recibir las semillas de cereal. El tráfico a unos pocos metros, intenso en las horas punta de entrada y salida en cualquiera de las numerosas fábricas del polígono industrial.

Las pequeñas huertas de recreo, con sus verduras perfectamente alineadas y cuidadas con mimo por los hortelanos de fin de semana.

La vida, al fin y al cabo, bullendo alrededor del lugar en el que cientos de almas pagaban por sus pecados.

El funcionario cumplió con el trámite de comprobar y anotar sus credenciales antes de acompañarla hasta la salita en la que tendría lugar la entrevista. No era un encuentro, ni una visita, ni por supuesto un vis a vis. Se trataba de un interrogatorio oficial.

Esperó en una habitación sin ventanas, con las sillas ancladas al suelo y una mesa sin cantos. La última vez que vio a Héctor, su exmarido se recuperaba de un intento de suicidio en la cama de un hospital. Entonces lo intuyó más delgado en la penumbra de la habitación, pero igual de mordaz. No se creyó ni por un momento que hubiera intentado quitarse la vida. Supuso que buscaría las facilidades del área de enfermería y todas las prebendas que pudiera obtener si creían que podía hacerse daño, como una celda individual, más tiempo de patio o ser eximido de determinadas tareas. Antes de ese día, en el que apenas estuvieron juntos diez minutos, hacía casi cuatro años que no sabía nada de él. Cuando ingresó en prisión se negó a recibir cualquier información procedente de él o de su entorno, y dejó muy claro a todo el mundo que no le interesaban las noticias sobre su estado, su paradero o cualquier cosa que le pasara. Ni siquiera si moría. Héctor era un extraño, un desconocido, un delincuente. Para ella, un cadáver. O mejor, alguien a quien nunca había conocido. Porque esa era la triste realidad. Había estado casada con un desconocido. Un farsante, un embaucador, un ladrón.

Respiró hondo y estiró la espalda. No eran nervios lo que sentía. Era otro tipo de malestar. Si lo pensaba bien, volver a ver a Héctor después de todo este tiempo se parecía de algún modo a una exhumación. Sacaría el féretro de su tumba, lo examinaría el tiempo necesario y volvería a enterrarlo. Exagerado, lo sabía, pero bastante cercano a la realidad. Al fin y al cabo, se había tatuado un cuervo en la espalda en memoria de su exmarido.

Se sentó, sacó el bloc de notas y buscó la página en la que había anotado todas las preguntas que pensaba hacerle, una lista de interrogantes afilados que necesitaba arrancarse cuanto antes.

La puerta se abrió con un discreto chasquido y el funcionario se hizo a un lado para dejar paso a Héctor. El encierro no le había sentado bien. Estaba mucho más delgado de lo que Marcela recordaba, aunque se mantenía fibroso y erguido, con los hombros rectos y el mentón orgulloso. Diferentes tonos de gris habían conquistado su cabeza, más oscuro en el pelo, más claro en la barba, con algunos mechones casi blancos y otros todavía castaños, pero ya mates, empezando a virar hacia la monocromía y la uniformidad. Las arrugas de su cara eran demasiado profundas para alguien de su edad, y no quedaba ni rastro de sus uñas de manicura.

Le costó reconocerlo. Mantenía su porte elegante incluso con la informalidad que imponía la cárcel. Pantalones vaqueros, camisa blanca, chaqueta azul de punto y unas deportivas blancas, impolutas y de marca. Estaba claro que su madre se ocupaba de que no le faltara de nada.

Héctor permaneció de pie junto a la mesa, observándola desde arriba. Adivinó su sonrisa ladeada antes de verla, y le sorprendió que mantuviera la chispa de picardía en la mirada. Quizá era porque la reservaba para ella y hacía mucho que no tenía ocasión de utilizarla.

—¿Puedo? —preguntó, señalando la silla frente a Marcela.

—Por favor —respondió ella.

Nada. Hormigón y acero. Nada se movió en su interior, ni un pellizco, ni un atisbo de nostalgia, pena, rabia o cualquier otro sentimiento. Estaba blindada.

—Me alegro de verte —empezó Héctor—, aunque sea en estas circunstancias. Quizá nos queden unos minutos para charlar.

—No lo creo —le aclaró ella—. Sabes que puedes llamar a un abogado si lo deseas, ¿verdad?, aunque como la entrevista no tiene que ver con tu caso, no es necesario. Pero si lo prefieres, puedo esperar a que venga, o volver otro día.

Héctor la observó en silencio durante un largo minuto.

—Si digo que quiero que esté presente mi abogado, ¿hablarás conmigo mientras esperamos? De otras cosas, quiero decir.

—No.

—En ese caso, está bien así. Empieza cuando quieras.

Marcela asintió y conectó la grabadora del móvil. Se identificó y señaló la fecha, la hora y el nombre de quien la acompañaba. Especificó dónde se encontraban y el motivo de la entrevista. Dijo también que Héctor Urriaga había rechazado la presencia de un abogado y, por último, le pidió que ratificara en voz alta todos los datos. Héctor lo hizo sin perder la sonrisa.

—En la documentación que el centro penitenciario nos ha facilitado sobre la muerte de Fernando Ribas, aparece como su compañero de celda —empezó Marcela, llamándolo de usted.

—Lo era, así es. —Héctor movió la cabeza arriba y abajo. Semblante serio, chispas en los ojos.

—¿Es habitual que le asignen celda con presos recién llegados?

—Es la segunda vez que me ocurre. La primera fue en Zaragoza, en Zuera. Ingresó un tipo que había sido concejal, le habían caído cinco años y estaba a la espera de un segundo juicio. No hacía más que llorar y lamentarse, así que me llevaron a su celda. Compartimos la *suite* durante un par de meses, hasta que se adaptó. Luego se lo llevaron a otro pabellón y yo me quedé solo. Lo prefiero, la verdad —añadió en tono confidencial.

—¿Qué razón le dieron para instalar a Ribas en su celda?

—¿Razón? Ninguna en absoluto. Nadie me preguntó ni me consultó, simplemente se abrió la puerta y entró un tipo cargado con sus cosas.

—¿Sabía quién era? —Marcela levantó la vista del cuaderno y lo miró directamente a los ojos. Héctor aceptó el reto.

—Al principio no. No conocía de nada a ese tipo, y no me hizo ninguna gracia que lo metieran en mi celda. Tuve que recoger mis cosas de la litera de arriba y de una de las estanterías para hacerle sitio. Luego, cuando me dijo su nombre, no pude evitar reírme.

—¿Te reíste? —preguntó Marcela, atónita.

—¡Claro! ¿Sabes las veces que me dijiste lo importante que Fernando Ribas había sido para ti, en tu vida, en tu carrera? Me contaste que tuvisteis un lío, ¿lo recuerdas? —Marcela no dijo nada y Héctor continuó—: Y allí estábamos, los dos hombres de Pieldelobo, encerrados en la misma celda. Por Dios, no me puedes negar que es divertido.

Los dos hombres de Pieldelobo.

Los dos encerrados en la misma celda.

No podía decir que había querido a Fernando como quiso a Héctor, pero le guardaba un profundo afecto a pesar del tiempo y la distancia. Fue importante para ella, desde luego. Los dos lo fueron. Y los dos estaban ya fuera de su vida.

Aquello no era divertido, pero no podía negar la ironía. Aunque estaba casi segura de que en esa circunstancia no había habido nada casual, sino al contrario.

El teléfono vibró sobre la mesa. Ambos miraron la pantalla y guardaron silencio.

—Contesta —la animó Héctor—, no tengo prisa.

Marcela pulsó el icono rojo y comprobó que la grabación no se había detenido.

—¿Recibió algún tipo de indicación sobre Ribas? Cómo comportarse, de qué hablar, si debía vigilarlo o acompañarlo…

Héctor enfatizó las palabras de Marcela con un constante vaivén de la cabeza.

—No, nada de nada. Aunque tampoco dio tiempo a mucho más. A las pocas horas estaba muerto.

Marcela tragó saliva.

—¿Hablaron?

—Un poco, nada importante. No estaba de humor. Me preguntó quién era el director y apenas respondió a mis comentarios. Estaba nervioso, muy inquieto. Enfadado, diría yo.

—Pero se quedó solo en la celda —siguió Marcela.

Héctor se encogió de hombros.

—No quiso salir a cenar, prefirió quedarse dentro. Luego me fui a la biblioteca, tengo permiso para quedarme hasta las diez y media. Otros van a la sala de la televisión o se vuelven a la celda, pero yo prefiero la biblioteca —repitió.

—¿A qué hora volvió a la celda?

—No estoy seguro, sobre las once. Si es importante, figurará en el registro.

—Y Ribas…

—Estaba muerto —acabó Héctor por ella—. Grité, lo levanté e intenté soltar el nudo. Estaba caliente, por un momento me pareció que respiraba, pero fue… —Movió las manos en círculos, como los magos—. Estaba muerto —repitió—. Vinieron los funcionarios y me sacaron de allí a empujones. Me esposaron y me llevaron a una sala. Pasé mucho miedo, casi tanto como el primer día que yo… —No terminó la frase. No hacía falta. Ya no la miraba a la cara ni le chispeaban los ojos. Estaba asustado de verdad.

—¿Qué pasó después? —quiso saber Marcela.

Héctor encogió de nuevo los hombros.

—Esperé durante más de dos horas, solo, esposado. Luego vino la policía, me interrogaron, y también lo hizo el director del centro. Me registraron a conciencia y volvieron a interrogarme. Me cogieron muestras de saliva y se llevaron la ropa que llevaba puesta. Me dieron un chándal de mierda… Me hicieron fotos de la cara, de las manos, y luego de cuerpo entero, desnudo. Fue horrible, denigrante.

—El inspector Ribas tenía hematomas recientes en el tórax y en los brazos. ¿Alguna idea de cómo se los pudo hacer?

—No, ni idea. Hasta donde yo sé, no salió de la celda y nadie entró, excepto yo, aunque pudo hacerlo mientras estuve fuera. En ese momento, la coincidencia ya no me hacía tanta gracia.

—¿Vio si los tenía cuando llegó?

—No se cambió de ropa delante de mí.

—También tenía un golpe en la cara —insistió ella.

—Debes entender que, en estos sitios, el contacto visual es poco recomendable. Si tenía un morado, no me fijé, aunque supongo que me habría dado cuenta si hubiera tenido una herida llamativa.

—¿Oyó algo sobre él durante la cena? —siguió Marcela. Se estaba quedando sin preguntas, pero los interrogantes seguían clavados en su piel como incómodos alfileres.

—No, nadie le mencionó, al menos donde yo me siento. Somos muchos —le recordó—. Si alguien sabía que estaba aquí y quería hacerle daño, yo no me enteré, aunque parece que el daño se lo hizo él solo, por lo que dicen.

—Eso dicen, sí. —Marcela interrumpió la grabación, recubrió la diminuta grieta que se había abierto en el hormigón y se dispuso a marcharse—. Gracias por tu tiempo —dijo.

—Es todo lo que tengo —respondió Héctor. Acto seguido alargó la mano y la colocó en el antebrazo de Marcela—. ¿Todavía me odias? —le preguntó.

Marcela apartó el brazo y lo miró.

—No, la verdad es que no.

Héctor vio el hielo, el hormigón y el acero.

—Preferiría que lo hicieras, eso significaría que aún sientes algo por mí.

Esta vez fue Marcela la que se encogió de hombros. Guardó el cuaderno y el móvil en el bolso y se dirigió a la puerta. De nuevo sintió la mano de Héctor sobre ella, en su hombro.

—¿Hablarás con mi madre?

Marcela se giró y lo miró con las cejas arqueadas.

—¿Con tu madre? Por supuesto que no.

—Por favor, significaría mucho para ella. —Apretó los dedos alrededor del hombro de Marcela, que se sacudió para librarse de él—. En serio, habla con ella, por favor.

El hormigón llegó hasta el techo y se cubrió de acero. La hierba y las zarzas crecieron sobre la explanada rala, y el ruido del tráfico ahogó cualquier otro sonido.

—No.

*

Firmó en el registro de salida y bajó las escaleras en busca de su coche. Sintió el móvil vibrar en el bolso. Lo sacó y comprobó el número. Montiel de nuevo. El director del centro penitenciario era tenaz. Ni siquiera se molestó en colgar. Volvió a guardar el teléfono en el bolso, entró en el coche y arrancó. Unos segundos después llegaba a la circunvalación y se perdía entre el tráfico.

Su mente se quedó atrás durante unos instantes, en la sala de interrogatorios, con Héctor, analizando sus palabras, estudiando su rostro, sus movimientos. No sentía lástima por él, ni pena; ni siquiera lo odiaba, en eso no había mentido. Pero le intrigaba que lo hubieran elegido precisamente a él para compartir celda con Fernando Ribas. El inspector le habría dicho que las coincidencias no existen, que se trata de un cúmulo de circunstancias predeterminadas que concluyen en un hecho inevitable, decisiones conscientes que nos conducen a la «casualidad». El problema radicaba en identificar cada una de las circunstancias individuales que habían terminado con su exmarido y su examante juntos en una celda, y con Ribas muerto horas después.

Gerardo Montiel, el director del centro penitenciario de Pamplona, permaneció frente a la ventana hasta que el coche de Marcela se perdió entre el tráfico. Luego la abrió y encendió un pitillo. Le gustaba esa mujer, pero lo irritaba y preocupaba mucho más que el placer que le provocaba imaginársela… Bueno, de diversas maneras. La había visto ignorar deliberadamente sus llamadas, la primera en la sala de interrogatorios y la segunda hacía pocos minutos. Tenía una memoria muy frágil. Decidió que no le vendría mal un pequeño recordatorio de lo que se jugaba, de la cantidad de ases que él tenía en la manga frente a la mierda de mano con la que ella pretendía plantarle cara. Ni siquiera había necesitado trucar la baraja, ella solita había acudido a él y le había vendido su alma. Fue un intercambio justo, pero ahora ella tenía que pagar.

Empezaría por lo fácil.

Tiró el cigarrillo por la ventana, la cerró y se sentó a la mesa. Levantó el teléfono y esperó la respuesta de su asistente.

—Quiero hablar con Héctor Urriaga en mi despacho —dijo sin más.

Mientras esperaba, encendió el ordenador y consultó una serie de documentos agrupados en una carpeta etiquetada como *MB*.

Sonrió. Había llegado el momento de empezar a exigir que le devolvieran algún favor. Estaba cansado de no dormir bien por la noche. Los problemas, cuanto antes se solucionaran, mejor que mejor.

25

Bonachera pulsó decidido sobre el panel digital y sintió cómo la cinta sobre la que estaba corriendo se inclinaba unos grados hacia arriba. Los gemelos se quejaron unos minutos, hasta que sus múscu-los se aclimataron a la nueva exigencia y doblegaron el dolor. En ningún momento perdió el ritmo de la música machacona que escu-pían sus auriculares. Estudió su reflejo en el ventanal del gimnasio. Tronco elevado, brazos musculosos que se balanceaban firmes con cada zancada, piernas largas que cubrían la mitad de la cinta a cada paso. Observó cómo el pecho subía y bajaba, jadeante, y el brillo de su piel, húmeda de sudor. *I don't care*, repetía una cantante en sus oídos. «No me importa», repitió él, y se concentró en el esfuerzo, en la respiración, en el calor de sus músculos, dejando fuera todo lo de-más, lo que no importaba. El trabajo, los compañeros, los casos, Mar-cela… Pulsó un nuevo botón y la cinta se aceleró. Podía correr más que todos los demás, más que nadie. Más que los acreedores, más que la baraja, más que la cajita negra brillante, más que todas las mujeres del mundo, y dejarlos atrás, lejos. Él era el dueño de su destino. *The master of my sea*, sonó en sus oídos. Qué oportuno.

Su *smartwatch* empezó a pitar cada pocos segundos. Apartó la mirada de su reflejo y comprobó que le avisaba de la entrada de varios correos electrónicos. No comprobó el remitente. Aquello podía esperar. Siguió corriendo, controlando la respiración y acomodándose a la música. Era más fácil así. Las notas musicales eran su liebre, las que le marcaban el ritmo y tiraban de él.

El reloj siguió pitando, incansable. Tenía diecinueve mensajes. Veinte tras el nuevo aviso. Veintiuno.

Bonachera decidió que aquello no era normal, debía de haberse producido alguna emergencia, aunque no terminaba de entender que los avisos le llegaran por *email* en lugar de por teléfono o WhatsApp.

Pulsó la pantalla digital para aminorar poco a poco la marcha hasta detenerse y buscó el móvil que había dejado en el suelo, junto a la botella de agua y la toalla. Veintidós mensajes, todos del mismo remitente, desconocido para él.

Frunció el ceño cuando abrió el primero.

Dejó de respirar con el segundo.

El tercero le hizo bajarse de la cinta, recoger sus cosas y correr hacia el vestuario.

Abrió el resto sentado en un banco de madera, rodeado de taquillas y de gente que iba y venía sin prestarle atención. Veintiuna fotos y un mensaje de advertencia. En casi todas las fotos Miguel era el protagonista. Tumbado en el sofá de su casa, en una partida de póquer *online*, esnifando una raya sobre la mesita del salón, jugueteando con una amiga, colocándose juntos… La última era un pantallazo de su cuenta corriente, con las últimas líneas teñidas de rojo. Era evidente que el pirata había utilizado la *webcam* de su portátil para tomar las instantáneas. Era un estúpido, un auténtico gilipollas descuidado.

El último *email* era un escueto mensaje: *Tranquilo, en esta vida todo tiene solución, menos la muerte. Hablaremos pronto.*

Marcela no conservaba ni una sola fotografía del día de su boda con Héctor, ni de ninguno de los viajes y momentos que habían compartido. No tenía recortes de prensa sobre el juicio, había roto las cartas, eliminado los correos electrónicos y mensajes y bloqueado el número de teléfono. Para ella, Héctor solo era un recuerdo molesto, una cicatriz ya curada, blanquecina todavía y que de vez en cuando aún picaba.

Pero no podía controlar su mente y las imágenes que recreaba a su antojo.

Se vio reír a su lado, remar en la Concha, sorber un caracol embadurnado en salsa picante, pasarle el dedo por el pelo de las cejas, siempre desordenado. Eran recuerdos rápidos y fugaces a los que apenas prestaba atención. Iban y venían, y Marcela los deja ir y venir. No eran nada. Fragmentos de una película que ya había visto mil veces y que no le causaba ninguna emoción.

Fumaba apoyada en el alféizar de la ventana. La calle brillaba dos pisos más abajo. Había llovido durante toda la tarde, y los adoquines de la calle Mayor seguían mojados. Sonaban risas en los bares cercanos, y pasos apresurados, un repiqueteo de tacones sin remaches. Otros, sin embargo, avanzaban como los fantasmas, silenciosos, oscuros, discretos.

Estaba a punto de lanzar la colilla a la calle cuando lo vio. Anorak azul, tejanos, botas oscuras de las silenciosas y una bolsa en la mano. Damen Andueza nunca se presentaba de vacío en su casa. Marcela admiró sus pasos largos y sus hombros anchos y sonrió golosa.

Apagó el cigarrillo en el cenicero y echó un vistazo a su alrededor. El salón estaba presentable, pero, aunque no lo estuviera, no había tiempo para más. El timbre sonó cuando Marcela ya se dirigía a la puerta.

—No te esperaba hoy —le dijo mientras Damen abría la nevera.

—Cuando hemos hablado esta mañana me dijiste que tenías que resolver un montón de papeleo antes de pasarte por la cárcel, así que he supuesto que no habrías cenado ni tendrías nada en la nevera.

Marcela lo observó curiosa, pero no dijo nada. Damen terminó de guardar lo que traía en la bolsa, poca cosa en realidad, y luego la miró.

—¿Qué tal con Héctor? —preguntó por fin.

He ahí el quid de la cuestión.

Marcela rodeó la encimera de la cocina y abrió la nevera. Damen había traído una ensalada preparada, unos canelones listos para meter al horno y un par de natillas. Nada del otro mundo. Ni rastro de sus ingredientes de primera, de sus platos elaborados ni de su apuesta por lo sano y saludable.

—Bien —respondió ella sin más. Sacó dos cervezas, las abrió y le tendió una a Damen, que la aceptó sin dejar de mirarla.

Se sentaron en el sofá y bebieron en silencio, midiéndose con la mirada.

—¿Te ha contado algo útil? —siguió poco después.

—No, no demasiado, la verdad.

—¿Y cómo…? —Damen titubeó un segundo—. ¿Cómo estás? Por fin.

Marcela dejó la cerveza en la mesita y cogió la que Damen tenía en la mano para colocarla al lado. Luego eliminó la distancia que los separaba y lo besó en los labios, un beso largo, con la boca abierta y los ojos cerrados.

Sintió las manos de Damen ascender por su espalda hacia la nuca y después acariciarle la cara mientras la besaba. Las bajó por el cuello hasta encontrar sus pechos y ahí se quedó, jugando, revolviendo la ropa, excitándola.

Apenas se separaron un palmo para desnudarse antes de volver a enzarzarse en un juego de manos y dedos, de labios y lenguas, de deseo que ni podía ni quería ser contenido.

Primero Damen se arrodilló en el suelo mientras Marcela cerraba los ojos y se dejaba llevar; luego fue ella la que bajó y le besó, le mordisqueó y le lamió antes de sentarse a horcajadas sobre él. Los ojos de Damen eran fuego, y sus manos le quemaban la piel. Adoraba ese calor, la volvía loca abrasarse.

No hablaron, apenas jadearon, pero no dejaron de mirarse ni un instante hasta el final. Entonces Marcela cerró los ojos y echó la cabeza hacia atrás. No quería ver, oler, tocar ni sentir nada que no fueran las sensaciones que le recorrían el cuerpo. Qué escasos los segundos, qué intenso el placer.

Marcela sonrió, se puso de pie y le tendió la mano. Se escondieron entre las sábanas frescas de la cama y recomenzaron despacio la danza.

—¿De verdad estabas preocupado? —susurró Marcela junto a los labios de Damen. Le sintió sonreír.

—¿Tengo motivos para estarlo?

Marcela estiró las manos hacia sus caderas y lo atrajo hacia ella.

—No.

Marcela fumaba junto a la ventana entreabierta. Llovía de nuevo, pero era una lluvia mansa que no insistía en colarse en casa. El frío le erizaba la piel, aunque no necesitaba cubrirse. Al contrario, agradecía un poco de frescor después del sexo.

Damen volvió del baño y la abrazó por la espalda. Como siempre, su dedo empezó a recorrer la tinta de sus hombros, las ramas de debajo de sus pechos hasta alcanzar al pequeño corvato que dormitaba junto a su ombligo.

—¿De verdad no sentiste nada al verlo? —insistió Damen.

Marcela suspiró.

—Claro que sentí algo, ¿cómo no iba a hacerlo? Recordé todo el daño que me hizo, cómo estuvo a punto de destruirme. Me dolió verlo, pero no es importante para mí.

—Tienes que recuperar lo que te quitó —siguió Damen.

Marcela se dio la vuelta en sus brazos y lo miró con un interrogante en los ojos.

—¿Qué crees que me quitó? No sé…

—Imagino que pensabas formar una familia con él —la cortó Damen.

Marcela se separó unos centímetros de su cuerpo, y luego un

poco más hasta alejarse por completo. Se puso una camiseta y salió al salón. Damen la siguió unos segundos después, en calzoncillos. La luz de la nevera iluminó un instante su silueta mientras sacaba otras dos cervezas. Damen negó con la cabeza cuando le ofreció una, así que la volvió a meter en el frigo y abrió la suya.

Damen se acercó a la barra que separaba la cocina del salón, donde Marcela se había apoyado. Sabía que la estaba utilizando como parapeto tras el que refugiarse, pero esta vez no se lo permitiría. Encendió la lámpara de pie y eliminó su último escondite, la oscuridad.

—Pensabas formar una familia con Héctor, ¿no? —insistió.

Marcela bebió un trago y suspiró por un pitillo, pero los había dejado en la habitación.

Levantó la vista y miró a Damen. Estaba serio, pero no enfadado. Aguardaba una respuesta que creía merecer. Marcela no estaba tan segura, pero, aun así, decidió contestar.

—No hablamos mucho del tema —reconoció—, pero supongo que sí, que ambos dábamos por sentado que algún día seríamos padres. Luego todo se torció —añadió, encogiéndose de hombros.

—Se torció para él, no para ti.

—¿Estás seguro de lo que dices? Yo no opino lo mismo.

—Él está en la cárcel, cumpliendo condena. Os habéis divorciado y no tenéis nada en común, ningún bien, ningún vínculo. Nada os une.

—Tienes razón —reconoció Marcela, más tranquila.

—Pero no has conseguido librarte de él por completo —siguió Damen.

Marcela lo miró con el ceño fruncido y bebió otro trago.

—¿En qué quedamos? —preguntó ella, un tanto burlona.

Damen esperó unos segundos antes de continuar.

—¿Te gustaría formar una familia? Si encontraras con quién, claro.

—Voy a por un cigarro…

—Responde, por favor —la detuvo Damen.

Marcela se revolvió y se alejó de él hasta topar con la pared de la cocina.

—No —dijo con más fuerza de la que pretendía—, no entra en mis planes formar una familia. Ni ahora, ni más adelante, ni nunca.

—Lo intentaste —rebatió Damen señalando el vientre de Marcela. Bajo la camiseta, el corvato muerto se estremeció. O tal vez fue ella.

—Fue un error, un accidente. Un descuido. No quería nada que me uniera a él, no podía tener un recordatorio constante de... De todo —añadió en voz baja.

—Las cosas han cambiado...

—Yo también —respondió Marcela—. He cambiado mucho, y por eso no quiero tener hijos.

—¿Y qué pasa si yo quiero?

—Pues que tienes un problema.

Marcela pasó a su lado y entró rauda en la habitación. Necesitaba fumar más que respirar. Se encendió un cigarro y se colocó de nuevo junto a la ventana, que seguía entreabierta. Intuyó la silueta de Damen apoyado en el dintel de la puerta, pero no entró.

Dio dos caladas profundas antes de seguir hablando. Estaba claro que Damen no pensaba hacerlo.

—¿Te has dado cuenta de cuál es el verbo que más se utiliza cuando se habla de formar una familia? «Quiero» —añadió sin esperar respuesta—. Quiero tener un hijo; quiero que sea un niño, o una niña; quiero que estudie en este colegio; quiero... Yo quiero, o no quiero, pero siempre yo, en primera persona. No te engañes —añadió girándose hacia él—, tener hijos es un acto de egoísmo absoluto. Quieres tener hijos para sentirte completo, para que tus genes pervivan, para que sean como tú, para enseñarles lo que tú sabes, para tener compañía, para que te cuiden cuando seas viejo... Quiero, quiero, quiero... Yo no quiero nada, lo siento. —Levantó la cara y lo miró a los ojos—. No quiero herir a quien no tiene culpa de nada, no quiero fracasar más veces, no quiero fallarle a nadie más. Es un reto que me viene grande. —Lanzó la colilla por la ventana y buscó a

195

tientas otro cigarro. Damen llegó a su lado antes de que lo lograra y la abrazó—. He sido muy egoísta toda mi vida —añadió con los labios pegados a su hombro—, no creo que nadie merezca una madre como yo.

Damen la abrazó con fuerza. Sentía las lágrimas de Marcela deslizarse por su pecho, húmedas, cálidas. Nunca la había visto llorar. Dejó que se desahogara sin apenas moverse, convertido simplemente en su apoyo, hasta que ella levantó la cara, se pasó la mano por los ojos y se separó de él.

—Tengo sueño —dijo sin más, metiéndose en la cama.

Damen se quedó unos segundos donde estaba, en silencio, mientras ella se tapaba con el edredón dándole la espalda.

Salió al salón, recuperó su ropa y se la puso. Antes de irse volvió a la habitación y se acercó a Marcela, que había cerrado los ojos.

—Te has tatuado el cuerpo para recordar a los que se han ido —dijo en voz baja, convencido de que Marcela podía oírlo—. Quizá sea hora de que pienses en los que quedamos, antes de que nos convirtamos en un cuervo en tu espalda.

26

Bizen esperó quince minutos desde que Elur salió de casa antes de abrir el armario y registrar toda la ropa que colgaba de las perchas. Estaba a punto de desistir cuando una cazadora prácticamente oculta bajo un abrigo oscuro llamó su atención. Rebuscó en los bolsillos, nervioso, y cerró los ojos cuando sus dedos dieron con lo que buscaba.

Era un móvil normal, un *smartphone* básico que encendió pulsando un botón en el lateral. Estaba protegido por contraseña. Probó la que Elur utilizaba en casi todas sus *apps*, sin éxito. Lo intentó con su fecha de cumpleaños, pero el teléfono le advirtió de que le quedaba un intento antes de bloquearse. Bufó y volvió a meterlo en el bolsillo de la cazadora. Al sacar la mano descubrió un trozo de papel que le había pasado desapercibido. Medio folio escrito a mano y doblado en cuatro.

Lo quiero todo. Nos vemos en cuento vuelvas.

Leyó las ocho palabras varias veces, hasta que quedaron grabadas en su memoria. No había firma ni reconocía la letra. Giró el papel en busca de alguna pista, pero solo era eso, un trozo de papel sin ningún distintivo. Sus dedos se cerraron en torno al mensaje, arrugándolo hasta convertirlo en una bola que hundió en el bolsillo de su pantalón.

—Hija de puta —masculló Bizen—, hija de la grandísima puta. Te voy a matar, zorra.

Abrió el cajón de la mesita de noche y sacó un frasco de cristal sin etiquetas. Lo abrió y dejó caer sobre la palma de la mano dos pastillas blancas.

Si no se tranquilizaba, la mataría en cuanto se la echara a la cara. Pasó los rohypnoles con un largo trago de cerveza y después, todavía nervioso, se hizo un porro bien cargado de maría.

Inhaló y expulsó el humo hacia el techo.

En el fondo, debía reconocer que no le sorprendía que Elur tuviera un amante, pero eso no significaba que estuviera dispuesto a ser un cornudo consentidor. Se lo haría pagar caro, aunque esperaría hasta saber quién era el otro para que pagaran los dos.

Tenía que ser alguien de fuera; nadie en Bera se atrevería a meterse en su terreno.

«Lo quiero todo».

«Lo tendrás, zorra», decidió. Pero no hoy. Esa noche tenían trabajo, y a pesar de que fantaseó con la idea de lanzarla por alguno de los barrancos que bordearían por el camino, su cerebro pragmático decidió que eso solo le causaría problemas.

Se vistió, se calzó y escondió en el bolsillo interior del anorak su arma cargada.

Bizen lanzó una mochila a sus pies. La dejó caer sin ningún cuidado, sin siquiera mirar a Elur, como llevaba haciendo desde que salieron de casa. Ella dejó de hablar cuando comprendió que sus comentarios no iban a obtener respuesta. Eso no la sorprendió. Bizen era dado a los cambios de humor y había días en los que apenas le dirigía la palabra. Dedujo que hoy tocaba silencio, así que se concentró en su equipo, se vistió y se plantó a su lado cuando estuvo lista.

Sin embargo, Bizen no tenía problemas de comunicación con el resto del grupo, y eso sí la molestó. Tampoco era la primera vez que sucedía, pero su nivel de tolerancia disminuía cada día. Estaba harta de tonterías.

Llevaba el GPS conectado, escondido en uno de los muchos bolsillos de sus pantalones de montaña. Había incluido también un mapa, lo que le proporcionaría una explicación válida en caso de que alguien lo descubriera: tenía miedo a perderse, era la primera vez que iba, no conocía el camino y estaba oscuro.

Estaba intranquila, y no solo por la farsa que estaba protagonizando, sino porque había desobedecido y no había advertido al policía del paso de esta noche. Primero tuvo que trabajar, y luego no pudo quitarse de encima a Bizen y su mal humor.

El punto de encuentro estaba a unos cinco kilómetros del pueblo, detrás de la última explotación ganadera, desde donde partían varios de los caminos que surcaban el monte hasta la frontera. Allí esperaban tres hombres que Elur no conocía y que nadie le presentó. Poco después, el dueño de la granja apareció con una potente linterna y los saludó cordial. Era un hombre del pueblo al que conocía de toda la vida.

—*Kaixo, neska* —le dijo a Elur—, esto sí que es una sorpresa. No dejes que el cabrón de tu novio te explote, que curre él, no te jode…

—Tranquilo, Edorta, está todo controlado.

Elur le sonrió y siguió a la comitiva hacia uno de los cobertizos. Una vez dentro, Edorta, Bizen y otro de los jóvenes bajaron una a una las pacas de heno apiladas al fondo y empezaron a deshacerlas con las manos, esparciendo la paja seca y apestosa por todo el recinto.

—¿No podemos abrir una ventana? —pidió Elur.

—No quiero que las vacas se vuelvan locas mugiendo con el olor del heno. Tiene que estar bien cerrado. Ya lo siento, moza, es lo que hay.

—Sal fuera, si quieres —le dijo Bizen sin mirarla.

—No, estoy bien.

—Tú misma —musitó.

Cada fardo contenía veinte paquetes perfectamente envueltos que desaparecían en el interior de las mochilas con tanta rapidez como aparecían entre la paja. Además de las que llevaban, había varias mochilas más alineadas junto a la pared.

—¿Y esas? —preguntó Elur.

—Para los que vendrán luego —respondió Bizen.

—¿Son muchos? —Elur distinguió unas diez mochilas, pero parte del cobertizo quedaba a oscuras.

Bizen no se molestó en contestar. Llenó las mochilas de los cinco que estaban allí y cada uno cargó con la suya a la espalda.

—Los demás llegarán como siempre. Si pasa cualquier cosa, me llamas.

Edorta asintió y siguió destripando fardos de paja mientras ellos salían.

Bizen se colocó al frente del grupo y avanzaron en fila de a uno por el estrecho sendero que arrancaba con empinadas cuestas desde los primeros metros.

Elur hizo ademán de encender la luz frontal que llevaba en la cabeza, pero el porteador que la seguía le dio un golpe suave en el hombro.

—Nada de luces hasta que nos alejemos —le dijo en voz baja.

—Vale, no lo sabía. —Se giró un instante para mirarlo, pero apenas distinguió su cara en la oscuridad—. Me llamo Elur.

—Kepa —se presentó él, lacónico.

—No eres de Bera.

—De Irún. Cuidado.

Elur se concentró en el camino, todavía conocido para ella, pero no poder ver las zanjas y las raíces que otras veces sorteaba de un salto la ponía nerviosa.

—¿Cuánto tardaremos en llegar? —preguntó un buen rato después.

—Un par de horas hasta el punto de entrega, y media hora más hasta el de recogida. Hoy no hay niebla, así que no habrá sustos.

—¿Sustos?

—Animales, ya sabes. O resbalones.

No sabía si Kepa hablaba en serio o se estaba burlando de ella, pero su inquietud aumentó varios grados.

—Ya podéis encender las luces —anunció Bizen veinte minutos después—. ¿Todo OK?

—OK —repitieron uno tras otro los tres jóvenes.

—OK —dijo ella por fin.

Avanzaron en silencio por una zona de monte bajo, muy cerca de los grandes pastos de verano. Elur sentía la carga tirar de ella hacia abajo, así que se ató las cinchas a la cadera para liberar el peso de los hombros.

Pocos metros más adelante aparecieron los primeros gigantes. Árboles eternamente frondosos, de enormes troncos y raíces como boas, y el aire se llenó de olor a resina, a humedad y a tierra.

Bizen hizo una seña y todos se detuvieron. Sacó el teléfono del bolsillo y marcó.

—¿Estamos? —preguntó simplemente a su interlocutor. Luego escuchó en silencio unos segundos y colgó—. Seguimos; segundo grupo en marcha y tercero preparándose.

Elur se colocó junto a Bizen, que la miró un instante antes de volver a fijar la vista al frente.

—¿Adónde vamos? —preguntó ella en tono cordial.

Bizen seguía llevando el papel arrugado en el bolsillo del pantalón. «Todavía no», pensó.

—Descargamos en Grottes —respondió.

—¿Tenemos que subir el Montoya Erreka?

—Así es. Insististe mucho en venir, ¿te vas a rajar ahora? —Bizen la miró sin detenerse.

—No, claro que no. ¿Y luego?

—Luego ya lo verás.

Elur estaba harta. Cada vez que Bizen tenía un problema de cualquier tipo, lo pagaba con ella.

—Te estás pasando. No te he hecho nada para que me hables así. ¿Qué quieres?

Bizen se detuvo y esperó hasta que los otros tres los adelantaron.

—Todo —dijo entonces, cegándola con su luz frontal—. Lo quiero todo.

El resto del camino se mantuvieron lo más alejados que pudieron el uno del otro, Bizen abriendo la marcha y Elur cerrándola. Dos horas sorteando árboles erguidos y caídos, profundas zanjas, cortafuegos comidos por la maleza y grupos de rocas que los obligaban a dar un agotador rodeo.

Les Grottes, las cuevas, era un lugar peligroso en la oscuridad. La humedad del terreno había propiciado que se abrieran multitud de agujeros en la tierra. Algunos eran poco más que un hoyo, pero por el interior de otros se podía incluso caminar. Al menos, el terreno era llano, cubierto de hierba mullida y húmeda y grupos de zarzas.

El grupo avanzó decidido hacia un enorme pino y se detuvo junto a un agujero resguardado por las raíces someras que brotaban de la tierra, como si quisieran enmarcar el peligro o convertirlo en un pasadizo a ninguna parte.

—Soltad las mochilas y nos vamos —ordenó Bizen—. Nos recogen en cuarenta y cinco minutos, más nos vale estar allí o nos tocará volver a pie.

—No jodas —masculló uno de los hombres.

Las mochilas desaparecieron en el agujero y ellos giraron a la derecha, en dirección a la pista que conducía a la frontera. El camino se hizo liviano, civilizado, hasta llegar a lo que un día fue el límite de un país y el inicio de otro. Donde antes había vallas y barreras, hoy se erigían un buen número de comercios, restaurantes, gasolineras y aparcamientos. Las tiendas españolas, a un lado, ofrecían productos por los que los franceses pagaban mucho más en su país. Las largas colas en los estancos y en las gasolineras eran una constante. Tiendas de ropa, restaurantes de tapas y paella, asadores de dudosa calidad, tenderetes, licorerías y una heladería italiana. Justo enfrente, en territorio francés, un par de perfumerías, un bloque de apartamentos, una tienda de *delicatessen* y un bar con una terraza desde la que disfrutar del panorama que ofrecían los Pirineos.

Caminaron hasta el último edificio, una casona que en su día acogió un restaurante pero que llevaba años cerrado. El único sonido que se oía era el de sus pisadas sobre el asfalto. Había tres vehículos en el aparcamiento, tres furgonetas con extensiones en el techo, como las utilizadas por los excursionistas y viajeros que dormían en su interior.

La primera de ellas, verde y sin distintivos, encendió el motor al verlos llegar. Bizen abrió la puerta del copiloto mientras uno de los jóvenes deslizaba la trasera y les franqueaba el paso.

Elur se dejó caer en el asiento del fondo, junto a la ventanilla, apoyó la cabeza en el cristal y cerró los ojos. Estaba agotada, pero sabía que su viaje no había hecho más que empezar.

«Lo quiero todo», le había dicho. Si no pensaba rápido y actuaba aún más deprisa, estaba muerta.

Nadie se fijó en el todoterreno que se ocultaba a un lado del cortafuegos, ni el grupo de Bizen ni ninguno de los dos que lo siguieron media hora y una hora después. Llegaron, descargaron y siguieron su camino hacia el punto de encuentro. Confiados, seguros de sí mismos. Cansados. Todas ellas, bazas a su favor.

Cuando el tercer grupo, el menos numeroso, se alejó hacia el puesto fronterizo, arrancó el silencioso motor eléctrico, enderezó el rumbo y se internó en la planicie en dirección al lugar en el que habían desaparecido las mochilas. Sintió las ruedas hundirse en el suelo blando y musgoso, pero el vehículo avanzaba confiado, dando suaves bandazos y poniendo a prueba sus perfectos amortiguadores. El conductor sonrió, satisfecho.

Había seguido toda la operación con unos prismáticos de visión nocturna, de modo que no tuvo ninguna dificultad para encontrar el agujero.

Se colocó enfrente, puso el freno de mano y se bajó sin apagar el motor. Encendió la linterna y oteó el interior de la sima. Tuvo que reconocer que el lugar era un escondite perfecto, imposible de localizar incluso si pasabas al lado.

El GPS de Elur había sido sumamente útil.

Giró sobre sí mismo en silencio, en busca de sombras o luces, escuchando los sonidos de la noche, aguzando los sentidos para captar el peligro. Nada. Estaba solo. Sonrió y se agachó sobre la boca de la cueva para sacar una de las mochilas. Abrió la cremallera y comprobó su contenido. Bingo.

Cogió seis paquetes, la cerró y volvió a lanzarla al agujero. Esperaría su momento.

Pensó en Elur, atrapada en medio del fuego cruzado. Bizen se pondría hecho una furia cuando supiera lo que había pasado, el poli que esperaba información se creería traicionado y Ferreiro exigiría la mercancía o el dinero.

Si era buena, él podía sacarla de allí. Pero para eso tendría que ser muy buena. No le servía díscola o traicionera.

Tenía que darse prisa. No sabía a qué distancia estarían los hombres de Ferreiro y no quería que lo sorprendieran allí. Además, pronto amanecería. Los ganaderos eran madrugadores, y podría toparse con algún tractor de camino a Bera. Por si acaso, se cubrió la cabeza con la capucha del anorak, se subió la cremallera hasta la barbilla y dejó a mano las gafas de sol, por si veía venir algún vehículo. Había tapado las matrículas con una tela, y el coche, muy reconocible, desaparecería del pueblo en pocas horas.

No habría cabos sueltos, y dentro de poco tampoco habría competencia.

Aceleró y se dirigió hacia la nave que había alquilado a las afueras del pueblo. Cuando entró, aparcó el todoterreno en un rincón, lo tapó con una lona y se dirigió a su coche. Quince minutos más tarde estaba en su casa, y poco después canturreaba bajo el chorro de agua caliente de la ducha. Luego desayunaría e iría a trabajar, como cada día.

Era el puto amo.

27

Discutir con Damen le había dejado mucho peor cuerpo que ver a Héctor. Hacía ya más de cinco horas que se había marchado y Marcela seguía sin poder conciliar el sueño.

La mañana clareaba al otro lado de la ventana y los objetos volvían a tener forma y color. Estaba convencida de cada una de las palabras que había dicho, las sentía en el alma. Ella nunca sería una buena madre. Apenas era buena persona, ¿cómo pretendían que educara a otro ser humano? Y, sin embargo, también sabía que Damen tenía parte de razón. Héctor le había robado muchas cosas, era de algún modo responsable de lo que era ahora.

Intentó imaginar su vida sin Damen. Le dolió. Pensó en su hermano, en sus sobrinos; en las amigas que hacía tanto que no la llamaban, hartas de sus desplantes. El dolor era real.

Cerró los ojos y se concentró en su respiración, pero ya no era hora de dormir. Suspiró, vencida por el insomnio, y empujó el edredón hacia atrás. Al sacudirlas, las sábanas le devolvieron el olor de Damen.

«Mierda», pensó. «Si un día escribo un libro, se titulará *Manual sobre cómo joderlo todo*».

*

Bonachera llevaba horas dando vueltas en la cama. Toda la noche, de hecho. Había recibido un mensaje más, procedente en esta ocasión de un número que sí conocía, que utilizaba cuando lo necesitaba pero que nunca, hasta ahora, nadie había usado en la dirección opuesta.

Nos debes seis mil pavos, decía el texto. *No tardes en saldar cuentas.*

Descuida, una mala racha la tiene cualquiera, contestó Miguel, intentando parecer tranquilo. *Te llamo en un par de días, tres como mucho.*

No llames, negaron al otro lado, *usa Telegram. No tardes*, repitieron para terminar.

Seis mil euros en dos días.

Se pasó las manos por la cara para intentar espabilarse.

Podía vender su coche. Le darían al menos quince mil euros por él, pero no creía que lo consiguiera en tan poco tiempo, al menos no de forma legal. Le quedaba la opción de recurrir a algunos viejos conocidos que estarían encantados de quedarse con su Toyota por la mitad de su valor a cambio de pagarle en el acto y en efectivo. Rápido y sencillo, pero un pésimo negocio.

Se levantó de la cama y fue a la cocina a prepararse un café. El borboteo de la cafetera no logró amortiguar el ruido de sus pensamientos. Podía prescindir de la moto que compró tras una fantástica noche y que apenas había utilizado desde entonces. Sí, la moto saldaría toda la deuda, estaba seguro. Solo hacía falta que la otra parte aceptara.

Se sentó a la mesa con el café humeante y abrió Telegram en su teléfono. Buscó el contacto y tecleó con rapidez. En la aplicación, Miguel era Wedge Antilles.

Contactó con Pinch of Dust y escribió un mensaje con la indicación de que se autodestruyera un minuto después de que el destinatario lo leyera: *Tengo una Honda 750 de tres años. Supera la deuda. ¿Hace?*

Miguel observó la pantalla mientras se tomaba el café, y siguió mirando durante la segunda taza. Pinch of Dust no había leído el mensaje. Conectó el teléfono al *bluetooth* y activó el hilo musical. Unos segundos después escuchó la voz suave y contundente de Christina Aguilera. Se dio una larga ducha e incluso se permitió canturrear bajo el agua.

Se vistió, hizo la cama, recogió la habitación y limpió la cocina. Estaba a punto de marcharse cuando su móvil vibró en el bolsillo del abrigo.

Hace. Pásame los datos, rellenaré los papeles. Mañana a las diez.

Quiero que borres las fotos, respondió.

No hubo respuesta.

Miguel frunció el ceño un instante y decidió que Pinch of Dust le estaba vacilando. No era la primera vez que intentaba tomarle el pelo, aunque tenía que reconocer que el sentido del humor del prestamista dejaba mucho que desear.

Envió un puño con el pulgar hacia arriba y cerró la aplicación. La conversación desaparecería en breve sin dejar rastro.

Miguel sonrió satisfecho. Había conseguido saltar el charco sin mancharse. No echaría de menos la moto y, desde luego, controlaría muy bien lo que hacía y lo que gastaba a partir de ese momento. Era gato escaldado, como solía decirse.

Bajó al garaje y se concentró en las tareas del día. Intentaría pegarse a Pieldelobo para librarse del papeleo. Estaba harto de Montenegro, pero la inspectora no parecía querer compañía. En esos casos, lo mejor era no preguntar. «Y que le den por culo a Montenegro», zanjó.

Bonachera dudó entre llamar por teléfono o presentarse directamente en su casa. Decidió que el cara a cara limitaría las opciones de Marcela para buscar excusas, así que poco antes de las ocho de la mañana entró con el coche por la calle Mayor aprovechando que era hora de carga y descarga y esperó frente a su portal. Unos metros más adelante había un bar que servía un buen café, pero no quería darle la oportunidad de escabullirse si veía su coche al salir.

No tuvo que esperar demasiado. Veinte minutos más tarde, una atónita Marcela se detenía en seco frente al subinspector.

—¿Qué haces aquí? ¿Ha ocurrido algo? —preguntó, cruzando la calle.

—Voy contigo —dijo Miguel sin más—. Si me dejas otro día enterrado en papeles juro que saltaré por la ventana.

—Me voy a Bera, no sé si volveré hoy o mañana.

—No hay problema —le aseguró Miguel—, he cogido una bolsa con ropa por si acaso.

Marcela no tuvo más remedio que rendirse y reconocer que, en su lugar, ella habría saltado por la ventana hacía días.

—Tú conduces —dijo sin más.

Abrió la puerta del copiloto, lanzó su mochila hacia atrás y se acomodó en el confortable asiento de piel del cochazo de su subalterno.

—No sé cómo lo haces para permitirte esto —añadió poco después. «Esto» era el coche, el reloj y la ropa, que Marcela abarcó con un gesto de la mano.

—Cuando quieras te doy unas clases de economía doméstica básica —respondió Bonachera mientras maniobraba en la estrecha calle y enfilaba hacia la carretera.

—No, gracias —zanjó—. ¿Sabe Montenegro que vienes?

—Yo no se lo he dicho —reconoció Bonachera.

Marcela asintió con la cabeza y tecleó rápidamente en su móvil. Luego levantó la vista hacia la carretera.

—Le he escrito, ya está informado —dijo.

—No es muy ortodoxo, espero que no te cause problemas —se excusó Miguel. En realidad no lo sentía. Tenía que salir de la oficina y esa era la única opción que tenía.

—No pasará nada —le aseguró Marcela—. Y si pasa, nos enteraremos mañana. He bloqueado sus llamadas y mensajes.

Miguel soltó una carcajada.

—Muy profesional, sí.

Marcela se encogió de hombros y volvió a teclear en su móvil. Subió despacio el dedo por la pantalla mientras leía la página que había abierto.

—El periódico dice que hoy se celebrará el funeral por Elur Amézaga. Supongo que habrá movida después.

—Seguro —corroboró Bonachera.

Marcela cerró la página de navegación y buscó un número en la agenda.

—Sargento Salas —saludó cuando descolgaron—, soy la inspectora Pieldelobo. El subinspector Bonachera y yo estamos de camino hacia Bera para continuar con la investigación.

—Como le dije a su superior, no entiendo las ganas que tienen de alargar un caso que está meridianamente claro —protestó Salas desde el puesto de Bera.

—El comisario me hizo llegar sus reticencias y sus opiniones —siguió Marcela. Su voz cortaba como una hoz—, pero consideramos oportuno atar bien todos los cabos. Los asuntos delicados lo exigen aún más que los comunes.

—Como quieran —accedió de mala gana—, pero en ese caso, les recomiendo que den media vuelta y vengan mañana. Hoy va a ser un día intenso, y no creo que su presencia sea bien recibida.

—¿Y cuándo lo es? —preguntó Marcela—. Ya estamos de camino, solo le llamaba para pedirle información sobre los actos convocados y los dispositivos que han establecido. Si es tan amable, claro —añadió ante el silencio de su interlocutor.

Oyó un claro suspiro al otro lado de la línea.

—El entierro es a las doce del mediodía. No habrá misa. A las cinco de la tarde saldrá una manifestación que pretende ser un homenaje a la joven. Lo organiza el partido en el que militaba y del que su novio es secretario general. Se prevé una numerosa asistencia y, quizá, problemas al finalizar la marcha. Nos hemos coordinado con la Policía Foral para el control de gente, accesos, edificios públicos y carreteras. ¿Algo más?

—Nada, gracias. Ha sido muy…

Salas había colgado.

Bizen daba vueltas por su apartamento como un león enjaulado. Alguien había forzado la entrada y lo había revuelto todo, registrándolo a fondo en busca de quién sabe qué. Tendría que ordenarlo para comprobar si faltaba algo más. Los libros y revistas eran un montón en el suelo del salón y de la habitación; todos los platos, vasos y ollas estaban fuera de su sitio, muchos hechos añicos contra las baldosas. Habían vaciado botes de legumbres, desperdigado paquetes de pasta y sacado los filtros del extractor de humos.

Se sentó en la cama y miró a su alrededor. La sorpresa inicial había dejado paso a la furia, que ahora se diluía poco a poco hasta transformarse en incredulidad y una especie de resignación.

La tarde anterior se había acercado a la sede del partido para ultimar los detalles de la manifestación. Charló con los primeros dirigentes regionales que habían llegado, bebió cerveza y se dejó consolar mientras se convertía en un líder fuerte a los ojos de todos. Era importante que hoy todo saliera bien.

Después, poco antes de la medianoche, se despidió de todo el mundo y se reunió con el grupo. Esa noche harían un nuevo viaje. Campillo le avisó de que había un envío a punto de llegar. No lo esperaba tan pronto, pero no era la primera vez que tenían que organizar un viaje en pocas horas. No había problema. Todos sus hombres estaban listos y encantados de ganarse unos cuantos miles más en tan poco tiempo.

Recogieron el material en la granja de Edorta, cargaron las mochilas y subieron hasta Grottes sin contratiempos. Descargaron y se dirigieron al paso fronterizo, donde las tres furgonetas esperaban puntuales. De regreso en Bera, su único objetivo era descansar un poco, ducharse y cambiarse de ropa. Estaba cansado, y tenía por delante un día largo y duro.

Llegó a su casa sobre las cinco de la madrugada. El chute de adrenalina que supuso encontrarla destrozada arrancó de su cuerpo hasta el último atisbo de cansancio. Intentaba comprender qué había pasado, qué buscaban. No había forma de saber si quien había entrado estaba interesado en sus cosas o en las de Elur. Todavía quedaban muchos objetos personales de su novia en el piso, a pesar de que hacía días que se había mudado a casa de sus padres y estos habían recogido parte de sus cosas el día anterior.

Pensó durante unos segundos que quizá se tratara simplemente de un robo, pero desechó la idea al instante. Un ladrón entra, busca con rapidez los objetos de valor y se larga. A su casa había entrado alguien concienzudo, tuvo que necesitar un buen rato para registrar hasta el último rincón.

¿Qué buscaban? ¿Qué faltaba?

Echó otro vistazo a su alrededor, pero el caos no le ofrecía ninguna respuesta.

Agotado, se dejó caer hacia atrás sobre el colchón y cerró los ojos. Un nuevo día gris se colaba por las ventanas abiertas, pero no tenía fuerza para levantarse y cerrar las persianas. Además, apenas podría dormir un par de horas antes de ponerse en marcha. Todo tenía que estar en su sitio a su hora, incluido él. Acompañar a los padres de Elur en el entierro, recibir a las autoridades, portar la corona de flores, sostener la pancarta, llorar incluso...

El zumbido del teléfono interrumpió su caída en el sueño. Estuvo tentado de ignorar la llamada, pero era un día importante y no podía permitirse ningún imprevisto. Se jugaba mucho. Sin abrir los ojos, sacó el móvil del bolsillo del pantalón y deslizó el dedo hacia arriba en la pantalla. La voz que respondió a su escueto saludo recorrió su espina dorsal como una descarga eléctrica.

Ferreiro. En persona.

—¿Dónde está lo mío? —preguntó el narco con su característico acento gallego, tan cerrado que a Bizen le costaba entender lo que le decía las pocas veces que habían hablado. Lo normal era que uno de sus subalternos se pusiera en contacto con él, no el mismísimo Ferreiro.

—No entiendo… —farfulló Bizen con el ceño fruncido y despejado por completo. No sabía por qué, pero por un momento había pensado que Ginés Ferreiro quería transmitirle sus condolencias.

—Mi gente ha ido al punto acordado y allí no había nada. ¿Habéis cambiado la ubicación sin avisar?

—No, no, en absoluto —se apresuró a aclarar Bizen—. Todo fue como siempre, están ahí. Quizá se equivocaron de gruta…

—No se equivocaron de nada, imbécil, pedazo de *merda* —gritó Ferreiro de pronto. El escalofrío se extendió hasta las manos de Bizen, que tuvo que sujetar con fuerza el teléfono para que no se le cayera—. Cuéntame qué ha pasado —exigió, de nuevo con voz pausada.

—Ginés, de verdad que no sé de qué me estás hablando. Salimos todos, la carga prevista, ascendimos sin problemas y la dejamos donde siempre —enfatizó.

—Allí no hay nada.

—Yo…

—No quiero excusas ni explicaciones —le cortó Ferreiro—. O entregas la mercancía, o me devuelves el dinero. No hay nada más que hablar. Llámame cuanto antes, y eso significa antes de mañana. Y no me cuentes *merda*. Quiero lo mío, *¿enténdesme?*

Bizen ni siquiera pudo balbucear un escueto «sí» antes de que Ferreiro desapareciera.

No entendía qué podía haber pasado. Nunca habían perdido una sola mochila, ni un miserable gramo de mercancía. Bizen estaba pendiente de cada paso. Lo controlaba todo de principio a fin. Al menos, hasta que depositaban la droga en el punto acordado. Ferreiro no quería que hubiera contacto entre sus hombres y los de Bera, así que se marchaban en cuanto lanzaban los bultos a la gruta. Daba por hecho que la gente de Ferreiro estaría apostada no muy lejos de allí y que recuperarían los paquetes casi de inmediato, en cuanto ellos se alejaran rumbo al puesto fronterizo.

¿Qué podía haber salido mal?

Bizen cerró los ojos y dejó caer los hombros.

Elur.

Ella era la única nota discordante.

Elur.

Era un topo, una confidente. Una rata.

Apretó los dientes y los puños.

Elur...

Qué bien estaba muerta.

Miró el reloj. Las nueve y media. Podía hacerlo. No le quedaba más remedio que hacerlo. Tenía que subir y buscar la carga. Volvió a calzarse, esta vez con las botas de monte, se puso un jersey, cogió el anorak en la entrada y salió de casa como una exhalación. Sintió el peso del arma en el bolsillo y cogió aliento.

28

Bonachera encontró un hueco para aparcar a las afueras de Bera. Ninguna de las plazas que había visto le parecían adecuadas para su coche. Calles estrechas, aceras de medio metro, recovecos inesperados y giros de noventa grados. Era demasiado fácil que le rayaran la carrocería, así que condujo hasta las proximidades de la zona industrial y eligió un espacio amplio y alejado de furgonetas y remolques.

Marcela se había dormido poco después de salir de Pamplona y había permanecido con los ojos cerrados durante todo el viaje. Sin embargo, la lucidez que demostró cuando Miguel apagó el motor le hizo pensar que solo estaba evitando mantener una conversación por el camino.

Bajaron del coche y se dirigieron sin hablar hacia las calles que conducían al centro del pueblo.

—Necesito un café —gruñó Marcela.

—A mí tampoco me vendría mal —reconoció Miguel.

Callejearon un par de minutos hasta dar con una calle más concurrida que las que estaban dejando atrás. Las paredes de los edificios estaban cubiertas con carteles que mostraban a una sonriente Elur Amézaga. Frases en euskera y castellano conminaban a los vecinos a sumarse al homenaje a «una nueva víctima del sistema opresor».

Palabras como «asesinato», «represión» y «libertad» se mezclaban con insultos clásicos y nuevos contra la policía.

Nadie les prestó atención mientras buscaban un bar. Cruzaron la calle, siguieron unos pasos más y se hicieron a un lado para no ser arrollados por un hombre que corría por mitad de la calzada. Los dos se fijaron en la cara del tipo. Respiraba entrecortadamente y avanzaba sin ser consciente de lo que ocurría a su alrededor.

—Es Bizen Itzea, la pareja de la víctima —dijo Marcela—. Parece que tiene mucha prisa.

—Prisa de la mala —añadió Bonachera—. Como si le persiguiera alguien.

Sin pensar ni hablar, dieron media vuelta y corrieron detrás de Bizen, que estaba a punto de desaparecer en un cruce de calles. El joven enfiló hacia la zona de granjas sin dejar de correr, aunque aminoró el paso cuando el camino se empinó pocos metros más adelante. Sin embargo, seguía avanzando muy deprisa.

Ni Marcela ni Miguel iban pertrechados para caminar por aquellas pistas embarradas. Además, el cielo había empezado a lanzar gruesas gotas de lluvia que parecían el preludio de una intensa tormenta. Sobre sus cabezas, negros nubarrones bajos oscurecían con rapidez el gris claro de la mañana. Al fondo, la tormenta centelleaba, retumbaba y se acercaba.

Miguel se detuvo a un lado del camino, obligando a Marcela a detenerse a su vez.

—Es una estupidez continuar en estas condiciones —dijo Bonachera—. No tenemos ni idea de adónde va. Nos arriesgamos a tener un accidente, por no hablar de la que se está preparando —añadió señalando al cielo con la cabeza.

—Yo sigo —anunció Marcela—, no es normal que se aleje del pueblo el día del funeral de su novia, y menos con esas prisas. Envíame al móvil un mapa satélite de la zona. Buscaremos el destino más lógico, o al menos nos haremos una idea de adónde va. Habla con los forales, que nos echen una mano.

216

—Es una locura, quizá simplemente ha quedado con alguien…
—protestó Miguel, pero Marcela ya no lo escuchaba. Resignado, avanzó detrás de la inspectora, que giró la cabeza un instante, lo miró y siguió adelante.

La promesa de un aguacero se hizo realidad en menos de veinte minutos. Bajo una tronada espectacular, los árboles se estremecieron y se balancearon de un lado a otro. Las capuchas de sus anoraks apenas podían hacer nada contra la lluvia racheada que los asaltaba por los cuatro costados.

Al menos tenían controlado a Bizen, que también había tenido que ralentizar el paso. Lo vieron entrar en una granja y salir cinco minutos después. Un hombre vestido con un mono azul y gruesas botas verdes de plástico salió con él, pero se quedó en el dintel observándolo mientras se alejaba bajo el aguacero y volvió a entrar pocos segundos después.

Siguieron por un camino cada vez más estrecho y empinado.

De vez en cuando perdían de vista el chubasquero azul de Bizen, pero pronto volvían a localizarlo a uno u otro lado del camino. Por suerte, no se había desviado de las sendas de tierra y guijarros que crujían y se deslizaban bajo sus pies. Si se adentraba en el bosque tendrían muchos más problemas para seguirlo.

El camino ascendía inmisericorde, con pequeñas zonas de falso llano que apenas les permitían descansar las piernas. La ropa empapada les pesaba como una losa y hacía que se les hundieran aún más los pies en el barro.

—Deberíamos bajar —insistió Bonachera ya en pleno bosque—. No veo nada.

—Está ahí delante, a menos de cien metros. Creo que va directo a la frontera.

—¿Crees que quiere huir?

—No tengo ni idea, pero si esa es su intención, por algo será. Tenemos que alcanzarlo antes de que cruce —instó Pieldelobo.

—O avisar a los gendarmes —propuso Miguel.

—Burocracia internacional. Demasiado complicado. ¡Vamos!

Los dos apretaron el paso detrás de Bizen, que había vuelto a detenerse y descansaba apoyado en un árbol. Era imposible que los oyera llegar y muy difícil que los viera, favorecidos por la perspectiva y los gruesos troncos que los ocultaban.

Se hicieron a un lado del camino e intentaron recuperar el aliento. Marcela, doblada sobre sí misma y con las manos en las rodillas, sentía el agua golpearle la espalda y la cabeza. Estaba empapada y sudorosa, y apenas podía respirar. Las piernas y el costado, recién recuperados de la paliza que casi le costó la vida, pedían a gritos una tregua.

—¿Tu móvil es sumergible? —preguntó. Miguel se limitó a mover afirmativamente la cabeza—. Localízanos. Es importante saber hacia dónde vamos.

—A estas alturas qué más da —bufó Miguel, aunque cumplió al instante las órdenes de la inspectora.

Intentó proteger el móvil con la manga del abrigo, pero fue inútil. Resignado, abrió la geolocalización y esperó unos segundos hasta que el satélite los encontró y los convirtió en un punto rojo en el mapa. Amplió el plano y comprobaron, cabeza con cabeza, los posibles destinos a los que los conducía ese sendero.

—Más arriba, este camino se divide en al menos otros cuatro —dijo Marcela—. Acércate a estos dos —pidió, señalando dos de las líneas negras que serpenteaban por la pantalla—. Aquí al lado está el puesto fronterizo, pero es una estupidez llegar a pie a un lugar al que se puede ir en coche.

—Cierto —admitió Miguel—, pero el resto son parajes naturales. Hay una zona plagada de cuevas —añadió, señalando los característicos iconos en el mapa.

—La frontera está ahí mismo. Quiere cruzar. Lo que no entiendo es por qué. Vamos.

—No podemos detenerlo, no tenemos motivos, por no hablar de una orden.

—No vamos a detenerlo, solo quiero saber adónde va. No es el día ideal para dar un paseo por el monte, ¿no te parece?

Miraron hacia arriba. Bizen había desaparecido de la vista. Apretaron el paso bajo la lluvia, que ahora parecía más fina. El agua formaba una cortina frente a sus ojos, sobre su cabeza, alrededor de su cuerpo, y convertía el suelo en una pista embarrada y resbaladiza. Por suerte, parecían haber dejado atrás las cuestas más empinadas y ahora la ruta era un poco más llevadera.

—Está ahí —señaló Marcela.

Bizen caminaba a buen paso, seguro del rumbo y sin mirar atrás. Llevaban hora y media ascendiendo bajo la tormenta, y Marcela empezaba a sentir la cabeza embotada. Le hormigueaban las manos y las piernas por el esfuerzo, y los pies congelados le dolían terriblemente. Miguel no parecía estar en mucho mejor estado, pero, como ella, tampoco se quejaba.

—Estamos a punto de llegar a una zona despejada, una especie de prado. La mitad de la explanada ya es Francia —anunció Bonachera mirando la pantalla del móvil.

—¿Qué hay por allí? —preguntó Marcela.

—Nada en nuestro lado. Al otro, una zona de cuevas llamada Grottes. Qué originales.

—¿Y después? —insistió.

—Senderos en distintas direcciones. Cerca hay una venta, pero si se dirigiera allí habría elegido otro camino.

—Vamos —insistió Marcela.

Un estampido inesperado los hizo detenerse. Un centenar de metros más adelante, Bizen también se había parado. La tormenta se había alejado, y hacía rato que los truenos no eran más que lejanos redobles, aunque seguía lloviendo con intensidad. No había sido un trueno.

El segundo disparo los lanzó al suelo. Le siguió un tercero casi al instante.

—¡Arma! —gritó Marcela.

Ambos desenfundaron sus pistolas e intentaron localizar la procedencia del fuego. No veían a Bizen.

Corrieron agachados hasta encontrar el amparo de un grupo de árboles. Un nuevo disparo levantó un géiser de barro demasiado cerca de ellos. Volvieron a tirarse al suelo y apuntaron a la nada.

Desde arriba les llegaron gritos inconexos, palabras empapadas en lluvia que no lograron descifrar, más disparos y, luego, silencio.

—Aquí estamos desprotegidos —gritó Miguel para hacerse oír por encima del estruendo del agua.

Marcela miró a su alrededor. A unos veinte metros se abría una profunda vaguada cubierta de arbustos que descendía directamente hacia el pueblo. No sería un avance fácil, pero al menos estarían a cubierto.

—Allí —le indicó a Bonachera—. Hay que correr.

Miguel asintió con la cabeza y comenzó a levantarse. En ese momento, una salva de disparos horadó el espacio y la lluvia.

—¡Corre! —apremió Marcela.

No había dado ni dos pasos cuando tropezó con una rama y cayó al suelo a plomo. Sintió algo duro en la rodilla, una roca o quizá una raíz, y un latigazo de dolor la paralizó durante un segundo. Una mano la agarró del anorak, la levantó y la lanzó hacia adelante. Siguieron corriendo mientras las balas no dejaban de perseguirlos.

Se lanzaron de cabeza a la hondonada y rodaron unos metros cuesta abajo. Al instante, se levantaron y siguieron descendiendo hasta alcanzar una zona de bosque espeso. Los árboles se convirtieron en un parapeto seguro, aunque no sabían cuánto tardaría el tirador en dar con ellos.

—¿Estás bien? —preguntó Marcela.

Miguel demoró unos segundos la respuesta. Se había protegido detrás de un enorme tronco a un par de metros de ella.

—Me ha dado —dijo por fin—, pero no es nada.

—Mierda, ¿dónde?

Marcela gateó hasta Miguel y se sentó a su lado tras el árbol. Bonachera se sujetaba el brazo izquierdo con la mano derecha para intentar detener la hemorragia. Tenía los dedos manchados de sangre y apretaba los dientes. Levantó la mano para mostrarle la herida a Marcela. La bala le había perforado la parte externa del brazo, pero no parecía haber afectado a huesos y la hemorragia no era profusa.

—No es nada, un rasguño —aseguró él—. He tenido suerte.

Marcela cabeceó, preocupada.

—La bajada no va a ser fácil —dijo.

—No mientras ese cabrón ande por aquí. Pide refuerzos.

En ese momento, una bala convirtió en astillas parte del tronco tras el que se refugiaban.

—¡Mierda! —gritó Marcela—. ¿Puedes andar?

—Claro —confirmó Miguel.

—Baja y pide ayuda. Yo voy a por ese hijo de puta.

—¿Estás loca? Ni de coña. No vas a ir sola a ningún sitio —protestó Miguel.

—Cúbreme mientras subo por la derecha. Daré un rodeo. Cuando me oigas disparar, sal corriendo. Nos vemos abajo. ¿Listo?

Sin esperar respuesta, Marcela se lanzó a la carrera por la ladera derecha de la vaguada, ascendiendo poco a poco mientras Miguel disparaba hacia donde suponía que se ocultaba el tirador.

Como la inspectora le había ordenado, en cuanto escuchó la semiautomática responder a los disparos, guardó su arma y empezó a correr en dirección contraria. Sentía un dolor caliente y punzante en el brazo, y la sensación de la sangre deslizándose por la piel le resultaba espeluznante, pero tenía que conseguir llegar a un lugar seguro desde el que pedir ayuda.

La adrenalina es maravillosa. Te convierte en Supermán. A pesar del cansancio, del dolor y del miedo, Marcela corrió cuesta arriba mientras prestaba toda su atención a la procedencia de los disparos. Su plan era rodear a Bizen y sorprenderlo por detrás, y para eso tenía que darse prisa.

Describió un amplio semicírculo entre los árboles, corrió agachada en la estrecha franja de campo abierto y se agazapó al cubierto de los troncos del otro lado. Escuchó atenta. Miguel disparó y el asaltante lo imitó. El fogonazo procedía de su izquierda, entre cincuenta y setenta metros.

Había dejado de llover, pero el suelo empapado amortiguaba el sonido de sus pasos. Un nuevo disparo, y luego otro. Bien por Bonachera. No podía verlo, pero sabía que tenía al tirador delante. Encontró un grupo de rocas y se agachó detrás. Desenfundó, apuntó y disparó.

—¡Policía! —gritó después.

La respuesta fue una salva de cinco balas consecutivas que impactaron muy cerca de donde ella estaba.

—Hijo de puta —bufó. Tenía la garganta seca y los dedos agarrotados, pero la adrenalina seguía dotando de un poder superior a todos sus sentidos. Olió la pólvora y la hierba mojada; escuchó el silbido de una bala y la herida que infligió a la tierra; sintió en el vientre el frío de la tierra empapada y en la boca el regusto de la bilis; y entonces vio una silueta moviéndose despacio, girando sobre sí misma en busca del blanco.

Lo tenía. Aquel no era Bizen.

Apuntó y disparó en el mismo movimiento. Demasiado rápido. Falló y la figura se lanzó al suelo para ponerse a cubierto. Había perdido al hombre de vista, pero no podía estar muy lejos.

Asomó la cabeza tras la roca que la protegía. Hacía rato que Miguel había dejado de disparar. Lo imaginó ladera abajo. Confiaba en que no tardara mucho, no tenía cargador de repuesto.

Una nueva bala impactó a dos metros de ella. Se agachó y estudió el terreno. A su espalda se alzaba un grupo de árboles de troncos apretados. A la derecha, las rocas cubiertas de musgo formaban una estrecha y sólida barricada.

El tirador atacó una vez más, Marcela respondió al instante y corrió sin hacer ruido hacia los árboles. Se acurrucó detrás de un enorme tronco y esperó. ¿Cuánto tiempo había pasado? Muchísimo. Una eternidad.

El aguacero se reavivó, suave de momento. Se sentó en el suelo, encogió las piernas y se abrazó las rodillas, atenta a cualquier sonido. Lo único que oía era el repiqueteo de las gotas de agua en las hojas de los árboles. Ni pasos, ni ramas crujiendo, ni más disparos.

Esperó.

A pocos metros de ella distinguió un bulto inmóvil. Parecía una persona, un hombre grande.

Esperó un poco más.

Tenía que moverse. Necesitaba contactar con Miguel y, sobre todo, asegurarse de que el tirador se había marchado o, mejor aún, había sido alcanzado por una de sus balas.

El bulto que parecía un cuerpo no se movía.

Llevaba más de quince minutos allí, quieta y en silencio, rodeada también de silencio. El tipo se había marchado.

Sacó el móvil del bolsillo interior del anorak y conectó la geolocalización. Luego le envió un mensaje a Bonachera y esperó.

El subinspector respondió apenas un minuto después.

Estamos de camino. Mandan un helicóptero. ¿Todo OK?

OK, respondió Marcela.

La paz reinante la animó a deslizarse con cuidado hasta el bulto. No hubo más disparos ni carreras apresuradas, solo lluvia mansa y, ahora sí, el canto de algún pájaro que se atrevía por fin a abandonar el nido tras la tormenta.

Llegó hasta el cuerpo con el arma en la mano. Reconoció el anorak azul y la enorme figura que yacía de lado. Se agachó con cuidado y le buscó el pulso en el cuello. Ni un solo latido, nada. Bizen Itzea estaba muerto.

Conocía las normas, pero, aun así, lo giró un poco para poder verlo. Un disparo en el cuello y otro en la frente. Una ejecución. Un tirador sumamente atinado. Volvió a colocar el cuerpo como lo había encontrado y se sentó junto a él.

Comprobó la batería del teléfono. Aguantaría hasta el rescate. Lo del helicóptero había sido una buena idea, aunque tuviera que compartir espacio con un cadáver.

Con el arma sobre el regazo, se dispuso a esperar.

Tres ambulancias aguardaban frente al edificio que albergaba el centro de salud de Bera. Alrededor de los vehículos sanitarios, un férreo cordón policial impedía que la multitud que esperaba en las proximidades se acercase demasiado.

La noticia del tiroteo en el monte había corrido como la pólvora, y aunque todavía no había trascendido la identidad de los implicados, la clamorosa ausencia de Bizen Itzea en el funeral de Elur había disparado todas las alarmas en el pueblo.

Un médico había examinado y estabilizado la herida de Miguel. La bala le había atravesado el brazo y necesitaría cirugía, pero su estado no revestía gravedad. Le habían limpiado las heridas de entrada y salida, cauterizado la hemorragia y suministrado los suficientes calmantes como para que pudiera esperar tranquilo junto a Pieldelobo, que se negaba a ser trasladada en ambulancia.

—No tengo nada —insistía por enésima vez—. Estoy agotada, muerta de frío y me he dado un golpe en la rodilla, pero no necesito ir al hospital.

La discusión terminó cuando la puerta se abrió y la consulta se quedó pequeña para albergar a los recién llegados. El comisario Andreu y el sargento Salas los observaban desde el umbral con un gesto indescifrable en sus caras.

—Mierda —bufó Marcela no lo bastante bajo.

—Yo también me alegro de verla, inspectora —respondió irónico Andreu. Había dejado en Pamplona su sempiterno uniforme y vestía un pantalón de pana marrón, un jersey ocre y un abrigo azul oscuro. Anodino y formal, como él—. Me dicen que los van a trasladar al hospital.

—A mí no —insistió Pieldelobo—, solo al subinspector.

Miguel la miró con el ceño fruncido.

Los recién llegados dieron un paso al frente y el médico cerró la puerta al salir.

—Necesitamos saber qué ha pasado aquí —siguió el comisario, haciendo valer la superioridad de su rango—. Para empezar, usted no debería estar en Bera, tenía otros cometidos que atender —añadió, con la vista fija en Bonachera.

—Le envié un mensaje al inspector Montenegro explicándole que necesitaba al subinspector para cubrir el funeral y la manifestación.

—Nosotros cubrimos el funeral y la manifestación —protestó Salas, él sí de riguroso verde—. Nosotros somos el cuerpo destacado en este pueblo. Nosotros nos encargamos del asunto.

El tono de su voz se fue incrementando al mismo ritmo que lo hacía el color de su cara. Cuando rozaba el cárdeno, se detuvo para coger aire y seguir hablando, pero Marcela se le adelantó.

—Le avisé en persona de nuestras intenciones, le llamé por teléfono. No nos hemos inmiscuido en sus cometidos, no hemos entorpecido nada. Simplemente, nos hemos dedicado a investigar el caso que nos ocupa, que no es otro que la muerte de Elur Amézaga y del inspector Ribas.

—El caso que nos ocupa es exclusivamente el asesinato de la joven Elur Amézaga —matizó Salas, más calmado—. El inspector Ribas se suicidó, confirmando de alguna manera su participación en esa muerte. De hecho, apostaría a que fue el único implicado.

—¿Qué pasó ahí arriba? —intervino el comisario antes de que Marcela tuviera ocasión de replicar.

—No estamos seguros —reconoció la inspectora—. Nos cruzamos con Bizen Itzea nada más llegar a Bera. Corría por mitad de la calle y parecía asustado. Decidimos seguirle, pero no teníamos ni idea de adónde se dirigía.

—¿Por qué no informaron de lo que estaba ocurriendo? —siguió preguntando Andreu.

—Porque había muchas posibilidades de que no estuviera pasando nada. Quizá el sospechoso solo quería dar un paseo, o había quedado con alguien en las afueras del pueblo y llegaba tarde.

—Y aun así, lo siguieron monte arriba durante más de una hora, bajo una impresionante tormenta y sin ropa ni calzado adecuado.

Marcela movió la cabeza de arriba abajo.

—¿Quién inició el tiroteo? —continuó el comisario.

—No lo sé —admitió Marcela en voz baja.

—¿Cómo que no lo sabe? ¿Quién disparó primero?

—Nosotros no —aclaró—, pero no le puedo asegurar si el primer disparo lo efectuó Bizen Itzea o una tercera persona sin identificar. Nosotros no, desde luego —insistió.

—Había alguien en el bosque —intervino Bonachera—, apostado en algún lugar de la parte alta, como si nos estuviera esperando, a todos o, al menos, a Bizen Itzea. No los teníamos a la vista, es imposible determinar quién disparó primero.

—De hecho —le cortó Marcela—, ni siquiera sabemos si Bizen iba armado.

—Llevaba una pistola —le confirmó Andreu—. Ahora tendrán que determinar si ha sido disparada. —El comisario se removió en la silla de plástico que le habían ofrecido como único asiento. El sargento Salas permanecía de pie junto a la puerta—. Le dispararon a corta distancia —siguió—. Inspectora, odio tener que decir esto, pero usted estaba muy cerca del cuerpo cuando los recogieron.

Marcela apretó los puños y se mordió la parte interna de la mejilla para evitar que las palabras le jugaran una mala pasada.

—Jefe… —intervino Miguel.

Marcela levantó la mano para hacerlo callar.

—Redactaremos un informe detallado de lo ocurrido en el monte antes, durante y después del tiroteo —ofreció.

—Lo necesitaremos, por supuesto —aceptó Andreu—, pero ahora quiero que conteste a mi pregunta.

—No me ha hecho ninguna pregunta, señor.

Andreu la miró con furia.

—¿Disparó usted a Bizen Itzea?

—No sé si disparé contra Bizen Itzea. En medio de un tiroteo es imposible estar seguro de contra quién se dispara. Si prefiere replantear la cuestión y preguntar si efectué los disparos que mataron a Bizen Itzea, la respuesta es no.

—Está muy segura…

—Como usted mismo ha admitido, a la víctima le dispararon a corta distancia, dos balas, una en el cuello y otra en la frente. Cuando yo llegué hasta el cuerpo, el señor Itzea ya estaba muerto.

—Oímos gritos antes de que el tiroteo se recrudeciera en nuestra dirección —siguió Bonachera—, y podría asegurar que del otro lado solo hubo un tirador en todo momento. Dudo que Itzea llegara a sacar el arma —añadió—. De hecho, si lo pensamos fríamente, lo más probable es que él fuera el objetivo desde el principio, y nosotros solo unos testigos inesperados.

Unos rápidos golpes en la puerta interrumpieron la conversación. La hoja se separó lo justo para que el guardia Tobío asomara su flaca cara imberbe y buscara con ojos inquietos a su superior.

—Señor —dijo por fin—, Policía Foral sugiere despejar el consultorio y que los agentes abandonen Bera cuanto antes. Se ha corrido la voz de que el cadáver que han bajado del monte es el de Bizen Itzea y que hay dos policías implicados. Quieren evitar tumultos, la gente está muy nerviosa. Además de los grupos habituales, hay varios más y muy numerosos que habían venido a la manifestación.

Einer Tobío esperó el gesto de asentimiento del sargento, le echó un rápido vistazo a la inspectora, que no hizo ademán de saludarlo, y salió de nuevo al pasillo, cerrando la puerta tras de sí.

—Inspectora Pieldelobo, necesitamos que entregue su arma ahora mismo. Usted también, subinspector Bonachera.

Ambos se pusieron de pie, desenfundaron sus pistolas, extrajeron el cargador y se la acercaron por la culata al comisario, que sacó del bolsillo dos etiquetas que ya traía preparadas para identificar cada arma. A continuación las guardó en la pequeña mochila que llevaba consigo y se levantó de la silla.

—Seguiremos las recomendaciones de los forales —anunció—. Quieran o no, ambos van a volver a Pamplona en las ambulancias que esperan en la puerta. Más adelante podrán regresar a por su coche. El forense y el juez instructor ya están haciendo su trabajo, y ustedes aquí no hacen más que molestar. —Observó a Marcela mientras se levantaba y zanjó la protesta que sabía que estaba a punto de formular—. Sin jueguecitos, inspectora. La espero mañana en mi despacho. Y usted, subinspector —añadió, volviéndose hacia Bonachera—, tómese el tiempo que necesite para recuperarse, pero quiero el informe cuanto antes. Si no puede escribir, declare oralmente y será transcrito después.

Salió de la consulta sin darles la oportunidad de decir ni una palabra más. El sargento Salas miró a Marcela unos segundos.

—Debería aprender a seguir los consejos que le dan —le dijo antes de salir—. Le advertí que no era buena idea venir. Es usted la puta caja de Pandora.

29

Elur nunca había dedicado demasiado tiempo a pensar en la muerte. Por supuesto, siempre supo que morir era una posibilidad. Un hecho, en realidad. De pequeña, tuvo que decir adiós a un precioso cachorro de *cocker spaniel* que murió atropellado por un coche. Quería mucho a aquel perro. Fue la primera vez que se enfrentó a una despedida definitiva. Con la edad, la muerte se convirtió en algo real y palpable, pero que les pasaba a otros. A otras personas, casi todas muy mayores, y a algún joven que caía víctima de la enfermedad, las drogas o el tráfico. Recordaba que le impresionó mucho el suicidio de un niño que estudiaba en su misma escuela. Pero siempre eran otros los que morían. En su mente no cabía la posibilidad de tener que despedirse de sus padres, y mucho menos pensaba ni por un momento que la vida que podía apagarse fuera la suya.

Sin embargo, ahora estaba segura de que iba a morir. No era un temor, ni una sospecha. No; era una absoluta certeza.

Cuando volvieron de su expedición nocturna a Grottes, Bizen decidió dormir en el sofá, a todas luces incómodo y demasiado pequeño para él, y ahí seguía tres días después. Apenas hablaban como no fuera para ladrarse preguntas innecesarias, instrucciones o insultos. La noche anterior, las voces dejaron paso a las manos. Elur abofeteó a Bizen cuando este la llamó zorra, y él le devolvió el golpe con creces, un bofetón doloroso y humillante que le provocó un corte sangrante en el labio.

—¿Tú te crees que soy tonto? —gritó Bizen después de pegarle, mientras la sujetaba con fuerza por los brazos y la sacudía como una muñeca—. ¿Crees que soy gilipollas, que no sé qué estás haciendo?

Entonces supo que iba a morir. Lo vio en sus ojos, que brillaban de ira; en sus dientes apretados, en la saliva que escupía entre los labios apenas abiertos. Bizen se estaba conteniendo, pero llegaría el momento en que dejaría salir toda esa furia.

Moriría, seguro. Y lo que menos importaba era el porqué. Estaba atrapada como un ratón en un laberinto en el que todos los caminos conducían a una trampa.

La mañana después de la pelea metió algo de ropa en una mochila y se presentó en casa de sus padres. Su madre le miró el labio cortado y las profundas ojeras azuladas y la acompañó a su cuarto, el mismo que había abandonado hacía algo más de un año para irse a vivir con Bizen. Apenas había cambiado nada.

—¿Qué ha pasado? —le preguntó su madre.

Elur se encogió de hombros. Le dolían los brazos y la cara. Le dolía el estómago y el pecho. Le dolía la cabeza. Y ni siquiera allí conseguía ahuyentar la sensación de peligro que la perseguía desde que bajó del monte.

—Bizen está muy raro —dijo sin más. No quería asustar a su madre, bastante tendría con llorarla cuando muriera—. Hemos discutido y he decidido venirme aquí un par de días, hasta que se le pase la tontería. Si te parece bien, claro.

Su madre alargó la mano y le retiró el pelo de la cara para observar de cerca el labio inflamado.

—Esta es tu casa —respondió con el ceño fruncido—, puedes quedarte el tiempo que quieras, como si decides volver a instalarte aquí. —Siguió mirándola un par de minutos en silencio. Eso era muy propio de ella: observar sin hablar, meditar y, después, actuar—.

Quizá debería cruzar un par de palabras con Bizen. No sé quién se cree que es…

Elur movió la cabeza de un lado a otro.

—No merece la pena, *ama*, te lo aseguro. Hablaremos cuando se calme y ya veremos qué pasa. Si te metes, será peor.

—No lo sé, puede que tengas razón, pero no pensé que fuera así, la verdad.

—Yo tampoco…

Su madre se marchó una hora después, y entonces los pensamientos sobre su propia muerte regresaron con más fuerza todavía.

En alguna ocasión, volviendo en coche de madrugada después de pasar la noche de fiesta, la idea de tener un accidente cruzó por su imaginación, pero la fugaz visión nunca terminaba en un cementerio. Heridas, el coche destrozado… Pero ni siquiera entonces, en el asiento de atrás de un coche conducido por un borracho, pensó en morir.

Pero ahora…

No tenía ni idea de qué sabía Bizen, o qué sospechaba, ni cómo se había enterado.

Tampoco sabía qué esperaba de ella el policía que la acuciaba desde hacía una semana, presentándose en el bar mientras servía copas, mirándola fijamente desde el otro lado de la barra, esperando, esperando, esperando…

Sí tenía claro, sin embargo, lo que buscaba quien más miedo le daba. Pensaba en él como en un fantasma. Se acercaba a ella sin hacer ruido, la sorprendía en su propia casa, la amenazaba con una sonrisa en la cara.

Siempre guardaba cerca el móvil que le había dado. Era una dependencia extraña, como si la recompensa por contestar a sus mensajes y llamadas fueran unos mililitros más de oxígeno en su botella.

El fantasma le había contado que el policía que había contactado con ella tenía dos compañeros en Bera. Uno era una mujer a la que le había vendido costo y pastillas más de una vez. Otros colegas le habían pasado algunos gramos de coca más de una vez. Se estaba dejando una pasta, y lo peor era que se colocaba, fumaba, esnifaba y se tomaba las pirulas como el más colgado de sus colegas. El otro era un tipo con el que había charlado de vez en cuando en el bar, un tío atractivo y simpático. Quién habría dicho que era un madero de mierda. Sin embargo, algo le decía que era más legal que su compañero. Sus ojos, quizá, oscuros y directos, o el hecho de que le hablara con respeto. No pretendía estar por encima ella, no la escrutaba con el ceño fruncido ni la seguía con la mirada cada vez que se movía, como hacía el otro.

Por un momento, desde detrás del velo negro con el que la muerte la estaba cubriendo, vislumbró una luz muy tenue, apenas una ilusión, un clavo ardiendo. Se pondría en contacto con él, le pediría protección, que la sacara de allí cuanto antes, mañana mismo. A cambio, todo lo que tenía para el fantasma y para el otro policía, se lo daría a él, lo escribiría con su sangre si se lo pedía. Solo tenía que ponerla a salvo.

«Las corazonadas nunca le han salvado la vida a nadie», pensó al salir de casa de sus padres. Sabía dónde comían los policías a diario, pretendiendo trabajar en la empresa química de las afueras. Mientras se dirigía hacia allí acarició el papel que llevaba en el bolsillo del abrigo. Un día, una hora, un lugar. Una firma. Nada más.

Entró en el bar, le explicó al camarero para cuál de los tres «técnicos de Verkol» era el recado, se lo dio y se marchó a toda prisa.

Durante unos minutos no pensó en la necesidad de dejar sus cosas en orden, ni en escribir una carta a sus padres y a su hermano para que les sirviera de consuelo cuando ya no estuviera. No pensó en morir, en desaparecer, en decir adiós.

Solo durante unos minutos.

Cuando giró hacia la derecha, de regreso a casa de sus padres, se encontró con la cabeza ladeada del fantasma. Manos en los bolsillos, piernas separadas, hombros hacia atrás, barbilla baja. El brillo de sus ojos le recordó al acero de un puñal. Frío y mortal.

El velo volvió a caer sobre su cabeza.

No importaba quién. No importaba cuándo ni cómo.

Estaba muerta.

El camarero levantó la vista cuando un nuevo cliente se acercó a la barra. Se enderezó en su puesto y esperó el pedido.

—La chica que acaba de irse ha dejado un mensaje para mí —dijo sin más.

—No es para usted —replicó el joven.

—Sí que lo es —insistió el hombre sin más. Luego permaneció en silencio, con los ojos fijos en el camarero. Lo vio dudar, vio el miedo asomar a su mirada, y supo exactamente cuándo decidió que no merecía la pena, que aquello no iba con él. «Un lío de faldas», pensó. «Seguro. No te metas donde no te llaman».

Acto seguido se giró, cogió el papel de la estantería que tenía a su espalda y se lo alargó al hombre que esperaba impasible. Este sacó una mano delgada y blanca del bolsillo del abrigo y, rápido como una serpiente, hizo desaparecer el mensaje en su interior.

No hizo falta que le recordara al joven que debía guardar silencio. Él lo sabía, y cumpliría.

Una vez fuera, desdobló el papel y lo leyó mientras caminaba.

Casi sintió pena por ella. Pobre Elur, pobre, pobre Elur. Debió haber confiado en él, les habría ido muy bien juntos. Y ahora…

Pobre, pobre Elur.

30

El tiempo libre no era un buen compañero de camino. La falta de estímulos, de acción, de pensamientos útiles la llevaban a vagar por terrenos pantanosos, una zona plagada de trampas en las que era muy fácil caer. De hecho, la mayor parte de las veces, Marcela iba directa hacia ellas.

No podía apartar de su cabeza la frase de despedida del sargento Salas. «La puta caja de Pandora». Así la había llamado.

Arrugó la bolsa de patatas fritas vacía y se terminó de un trago la cerveza. Si se calentaba, tendría que tirarla.

La caja de Pandora, el origen de todos los males. Pandora provocó que el hambre, el dolor, las guerras, la envidia, el odio… camparan a sus anchas por la tierra. Pero consiguió cerrar la tapa antes de que escapara la esperanza. Marcela recordaba haber leído ese mito siendo adolescente, en alguna de sus incursiones en la biblioteca de Biescas. La mitología la fascinaba, todas las historias sobre dioses, héroes, hijos ilegítimos, reinos ocultos, poderes increíbles, raptos, asesinatos, destierros, secuestros… No importaba que las deidades fueran griegas, romanas, indias, mayas o egipcias. La historia de esas familias era mucho mejor que cualquier culebrón.

Recordaba a Pandora, entregada por Zeus a Epimeteo como un

regalo envenenado. Llegó con la famosa caja y la consigna de no abrirla jamás, pero la curiosidad pudo más que la promesa hecha y su acto provocó el desastre de la humanidad. Bonita forma de decirles a las mujeres de la época que no debían preguntar ni querer saber más de lo que se les contaba, ni intentar abrir cajas, puertas, libros o la mente.

Se levantó del sofá y se dirigió a la cocina con la botella y la bolsa vacías en la mano. Las dejó en el cubo de la basura, abrió la nevera y sacó otra cerveza.

No esperaba que el comisario le permitiera reincorporarse al trabajo antes de un par de días, cuando quedara claro que las balas que habían matado a Bizen Itzea no procedían de su arma ni de la de Miguel Bonachera. Por mucha prisa que se dieran en balística, dos o tres días sería lo mínimo que tendría que quedarse en casa.

Decidió marcharse a Zugarramurdi. No ahora. Estaba cansada, tenía unas terribles agujetas en las piernas y en la espalda y apenas había descansado desde que la ambulancia los dejó en el hospital. Al final accedió a someterse a un chequeo mientras intervenían a Miguel, que salió del quirófano con un aparatoso vendaje en el brazo.

La adrenalina la mantuvo despierta casi toda la noche, y después salió temprano de casa para redactar su declaración en Jefatura. Era en ese momento, después de comer, de beberse un par de cervezas y de apoltronarse en el sofá, cuando el cansancio cayó sobre ella como una losa.

Arrastró los pies de vuelta a su refugio mullido y disfrutó del primer trago de la cerveza, el mejor, con diferencia. Luego se encendió un cigarrillo e intentó controlar el caótico devenir de sus pensamientos.

Seguía oyendo a Ribas, su voz pidiéndole que se fuera, que saliera de aquella celda y lo dejara en paz. Lo imaginaba resbalando sobre el jabón, intentando respirar, ponerse de pie, aflojar el nudo que le robaba la vida. Lo recordaba riendo, besándola, bebiendo como cosacos y riendo otra vez.

No le cabía ninguna duda de que su muerte estaba relacionada con la de Elur Amézaga, aunque se negaba a aceptar que la joven hubiera muerto por su mano. Y Bizen Itzea... Su asesinato bien podía tener que ver con Ribas y Elur. Los tres tenían en común un tiempo y un espacio, además de una sustancia blanca a la que todos parecían aficionados de una u otra forma. La posibilidad que más le gustaba era que el asesino de Itzea lo fuera también de Elur, y quizá incluso de Ribas, pero todas las ideas que se le ocurrían para intentar unir los casos, las vidas de los tres, eran a cual más descabellada.

Cabreada y frustrada, apagó el pitillo con fuerza en el cenicero y se dejó caer en el sofá. Al día siguiente se marcharía a Zugarramurdi. Le escribió un mensaje a Antón para pedirle que encendiera la calefacción de su casa e hizo una breve lista con lo que necesitaría comprar antes de salir. Solo serían un par de días, tres a lo sumo, pero al menos podría disfrutar de unas horas de soledad y silencio. Eso, si conseguía acallar su mente.

El golpeteo rítmico y rápido de unos nudillos en la puerta la sobresaltó. Hacía un par de horas que había hablado con Damen y le había dicho que no podría ir a verla hasta bien entrada la tarde. Apenas era mediodía, ¿habría cambiado de planes?

No estaba preparada para descubrir quién estaba al otro lado de la puerta, en el descansillo. Jamás habría imaginado que se atreviera a presentarse en su casa, que llamara a la puerta y que pretendiera entrar.

Dejó caer el brazo y Gerardo Montiel se coló en su casa.

—Hola, lobita —dijo con una amplia sonrisa—. Tenemos que hablar.

Ver a Montiel pasearse por su casa como si fuera su propio feudo era más de lo que Marcela podía y estaba dispuesta a soportar.

—¿Qué quieres? —le increpó Marcela.

Él se giró y la miró con una sonrisa estúpida.

—Ya te lo he dicho, tenemos que hablar. Nada más, tranquila.

Levantó las manos a la altura de su cabeza, divertido ante la incomodidad de la inspectora.

—Podemos hacerlo en tu despacho, o en la calle...

—O en Jefatura, si un ciudadano anónimo les envía la grabación en la que le pides a un camello que adultere la droga de Alejandro Aguirre. Muy mal, lobita —canturreó con sorna—. Eso estuvo muy mal.

—Salgamos —propuso Marcela.

—No —respondió Montiel al instante—. Ninguna cámara va a registrarme paseando contigo, ni nadie recordará en ningún momento habernos visto juntos. Este es el lugar más seguro que existe para que hablemos. —Hizo un gesto con las manos para abarcar el apartamento—. Estoy convencido de que aquí no tienes cámaras ni micros activados, y puedo controlar de cerca el uso que haces de esos aparatitos que tanto te gustan. Y para que no te pille de sorpresa, ni se te ocurra acercarte al móvil. A ninguno de los dos —añadió.

Marcela lo vio llevarse la mano al bolsillo de la gabardina y volver a sacarla con una pequeña pistola plateada entre los dedos. Bajó el brazo y el arma quedó pegada a su cuerpo. No apuntó hacia ella ni hizo ademán de mostrársela. Bastaba con que supiera que estaba ahí.

Montiel caminó despacio hasta la barra que separaba la cocina del salón y se apoyó en ella. Desde allí tenía un control visual total de la estancia.

—¿No me vas a ofrecer nada de beber? —preguntó sin perder la sonrisa ni soltar el arma.

Marcela no respondió. Respiró hondo y se colocó de pie junto al sofá, lo más lejos posible de su «visita». No tenía acceso a su arma particular, que estaba en el dormitorio, ni a ninguno de sus móviles, que se habían quedado sobre la encimera de la cocina, justo al lado de Montiel.

—¿Qué quieres? —repitió Marcela con brusquedad.

—He venido a ayudarte. Tengo información que puede aliviar

tu actual carga de trabajo. Vas a poder cerrar un caso que te está dando muchos quebraderos de cabeza. No me lo agradezcas —añadió con esa ironía que solo le hacía gracia a él.

Marcela esperó en silencio. Montiel aguardó alguna reacción por su parte hasta que, por fin, suspiró y pareció darse por vencido. Endureció el rictus, irguió la espalda y habló con una voz profunda que Marcela desconocía hasta ese momento.

—Olvídate de Fernando Ribas, aléjate de Bera y vive tu vida. Hay gente a la que empieza a incomodar tu presencia. No puedes agitar un avispero y pretender salir ilesa —añadió.

—El comisario me ha ordenado que investigue —dijo.

—El comisario te ha «autorizado» a investigar, que es muy distinto. Andreu te conoce bien, sabe que le darás por saco hasta que consigas lo que quieres, así que te lanza una golosina y espera a que te calmes. Bien, pues ya has jugado bastante. Cierra el caso.

—¿Quién está detrás de esto? —preguntó Marcela.

—No sé a qué te refieres...

—No me tomes por imbécil —cortó ella—. Si quieres algo, dame algo.

Montiel avanzó hacia ella despacio, sin dejar de mirarla. La pistola brillaba en su mano cada vez que la gabardina se ondulaba hacia atrás. Marcela no se movió. No la mataría. No ahora, al menos. Demasiados problemas.

—Esto no es un intercambio de cromos —graznó Montiel. Volvió a sorprenderle esa voz tan grave y gutural—. No voy a darte nada. Estoy aquí para hacerte un favor, para que nadie te lo pida por las malas, ¿entiendes? Habla con el comisario y acepta la versión oficial.

—Ribas no mató a esa chica.

—¡Por supuesto que lo hizo! Vas de dura, pero en el fondo eres una pardilla. Claro que Ribas mató a esa chica, y todo lo que había en la maleta era suyo. Punto final.

Marcela no respondió. No tenía argumentos. Aún no.

—Quiero que te vayas de mi casa —dijo—. Ahora mismo.

Abandonó el refugio del sofá y se situó frente a Montiel, que la miraba muy serio.

—Antes de irme, quiero que te quede claro que este es el primer y último aviso que vas a recibir. Tómatelo como un favor que te hago. Me debes una, lobita, no lo olvides. No seas tocapelotas —suspiró mientras guardaba la pistola en el bolsillo de la gabardina—. Tienes más motivos para dejarlo correr que para empecinarte en seguir un camino que no conduce a ninguna parte. ¿Qué ganas defendiendo a un muerto?

Marcela no contestó, no podía decirle que no estaba dispuesta a enterrar dos veces a Ribas. Sin embargo, Montiel intuyó su decisión.

—Verás, lobita. —Había recuperado ese tono de voz meloso que tanto la molestaba—. Si no lo haces por mí, ni siquiera por ti misma, quizá quieras hacerlo por él.

Sacó el móvil del bolsillo del pantalón, trasteó unos segundos y luego lo giró para que Marcela pudiera ver lo que quería mostrarle.

Apenas pestañeó mientras estudiaba la imagen que ocupaba todas las pulgadas del teléfono. Miguel Bonachera, prácticamente desnudo, se agachaba decidido sobre la primera de una serie de líneas de polvo blanco perfectamente colocadas sobre una pequeña bandeja plateada. A su lado, una mujer con tan poca ropa como él parecía esperar su turno.

Marcela apartó la mirada de la imagen y clavó los ojos en Montiel, que la observaba divertido.

—El subinspector puede pasar su tiempo libre como mejor le parezca —dijo por fin.

Montiel se guardó el móvil y amplió su sonrisa.

—Drogas, prostitutas, juego *online*… El subinspector acumula una deuda tras otra con gente muy poco recomendable. Tapa un agujero y abre otros dos. Se está hundiendo más rápido que el Titanic. Quienes le quieren mal hacen acopio de pruebas en su contra. Pueden hacerle mucho daño. ¿Imaginas que esta foto llega a manos del comisario? O mejor aún, de la prensa. ¿Imaginas los titulares? Él duraría un suspiro en su puesto, y todo el cuerpo quedaría bastante tocado. Con lo que os está costando remontar...

—Déjalo ya —exigió Marcela.

Montiel volvió a oscurecer el semblante y la voz.

—Haz lo que te pido y esto también desaparecerá. No puedes negarte. Por ti y por él. Es lo que hay, lobita. No seas tonta.

Miguel esperó en el punto acordado durante más de una hora. El polígono industrial de Arre estaba completamente desierto. Ni coches, ni transportistas, ni nadie por unas calles pobremente iluminadas. Hasta donde estaba le llegaba el rumor sordo del tráfico en la carretera cercana. A su espalda, solo el monte y tierras de labranza.

Olía a lluvia; no tardaría en caer una buena tormenta.

Pateó el suelo y caminó unos metros arriba y abajo. Llevaba los papeles de la moto en el bolsillo, listos para ser entregados.

Comprobó de nuevo su teléfono. Nada. Ni una llamada, ni un mensaje. Solo silencio.

Se acarició el hombro. Había renunciado al cabestrillo que le inmovilizaba el brazo para poder conducir, y a pesar de contar con cambio automático, el breve viaje le estaba pasando factura.

Las primeras gotas fueron casi imperceptibles, manchas oscuras sobre el asfalto y humedad en la cara. Sin embargo, pocos segundos después el sirimiri se convirtió en un inmisericorde chaparrón que lo obligó a correr hacia el coche, que había dejado aparcado en la calle de al lado.

Cuando abrió la portezuela y se puso a resguardo, el agua ya le había empapado el pelo y le caía por la cara, deslizándose como un dedo helado hacia su cuello.

¿Dónde coño se había metido el puto Pinch of Dust? El día anterior habían acordado que Miguel dejaría la moto en un aparcamiento del centro y le llevaría los papeles y las llaves a ese polígono apartado. Él había cumplido.

Levantó el apoyabrazos y sacó un paquete de pañuelos para secarse la cara e intentar absorber parte de la humedad que seguía resbalándole desde el pelo. Después cogió de nuevo el móvil, confirmó que seguía mudo y abrió la aplicación de Telegram.

Llevo más de una hora esperando, tecleó con furia, *¿qué ha pasado?*

Pinch of Dust tardó un buen rato en responder, unos minutos eternos en los que Miguel no dejó de vigilar el exterior. La lluvia se había dado mucha prisa en formar unos grandes e informes charcos en la calzada. Cada bache del asfalto era ahora una pequeña piscina. Los canalones de las naves industriales lanzaban furiosos el agua a las aceras inclinadas, que alimentaban el río oscuro y sucio en el que se habían convertido las calles agrietadas.

Estaba a punto de encender el motor y marcharse cuando el móvil imitó el sonido de una campanilla.

Cambio de planes, decía simplemente el prestamista. *No queremos la moto, necesitamos algo que nos viene mejor. Hablamos pronto.*

Nada más. Cambio de planes. ¿Cómo era posible? Así, sin más. Cambio de planes.

Golpeó el apoyabrazos con el puño. Una vez, y otra. El ruido hueco del plástico resonó en la cabina.

—Mierda, mierda, mierda —gruñó mientras acompañaba cada palabra con un nuevo golpe.

Lo tenían cogido por las pelotas, pero no estaba dispuesto a quedarse quieto y callado. Volvió a abrir Telegram y respondió al último mensaje.

No entiendo nada. Hablamos ahora. ¿Qué ha pasado?

Esta vez, Pinch of Dust respondió casi al momento.

Tranquilo, seguimos en contacto. Mañana o pasado.

¡Ahora!, tecleó Miguel furioso.

Nada. Silencio.

—¡Vamos! —gritó.

Fue consciente de la desesperación que dejaba traslucir su voz, de la ira y la impotencia. Arrancó el motor, giró ciento ochenta grados en la amplia calzada y aceleró en dirección a la carretera. Necesitaba llegar a casa cuanto antes.

Los dolorosos pinchazos en el brazo tenían un eco inmediato en sus sienes.

Calculó por encima cuánto material le quedaba en la caja fuerte.

—De sobra —dijo para sí mismo.

Apretó los dientes y aceleró hacia los túneles.

31

Dos días sin dormir era demasiado incluso para Marcela, acostumbrada a las noches en blanco y a desvelarse de madrugada. Le dolía la cabeza y sentía el cuello y los hombros rígidos como piedras. Le costaba abrir la boca después de horas apretando las mandíbulas, y sentía cómo el estómago subía, bajaba y se retorcía, lleno de café, cerveza y bilis.

Jamás en su vida había tenido tantas ganas de gritar como cuando Gerardo Montiel salió de su casa la tarde anterior. Gritar de rabia, de frustración. De miedo. Por lo que le pudiera pasar a ella, pero también a Miguel. Estúpido, imbécil, cómo había podido meterse en semejante lío, dejarse cazar así. Montiel le había contado a cuánto ascendían las deudas de Bonachera. No era una cantidad inasumible, así que supuso que el verdadero problema no estaba en el dinero, sino en las fotos. ¿Qué querían de él?

Las ganas de gritar se reprodujeron en su pecho. Le dolían las costillas de tanto contenerse, de mantener dentro el alarido que podría calmarla.

Llevaba horas cavilando, dando vueltas a ideas absurdas, a soluciones imposibles.

—Piensa, piensa, piensa… —farfulló en voz alta.

Había perdido la cuenta de las veces que había recorrido arriba y abajo los escasos metros de su salón. Se negó a salir de casa, consciente de que acabaría en un bar con un Jagger o una cerveza para calmar los nervios; lo que necesitaba en ese momento era claridad mental, ser plenamente consciente de la situación y buscar una salida.

Y pensar en cómo joder para siempre a Gerardo Montiel.

Tenía que reconocer que no fue muy inteligente por su parte pedir un favor sin saber quién se lo iba a hacer ni a cambio de qué. Cuando decidió que Alejandro Aguirre merecía morir por los delitos que había cometido, y por los que nadie, nunca, lo juzgaría, no era la mejor versión de sí misma. Su madre había muerto. Todavía se le llenaba la nariz de olor a tierra fresca y cipreses cuando pensaba en aquellos días. El dolor de su pérdida se multiplicó con el regreso de su padre. Ricardo Pieldelobo, valiente cabrón. Y a la vez, dos mujeres muertas, un bebé asfixiado en su cuna… Todo aquello fue demasiado para ella. El comisario ordenándole no «molestar» a los Aguirre, no remover el avispero, no incomodar al Opus Dei. La apartó del caso, la echó a un lado, pero ella no podía consentirlo. Era policía, su trabajo era capturar a los culpables. La ley. La justicia. Manos que a veces no se encuentran.

Entonces no era la mejor versión de sí misma, todavía no lo era, y desde luego debió tomar precauciones antes de actuar, pero si lo pensaba fríamente, si las circunstancias fueran las mismas, si el asesino se burlara de ella, consciente de que sus muñecas nunca sentirían el frío de unas esposas, en ese caso, volvería a hacer lo mismo.

Las seis de la mañana.

Llenó de agua el depósito de la cafetera, apretó el café en el embudo y enroscó la parte superior. Mientras contemplaba cómo la vitrocerámica se coloreaba y calentaba, cogió el móvil y buscó a Miguel en la lista de contactos.

La llamada se cortó cuando se agotaron los tonos y volvió a marcar, y aún tuvo que hacerlo una tercera vez antes de que la voz de Bonachera apareciera al otro lado.

—Tenemos que hablar —dijo Marcela sin más después del «hola» ronco de Miguel.

—Otro día —respondió el subinspector—. No me encuentro bien.

—Es urgente.

—No hay nada urgente, jefa —susurró él—. Déjame en paz.

Marcela se encontró hablando sola; Miguel había colgado sin decir una palabra más.

Apartó el café del fuego para que no hirviera y se sirvió una taza generosa. Relajó una vez más los hombros y la mandíbula y se acercó al pequeño balcón que daba a la calle Mayor, desierta a esas horas de la mañana.

Olvidarse de Ribas, cerrar el caso, mirar hacia otro lado. Al fin y al cabo, Ribas estaba muerto, no lo juzgarían ni cumpliría condena por nada de lo que le imputaran, nadie volvería a hablar de él ni del caso y su viuda cobraría la misma pensión que si hubiera sido enterrado con honores. Nada cambiaría si decidía presentarse ante Andreu y admitir que Fernando mató a la joven y participó en el tráfico de estupefacientes en la zona. No haría daño a nadie. Ribas no tenía hijos que heredaran la vergüenza, su legado terminaba con él. Muerto y enterrado. Y ella podría seguir con su vida, libre de la losa de Montiel, de sus amenazas cada vez menos veladas.

Ocúpate de los vivos, le había dicho Damen hacía pocos días.

Apuró el café y sonrió de medio lado. No era tan ilusa. Sabía que Montiel no la soltaría tan fácilmente y por tan poco. Era demasiado codicioso y ladino como para liberarla a la primera de cambio. No, el muy cabrón la chantajearía cada vez que pensara que podía sacar tajada de ella. Y, además, no podía dejar a Ribas en la estacada, por muy muerto que estuviera. A no ser, claro, que Fernando hubiera cometido realmente el crimen.

Quince minutos después salió de casa y avanzó deprisa hacia el aparcamiento. Se subió el cuello del abrigo, se caló el gorro de lana que había tenido el buen juicio de coger y soltó los hombros una vez más. Ya no le dolía el estómago, y el frío de la mañana, junto con la cafeína, le estaban despejando la cabeza. No había nada mejor que tomar decisiones para sentirse mejor.

Bonachera tardó una eternidad en abrirle. Llamó al timbre, aporreó la puerta con los nudillos y lo llamó por teléfono, pero nada. Al otro lado solo había silencio. Observó la cerradura y los múltiples anclajes de la puerta.

Demasiado complicado, aunque no imposible, pero con el alboroto que había montado seguro que había más de un vecino con el ojo pegado a la mirilla.

Volvió a llamar y a pulsar el timbre sin piedad hasta que, cuando estaba a punto de rendirse, la cara de Miguel apareció en el vano de la puerta.

—Tenemos que hablar —repitió Marcela mientras empujaba la hoja y se colaba dentro. Miguel no hizo ademán de impedírselo; por su aspecto, poco habría podido hacer—. ¿Qué has hecho esta noche? Das pena.

Miguel cerró la puerta a su espalda y siguió a Marcela hasta el salón. Allí seguía la cajita negra, la bandeja de cristal y el pequeño tubo metálico. Al lado, en precario equilibrio en una esquina de la mesa baja, un vaso y una botella casi vacía de un *whisky* que Marcela reconoció como bueno y caro.

—¿Tienes café? —le preguntó.

Miguel asintió con la cabeza y se dirigió a la cocina. Marcela observó su espalda ligeramente encorvada, la camiseta arrugada, los pies descalzos. Llevaba revuelto el otras veces impecable pelo, y la barba competía en oscuridad con las bolsas bajo sus ojos. Intentaba mover lo menos posible el brazo herido, y de vez en cuando aparecían en su cara muecas de dolor imposibles de disimular.

No le siguió a la cocina. Esperó en el salón, registrando cada centímetro de las paredes, los muebles, los cuadros y el techo.

—El ordenador —dijo Miguel sin más. No lo había oído volver. Llevaba una taza de café en una mano y un vaso con hielo en la otra—. Lo hicieron con el ordenador.

No dijo nada más. No hizo falta. Dejó el café sobre la mesita, recogió la bandeja, la caja y el tubo y se sirvió un *whisky* en el vaso que acababa de traer. Luego se dejó caer en el sofá, se acarició el brazo y miró a Marcela, que seguía de pie.

—¿No querías hablar? —preguntó. La miraba con unos ojos acuosos de párpados hinchados que le costaba mantener abiertos—. Habla.

Se recostó hacia atrás en el sofá y sacó el móvil del bolsillo del pantalón. Pulsó varias veces la pantalla, deslizó el dedo hacia arriba y se lo tendió a Marcela, que lo cogió sin terminar de entender. Luego leyó un mensaje breve y conciso.

Apretó la mandíbula y tensó los hombros. Aquello no tenía sentido, ¿cómo era posible?

—¿De qué teléfono hablan? —preguntó cuando leyó el mensaje por tercera vez.

—Lo recogimos en la nave industrial —respondió Miguel. Giró el vaso en la mano, provocando el repiqueteo agudo de los hielos contra el cristal—. Está en Beloso, con el resto de las pruebas —añadió, refiriéndose al complejo que albergaba a la policía científica. Y a Domínguez—. Es lo que quieren a cambio de no hacer públicas las fotos y los vídeos.

—¿Podrían imputarte por… las fotos?

Miguel negó con la cabeza.

—Puede que por tenencia de drogas, y podrían intentarlo por proxenetismo, aunque no es el caso —dijo un momento después—. Lo que es seguro es que hundirían mi carrera. Y mi vida.

—¿Qué hay en ese móvil?

Miguel se encogió de hombros. Entonces Marcela recordó. El

247

teléfono en el suelo, la llamada, el silencio al otro lado. Sacó su propio móvil y buscó las fotos que hizo esa noche. Luego se las mostró a Miguel, que parpadeó un par de veces, tratando de enfocar la vista. Soltó una carcajada.

—Lo encontraste tú —afirmó. Marcela asintió con la cabeza—. Cómo no.

—No te pases —le cortó ella—. Estaba en el área que me tocó peinar. Se lo entregué a la gente de Domínguez.

—Lo sé. Lo quieren. —Dio un trago al *whisky*, frunció los labios con desagrado y dejó el vaso sobre la mesa—. ¿Qué sabes? —preguntó—, ¿por qué has venido?

Marcela se levantó y se llevó el vaso sin que Miguel se opusiera.

—Voy a traerte un café. Necesito que estés despejado para que me cuentes qué está pasando. Habla tú; luego hablaré yo.

Pamplona era muy distinta cuando volvió a salir a la calle cuatro horas después. El sol evaporaba los últimos charcos y la gente caminaba presurosa de un lado a otro, siempre ocupada, siempre contando los segundos.

Miguel había intentado en vano espabilarse lo suficiente como para acompañarla, pero por fin había accedido a acostarse, descansar un rato y llamarla cuando se hubiera duchado y tuviera la mente despejada. Estaba de baja, nadie lo esperaba en Jefatura, lo que facilitaba mucho las cosas. Marcela insistió en que acudiera a la cita que tenía esa mañana con el médico, aunque sospechaba que había accedido solo para que se marchara cuanto antes. No pensaba insistir en eso, ambos eran adultos.

No se sentía mejor después de que tanto Miguel como ella hubieran puesto todas las cartas sobre la mesa. Al contrario. Ahora era plenamente consciente del tremendo lío en el que estaban metidos.

32

Marcela condujo despacio hasta Bera, dando tiempo a los pensamientos a recorrer su mente antes de desaparecer. Seleccionó alguna idea y desechó las demás. El coche, de segunda mano y con miles de kilómetros a la espalda, respondía en las cuestas y trazaba bien las curvas. El paisaje que la acompañó hasta Bera era espectacular. Montañas ocultas tras miles de árboles; gargantas pedregosas por las que discurrían ríos escuálidos pero bravos; un cielo azul y gris que parecía pintado a mano; discretos caseríos colgados de las laderas, rodeados de pastos verdísimos y moteados por el blanco mate de las ovejas o las vacas. De vez en cuando, un pueblo rompía la armonía, y sus casas, tiendas, fábricas, talleres y gasolineras le recordaban dónde estaba y en qué tiempo vivía.

Pidió al GPS que la llevara al cementerio de Bera y siguió las indicaciones.

Necesitaba pensar.

No le costó mucho llegar. Una estrecha carretera sin arcenes la alejó un kilómetro del centro del pueblo, al otro lado del río. Unos altísimos y tupidos arbustos impedían que la imagen de recogimiento del camposanto se viera menoscabada por las fábricas que trabajaban en la orilla contraria, a escasos metros de allí.

El pequeño aparcamiento estaba desierto. Ocupó la primera plaza, bajó del coche y se subió a toda prisa la cremallera del anorak. Un viento gélido le arañó la cara y le arrancó un doloroso escalofrío.

Una verja abierta delimitaba el camino hasta una severa construcción de piedra y cemento. La ermita de San Martín. La adusta fachada estaba horadada por una pequeña puerta de arco rodeada por una discreta arcada de medio punto y tres ventanucos de cristales coloreados. Bajo las ventanas, una placa mostraba una inscripción que Marcela era incapaz de leer desde allí. El tejado a dos aguas de tejas rojas estaba coronado en la parte delantera por una cruz torcida. En el lateral de la iglesia, seis ventanas en dos hileras permitían la entrada de luz al interior, y en esta ocasión, la cruz sobre el tejado estaba perfectamente derecha.

Un murete que alternaba la piedra y los setos separaba el recinto religioso de la carretera. Al final del mismo, una nueva verja de hierro franqueaba el paso al cementerio. El camposanto se abría en abanico desde la ermita, donde estaba la parte más estrecha, hasta el límite del bosque por un lado y de los terrenos de una fábrica más adelante. Era como si los vivos acechasen el territorio de los muertos, los azuzasen y empujaran para que no ocuparan ni un metro más de los que les habían asignado.

Cruzó la verja y aspiró. Un cementerio rodeado de bosque, con una bulliciosa fábrica al fondo y la carretera a un lado. Los sentidos tenían con qué entretenerse. Marcela convenció a su mente de que no estaba donde estaba, que no había tierra removida ni cipreses de resina empalagosa, y cruzó la verja con las manos hundidas en los bolsillos. Sus dedos casi podían acariciar los de su hermano, como aquel día de hacía solo unos meses en el funeral de su madre.

A pocos metros de la entrada distinguió a un hombre vestido con un mono azul y cargado con un enorme escobón. A su lado descansaba una carretilla verde cargada hasta arriba de flores marchitas, ramas secas y un montón de polvo gris.

—Buenos días —saludó Marcela.

El hombre, que no la había oído llegar por el ruido de las cerdas del escobón sobre el suelo, se sobresaltó y se giró bruscamente.

—*Ai, ama, hau susto!* —exclamó. Luego sonrió y siguió en castellano—: Me ha dado un buen susto, señora.

Marcela le devolvió la sonrisa.

—Lo siento —dijo.

—No pasa nada. —El hombre se apoyó con las dos manos en el escobón y esperó.

—Busco la tumba de Elur Amézaga —explicó Marcela—. La enterraron...

—... anteayer —la cortó el hombre—. Tiene que ir hasta el final del cementerio. —Acompañó sus palabras con un gesto explícito del brazo, la mano y la cabeza, que señalaban hacia adelante—. Si va por el camino central, se la encontrará a la derecha. No tiene pérdida. Además, creo que hay gente.

Marcela frunció el ceño. No esperaba encontrar a nadie allí. Solo quería curiosear entre las coronas, rebuscar por si alguien había dejado un mensaje. Y presentarle sus respetos. No era el lugar más adecuado para buscar respuestas, y sin embargo... Nunca se sabía.

—¿Familia? —preguntó con cautela. Si era así, esperaría un rato en el coche o se marcharía.

—No lo sé —respondió el hombre—. Es una joven del pueblo, no creo que fueran familia.

Marcela le agradeció la información y se despidió.

Avanzó entre tumbas antiguas de nombres desgastados. En castellano, en euskera, con lápidas tradicionales o con estelas funerarias vascas. Ángeles, cruces, velos, vírgenes, cristos dolientes... Impresionantes panteones con arcángeles trompeteros de mármol y sencillas sepulturas rodeadas por una frágil verja oxidada.

Muy pocas tumbas contaban con una ofrenda floral reciente. En la mayoría de los casos, la lápida aparecía desnuda, cubierta muchas veces por la hojarasca que arrastraba el viento. En otras encontró restos de flores secas y ramos de plástico.

Ya en la Edad de Piedra se ofrecían flores a los difuntos al ser enterrados, muchas veces rodeados de sus posesiones más preciadas. Las flores, igual que las esculturas y los panteones, podían ser una muestra del amor de los vivos hacia quien se había ido o una forma sutil de embellecer la muerte, hacer más agradable un trance del que nadie se libraría.

La incertidumbre sobre qué hay después de la muerte era más terrorífica para Marcela que el hecho en sí de morir. Su fuero interno, racional y moderno, había decidido que la muerte era sencillamente el final, sin posibilidad de resurrección, reencarnación o aparición posterior. Sin embargo, había leído libros y artículos que apuntaban en otra dirección, y en ocasiones desesperadas, como ante la tumba de su madre, se aferraba a la idea de que la energía se transforma, el alma es inmortal y hay vida una vez cruzado el último umbral.

El encargado de mantenimiento tenía razón. La tumba de la joven no tenía pérdida, a pesar de que no era visible a simple vista. Decenas de coronas, ramos y velas ocultaban literalmente la sepultura y se extendían varios metros a su alrededor, de forma que incluso los túmulos más cercanos acogían flores para Elur. Y de nuevo, el hombre había acertado. Una joven vestida con ropa deportiva permanecía de pie con la cabeza gacha frente a la tumba, que todavía no tenía una lápida identificativa.

Marcela se detuvo a un par de metros de la chica y carraspeó con fuerza. La joven levantó la cabeza y la miró.

—Hola —saludó Marcela—. Espero no molestar.

—No, no —aseguró ella moviendo la cabeza—, no pasa nada.

Marcela eliminó la distancia que las separaba y se colocó junto a ella, frente a la montaña de flores.

—Mucha gente la quería —comentó Marcela, señalando la tumba con la mano.

—Sí. Como para no quererla. —Un sollozo quebró el final de la

252

frase. La chica sacó rápidamente un pañuelo del bolsillo y se enjugó las lágrimas antes de que alcanzaran sus mejillas.

—¿Erais amigas?

La muchacha sacudió la cabeza arriba y abajo, ocupada en enjugarse la humedad de los ojos.

—Elur fue la primera amiga que tuve. Fuimos juntas a la ikastola desde los tres años. Además, éramos vecinas, así que nos pasábamos el día la una en casa de la otra, corriendo por el monte o por el parque cuando hacía bueno. No sé… No imagino… No sé qué voy a hacer ahora si no puedo verla, ni llamarla, ni hablar con ella. No sé…

Esta vez los sollozos se convirtieron en un llanto amargo, ese que nace en el estómago y se abre paso a zarpazos hasta la garganta. Marcela se acercó a la chica y apoyó una mano en su brazo. No habló ni la consoló. Se limitó a dejarla llorar y esperar.

Un par de minutos después, los gemidos se fueron atenuando hasta desaparecer. La joven buscó otro pañuelo en el bolsillo y guardó el que había convertido en jirones húmedos.

—Lo siento —dijo con un hilo de voz.

—No tienes de qué disculparte —respondió Marcela.

La muchacha se giró hacia ella y la miró.

—No me suenas nada, ¿eres del pueblo?

—No. Vengo de Pamplona. Soy policía —reconoció. No tenía sentido mentir—. Inspectora Marcela Pieldelobo.

La joven levantó la barbilla y la miró directamente a los ojos. Marcela podía distinguir las lágrimas todavía retenidas, las venas rojas, irritadas, la piel castigada por la humedad y los pañuelos de papel.

—¿A qué has venido? —preguntó simplemente.

—Busco respuestas.

—¿No las tenéis ya?

—No estoy segura —reconoció Marcela.

—Tu compañero…

—Si el inspector Ribas mató a Elur, se hará público y se reconocerá. Solo quiero estar segura —insistió—. Él también está muerto —le dijo en un inesperado arrebato.

La chica pareció dudar unos segundos, debatirse entre irse o quedarse. Observó de nuevo las flores y luego miró a Marcela.

—Me llamo Maitane —se presentó sin más.

Marcela cabeceó agradecida.

—Háblame de Elur, por favor.

Maitane sonrió para sí.

—No sé por dónde empezar…

—¿Cuándo la viste por última vez?

La sonrisa de Maitane se evaporó al instante.

—El fin de semana, solo unos días antes de… —Cerró los ojos y respiró un par de veces—. Fui a casa de sus *aitas*. Había discutido con Bizen, me dijo que hasta se le fue la mano, así que se largó. Hizo bien, mucho había tardado. No había recogido sus cosas del piso que compartían, pero seguro que lo habría hecho en unos días. Me ofrecí a ayudarla, claro.

Marcela pensó que muy pronto Bizen ocuparía una plaza en ese mismo camposanto. Como si le hubiera leído el pensamiento, Maitane la corrigió:

—La familia de Bizen ha decidido incinerarlo. Pretendían enterrar las cenizas con Elur, pero sus *aitas* se negaron en redondo, así que no sé qué harán con ellas. El monte es grande —añadió, señalando hacia atrás con la cabeza. A su espalda, la montaña se elevaba como una pared gigante, verde, oscura y siniestra.

—¿Te contó lo que había pasado?

—Más o menos… Me dijo que Bizen estaba muy raro, que la miraba mal, como si no se fiara de ella, y que la había acusado de engañarlo. Le pregunté si de verdad lo engañaba, y me dijo que no con otro.

—¿No con otro? —preguntó Marcela.

—Así es. Yo me reí y le pregunté qué cómo o con quién lo engañaba entonces, pero no me respondió. Cambió de tema. Me contó que le metió una hostia en toda la cara y que la agarró por los brazos y la sacudió. Elur no toleraba que nadie se pasara con ella, así que se marchó. Al principio me dijo que era para unos días, pero fijo que no pensaba volver. Creo… —siguió la joven— que le tenía miedo a Bizen.

—¿Seguro que era a Bizen a quien temía?

—¿A quién si no?

Marcela guardó silencio y Maitane comprendió.

—¿De verdad Elur andaba con…?

No se atrevió a terminar la frase, como si colaborar con la policía fuera el mayor de los pecados que una persona podía cometer. Y quizá lo fuera.

Asintió con la cabeza y esperó su reacción.

—Mierda —masculló—. Casi le parto la cara ayer a Kepa por decirlo. No lo entiendo, Elur no…, ella nunca… ¿Cómo pudo? Ella nunca habría traicionado a los suyos. Su padre la habría matado antes de que… —Se detuvo, consciente de la trascendencia de sus palabras.

Marcela suspiró y decidió ser tan sincera como ella.

—Creo que la pusieron entre la espada y la pared. Aceptó para no acabar en la cárcel.

—¿En serio? —Los ojos de Maitane se abrieron como platos, y su hondura marrón reflejó el colorido de las coronas mortuorias.

—Elur movía droga en el pueblo —siguió Marcela. Maitane bajó la mirada, pero no lo negó—. No grandes cantidades, pero la tenían localizada, así que le dijeron que, si no colaboraba con ellos, la empapelarían a la primera de cambio. No tuvo más remedio que aceptar, pero hasta donde yo sé no llegó a pasarles ninguna información.

—¿De verdad? ¿No les dijo nada?

—No, que yo sepa —le aseguró Marcela—. Aún puedes partirle la cara a tu amigo, si quieres.

Las dos sonrieron.

—¿El que la obligó era el inspector que la mató?

Marcela se tragó el sapo. Aceptaría la acusación para seguir adelante.

—No, la contactó otro agente que formaba parte del operativo.

—Eso es una pasada —dijo de pronto—. Traer a policías para vigilarnos...

—En realidad, eso no es así —la corrigió. Ese sapo era imposible de pasar—. El operativo buscaba desarticular una banda de tráfico de drogas, una muy grande.

—¿Aquí?

—En parte. Mis compañeros estaban convencidos de que Elur podía ayudarlos a dar con ellos y a acabar con el grupo de traficantes. Habían identificado a casi todos los correos, pero buscaban al pez grande.

Los ojos de Maitane brillaban, pero no eran las lágrimas las que producían ese efecto, sino la información recibida y las ideas que se estaban formando en su cabeza.

—Pero, entonces, no tiene sentido que el madero la matara. Era valiosa como informante, ¿no?

—Eso creo yo. Por eso estoy aquí.

El viento que bajaba del monte hizo que las dos se estremecieran. Unas nubes rápidas ocultaron el sol que las había recibido y amenazaban con soltar su dosis diaria de lluvia.

—¿Dónde has dejado el coche? —preguntó Marcela—. No he visto ninguno cuando he llegado.

—He venido andando —dijo Maitane señalando sus *leggins* y las deportivas.

—Puedo llevarte al pueblo, podemos seguir charlando delante de un café.

Maitane sonrió de medio lado antes de responder.

—Mejor que no —respondió—, pero te acepto el café en otro sitio, no en el pueblo.

Una hora después, Marcela seguía con las mismas dudas, pero tenía una visión mucho más amplia del entorno en el que se movía la víctima. Maitane, que le pidió que la dejara en la gasolinera que había a la entrada del pueblo, describió a Bizen como un tipo «con muchas ambiciones». Lideraba el movimiento *abertzale* en la comarca y estaba convencido de que podría hacerse un hueco en el partido y llegar hasta Pamplona primero, como parlamentario autonómico, y a Madrid después, como diputado.

—Bizen estaba seguro de que lo lograría —dijo Maitane—, y la verdad es que nosotros también. Estaba al frente de todo, organizaba actos, estaba en el ayuntamiento, en los congresos... Siempre estaba metido en mil movidas. Lo invitaban a reuniones en el resto de Euskal Herria, hablaba como nadie. Lo habría conseguido, seguro.

—¿Cómo se ganaba Bizen la vida?

Maitane la miró, sin terminar de comprender.

—Trabajaba en el partido. Y en el sindicato y el ayuntamiento. Supongo que tendría un buen sueldo.

—Supongo que sí —accedió Marcela.

No había avisado a nadie de su presencia en Bera. En realidad, no tenía por qué hacerlo, y no le apetecía en absoluto ponerse en el punto de mira de las pullas del sargento Salas. Tampoco había hablado con la Policía Foral, ni oficial ni extraoficialmente. Damen suponía que pasaría el día en su despacho, en una tranquila jornada dedicada al papeleo. De hecho, ella también lo pensaba antes de la visita de Montiel.

El ambiente en Bera estaba enrarecido. La gente hablaba en voz baja, reunida en pequeños grupos en las aceras y en las plazas. Otros miraban por la ventana, a salvo en sus casas pero atentos a cualquier anomalía. Muchos comercios habían decidido cerrar sus puertas, y las verjas metálicas ancladas al suelo reflejaban sin palabras el estupor, el miedo y la tensión que se respiraba en el pueblo.

Marcela caminó a buen paso hacia el centro de la localidad, con las manos hundidas en los bolsillos del abrigo y la cabeza levemente agachada. Lloviznaba un sirimiri gélido, muy lejos de esa agradable lluvia que describían en los libros que leía en Biescas. Recordaba bien las palabras de Mario Benedetti: «La lluvia está cansada de llover, yo cansado de verla en mi ventana, es como si lavara las promesas y el goce de vivir y la esperanza». Estaba cansada de la lluvia, incluso del olor a mojado, ese aroma que hacía que la gente sonriera y se pusiera melancólica. Ozono, geosmina y petricor. A eso huele la lluvia. A cloro, a moho y a piedras mojadas. Fin del poema.

Se detuvo ante la casa de los padres de Elur Amézaga. Se situó en la acera de enfrente y observó el edificio. Estaba claro que en su momento fue una sola casona, enorme, amplia, con un bajo que seguramente serviría para guardar a los animales y dos pisos en los que viviría la familia. En la actualidad, tras una reforma a fondo, la construcción original se había convertido en dos viviendas gemelas separadas en el interior e idénticas en el exterior. Fachada blanca, balcones y ventanas verdes, madera, piedra y hierro en los balcones. Un garaje donde antes estaba el corral y una confortable vivienda con todos los adelantos de la vida moderna.

A Marcela le gustaba esa casa, salvo por el detalle de tener vecinos pared con pared. En Zugarramurdi, la casa más cercana estaba a cinco o seis metros de distancia, y el jardín rodeado de setos le proporcionaba una privacidad que valoraba por encima de muchas cosas.

Pensó en Antón y en Azti y prometió llamar en cuanto tuviera un minuto.

No sabía muy bien qué iba a decir cuando le abrieran la puerta, si es que le abrían. La familia le había dejado muy claro que preferían comunicarse a través de su abogado, pero esa era una opción que no contemplaba. En realidad, solo necesitaba hablar, rellenar algún hueco.

Consultó en el móvil la parte del dosier que contenía la información de esas personas. Xabier Amézaga y Sabela Sánchez, padres de Elur y Ander. Él regentaba un taller mecánico a las afueras de Bera especializado en camiones y vehículos de gran tonelaje y ella se encargaba de la gestión de una casa rural que la familia poseía en los alrededores. El hermano, de dieciocho años, terminaría ese año el bachillerato en el instituto de la localidad. Ninguno de los cuatro tenía antecedentes de ningún tipo, ni siquiera multas de tráfico.

Estaba a punto de cruzar la calle cuando la puerta se abrió y una figura todavía invisible desplegó un enorme paraguas azul. Cuando lo puso en vertical, la madre de Elur se cobijó bajo él y echó a andar por la acera.

Marcela cruzó en dos zancadas y la alcanzó enseguida. La mujer se detuvo, sobresaltada, y abrió mucho la boca y los ojos cuando comprobó quién la había asaltado.

—Buenos días —saludó Marcela. No obtuvo respuesta—. No quiero molestarla. Si me pide que me vaya, lo haré ahora mismo, pero las dos queremos lo mismo: saber qué le pasó a Elur.

La mujer se detuvo y se giró para mirarla.

—Elur está muerta. Eso es lo que le pasó. Alguien la mató. Su compañero, el inspector. Es un asesino.

Marcela asintió.

—Si fue él, lo haremos público y se hará justicia. Él ya ha pagado, de un modo u otro. También está muerto.

La mujer cabeceó un instante y siguió andando.

—¿Puedo acompañarla adonde vaya? —preguntó Marcela.

—¿Necesito un abogado?

—No es un interrogatorio. Solo tengo algunas preguntas muy sencillas. Puede decirme que no…

Sabela se encogió de hombros y siguió andando.

—Hábleme de Elur, por favor —pidió Marcela.

Sabela Sánchez frunció un momento el ceño, pensativa, y luego empezó a hablar. Marcela tuvo que aminorar el paso para acomodarse a la nueva cadencia de la mujer, que de pronto parecía no tener prisa.

—Era una niña preciosa —empezó. Sonreía, pero su voz estaba teñida de tristeza—. Preciosa —repitió— y buenísima. Siempre riendo, cantando, bailando. Era capaz de correr, saltar y hablar al mismo tiempo, ¡parecía una acróbata, *a miña nena*! Su padre se ponía muy nervioso, siempre pendiente de ella, apurado, pensando que iba a caerse en cualquier momento. Yo no me preocupaba. Me recordaba mucho a mí cuando era pequeña. Yo era como las cabras, pero nunca me hice daño, y sabía que Elur tampoco se lo haría.

Marcela dibujó en su cabeza a una Elur adolescente, un poco salvaje y con una mueca descarada en los labios.

—Era lista—continuó la madre—, pero no conseguía centrarse en los estudios. —Marcela se dio cuenta de que no hablaba con ella, sino consigo misma. Una sonrisa temblona le bailaba en la cara, y los ojos, húmedos como el día, estaban fijos en la acera, en los charcos, en ninguna parte—. Acabó el instituto, pero no quiso seguir. Trabajaba en lo que encontraba, nunca fue una perezosa.

La mujer hipó y suspiró largamente. Luego avanzaron unos metros en silencio. Estaban llegando al centro. Marcela no creía que Sabela quisiera seguir hablando con ella mucho más tiempo.

—¿Se llevaba bien con Bizen Itzea? —preguntó unos segundos después.

La madre sacudió la cabeza de un lado a otro con violencia. Dos profundas arrugas se marcaron en su frente, y los nudillos de la mano con la que sostenía el paraguas blanquearon por la fuerza.

—Bizen era… Bizen era… ¡un bruto! —explotó por fin—. Se lo dije, pero no me escuchó. Le pedí que esperara un poco antes de irse a vivir juntos, pero no me hizo caso. Los jóvenes lo quieren todo ya, no entienden que a veces es necesario esperar. Y tampoco respetan la opinión de los mayores, que tenemos más experiencia, vemos las cosas con otros ojos… Ellos creen que somos unos viejos, unos antiguos, y no es así. Bizen no era para Elur, no, no. No lo era…

—¿Hubo… violencia?

Sabela expulsó por la nariz el aire que retenía y se detuvo un instante. El sirimiri se había convertido en una lluvia tupida que resbalaba por la cabeza de Marcela, que sentía la ropa empapada pegada al cuerpo como una desagradable segunda piel.

—Elur lo abandonó unos días antes de... morir. Vino a casa con el labio partido y algunos morados. Intentó restarle importancia, pero dejó entrever que no era la primera vez, aunque sí la última.

—¿Cree que Bizen pudo haberle... hecho más daño? —preguntó Marcela.

Sabela se detuvo sobre la acera y se giró hacia la inspectora.

—¿Sugiere que fue Bizen quien le disparó y la acuchilló?, ¿quien la mató? ¿Y quién lo mató a él? —añadió ante el silencio de Marcela. Se giró de nuevo y observó la calle que se abría ante ellas—. Tengo cosas que hacer —dijo, en lo que estaba claro que era una despedida.

Marcela le agradeció el tiempo que le había dedicado, pero dudaba de que sus palabras hubieran llegado hasta sus oídos en medio del estruendo del chaparrón.

33

Apenas quince kilómetros separaban Bera de Zugarramurdi, pero la tortuosa y estrecha carretera de montaña que se adentraba en Francia durante casi la mitad del camino hizo que necesitara veinticinco minutos para llegar. El plomo del cielo lo cubría todo: las explotaciones ganaderas que se asomaban a ambos lados de la calzada, los caseríos aislados y los pequeños pueblos desiertos que atravesó. Vacas y ovejas permanecían inmóviles sobre los prados oscuros, con la cabeza gacha y el morro pegado al suelo. Parecían esculturas que un creador naturalista hubiera plantado allí para animar el paisaje monocromo.

Tuvo que detenerse para dejar pasar a un pequeño grupo de *pottokas*, unos compactos caballos poco más altos que un poni oriundos de estas tierras. Las gotas de agua se deslizaban por su abundante y negro pelaje. Giraron curiosos la cabeza cuando se detuvo tras ellos, pero no dieron muestra de asustarse ni, mucho menos, de tener intención de acelerar su marcha.

Marcela los esquivó en cuanto todos llegaron al arcén y cubrió con prisa los últimos metros hasta su casa. Estaba empapada, y hacía rato que le castañeteaban los dientes a pesar de llevar la calefacción a máxima potencia.

Se dio una ducha caliente para templarse el cuerpo y luego bajó a la cocina y rebuscó en la nevera y los armarios algo que comer. No era muy exigente, sobre todo si le tocaba cocinar a ella, así que se alegró al comprobar que todavía le quedaban un par de latas de lentejas estofadas de la remesa que guardaba para situaciones imprevistas como esa.

Tenía un mensaje de Damen en el móvil.

Hoy tengo horario de oficina, ¿cenamos?

Marcela abrió la lata de lentejas, las puso en un plato y las metió en el microondas.

Estoy en Zugarramurdi, ¿vienes?

Le apetecía de verdad estar con él. La última vez se despidieron con excesiva educación, una cortesía propia de dos personas molestas la una con la otra pero que se esforzaban por evitar la discusión.

Salgo en una hora, llegaré en dos, aceptó Damen. *Llevaré algo*, ofreció como siempre.

Marcela sonrió.

Yo me ocupo, le aseguró.

Damen le envió un pulgar hacia arriba y desapareció de la línea.

Marcela sacó las lentejas del microondas y las puso sobre la barra de la cocina. Cogió una cuchara y empezó a comer de pie sin soltar el teléfono.

Estoy en casa, tecleó, *¿quieres cenar conmigo y con Damen?*

Antón apenas tardó un minuto en contestar.

Genial. ¿Llevo algo?

Yo me ocupo, repitió Marcela.

Uno de los restaurantes de Zugarramurdi aceptaba encargos de comida para llevar, aunque no tenía servicio a domicilio, un mal menor en un pueblo tan pequeño.

Llamó y encargó medio cordero asado, pimientos, ensalada y una *goshua* de postre. Sabía que era demasiado, pero teniendo perro nunca sobraba nada.

Luego se sentó en el sofá, encendió el ordenador y cogió un

cuaderno y un bolígrafo. Todo estaba mucho más claro cuando lo sacaba de su mente y lo trasladaba a un trozo de papel.

Encendió un pitillo y le dio una larga calada antes de dejarlo en el cenicero y concentrarse en el papel.

Escribió BIZEN en mayúsculas. La madre de Elur tenía constancia de que había maltratado a su hija al menos una vez. Por su experiencia, Marcela sabía que cuando los malos tratos se hacen públicos, el maltratador ya lleva mucho tiempo golpeando y vejando a su víctima. Estaba convencida de que esa no era la primera vez que Bizen era violento con su novia, solo la primera que alguien ajeno a la pareja se enteraba. Imaginó los insultos, las órdenes, los zarandeos, los menosprecios, los golpes.

Escribió *maltratador* y, a continuación, *oportunidad, motivo*.

Dibujó una flecha desde «oportunidad» y escribió *arma*. A Elur la habían atacado con el cuchillo que luego apareció en la maleta de Ribas. Un cuchillo que no tenía nada de extraordinario, salvo su filo. Por otro lado, Bizen tenía un arma de fuego no registrada, la encontraron junto a su cadáver y ahora estaba siendo analizada.

Regresó al principio y dibujó una larga flecha desde «Bizen». Escribió *muerto, quién, motivo*.

Marcela tenía claro que la muerte de Bizen no tenía por qué estar relacionada con la de Elur. De hecho, estaba casi convencida de que tenía más que ver con sus actividades ilícitas que con el asesinato de su novia.

Escribió DROGAS y rodeó varias veces la palabra con un círculo. Por lo que sabía, el camino de los correos para pasar la mercancía a Francia era prácticamente el mismo que Bizen hizo el día de su muerte. ¿Quién lo esperaba arriba? ¿Acudía a un encuentro concertado o se trató de una emboscada? Escribió *solo, cómplices, cabecilla* y, a continuación, *Ferreiro*.

Todo el mundo daba por hecho que Bizen Itzea era el hombre de Ferreiro en la zona norte. Por eso Ribas, Alcolea y Casals llevaban tres meses allí; por eso Alcolea había contactado con Elur Amézaga y la había presionado para que fuera su confidente.

Rodeó el apellido del capo gallego con el bolígrafo mientras pensaba.

A Ferreiro no le interesaba descabezar el organigrama en Navarra. No, a no ser que tuviera un relevo para Bizen.

Dejó el cuaderno sobre la mesa e intentó visualizar la situación.

El timbre la despertó dos horas después.

Se había quedado dormida, aunque no recordaba haberse tumbado ni mucho menos haberse rendido al sueño.

Trastabilló con sus propios pies en dirección a la puerta y logró mantener el equilibrio en el último momento.

Damen esperaba en la calle con el ceño fruncido.

—¿Te encuentras bien? Estaba a punto de llamar a Antón para que viniera con sus llaves.

—Lo siento —dijo mientras lo invitaba a entrar y cerraba la puerta a su espalda—, me he quedado dormida en el sofá. No he pegado ojo en toda la noche y he tenido un día movidito...

—¿Problemas? —preguntó Damen mientras se quitaba el abrigo y las botas y se ponía las deportivas que guardaba bajo el banco de la entrada.

—No más que de costumbre. Lo de Bera me tiene un poco preocupada.

—Pensé que el caso ya estaba cerrado, al menos en lo que a ti respecta. El último homicidio corre por cuenta de la Guardia Civil, ¿no?

—Así es, pero el comisario me ha pedido que zanje lo de la confidente para que podamos enterrar a Ribas para siempre.

—Y tú estás removiendo el avispero, ¿me equivoco?

—¿Yo? —sonrió Marcela—. Por supuesto que te equivocas. ¿Qué hora es? —preguntó a continuación. Acababa de acordarse de su encargo para la cena. Si cerraban el restaurante tendrían que comer lentejas...

—Casi las seis, ¿pasa algo?

—Nada. Ponte cómodo, ahora mismo vuelvo.

Se calzó, cogió el anorak y salió a la calle. La lluvia había cesado, pero el ambiente seguía húmedo y frío.

Cuando volvió, media hora después, Antón y Azti la esperaban junto a la chimenea, que Damen había encendido. El perro saltó sobre ella como si tuviera muelles en las patas, y solo la rápida intervención de Antón impidió que la cena acabara en el suelo.

Abrieron una botella de vino y bebieron mientras Antón les ponía al día de sus avances en el centro de formación profesional en el que estudiaba Auxiliar de Veterinaria.

—Pronto podré ayudar a mi madre en la clínica —les aseguró muy ufano—. Ya sería capaz de cortarles las uñas a los perros y a los gatos, y hasta de ponerles una inyección, pero mi *ama* me dice que sin un título oficial se nos puede caer el pelo si algo sale mal, así que me limito a mirar cómo lo hace ella y a limpiar después. Me deja cepillarlos, eso sí. ¿No veis cómo brilla Azti?

Al oír su nombre, el perro alzó las orejas y levantó una pata.

—¿También le estás enseñando trucos? —preguntó Marcela divertida.

—Solo a saludar, para que no sea como su dueña —respondió Antón. Damen se atragantó con el vino y el perro celebró la algarabía con una serie de ladridos.

—Tenía que haberlo dejado en aquella rotonda —se quejó Marcela. Sin embargo, tenía que reconocer que, a pesar de todas sus dudas iniciales, rescatar a aquel perro loco que corría entre los coches había resultado ser una buena decisión.

Comieron, bebieron un poco más y por fin recogieron la mesa entre los tres. Antón se marchó sobre las once. Al día siguiente vendría a por Azti antes de irse a estudiar, le daría un paseo y lo dejaría en su casa. Azti vivía en el *txoko* de Antón cuando Marcela no estaba en Zugarramurdi, un acuerdo muy conveniente para todos, incluido el perro.

Marcela y Damen subieron al piso de arriba y entraron en el dormitorio principal. La ropa de Marcela seguía hecha un gurruño en el suelo del baño, empapada y sucia.

—Sí, parece que ha sido un mal día —murmuró Damen mientras empezaba a desvestirse.

—¿No has traído pijama? —preguntó Marcela. Damen no llevaba ninguna bolsa en la mano cuando llegó.

—No esperaba necesitarlo —dijo sin más.

La discusión del otro día parecía muy lejana mientras gemían y se devoraban. Damen no dijo ni hizo nada que le recordara a Marcela sus comentarios sobre su negativa a tener hijos, y ella hizo como si esa conversación nunca hubiera tenido lugar. Las palabras que uno y otro pronunciaron siempre estarían ahí, no habría tiempo ni espacio que las borrara, pero Marcela confiaba en que Damen hubiera aceptado su decisión. Solo así podrían seguir adelante.

Seguir adelante...

En ese momento, acurrucada desnuda entre los brazos de Damen, rendida ante el avance del sueño, con la mente llena de colores cálidos, figuras lentas e informes y un suave y placentero cosquilleo en todo el cuerpo, no logró imaginarse envejeciendo junto a Damen.

Mejor dicho, no se imaginó envejeciendo.

Se dio cuenta de que nunca había contemplado la posibilidad de llegar a vieja. Quizá fuera la osadía de una juventud que ya había quedado atrás, o un recurso de su cerebro para justificar su falta de planificación, pero lo cierto era que nunca pensaba en el momento en el que dejara de ser ella para convertirse en una anciana. ¿O acaso seguiría siendo Marcela Pieldelobo cuando le dolieran todos los huesos, las cataratas le nublaran la vista o, lo que era aún peor, sus neuronas cerebrales degeneraran hasta convertirla en una extraña para sí misma? ¿Podría ser ella y no ser policía? ¿Sería un día capaz de dejarse hacer, de tolerar la ayuda de otra persona, no salir a trabajar, no decidir y vivir con dolor? ¿Podría un día aceptar la realidad de ser una persona mayor? Pensó que la ancianidad no es algo que llega de golpe, sino que la ves venir, rondarte, acechar, dándote tiempo para asumirla y aceptarla. ¿Cómo se puede vivir tachando días de camino hacia el fin?

Decidió que no merecía la pena pensar más allá de mañana, de la semana que viene a lo sumo. No necesitaba planificar un futuro lejano que ni siquiera estaba segura de llegar a ver.

Los brazos de Damen la acercaron más a él. Era muy agradable sentirse así, arropada, satisfecha, cómoda. La besó en la sien y le susurró al oído:

—¿Cuándo puedes cogerte vacaciones?

Marcela, con los ojos ya cerrados, pensó que hacía mucho que no descansaba de verdad.

—Cuando quiera —respondió.

—Podemos irnos a algún sitio juntos, ¿qué te parece?

Marcela sonrió.

—Me parece bien. A un sitio con sol.

Prepararon café y tostadas y desayunaron tranquilos, disfrutando del silencio. En la calle apenas había empezado a amanecer, aunque el cielo que veían a través de las ventanas estaba mucho más limpio que el día anterior.

Como había prometido, Antón llegó poco antes de las siete de la mañana para hacerse cargo de Azti.

Rechazó el café que le ofrecieron y saludó al animal con efusividad.

—Enhorabuena —dijo Marcela, socarrona—. Has llamado a la puerta, es todo un avance.

—Lo he hecho porque está Damen —respondió muy serio—. Él me abre, es normal. Tú no —añadió.

Damen soltó una carcajada a la que pronto se sumaron Antón y Azti, que lanzó una serie de ladridos agudos y cortos que retumbaron en las paredes.

—Vale —cortó Marcela—, vete cuando quieras.

268

Antón se dirigió a la puerta con una enorme sonrisa.

—Vuelve pronto —dijo el joven antes de marcharse.

Comprobaron que todo estuviera cerrado y apagado y salieron a la calle.

—¿Volverás hoy a Pamplona? —preguntó Damen, todavía junto a Marcela.

—Eso espero. Quiero hacer un par de cosas, pero confío en terminar pronto.

Damen eliminó la distancia que los separaba y la besó en los labios. Olía a café, a chimenea y a calor. Marcela cerró los ojos y aspiró.

—Decía en serio lo de irnos unos días de vacaciones —dijo cuando la soltó.

—Yo también. Me apetece mucho. Hablaré con Recursos Humanos.

—¿Cómo está Miguel, por cierto?

Miguel.

Hacía horas que no pensaba en él.

—Lo vi ayer, antes de ir a Bera. Pensaba llamarlo ahora. Estaba bien. Muy dolorido y aburrido de estar en casa, pero bien —mintió.

—Dale recuerdos —pidió—. Hablamos esta tarde.

—De acuerdo.

Marcela esperó hasta que el coche de Damen desapareció de su vista antes de sentarse delante del volante, encender un cigarrillo y marcar el número de Miguel. El subinspector no contestó, así que le envió un mensaje.

Llámame cuando estés operativo, solo para saber qué tal estás.

Miguel contempló el teléfono hasta que se agotaron las llamadas. Escuchó también la campanilla que le avisaba de la llegada de un mensaje, pero decidió ignorarlo.

La cadena de favores que había puesto en marcha el día anterior estaba a punto de dar sus frutos.

Se acarició el brazo herido. Apenas le dolía. El día anterior, el cirujano había hurgado en la herida para limpiarla y comprobar su estado, provocándole una oleada de dolor tras otra. Necesitó una buena cantidad de analgésicos y un par de tiros de coca para poder pasar el día.

No había tenido noticias de quien fuera que lo estaba extorsionando. Imaginó que le darían al menos un par de días de margen para conseguir lo que le habían pedido; debían saber que no era fácil.

Por suerte para él, no era el único con vicios inconfesables en el cuerpo, y entre personas de su calaña no había nada más goloso que el que alguien te debiera un favor. Nunca sabes cuándo vas a necesitar que te echen un cable. Miguel tuvo que empeñar su palabra con tres personas antes de alcanzar su objetivo, pero ya casi era suyo. Un paso más y el aleteo de la mariposa provocaría el ansiado tsunami.

34

Un control de tráfico de la Guardia Civil había provocado una larga retención a unos cinco kilómetros de Bera. Marcela esperó paciente al volante y mostró su placa cuando el agente uniformado la instó a bajar la ventanilla.

—¿Ha ocurrido algo? —preguntó antes de seguir adelante.

—No estoy autorizado a dar ninguna información, señora —respondió marcial sin mirarla siquiera. Su atención ya estaba fija en el siguiente vehículo de la fila—. Circule, por favor.

Entró en Bera y buscó aparcamiento en un lugar apartado. El cielo seguía despejado y el parte meteorológico había prometido que se mantendría así durante los dos próximos días.

Estaba a punto de llamar al sargento Salas cuando Damen se coló en su teléfono.

—¿Ya estás en Bera? —preguntó.

—Sí, acabo de llegar —respondió ella.

—¿Te has enterado de lo que ha pasado?

—No. Iba a llamar al responsable del puesto.

—Han hecho una redada esta madrugada. Han desarticulado la banda de Bizen Itzea. El operativo se ha desarrollado en Bera, en Irún y en Donosti, y la gendarmería francesa ha hecho lo propio en su lado de la frontera. Más de treinta detenidos, al menos diez en Bera, incluido un ganadero y un par de miembros del partido *abertzale*, compañeros de Itzea. Están armando mucho follón para que no se los identifique con los delitos que hayan podido cometer alguno de sus miembros, aunque de momento han decidido hacer piña y defender su inocencia. Ya sabes, un enemigo común une mucho.

Marcela no sabía qué decir. Miró a su alrededor desde el parapeto que le proporcionaban su coche y la pared del edificio. La gente iba y venía con prisas, hablaban en voz muy alta, se gritaban los unos a los otros.

De pronto se le ocurrió algo.

—Elur —dijo—. La gente pensará que Elur pasó la información.

—Así es —le confirmó Damen—. Unos compañeros han escoltado a la familia fuera de Bera, solo por si acaso. Se negaban a marcharse, pero cuando han empezado a recibir llamadas amenazantes han cambiado de opinión.

—Mierda. ¿Dónde están?

—No tengo ni idea —le aseguró. Cierto o no, no tenía sentido presionarlo.

—Gracias —dijo—. No tenías por qué haberme llamado, te lo agradezco.

—Colaboración entre cuerpos, ya sabes.

Marcela sonrió, intuyendo la sonrisa de Damen al otro lado de la línea.

—Ten cuidado —añadió.

—Siempre.

El sargento Salas la vio en cuanto entró en el puesto de la Guardia Civil. Vestía el uniforme de intervención, de un verde más oscuro, chaleco antibalas negro, casco con visera transparente, rodilleras y botas reforzadas. Se había quitado el cinturón con los útiles de asalto y llevaba el casco en la mano. Tenía el pelo pegado al cráneo, brillante y húmedo, igual que la cara.

Un buen número de efectivos entraban y salían del puesto a toda velocidad. En el patio de entrada, cinco furgones oficiales esperaban con el conductor ya al volante. Imaginó a los detenidos en el interior, esposados y con la cabeza a mil revoluciones intentando adivinar qué iba a suceder a continuación y cómo podían librarse de esta.

—La que faltaba —masculló Salas sin molestarse en bajar la voz ni disimular su malestar al descubrir a Marcela en la puerta—. Inspectora Pieldelobo, estamos muy ocupados. Llame mañana. O pasado.

—¿Por qué ahora? —preguntó sin más.

—Era el momento —respondió el sargento—. Ha sido todo un éxito, hemos acabado con el tráfico de drogas a través de la frontera en Navarra.

—Por ahora —matizó Marcela.

Salas la miró con fuego en los ojos. Adelantó el tronco y apretó los puños.

—¿Qué quiere decir? —farfulló entre dientes.

—¿Quién los avisó? —siguió Marcela, ignorando la pregunta del sargento.

—Eso a usted no le incumbe. Ha quedado demostrado que nuestro servicio de información es mucho mejor que el suyo. En tres meses, sus efectivos solo han conseguido dos cadáveres, tres si contamos a su inspector. Nosotros hemos logrado resultados en una semana.

—Siguen sin tener al pez gordo.

—Por ahora —se mofó Salas.

Marcela respiró profundamente un minuto antes de seguir hablando. El sargento ni siquiera la miraba, se había girado para vociferar órdenes a un grupo de agentes que se había parado en la puerta.

—¿Han registrado la antigua central eléctrica? —preguntó por fin.

—No entraba en el operativo —ladró Salas—. Inspectora, no moleste. Por favor —añadió entre dientes—. Haga lo que le dé la gana, pero quítese de en medio.

Marcela salió del puesto con la bilis revolviéndole el estómago.

Se puso la capucha del anorak y se dirigió a casa de los padres de Elur Amézaga. Frente al bonito edificio, dos furgones de la Policía Foral custodiaban la plazoleta. En la fachada, inmaculada el día anterior, una pintada con enormes letras rojas gritaba *ELUR SALATARI*. Debajo, la traducción dejaba poco lugar a dudas. *CHIVATA*.

Un concurrido grupo de personas esperaba a un lado de la pequeña plaza, mirando alternativamente la casa y a los forales, y esperando. Quizá no supieran que la familia Amézaga se había marchado, o quizá lo sabían, pero les daba igual.

Dio la vuelta y volvió sobre sus pasos en dirección al coche. A una calle de distancia, un grupo de jóvenes con la cara cubierta giró en la esquina y corrió hacia ella. De pronto, Marcela se vio rodeada por cinco hombres vestidos con pantalones de montaña, vaqueros y sudaderas oscuras. Uno de ellos la empujó con el hombro y otro, a su espalda, la saludó con un efusivo «hija de puta». Luego siguieron corriendo calle abajo hasta perderse de vista.

Una sorpresa la esperaba al doblar la calle. Una muy desagradable.

Alguien, supuso que los jóvenes con los que acababa de cruzarse, le había pinchado las cuatro ruedas a su coche y había decorado la carrocería y los cristales con expresiones como *TXAKURRA*, *PUTA POLICÍA* y, de nuevo, *ELUR CHIVATA*.

Se acercó despacio, intentando asimilar lo que estaba viendo. Rodeó el coche para valorar los daños. A simple vista, quedaba claro que no podría conducirlo en una buena temporada.

Bufó, insultó en voz alta y pateó las ruedas deshinchadas. Al fin, se sentó en el bordillo de la acera y marcó el 112 en el teléfono. Se identificó ante la operadora que la saludó, explicó lo sucedido y dónde estaba y esperó la ayuda prometida.

35

Contempló impotente cómo la grúa se llevaba su coche. La patrulla de la Policía Foral que había acudido a la llamada había hecho las fotos pertinentes y rellenado los formularios oportunos para cursar la denuncia y que el seguro se hiciera cargo del desastre. Porque lo que nadie esperaba era que los culpables fueran detenidos.

La operadora de la compañía de seguros le dio un número de teléfono al que podía llamar en el momento que necesitara que un taxi la llevara de vuelta a Pamplona. Marcela lo anotó en el móvil, le dio las gracias y colgó.

Seguía apretando los dientes, aunque ya no estaba cabreada. Le molestaba quedarse sin coche, pero hacía tiempo que intentaba no dedicar demasiados recursos mentales a lo que no tenía remedio.

Rehusó el ofrecimiento de los dos agentes de la Foral para llevarla donde quisiera. No había terminado en Bera.

La mañana era cálida y seca, y el sol hacía constantes guiños entre las nubes blancas.

—Vaya con cuidado —le recomendó uno de los policías—. Los ánimos están un poco exaltados, y ahora todo el mundo sabe quién es usted.

—No creo que tuvieran dudas antes —respondió Marcela, y

señaló el lugar que había ocupado su coche. Había restos de pintura en el suelo y salpicaduras en la pared—. Estaré bien.

Se despidió y se dirigió a pie hacia la salida del pueblo. Le gustaba sentir el sol en la cara y no tener que hundir las manos en los bolsillos para calentarlas. Justo antes de abordar la vía verde que la llevaría a la antigua central eléctrica encontró una pequeña caseta de falsa madera y tejas rojas a dos aguas en cuyo interior brillaban dos máquinas de refrescos y *snacks*. Fue hacia ellas mientras buscaba unas monedas en los bolsillos y estudió la oferta a través de la verja metálica que las protegía. Compró dos bolsas de patatas fritas y una Coca-Cola.

Avanzó a buen paso durante tres kilómetros. El sendero, llano y cómodo, estaba asfaltado en buena parte, y los márgenes convenientemente desbrozados. Los primeros metros transcurrían entre edificios y tierras de labor. Cada poco, un perro lanzaba un ladrido que lo mismo podía ser un saludo que un aviso para que el paseante se mantuviera al otro lado de la valla metálica, poco más que un hilo de acero sembrado de púas.

Entonces escuchó las sirenas.

Olió el humo.

Vio la nube negra frente a ella.

Un minuto después, un camión de bomberos la obligó a hacerse a un lado. Por la carretera, otros dos camiones se acercaban al edificio de hormigón.

Marcela corrió el último kilómetro, ignorando el hormigueo de sus piernas y el dolor que le punzaba los pulmones. Llegó exhausta, sin aliento. Se detuvo a unos metros del lugar en el que los bomberos habían cruzado el camión. Varios hombres se colocaban los trajes de protección antes de dirigirse hacia el fuego con los extintores y las mangueras.

Las llamas ascendían atronadoras desde la antigua central eléctrica. El fuego crujía y siseaba. Las voces de los bomberos no conseguían imponerse al aullido que surgía de las ventanas del piso superior del edificio.

La ausencia de viento favoreció el control del incendio, y pronto los efectivos desplegados pudieron acercarse y concentrar sus esfuerzos en los focos principales, que se fueron reduciendo poco a poco.

Marcela no sabía cuánto tiempo llevaba allí plantada, observando lo que ocurría a unos metros de ella. A su lado, un nutrido grupo de curiosos comentaba lo sucedido y barajaba distintas hipótesis. Ella no tenía dudas sobre lo que había pasado.

Esperó hasta que los bomberos empezaron a recoger el material. El incendio había quedado reducido a una humareda negra y maloliente que ascendía indolente hacia el cielo y desaparecía arrastrada por el viento.

Mostró su placa a uno de los bomberos que regresaban al camión. El hombre la saludó con una inclinación de cabeza y se detuvo frente a ella.

—La Guardia Civil está al otro lado, en la carretera —le dijo a modo de saludo.

—Los he visto, pero necesito alguna información de primera mano. ¿Es usted el responsable del retén?

—Soy uno de los bomberos voluntarios de Bera —respondió—. Los camiones de Oronoz que han respondido al aviso se han quedado al otro lado. Cuando ha saltado la alarma y nos han llamado, cinco de nosotros estábamos disponibles, así que nos hemos hecho cargo de este frente.

—¿Quién ha llamado?

—No estoy seguro, pero creo que ha sido un conductor que ha visto el fuego desde la carretera.

—¿Alguna idea de lo que ha ocurrido? —preguntó Marcela.

—La verdad es que no —admitió el bombero—. Ahora habrá que esperar a que el interior se enfríe para poder entrar y analizar lo que quede.

—El fuego parecía concentrado en la planta superior...

—Así es —confirmó el hombre—. Ya le digo que no es seguro,

tendremos que entrar, pero apuesto lo que quiera a que ha quedado reducida a escombros. Menos mal que la estructura ha aguantado.

—Sí —respondió Marcela en voz baja—, menos mal.

Se despidió del bombero y subió al pequeño montículo de tierra y hierba que sostenía uno de los pilares del puente que se extendía sobre sus cabezas. El humeante edificio estaba rodeado por unos profundos charcos en los que chapoteaban los últimos efectivos. Los camiones y los coches policiales al otro lado del río mantenían las luces encendidas. Marcela distinguió a varios guardias civiles observando curiosos el espectáculo apoyados en el quitamiedos de la carretera.

Reconoció la figura espigada y flaca del agente Tobío. Marcela se puso delante del enorme pilar y sacudió los brazos para llamar su atención. Cuando el guardia levantó el brazo en señal de reconocimiento, Marcela intentó hacerle entender que necesitaba que viniera a buscarla. Le señaló a él, luego a ella, y luego al lugar en el que estaba. Simuló conducir con las dos manos y señaló hacia el pueblo.

Le pareció ver que Tobío asentía y a continuación levantaba una mano y le hacía un gesto repetido pidiéndole que esperara.

Lo vio hablar con otro guardia y luego dirigirse hacia uno de los coches.

Viniera o no, Marcela tenía que regresar, así que empezó a caminar en dirección a Bera.

No había recorrido ni un kilómetro cuando el agente Tobío detenía el Patrol junto a ella. Marcela rodeó el vehículo y entró.

—Gracias —dijo—. Espero no causarte problemas por esto.

—No se preocupe —respondió el agente—, no pasará nada. ¿Tiene el coche en el centro de Bera o lo ha dejado a la entrada? —preguntó a continuación.

—No tengo coche, se lo ha llevado la grúa hace un buen rato.

Tobío escuchó con el ceño fruncido el resumen de lo ocurrido que le ofreció Marcela.

—Lo siento mucho —murmuró cuando ella terminó de hablar—.

Había oído que habían vandalizado un coche, pero no pensé que podía ser el suyo. La puedo llevar a Pamplona cuando termine el turno.

—No hace falta —le cortó Marcela—. El seguro me enviará un taxi dentro de un rato. Gracias, de todas formas. Me vale con que me lleves al puesto. Me gustaría hablar con el sargento.

Tobío asintió en silencio y permaneció callado el resto del camino. Marcela volvió a darle las gracias cuando detuvo el Patrol en el patio del cuartelillo y se apeó de un salto.

Todo estaba mucho más tranquilo que hacía un rato. Los furgones se habían marchado, igual que las unidades especiales que participaron en la intervención.

Tras el mostrador de entrada, un agente igual de joven que Tobío, pero más fornido, la saludó con un grave «buenos días». Marcela mostró una vez más su identificación y pidió ver al sargento Salas.

El agente descolgó el teléfono y anunció a su interlocutor la presencia de la inspectora. Luego escuchó, asintió y colgó.

—El sargento se ha ido a casa, señora —la informó—. Volverá esta tarde. Hablará con usted entonces.

—¿A qué hora de la tarde? —farfulló Marcela.

El joven se encogió de hombros y dejó de mirarla.

Marcela salió a la calle de nuevo. Tobío se había marchado, supuso que de vuelta a su puesto en la carretera, frente a la central quemada. Se encendió un cigarrillo, el último del paquete. Según Google Maps, muy cerca de allí había un estanco y, un poco más adelante, un bar en el que podría comer y hacer tiempo hasta ese momento indeterminado de la tarde en el que el sargento Salas se dignara a hablar con ella.

Compró tabaco y entró en el bar, un local largo y estrecho decorado con enormes fotos a todo color que reproducían diferentes momentos de las fiestas locales. Bailes, cintas de colores, gente riendo… Un panorama feliz muy distinto al que reinaba en el bar. Los tres clientes que bebían en la barra miraban la televisión en silencio. La gran pantalla ofrecía imágenes de la Guardia Civil escoltando a varias personas, hombres jóvenes en su mayoría, que entraban en los furgones con la cabeza agachada y las manos a la espalda.

Marcela esperó hasta que el presentador pasó a otro tema. Solo entonces el camarero se giró y la miró. Frunció el ceño y se secó las manos con un paño con la vista fija en ella, pero sin dar un paso. Por fin, dejó el paño sobre la barra y se acercó a ella.

—Buenas —dijo simplemente.

—Hola —respondió Marcela—. ¿Sirven comidas?

—Depende de lo que quiera.

—¿Qué tiene?

El camarero se volvió sin prisa hacia la barra. Los tres parroquianos habían dejado de mirar la televisión y ahora la observaban directamente, sin ningún disimulo. Marcela les aguantó la mirada unos segundos eternos.

—¿Nos conocemos? —les preguntó por fin, harta de su intrusismo visual.

Los tres arrugaron la frente al mismo tiempo, pero solo uno contestó.

—No. Por suerte —añadió.

—Pues a sus cosas —ordenó Marcela.

Los tres hombres dejaron unas monedas sobre la barra, se bajaron de los taburetes y salieron del bar sin prisa ni dejar de mirarla.

El camarero, que había desaparecido tras una puerta del fondo, volvió un par de minutos después.

—Bocadillos de lo que ve en la barra o de tortilla de jamón, queso, patata, gambas, ajos verdes o chistorra. De plato, huevos, lomo de cerdo, merluza a la romana, patatas fritas, chistorra, morcilla, ajoarriero y ensalada. Pero tardará un rato —añadió con desgana.

Marcela ordenó un plato combinado de carne con patatas y una cerveza y pidió que se lo sirvieran en la terraza, cerrada en los laterales y que en ese momento tenía todas las mesas al sol.

Salió con la cerveza ya en la mano, se sentó en un rincón y se encendió un nuevo pitillo. Se había propuesto dejarlo, pero solía necesitar su fuerza de voluntad para cuestiones más urgentes que abandonar el tabaco.

Volvió a llamar a Miguel mientras esperaba. Tampoco ahora hubo respuesta. El camarero cumplió lo prometido y tardó casi media hora en dejar el pedido sobre la mesa. Le dio el botellín vacío, le pidió uno lleno y empezó a comer mientras su cabeza daba vueltas a lo ocurrido.

Lo que fuera que ocultaban en la antigua central eléctrica era historia. La mejor manera de esconder material comprometido es deshacerse de él, y quien hubiera tomado esa decisión había sido rápido y efectivo. Marcela imaginó que el incendio solo podía significar que al menos un miembro de la banda permanecía libre, alguien que no quería que las pesquisas policiales o las confesiones de los detenidos condujeran a los investigadores hasta allí.

Se arrepentía de no haber seguido su primer instinto y haber atravesado esa puerta cuando la encontró. Podía haber vuelto más tarde, sin el magro agente Tobío. Debería fiarse más de su instinto, pero era gato escaldado. El comisario no se cansaba de repetirle que estaba «a prueba», y que la mínima metedura de pata supondría su expulsión del cuerpo.

¿Qué haría si dejara de ser policía? ¿Qué otra cosa sabía hacer? Nada, decidió.

Había estudiado psicología. Podría hacer un máster, prepararse y abrir una consulta. La gente estaba muy necesitada de asesoramiento y ayuda últimamente, rebaños de almas desorientadas; no le faltaría trabajo, pero ¿sería capaz de solucionar los problemas ajenos cuando ni siquiera sabía lidiar con los suyos? Y lo más importante, ¿estaba ella capacitada para ofrecer consejo, asesoramiento y una guía para la vida?

La respuesta era no, un rotundo y enorme no.

Pidió un café y consultó el reloj. Solo había pasado hora y media desde que salió del cuartelillo, pero no podía quedarse en Bera eternamente.

Se bebió el café despacio, se prometió a sí misma que el cigarrillo que encendió sería el último del día y entró en el bar a pagar la cuenta. La televisión seguía encendida, pero los actores y actrices del culebrón habían perdido la voz. Aun así, dos personas bebían con los ojos fijos en el aparato sin sonido. Esta vez nadie se fijó en ella.

Caminó despacio de vuelta al puesto de Bera. El sol había comenzado su rápida despedida, alargando las sombras y refrescando la tarde. En menos de dos horas la oscuridad sería casi total. Si no fuera por el calor, el verano sería su estación favorita. Mucha luz y días largos. El verano con la temperatura del otoño, ese sería el ideal climatológico de Marcela Pieldelobo.

El mismo agente que la había despachado hacía un par de horas se irguió tras el mostrador cuando Marcela cruzó la puerta.

—El sargento Salas —dijo sin más.

El guardia levantó el auricular del teléfono y masculló varias frases ininteligibles. La miró de reojo, luego directamente y colgó.

—Un momento —le pidió.

Cinco minutos después escuchó abrirse una puerta y el chirrido de unas suelas de goma avanzando por el pasillo.

Marcela nunca había visto al sargento Salas de paisano. Llevaba una camisa azul cielo con el cuello abierto y los bajos remetidos por dentro de un pantalón vaquero clásico, recto y perfectamente planchado. En los pies, unas Nike blancas con su famoso logo en negro, impecables como el resto de su atuendo. El pelo le brillaba, todavía mojado, y el sueño no había desaparecido por completo de sus ojos.

Marcela frunció el ceño.

El sargento se había echado una buena siesta mientras ella perdía el tiempo.

—Inspectora Pieldelobo —la saludó con la voz ronca—. Acompáñeme. ¿Quiere un café?

—Claro. Solo —aceptó ella.

Salas se giró hacia el recepcionista.

—López, solo y con leche en mi despacho —ordenó.

El guardia asintió y levantó de nuevo el auricular.

Marcela siguió al sargento hasta su despacho y se sentó en la misma silla que ocupó la primera vez que estuvo allí, cuando acudió a ver a Fernando Ribas, hacía una eternidad.

—Sabe que no estoy obligado a hablar con usted, ¿verdad? —empezó Salas. Se había repantigado en su butaca y había cruzado los dedos sobre la incipiente barriga.

—Lo sé —respondió Marcela.

Sabía que Salas esperaba un «gracias», pero no le iba a dar el gusto. Gracias por nada, pensó.

El agente López entró en ese momento sujetando con las dos manos una pequeña bandeja en la que dos tazas de café oscilaban peligrosamente. Consiguió dejarla sobre la mesa sin derramar nada, saludó y se marchó.

—Me gustaría cerrar cuanto antes el caso de la muerte de Elur Amézaga y del inspector Fernando Ribas —continuó Marcela en cuanto estuvieron solos de nuevo—. En Pamplona esperan mi informe, y quisiera entregarlo esta misma semana.

Eso pareció animar al sargento, que descruzó los dedos y se enderezó en la silla.

—Lo tiene claro, ¿no? Lo que pasó, me refiero.

—Casi —respondió Marcela—. Me vendría muy bien saber qué ha ocurrido esta noche.

—Se lo he dicho antes, hemos descabezado el cártel de traficantes.

Llamar cártel al grupo de correos le parecía excesivo, pero decidió no discutir, al menos no en ese momento.

—¿Utilizaron información facilitada por Elur Amézaga?

El sargento abrió mucho los ojos.

—No, por supuesto que no.

—Entonces, ¿cómo han conseguido una información tan exacta?

Sé que tenían identificada a parte de la banda de Bera, pero la operación se ha extendido a otras localidades e incluso a Francia. Esa es mucha información en tan poco tiempo.

—Supongo que solo es cuestión de saber dónde buscar —presumió Salas.

—El informante es alguien de dentro de la banda —afirmó Marcela. El sargento la miró impertérrito, pero el que no lo negara era una afirmación—. ¿Le han prometido beneficios judiciales?

—Nosotros no negociamos con criminales —afirmó Salas con los labios fruncidos.

—Claro. Nadie negocia con criminales. ¿Y qué me dice de Ferreiro?

—¿Qué pasa con Ferreiro?

—Reconstruirá la vía de paso, aquí, en el siguiente valle o en el otro, no importa.

—Pronto, ese no será mi problema. Tengo los días contados en Bera.

Su sonrisa indicó a Marcela que esa era una buena noticia para el sargento.

—Enhorabuena —dijo.

—Gracias. —Volvió a cruzar los dedos e hizo un gesto con la cabeza para llamar su atención sobre una fotografía enmarcada que había sobre la mesa. Una mujer de mediana edad y dos adolescentes sonreían a la cámara. Iban vestidos de domingo, con pantalón beis y chaqueta azul sobre una camisa blanca ellos, y con un discreto vestido floreado ella—. Mi familia no me acompañó en el traslado. Se quedaron en Burgos. Los chicos están en el instituto, no pueden andar de aquí para allá. Lo acordamos así pensando que sería poco tiempo, pero ya llevo aquí tres años. Me vuelvo en un par de meses —añadió para terminar.

—Alguien va a quedarse con el negocio de Bizen Itzea —insistió Marcela.

—O no. Quizá hayamos limpiado esta zona para siempre.

Marcela buscó su mirada. Salas se la sostuvo sin pestañear.

—Necesito saber de dónde salió la información —pidió de nuevo.

Salas inspiró, soltó el aire y relajó los hombros.

—No se lo puedo decir.

—¿Alguien de dentro? —propuso Marcela.

Salas se encogió de hombros, sin confirmar ni negar.

—Puede ser.

—¿Fue una llamada? ¿Un mensaje? ¿Una carta?

El sargento suspiró largamente.

—Correo postal —dijo por fin—, un sobre franqueado en Irún. Sin huellas. La información era muy precisa. La ruta, el organigrama interno, los colaboradores. Nombres, responsabilidad en el grupo, relación con Bizen Itzea y con la parte francesa.

—¿Cree que fue esta persona quien mató a Bizen Itzea?

—Estoy convencido.

—Y sigue negándose a admitir que es solo cuestión de tiempo que la banda se reorganice.

—Lo que le digo es que ya no será problema mío.

—En esa carta, ¿se mencionaba a Elur Amézaga?

—No.

—¿Y al inspector Ribas?

Salas negó con la cabeza.

—Alguien los ha utilizado para que le libren de la competencia, le han hecho el trabajo sucio al nuevo capo —añadió Marcela, que se levantó de la silla, lista para marcharse—. Si no nos vemos antes, que le vaya bien en su próximo destino.

—Amén.

36

El taxista tardó poco más de quince minutos en recogerla. Marcela esperaba junto a la puerta de la casa cuartel. Había prometido no fumar más ese día, pero para cuando lo recordó ya llevaba dos cigarrillos. Estaba a punto de jurarse que mañana lo haría mejor cuando cambió de opinión. Era absurdo obcecarse en cuestiones inasumibles e inalcanzables.

El taxi era un Toyota híbrido nuevecito y, sobre todo, silencioso. El chófer desistió de entablar conversación cuando su pasajera ignoró sus dos primeras preguntas.

Se recostó en el asiento de atrás y cerró los ojos.

Nada tenía sentido.

Cada vez que estaba a punto de dar un paso, alguien le ponía la zancadilla.

Cada vez...

Mierda.

Miguel Bonachera tenía mucho en común con el hombre que acababa de llegar. Ambos eran subinspectores, ninguno había cumplido los cuarenta y los dos eran adictos a la coca y al juego. Ismael

Aceña era un tipo alto y moreno, con unos ojos oscuros escondidos bajo unas cejas pobladas que lo miraban todo y a todos con suspicacia. Inquieto, serio y mal perdedor. Y adscrito a la unidad de Policía Científica.

Por eso estaban allí.

Habían quedado en un bar del centro, un garito sin cámaras de seguridad en el que los camareros y los clientes solo se ocupaban de sus asuntos. A nadie le importaba si las mujeres sentadas a la barra se deslizaban del taburete para acompañar a un hombre al piso de arriba o a la calle, o si el tipo acomodado en la última mesa del rincón llevaba dos horas leyendo la misma página de un periódico atrasado.

Bonachera y Aceña se sentaron a una mesa pegada a la pared y esperaron sus cervezas en silencio. Cuando el camarero se alejó con la bandeja vacía, se miraron como dos contrincantes a la espera de que uno se decidiera a dar el primer golpe.

—He localizado lo que necesitas —empezó Aceña. El trago de cerveza le había dejado un rastro de espuma sobre el labio superior. Se pasó la lengua y bebió de nuevo antes de continuar—. Es imposible.

Miguel conocía el juego, y jugó.

—No es imposible. Complicado, tal vez, pero no demasiado para alguien como tú.

—¿Qué quieres decir con alguien como yo? —replicó Ismael.

Bonachera sonrió antes de continuar hablando. Lo necesitaba tranquilo.

—Tienes acceso directo al paquete. Solo debes esperar la oportunidad, y seguro que, si quieres, no tardarás en encontrarla.

—No es solo coger el puto móvil y salir pitando —protestó—. Hay que manipular el registro para borrar la entrada y modificar la numeración de todo lo que haya entrado detrás para que no se note el hueco.

—Puedo ayudarte —ofreció Miguel.

—¿Y cómo explicamos que estés en Beloso?

—Puedo hacerlo en remoto, si me das acceso.

—Dejarás rastro...

Miguel bebió un largo trago de su cerveza con la mirada perdida.

Favor con favor se paga, decidió.

—Conozco a alguien que borrará el rastro, confía en mí.

Aceña cabeceó, en apariencia conforme.

—¿Y qué saco yo de todo esto? El lío es solo tuyo...

—¿Qué quieres? —preguntó Miguel. Las cartas, sobre la mesa.

Ismael Aceña giró un par de veces la jarra de cerveza entre sus manos, como si calibrara sus posibilidades, aunque Miguel estaba convencido de que, cuando entró en el bar, ya había decidido qué le iba a pedir.

—Necesito algo de pasta —dijo por fin—. Diez mil euros estarían bien.

—Yo haré la mitad del trabajo. Cinco mil.

—Si no te doy el teléfono, estás jodido. Ocho mil.

Miguel asintió despacio. Seguía teniendo la moto.

—De acuerdo, pero lo necesito cuanto antes —puntualizó Miguel.

—Yo también.

El taxi apenas tardó una hora en llegar a Pamplona. Marcela le pidió al conductor que la dejara lo más cerca posible de la Jefatura de Policía y se despidió. El taxista, seguramente ofendido por su silencio, no respondió y arrancó en cuanto Marcela tuvo los dos pies en la acera.

Fue directa a su despacho y cerró la puerta. Bonachera no estaba en su mesa y el ordenador seguía apagado. No había tenido noticias del subinspector desde que salió de su casa el día anterior. No había contestado a sus llamadas ni a sus mensajes. No le apetecía volver a aporrear su puerta, pero lo haría si era necesario.

Levantó el auricular y marcó la extensión del inspector Montenegro.

—¿Qué puedo hacer por ti? —preguntó tras los saludos de rigor.

—¿Estás enterado de la operación antidroga de ayer en Bera?

—Sí, algo he oído —respondió Montenegro—. Mucho ruido y pocas nueces, me parece a mí…

—Estoy de acuerdo —asintió Marcela—. Solo quería saber si crees que puede haber alguna relación entre la droga incautada en nuestra operación y la que han encontrado en Bera.

—Me faltan datos —reconoció Montenegro—, pero no te diría que no. Navarra es demasiado pequeña como para tener varias vías activas de entrada y distribución de droga. Podría comprobarlo —ofreció—. Me ha picado la curiosidad, hablaré con la Guardia Civil.

—¿Me contarás lo que averigües? —le pidió Marcela.

—Claro, cuenta con ello.

Casi al instante, un golpeteo rápido precedió a la aparición ante ella del inspector David Vázquez. La sorprendió verlo allí, pero lo invitó a entrar cuando le preguntó si tenía unos minutos. Vázquez ocupó la única silla libre del despacho y cruzó una pierna sobre la otra. Llevaba un vaquero azul oscuro y un jersey negro de cuello alto, un atuendo anodino y común que, sin embargo, lo hacía sobresalir entre el resto de sus compañeros. Había oído los comentarios que algunas policías hacían sobre él y estaba de acuerdo en casi todo. Las canas que lucía en las sienes no hacían más que incrementar su atractivo. Aun así, para ella Vázquez era fruta prohibida.

—Solo te robaré un minuto —le aseguró el inspector.

—Lo que quieras —respondió Marcela.

—Yo también era amigo de Fernando Ribas —dijo.

—Lo sé.

—Y no me creo que se suicidara.

Marcela asintió con la cabeza y esperó. Hasta donde podía recordar, era la primera vez que Vázquez entraba en su despacho.

—Si puedo ayudarte en algo, dímelo —le ofreció a continuación.

Marcela sonrió ante la inesperada puerta que acababa de abrírsele.

—En realidad —contestó—, hay algo en lo que podrías echarme una mano.

—Tú dirás.

David descruzó las piernas y se acercó a la mesa de Marcela. Ese hombre siempre olía de maravilla.

—Estoy vetada en el Juzgado de Instrucción —empezó.

—Estás vetada en muchos sitios, Pieldelobo —bromeó él.

—Cierto —reconoció—, pero en pocos que me importe. Necesito saber qué juez se va a hacer cargo de los detenidos en Bera. No es competencia nuestra y no me lo dirán sin una buena razón…, que no tengo, o al menos que no puedo dar.

—¿Qué necesitas, exactamente?

—Quiero hablar con uno de los detenidos, Markos Etxegi, mano derecha de Bizen Itzea. Yo no puedo acercarme a él, así que he pensado que quizá el juez le pueda hacer la pregunta de mi parte.

—Y la pregunta es…

—¿Qué había en la antigua central eléctrica de Endarlaza?

—Haré lo que pueda —le aseguró mientras se levantaba y salía del despacho. Marcela sabía que lo haría.

No le hizo falta aporrear la puerta de Bonachera para dar con él. El subinspector la llamó poco después de que Marcela entrara en su casa para avisarla de que llegaría en media hora.

Marcela revisó la nevera, frunció el ceño y abrió la aplicación de comida a domicilio. Chino estaría bien. Arroz, gambas, ternera… Nada complicado.

Miguel se presentó algo más tarde de lo previsto. Volvía a llevar el brazo en cabestrillo y su cara no había mejorado mucho desde el día anterior, pero al menos parecía sobrio.

El pedido llegó pocos minutos después. Marcela desplegó los táperes en la mesa del salón e invitó a Miguel a sentarse.

290

—No te has esmerado mucho con la cena —farfulló Bonachera.

—No me parece que te preocupes mucho por tu salud última-mente —le devolvió Marcela.

Miguel iba sin afeitar y su camisa necesitaba un lavado con ur-gencia. Bufó, se sentó y cogió un par de palillos de madera. Jugueteó con la comida, revolvió las gambas y se llevó a la boca un pequeño trozo de ternera después de escurrirlo contra el borde del táper.

Por fin, Marcela dejó a un lado sus palillos, lo miró de frente y esperó.

Estaba claro que aquella no era una visita de cortesía.

—Lo tengo —dijo sin más.

Marcela frunció un segundo el ceño y comprendió.

—¿Lo tienes? —preguntó, atónita.

—Necesito que me ayudes —añadió.

Miguel se levantó y se dirigió hacia el perchero de la entrada, donde había colgado su abrigo, y volvió con una pequeña bolsa de plástico que dejó sobre la mesa. Dentro, un *smartphone* negro que Marcela reconoció en el acto, igual que el envoltorio. Sobre el plásti-co, una serie de pegatinas indicaban el número de registro de la prue-ba, fecha, hora, el agente que la había puesto a disposición, en este caso ella, y el que la había custodiado, el inspector Domínguez en persona.

—¿Cómo…?

—Eso no importa —la cortó Bonachera—. Lo único que nece-sito es que entres en el sistema y borres cualquier evidencia de que una vez estuvo allí.

—¿Te has vuelto loco? ¡Eso es imposible!

—No me jodas, jefa. Eso es pan comido para ti.

Marcela movió la cabeza de un lado a otro. Tenía ganas de cerrar el puño y estampárselo en la cara.

—Es imposible —repitió.

—Te he visto desactivar la alarma de un edificio, y me consta que consigues información a hurtadillas.

—Es cierto —reconoció a regañadientes—, pero si alguien buscara, encontraría mi rastro. Puedo disimularlo, pero no eliminarlo, no llego a tanto.

—Inténtalo —insistió Miguel. Había empezado a sudar y se había deslizado hasta sentarse en el borde del sofá.

—Devuélvelo —respondió Marcela.

—No, imposible. Hay más gente implicada, y les prometí que borrarías el rastro.

—¿Has dado mi nombre como garantía? —exclamó Marcela, levantando la voz.

—No, no he dicho que fueras tú, solo que conocía a quien podía hacerlo. Si no lo haces, estamos jodidos.

—¿Tú y quién más?

Miguel la miró con unos ojos que ella no había visto nunca. Unos ojos febriles en medio de una cara brillante.

—Nunca te he pedido nada —farfulló Bonachera, furioso—. Te he cubierto mil veces, he mentido por ti, me la he jugado, y ahora, la primera vez que yo te pido algo, algo que es vital para mí, te niegas.

Empujó la mesa con las piernas al ponerse de pie. Cruzó el salón en cuatro zancadas, arrancó el abrigo del perchero y se marchó sin decir nada más.

Marcela hundió la cabeza entre las manos.

Estaba perdiendo el control, y esa era una sensación que odiaba con toda su alma.

Sacó la botella de Jagger de la nevera y un vaso helado del congelador, se sirvió un trago y encendió un cigarro.

Miró asqueada la comida que seguía sobre la mesa. Rellenó el vasito, lo vació y volvió a llenarlo una vez más. Luego cogió el pitillo y se asomó al pequeño balcón que daba a la fachada sobre la calle Mayor. No vio a Miguel. Se había ido.

Aquello no podía acabar bien.

No le había mentido, ella no era capaz de borrar por completo el rastro de una intromisión en la red. Hasta entonces había tenido suerte porque nunca la habían buscado, pero la prueba, el teléfono, había sido etiquetado por el mismísimo Domínguez, era imposible que no lo echara de menos.

La cabeza le daba vueltas buscando una solución, pero lo veía todo tan negro como la noche que había cubierto la ciudad.

El timbre de la puerta la sobresaltó.

Miguel había vuelto. Buscarían una solución.

Lanzó la colilla a la calle desierta y fue a abrir.

Las sorpresas al otro lado del umbral parecían no tener fin.

—¿Qué haces tú aquí?

37

—Me has bloqueado, no puedo llamarte por teléfono ni enviarte mensajes.

Marcela había sido incapaz de reaccionar ante la visión de Ángela Crespo al otro lado de la puerta, lo que su exsuegra había aprovechado para colarse dentro sin el menor pudor.

—¿Y el hecho de que te haya bloqueado no te indica que no quiero saber nada de ti? —le devolvió Marcela cuando se rehízo.

—Tú tampoco eres santo de mi devoción. Por mí, como si te mueres ahora mismo —escupió la mujer—, pero Héctor ha insistido en que venga. Dice que es urgente, y que será bueno para los dos, también para él. Por eso estoy aquí, no porque tenga ganas de ver esa cara de borracha y muerta de hambre.

Si algo sabía hacer Ángela Crespo era lanzar pullas directas a la diana. Era una gran observadora y tenía la lengua afilada, requisitos indispensables para machacar al contrario. O intentarlo, al menos. Había visto la botella de Jagger sobre la barra de la cocina y los restos de comida china en el salón.

Dos más dos…

El único problema era que hacía mucho tiempo que Marcela era inmune a sus comentarios.

—Lárgate —dijo sin más, y se dirigió a la puerta con intención de abrirla y echarla por la fuerza si era necesario.

—Ahora mismo —accedió ella, muy tranquila—. Solo he venido a darte esto. A Héctor le costó mucho hacérmelo llegar, y lo único que quería era que tú lo tuvieras. Si el que yo tenga que arrastrarme hasta tu puerta beneficia de algún modo a mi hijo, lo hago. Como he hecho siempre, no como tú, que saliste corriendo a las primeras de cambio...

Marcela no se molestó en contestar. Abrió la puerta y esperó.

Ángela Crespo, tan rubia, tan tersa y tan erguida como siempre, abrió el bolso con parsimonia, sacó un libro y lo dejó en la mesa.

—No lo tires —le dijo—. Héctor tampoco quiere saber nada de ti, tenlo por seguro. Si te envía esto, debe ser importante. Deja tu estúpido orgullo a un lado.

Luego la miró desde lo alto de sus zapatos de tacón y salió con la misma rapidez con la que había entrado.

Marcela se quedó un minuto entero mirando la puerta, intentando decidir si lo que había ocurrido había sido real o un mal sueño. Se dio la vuelta y vio el libro junto al Jagger. Cogió ambas cosas y se dirigió al sofá.

Héctor le enviaba un ejemplar de *Matar a un ruiseñor*, el clásico de Harper Lee que tanto les gustaba a los dos. Se trataba de una edición moderna, con una ilustración preciosa de la pequeña Scout sosteniendo un ave en la mano.

No entendía por qué Héctor le enviaba un libro que sabía que ya tenía. Por qué le enviaba nada, en realidad. Pasó las páginas despacio hasta llegar al fragmento que más le gustaba, ese en el que Atticus Finch intenta explicar a su hija Scout por qué Tom Robinson iba a ser declarado culpable a pesar de que todo el mundo sabía que era inocente. Marcela no recordaba cuántas veces había leído ese libro, pero cada vez que lo hacía llegaba a la misma conclusión: el mundo no ha cambiado nada desde 1960. Las mismas injusticias, similares atropellos, los mismos privilegiados, o sus descendientes, pisoteando a los mismos desgraciados a lo largo y ancho del mundo.

En el margen izquierdo de la página distinguió la letra inclinada de Héctor. Había escrito dos frases a lápiz, sin apenas hacer fuerza contra el papel para que el grafito negro no llamara la atención si alguien revisaba el libro.

Consigue que nos veamos a solas fuera de aquí. Tengo información sobre GM.

Esta vez, Bonachera no tardó demasiado en abrir la puerta de su casa, aunque Marcela tuvo que llamar unas cuantas veces con los nudillos. Pensó que eso sería más discreto que utilizar el timbre. Miguel debía de estar despierto, porque un par de minutos después la miraba desde el interior del piso, al parecer dudando si dejarla pasar.

—Es importante —le aseguró Marcela.

Miguel se hizo a un lado y ella entró. El salón estaba recogido y la casa ya no olía como una pocilga. También Miguel tenía mejor aspecto. Se había duchado, afeitado y puesto ropa limpia, aunque no fuera más que un pantalón de pijama y una camiseta blanca.

—Debe serlo, para presentarte de madrugada.

—Es poco más de medianoche, no es tan tarde —se defendió Marcela.

Sin preguntar, Miguel sacó dos cervezas de la nevera y las dejó sobre la mesa. Ni rastro de la coca ni del portátil.

—¿Has podido descansar? —le preguntó Marcela.

—¿Qué quieres? —replicó él. Se había quedado de pie en medio del salón y la observaba con la cabeza baja y los brazos cruzados.

Marcela se puso también de pie y abandonó la cortesía.

—El móvil que has sustraído… Déjamelo.

—No sé qué pretendes…

—Hacer una llamada. Es importante —repitió.

Miguel relajó los hombros y la miró con el ceño fruncido unos segundos. Luego desapareció por el pasillo y regresó poco después con el paquete intacto.

Marcela se puso los guantes de látex que había tenido la precaución de coger y rasgó el precinto. Ese simple gesto ya era un delito. Sacó el móvil y presionó el botón de encendido hasta que la pantalla se iluminó.

—¿Y si está protegido por contraseña? —preguntó Miguel.

—Eso sí sé hacerlo —le aseguró Marcela.

En efecto, el teléfono exigía una contraseña de desbloqueo que Marcela apenas tardó un par de minutos en sortear. Miguel la observó pulsar el botón lateral, luego abajo en la pantalla y más tarde en tres o cuatro menús que se desplegaron consecutivamente.

Cuando el móvil estuvo operativo, solo tuvo que abrir el listado de últimas llamadas. Conectó la grabadora de su propio teléfono, dejó los dos aparatos sobre la mesa, conectó el altavoz del *smartphone* negro y llamó. El tono sonó tan nítido que los sobresaltó.

Nadie contestó.

Llamó de nuevo. Once tonos después, la llamada se cortó.

Probó una vez más. Cinco tonos, seis. Y de pronto, el silencio. Había alguien al otro lado, alguien que esperaba a que su interlocutor diera el primer paso.

Marcela cogió aire.

—Tenemos que hablar —dijo sin más. Y colgó.

Miró a Miguel. Estaba pálido, y se acariciaba el brazo herido por encima de la camiseta.

—¿Y ahora? —preguntó.

Marcela no tuvo tiempo de contestar.

Una campanilla le indicó que acababa de recibir un mensaje en su móvil.

¿Me quieres joder, lobita? Estás muerta.

Bingo.

38

Las decisiones que uno toma en cada momento son muestra del calibre de su inteligencia, el indicador de su capacidad para comprender lo que ocurre y actuar en consecuencia.

Marcela solía compararse con los animales. Son listos. Dedican todo su esfuerzo a sobrevivir y a reproducirse, con breves intervalos de tiempo que ocupan con el juego y el descanso. Buscan comida y la mejor pareja; los que lo necesitan, aprenden a cazar, y el resto se especializa en camuflarse o huir. Sus genes les marcan cómo comportarse, cómo moverse, cómo aullar. Lo demás, lo aprenden de sus progenitores o por las malas.

Los animales eran una buena muestra de que Marcela era una estúpida. No solo se había metido ella sola en la boca del lobo, sino que estaba dispuesta a seguir avanzando hacia el precipicio. Eso, por no mencionar su escasa capacidad para elegir la pareja adecuada y su negativa a reproducirse. Comparada con los animales, la inspectora Pieldelobo estaría en el último escalón de la cadena alimentaria, sería menos que una ameba.

Miguel la miraba atónito. Se había dejado caer en el sofá y seguía el deambular de Marcela de un lado a otro del salón.

El móvil del subinspector se había vuelto loco poco después de que Marcela recibiera el primer mensaje. Le exigían que entregara el *smartphone* de inmediato, e incluso lo citaban al cabo de una hora en un rincón poco recomendable de un parque de Pamplona.

Con su silencio llegaron las amenazas, avisos muy explícitos sobre lo que le ocurriría si no cumplía con lo pactado.

—No puedes quedarte aquí —dijo Marcela por fin.

—¿Y tú sí? —preguntó Miguel. Sus estresadas cuerdas vocales sonaron mucho más agudas de lo habitual.

Marcela sacudió la mano para ignorar a Bonachera.

—Coge una bolsa con algo de ropa. Voy a llevarte a un hotel. Tenemos que movernos deprisa, no creo que tarden en aparecer por aquí.

—¿Y tú? —insistió mientras se levantaba de un salto, listo para obedecer.

—Yo tengo trabajo que hacer.

Eligieron un hotel en el casco antiguo de la ciudad, con acceso peatonal por un lado y las murallas detrás. La recepción estaba permanentemente atendida por dos personas y había cámaras de seguridad en el edificio y en las calles cercanas.

Pidieron una habitación en la última planta, alejada del ascensor. El recepcionista no pareció extrañarse ante las exigencias de la pareja que había llegado de madrugada. Sin duda, la recepción de un hotel era el lugar perfecto para estudiar todas las subespecies del género humano.

Al menos, Marcela dispondría del coche de Miguel.

Salió del hotel, se subió la capucha del anorak y hundió las manos en los bolsillos. La tranquilizó sentir el tacto de su arma. También Miguel tenía la suya lista y a mano.

Aceleró el paso en dirección al paseo de Sarasate y mantuvo el ritmo hasta que llegó a comisaría. Eran más de las dos de la madrugada. El edificio estaba tranquilo, sin policías uniformados fumando en la acera ni gente entrando y saliendo.

Saludó al agente de recepción, le aseguró que no había ninguna emergencia y subió a su despacho. Entró, encendió las luces y la calefacción y se sentó a su escritorio.

Cualquier animal, de cualquier tamaño y especie, era más inteligente que ella. Había provocado al enemigo, le había mostrado su juego y en lugar de huir, desvanecerse y tratar de salvar la vida, se había quedado para plantar cara en una batalla imposible de ganar.

Su única posibilidad de sobrevivir era actuar como el animal más mortífero del planeta: el mosquito. Más peligroso incluso que el ser humano, cualquier tipo de serpiente o el tiburón más fiero. Nada era comparable a la capacidad de matar de un simple mosquito. Pequeño, discreto, rápido y audaz.

Marcela apoyó la cabeza en las manos y cerró los ojos. Tendría que zumbar, zigzaguear y, por fin, picar. Dejar su saliva, transmitir el virus mortífero y alejarse lo más rápido posible.

Iba a necesitar mucha cafeína.

Era extraño estar sola junto a la máquina de café. Marcela solía evitar pasar por allí, nunca había menos de tres personas arremolinadas alrededor de la expendedora. El pasillo estaba prácticamente a oscuras, igual que los despachos de los dos lados.

El zumbido de la máquina y el borboteo del café al caer en el vaso acapararon el espacio.

Por eso no lo oyó llegar.

Si fuera un mosquito, en ese momento estaría aplastada contra la pared con las tripas fuera.

—No abuses de ese café —dijo una vez a su espalda—, es corrosivo.

Unas gotas de líquido caliente cayeron sobre sus dedos cuando se sobresaltó. Marcela dejó el vaso sobre la máquina y se limpió la mano en los pantalones.

Vázquez no sonreía, casi nunca lo hacía, pero su mirada no podía ocultar que se estaba divirtiendo.

—¿Quieres uno? —invitó Marcela, intentando parecer tranquila.

—Claro —aceptó él.

Acercó de nuevo la tarjeta al sensor y pulsó el botón de solo y sin azúcar. No conocía las preferencias del inspector, pero era lo que le pegaba.

—Nunca te había visto por aquí a estas horas —comentó Vázquez.

—¿Tú vienes mucho? —preguntó ella.

Vázquez se encogió de hombros y sacó el vaso de la máquina. Se lo acercó a los labios y sopló sobre el líquido, lanzando una vaharada cálida hacia ella.

—Intento que no se me acumule el papeleo —respondió—. A estas horas no hay llamadas, ni gente, ni casi delitos, así que puedo ponerme al día en poco tiempo.

—Y dormir está sobrevalorado —añadió Marcela.

—Sí en mi caso —admitió él—, y parece que también en el tuyo.

Marcela sonrió brevemente y probó el café. Fuerte y ácido. Vázquez tenía razón, ese brebaje podía perforarte las paredes del estómago. Aun así, era lo que necesitaba.

—Me alegro de encontrarte —siguió el inspector—, así podré contarte lo que he averiguado sin que nadie nos pregunte de qué estamos hablando.

—¿Lo tienes? —preguntó ella, incrédula. Hacía solo unas horas que había hablado con él en su despacho.

—La duda ofende —bromeó—. He tenido suerte —reconoció por fin—. El juez instructor ya estaba trabajando en el caso cuando lo llamé. Le planteé la cuestión y le pareció lo bastante interesante como para hacerles esa pregunta a todos los detenidos. El que te interesa fue el primero.

—¿Y bien? —lo apremió Marcela.

—Dice que su colega, Bizen Itzea, guardaba allí «artículos personales». —Levantó las manos en el aire para enfatizar la literalidad

301

de sus palabras—. Otro de los detenidos, uno mucho más asustado que el tal Markos, ha declarado que los viajes empezaban realmente allí, en la central, donde tenían que recoger las mochilas, los mapas, los *walkies*… Al parecer, guardaban allí todo lo necesario para pasar la *muga*, y es posible que hubiera algo de documentación interesante para nosotros, pero se ha perdido en el incendio. Eso sí —añadió Vázquez—, todos niegan tener algo que ver con el incendio.

Marcela frunció el ceño y miró hacia el suelo. El café se enfriaba en su mano.

—¿Entraste en el edificio? —preguntó Vázquez en voz baja a pesar de que estaban solos.

Marcela se encogió de hombros.

—Perdí la oportunidad. Estoy segura de que la segunda planta de la central eléctrica servía como punto de reunión y encuentro del grupo de correos, e incluso como almacén cuando fuera necesario. Había una sala blindada y protegida con barras de acero y unos cerrojos enormes. Sorprendí a Bizen y Markos dirigiéndose hacia allí —añadió—. Dijeron que eran de mantenimiento.

—Markos Etxegi tiene un contrato en vigor para ese puesto.

Marcela asintió en silencio.

—Pero en la compañía eléctrica me aseguraron que no había ninguna sala cerrada en el interior. Se sorprendieron cuando les expliqué lo que había visto y dijeron que enviarían a alguien para comprobarlo.

El mosquito parecía haberse instalado en su cerebro y lo recorría zumbando y mordiendo de un lado a otro.

—Déjalo estar —le aconsejó David unos segundos después—. No tiene remedio.

Volvió a su despacho con la cabeza hecha un lío. Las posibilidades cruzaban raudas por su cerebro, pero ninguna la convencía lo suficiente como para detenerse en ella. El zumbido era frenético.

La luz de su móvil parpadeaba sobre la mesa. Lo había dejado ahí cuando fue a por el café.

Una llamada perdida y dos mensajes.

La llamada procedía de un número desconocido.

El primer mensaje era de Miguel. Había recibido amenazas muy explícitas, pero todo estaba tranquilo en el hotel.

El segundo era de Gerardo Montiel.

Tenemos una conversación pendiente. Olvida lo que he dicho antes, estaba cabreado. No tienes nada que temer. ¿Desayunamos?

Apagó la luz, cerró la puerta y se marchó a casa.

39

No había nada más aséptico que la consulta de un dentista. Una estrecha mesa pegada a la pared con una enorme pantalla y un teclado, varias cajas azules y blancas, la reproducción de una mandíbula sobre una base metálica y unos cuantos papeles pulcramente ordenados. Debajo, cajones alargados que los auxiliares abrían y cerraban al pedido del médico. En las paredes, un par de diplomas, una lámina sobre el sistema digestivo y un par de pósteres de empresas farmacéuticas con gente sonriente de dentadura albina.

Marcela se había sentado en un taburete en el rincón más alejado de la unidad dental colocada en el centro de la consulta. Hitler dijo que prefería ir al dentista antes que volver a reunirse con Franco. Ella no estaba tan segura.

Había llegado temprano y había entrado por el garaje del edificio. Llevaba más de una hora allí sentada, sin apenas moverse, sin tomarse ni un triste café y, lo que era peor, sin fumar.

Estaba nerviosa, más de lo que había estado en mucho tiempo. Era consciente de todo lo que estaba en juego.

De pronto se oyeron voces en la antesala. Un hombre hablaba con la recepcionista. Luego, el dentista intervino con voz amable, unos segundos de silencio y Héctor cruzó la puerta de la consulta.

El doctor y un policía de uniforme lo seguían de cerca.

Marcela se levantó del taburete. Evitó la mirada de Héctor y se dirigió al agente.

—Piñero, no sé cómo agradecértelo.

Marcela alargó una mano que el policía estrechó.

—Ningún favor —respondió él con una sonrisa mientras liberaba a Héctor de las esposas—, pero ten cuidado, y no me refiero a este —añadió, señalando al preso con la cabeza—. Me quedaré en la sala de al lado con el médico; mi compañero no sabe nada y es mejor que siga así. Intentad no levantar la voz y avísame cuando estéis listos.

Marcela asintió en silencio y los vio salir. Luego fijó su atención en Héctor Urriaga. Ni rastro de su habitual sonrisa. En su lugar descubrió una barba descuidada y dos profundas arrugas alrededor de la boca.

—Siento las pintas —dijo él como si le hubiera leído la mente—, pero tenía que convencer a todo el mundo de que tenía problemas dentales. Me hice una herida en la encía con un bolígrafo para que resultara creíble. Se me fue la mano —añadió frotándose la barbilla—, me duele mucho.

—El médico debería echarte un vistazo cuando acabemos de hablar, no quisiera que cogieras una infección por mi culpa.

Héctor asintió y buscó un lugar en el que sentarse. Acabó acomodándose en el sillón del dentista, de medio lado, con los pies colgando hacia Marcela, en una postura que no parecía demasiado cómoda.

—¿Cómo has conseguido...? —preguntó Héctor señalando hacia la puerta que acababa de cerrarse a su espalda.

—Conozco a mis compañeros, sé en quién puedo confiar y en quién no. Piñero es un gran policía y accedió a colaborar desde el primer momento. Tampoco tuve problemas con el dentista. Le gustan las novelas policiacas, así que está encantado.

Se miraron en silencio unos segundos. Por fin, Marcela se levantó del taburete y dio un mínimo paso hacia su exmarido. Luego sacó el móvil y encendió la grabadora.

—Cuéntamelo todo.

*

Permanecieron más de dos horas en la consulta del dentista. Cuando Héctor terminó su declaración, Marcela se marchó para que el doctor se ocupara de la herida de su boca. Además, no quería estar presente cuando descubriera que había fumado allí. Tiró la ceniza por el desagüe del pequeño lavabo y llevaba en el bolsillo las dos colillas, envueltas en uno de esos baberos de papel. Ya le pediría disculpas por teléfono dentro de un rato.

Salió a la calle por el garaje y se encendió otro cigarrillo. La Jefatura no quedaba lejos, pero necesitaba tiempo. Tenía mucho en lo que pensar.

Vagabundeó por la Vuelta del Castillo con las manos hundidas en los bolsillos del abrigo y la cabeza perdida en mil divagaciones. Puntos de salida y de llegada, posibilidades, consecuencias... Puertas que se abrían y se cerraban.

Cuando por fin entró en la comisaría era mediodía. Encendió el ordenador y le envió un correo electrónico al comisario, a quien supuso disfrutando de su hora de comer.

Necesito hablar con usted, es urgente. Estoy en mi despacho, avíseme cuando pueda. Añadió un *por favor* antes de enviarlo y se recostó en la silla.

Su móvil vibró sobre la mesa: *¿Cómo de urgente es?*, preguntaba Andreu.

De vida o muerte, respondió Pieldelobo.

Ahora. En mi despacho.

El comisario Andreu ocupaba la vivienda habilitada en la última planta del edificio que albergaba la Jefatura de Policía. Casi todos los máximos responsables que habían pasado por Pamplona lo hacían. Los comisarios cambiaban con relativa frecuencia, y al titular de turno no le solía compensar alquilar o comprar una vivienda teniendo a su disposición un piso a treinta segundos de su despacho.

306

Marcela esperó en la antesala del despacho del comisario. García tampoco estaba. Abrió la ventana y se asomó. La calle estaba desierta a sus pies. Llovía de nuevo, cómo no.

El comisario carraspeó en la puerta. Marcela se volvió y dio un paso hacia él con la mano extendida. Andreu aceptó la oferta de paz y le devolvió un apretón seco.

—Siento molestarlo a la hora de comer —se disculpó Marcela mientras lo seguía al interior de su despacho.

—No me ha molestado. Y hace rato que he terminado de comer. En realidad, me ha librado de seguir leyendo un libro aburridísimo —respondió Andreu.

—Los libros no deben ser una tortura, jefe. Si no le gusta, a otra cosa.

Andreu cabeceó brevemente y se sentó en su silla. Marcela hizo lo propio al otro lado del escritorio.

—Me tiene intrigado y preocupado, Pieldelobo. Usted dirá.

—Jefe, antes de empezar, tengo que pedirle que mantenga una actitud abierta y que me deje terminar. Luego le daré todas las explicaciones que me pida.

Dejó el móvil sobre la mesa, buscó el último archivo de audio y pulsó el PLAY. Héctor Urriaga comenzó una vez más su explicación.

La tarde estaba bien avanzada cuando regresó a su mesa. Ya había luz en los despachos y los pasillos brillaban como cintas deslumbrantes, fluorescentes en el techo, vinilo lustroso en el suelo.

El comisario tenía mucho en que pensar. Había anulado todos sus compromisos y le había prohibido a Marcela salir del edificio si no era con una escolta.

Innecesario e inútil, por supuesto.

Lo que estaba claro era que, una vez levantada la liebre, no podía quedarse de brazos cruzados y permitir que los otros dieran el primer paso. Eso sería fatal para ella. Visualizó al mosquito estampado contra la pared.

Tecleó un breve mensaje para Miguel.

¿Todo bien?

Treinta segundos después, el teléfono comenzó a vibrar en su mano.

—¿Todo bien? —repitió, esta vez de viva voz.

—Saben dónde estoy —respondió Miguel—. Me han enviado fotos del hotel, se ríen de mí, intentan ponerme nervioso, me retan a que salga.

—Si sales, podrán ir a por ti —le recordó Marcela—. Ahí estás a salvo.

—¿Estás segura? —Le temblaba la voz—. Acuérdate de lo que pasó en el hotel Tres Reyes hace pocos meses.

Marcela volvió a ver los cadáveres en la habitación, al asesino entrando y saliendo impunemente, moviéndose entre los clientes tranquilo, pausado, sin llamar la atención.

—No me puedo quedar aquí encerrado eternamente —siguió Bonachera.

—El comisario está al tanto.

—¿Va a mandar refuerzos?

—Todavía no lo sé…

—Puede que para cuando lo sepas yo ya esté muerto.

—No te matarán sin conseguir lo que buscan —le dijo Marcela—. No saben dónde está el móvil, y no se van a arriesgar a perderlo. Ese teléfono es tu seguro de vida.

A pesar de sus palabras, Marcela sabía que el hotel era una solución temporal. Miguel tenía razón. Estaban intentando asustarlo para que entregara la prueba, pero irían a por él en el momento que lo decidieran.

—Te llamo en media hora, una como mucho —le prometió.

—De acuerdo —aceptó Miguel.

Cuando colgó, descubrió que tenía tres nuevos mensajes.

Un número oculto.

Deja el paquete en la consigna 32 de la estación de autobuses. Ciérrala y vete. Tienes una hora.

Lo había recibido hacía diez minutos.

Tampoco podía identificar el remitente del segundo mensaje.

Si en una hora el paquete no ha sido entregado, en dos horas estaréis muertos. Y no será agradable.

Vaya, directo al grano. Le sonó a amenaza vacua y gratuita. Quizá los mataran, esa era una posibilidad, pero estaba segura de que no tenían a un francotirador apuntándoles a la cabeza, listo para disparar a la señal del verdugo.

El tercero incluía la firma en el texto.

Nada que hablar, lobita. El juego ha terminado.

Marcela se levantó de la silla y rodeó la mesa varias veces, pensando, maldiciendo, barajando alternativas. Las soluciones que se le ocurrían le parecían poco más que un parche, pero no tenía demasiadas opciones.

Cogió el móvil, abrió Telegram y escribió un mensaje para Damen.

Necesito hablar contigo.

Los tres puntos bailotearon en la pantalla mientras Damen escribía.

Llámame, le ofreció.

Imposible, solo en persona.

Un silencio y luego:

¿Qué ocurre?

Hablemos. Solos, privado y no oficial.

¿Estás bien?, preguntó Damen.

Todavía sí, respondió ella.

No quería asustarlo, pero necesitaba que dejara de preguntar.

¿Dónde?

Voy a Beloso, te aviso cuando llegue.

OK, respondió sin más.

A continuación, llamó al subinspector Fuentes por la línea interna.

—Roberto, estoy sin coche, ¿hay alguien que pase por Beloso?

—Claro. Baja y te llevamos. Julio está a punto de salir, puede acercarte.

—Que me espere en el garaje, voy ahora mismo.

Damen daba vueltas a un lado y a otro de la barrera que limitaba el acceso a las instalaciones de la Policía Foral en el Alto de Beloso. Cuando el zeta de Julio se detuvo junto a la valla, giró y apuró el paso hacia el vehículo.

Marcela se apeó del asiento de atrás, donde los cristales tintados la ocultaban por completo.

—¿Estás bien? —preguntó Damen en cuanto estuvo frente a ella. Repasó su cuerpo con el ceño fruncido.

—Sí, estoy bien. Siento haberte alarmado, y siento aún más molestarte —dijo.

—¿Subimos a mi despacho? —propuso él.

Marcela negó con la cabeza.

—No es oficial, no quiero que tengas problemas por mi culpa. Si escuchas lo que voy a contarte en una charla informal, no estarás obligado a informar.

—Sabes que eso no funciona así…

—Por favor —le cortó Marcela—. No habría venido si no fuera importante. Demos un paseo. Por favor —insistió ante las reticencias de Damen.

Caminaron en silencio hasta llegar a las estrechas calles del Alto de Beloso, una de las zonas residenciales más exclusivas de Pamplona. Grandes casas unifamiliares con enormes jardines, piscina, veladores e impresionantes garajes, ocultas detrás de muros enormes y árboles frondosos que las dotaban de una envidiable privacidad en el corazón de la ciudad.

Marcela respiró con fuerza, clavó la mirada al frente y empezó a hablar. Sin titubeos, no había espacio para las dudas. Había tomado una decisión de la que sabía que se arrepentiría más pronto que tarde, pero ya no había espacio para dar marcha atrás.

Avanzaban uno junto al otro, sin tocarse ni mirarse, pero Damen estaba absolutamente concentrado en sus palabras.

No entró en detalles, tiempo habría más adelante si se lo pedía, pero le explicó que una de las pésimas decisiones que había tomado recientemente había derivado en una deuda que ahora le exigían devolver.

Le habló de Fernando Ribas y de Elur Amézaga; le contó sus sospechas sobre lo que le había ocurrido a Bizen Itzea. Le habló de Gerardo Montiel y de Héctor. Y, por fin, le habló de Miguel.

—Lo matarán —le aseguró Marcela—. Tiene que salir del hotel y esconderse en un sitio seguro.

Damen avanzó unos metros en silencio.

El viento removía las ramas de los árboles, y unos cuantos pájaros charlaban entre las hojas perennes. Un poco más atrás, desentonando por completo en medio de semejante oasis de paz, el tráfico, los bocinazos, la ciudad.

—¿Por qué no les pides una escolta a tus compañeros? —preguntó Damen por fin.

Marcela suspiró. Nunca había expresado sus sospechas en voz alta. Hacerlo las convertiría en realidad o, al menos, en más probables.

—No tengo ni idea de hasta dónde llegan los tentáculos de Montiel.

Damen asintió, pero no dijo nada.

—He pensado en llevarlo a Zugarramurdi. Que tú lo llevaras —matizó Marcela—. Estoy segura de que me tienen vigilada.

Damen se detuvo y la miró fijamente. Marcela fue incapaz de interpretar lo que sus ojos le estaban diciendo.

—Escucha —añadió ella—. Si preguntan, diremos que te he

pedido que lo lleves como un favor personal. Él no puede conducir, está de baja, y a mí el comisario me ha prohibido salir de Jefatura. No sabes nada de nada, no te he contado nada. Solo me estás haciendo un favor, nos lo haces a Miguel y a mí.

Damen la cogió de la mano y la obligó a detenerse. Luego se volvió hasta quedar frente a ella.

—Hay muchas cosas que pueden salir mal —le dijo.

—Lo sé —admitió ella.

—Es imposible que salgas impune, el comisario te sancionará de alguna manera.

—También lo sé.

La miró largamente a los ojos y apretó su mano.

—Llevaré a Miguel y me quedaré con él —dijo.

—No..., no hace falta...

—Si esto no se soluciona pronto, lo encontrarán. Es fácil enterarse de que tienes una casa en Zugarramurdi. Irán a comprobarlo. Yo iría —añadió.

—Yo también —reconoció Marcela.

—De acuerdo. Llama al zeta para que venga a buscarte. Estoy de acuerdo contigo, te estarán vigilando. Si no te han visto salir, que no te vean entrar y así no querrán saber dónde ni con quién has estado. Yo me ocupo de Miguel, tengo su número. Hablaremos cuando todo esto termine.

—Yo...

Por primera vez en su vida, Marcela no tenía palabras. Damen aprovechó el silencio para seguir hablando.

—Me has estado ocultando cosas muy importantes —dijo en voz baja—. Supongo que la confianza requiere tiempo, mucho en tu caso. —Luego la miró a los ojos—. De cualquier manera, me alegro de que hayas recurrido a mí. Es importante.

—Gracias por confiar en mí. Por un momento no supe... Yo pensaba que tú...

—Déjalo. Hablaremos —repitió—. Llama al coche patrulla y

312

vete. Intenta no utilizar tu móvil y, por supuesto, ni se te ocurra ir a tu casa, ¿de acuerdo?

—Claro.

La confianza es una sensación extraña. Es muy difícil confiar plenamente. Imposible, incluso. La mayoría de las personas prestan parte de su confianza, pero lo hacen desconfiando a la vez, preparados para retirar su apoyo o cambiarse de bando. Confían a medias, a hurtadillas, de soslayo. Para confiar, debes poner tu fe en otra persona de manera ciega e incuestionable. Depositas tus expectativas en algo o alguien que sabes que no te fallará. Confías en ti mismo, te repites «yo puedo, yo puedo». Confías en otros hasta el punto de dejar tu vida en sus manos. Confías a veces en cosas abstractas, como la suerte, el sol, el horóscopo. Es un insensato quien confía en todo el mundo, y un neurótico quien no lo hace en nadie.

Cuando Marcela pensaba en la confianza, la misma palabra resonaba en su cabeza como una campanilla machacona: TRAICIÓN, con mayúsculas.

En esos momentos, las posibilidades de que alguien la traicionase eran, en su opinión, altísimas.

Miguel podía venderla, ofrecer el *smartphone* y la cabeza de Marcela para salvarse. Era un adicto que acumulaba una enorme deuda. Lo haría, sin duda.

El comisario podía entregarla al Ministerio del Interior, lavarse las manos y pasarle el marrón a las instancias superiores. La suspenderían, la juzgarían y, posiblemente, acabaría en la cárcel. Y a él le concederían un ascenso. O podía dejarse llevar por la avaricia y llamar a Montiel. En ese caso, sin duda, tenía las horas contadas.

Damen también podía traicionarla. Damen, que la amaba, de eso no le cabía duda, pero que tendría que lidiar con su alma de policía, con la rectitud que guiaba sus acciones. Quizá pensara que era lo mejor para ella, que le convenía pagar su castigo, aprender la lección y seguir después adelante con las deudas saldadas. Quizá no pudiera soportar verla como a una mala policía y que siguiera formando parte del engranaje de la justicia. O quizá, si los descubrían, acabara contando que todo era cosa de ella, que él no sabía nada, que solo le estaba haciendo un favor a una amiga. Podría hacerlo. Podría traicionarla para salvarse él.

Marcela convivía con la traición, la conocía desde niña, pero, a pesar de todo, cada puñalada dolía como si fuera la primera. Porque no podía evitar confiar. No en todo el mundo, no siempre, pero sí a veces, en algunas personas. Confiaba en Miguel, a pesar de sus adicciones; se fiaba del comisario, que podría destruirla como un gigante aplastando a un enano con el pulgar. Y confiaba en Damen.

Y, a pesar de todo, se preparaba para la traición.

Damen no perdió el tiempo. Se excusó en el trabajo alegando que se encontraba mal y utilizó Telegram para contactar con Miguel y darle instrucciones precisas. Suponía que escucharían sus conversaciones, y las aplicaciones de Android eran fáciles de hackear, pero la plataforma rusa era casi inexpugnable. Salvo para los propios rusos, claro. Por si acaso, ambos eliminaron la conversación y se pusieron en marcha.

Metió el móvil al fondo del cajón de la mesita de noche. Dejó una nota sobre la cama explicando que dejaba la habitación, recogió sus cosas y bajó por las escaleras hasta el sótano. El hotel contaba con una entrada de servicio por la que accedían las furgonetas de reparto y de la lavandería. Damen maniobró marcha atrás y se colocó junto a la persiana metálica. Solo tuvo que esperar un par de minutos.

Miguel abrió la pequeña puerta lateral y corrió hasta el coche. Prácticamente se lanzó sobre el asiento trasero. Se encogió en el suelo e intentó ralentizar su respiración y sus latidos. Estaba pálido y sudoroso, aunque Damen supuso que sería por una mezcla de miedo y síndrome de abstinencia.

Condujo despacio para no llamar la atención. Vio a dos tipos sentados en la terraza de un bar cerrado. Giró a la derecha para no pasar por delante y se alejaron del hotel.

No se detuvo hasta que Pamplona no fue más que un borrón a su espalda. Paró en la parte trasera de una gasolinera de carretera y esperó hasta que Miguel se enderezó y se sentó en el asiento trasero.

—Gracias —dijo Miguel—. Marcela no me avisó de que pensaba hablar contigo. Gracias, de verdad. Me salvas la vida.

—No me las des. No apruebo lo que has hecho, pero no quiero que te maten.

—Entiendo —respondió Miguel—. En cualquier caso, gracias.

Apenas intercambiaron un par de frases más el resto del camino. Damen conducía con la vista fija en la carretera y echaba rápidos y frecuentes vistazos al espejo retrovisor. Miguel observaba el paisaje por la ventanilla e intentaba alejar las imágenes de su cadáver que aparecían en su cabeza.

En Zugarramurdi, dejaron el coche en el aparcamiento público y subieron andando hasta la casa. Abrió con las llaves que Marcela le había dado y cerraron la puerta.

Miguel suspiró, se dejó caer en el sofá, escondió la cara entre las manos y empezó a llorar.

Damen lo observó a unos metros de distancia, en silencio. No se acercó a él hasta que se calmó.

—Arriba hay tres habitaciones. Utiliza la primera. Vamos a bajar todas las persianas. Encenderé la calefacción, pero nada de chimenea. Hay comida en la nevera y en el congelador.

Miguel asintió en silencio, recogió su mochila del suelo y se dirigió a las escaleras.

—Avísame si puedo hacer algo —dijo antes de empezar a subir.

—Claro. Estaré aquí. Duerme un rato.

*

A Marcela le estaba costando mantenerse despierta. La adrenalina de la mañana había dejado paso a una horrible migraña y a una necesidad imperiosa de cerrar los ojos y dormir.

Ya lo había intentado todo: trabajar, beber café, abrir la ventana, fumar a hurtadillas, mojarse la cara con agua fría... Necesitaba unos minutos, media hora, nada más.

Cerró las cortinas metálicas del despacho, apagó la luz del techo y se sentó en su silla. Inclinó el cuerpo hacia delante, cruzó los brazos sobre la mesa y apoyó la cabeza. Su cerebro se fundió a negro con tanta rapidez que ni siquiera consiguió terminar su siguiente pensamiento.

Su madre la llevaba de la mano. No tenía que mirar hacia arriba para ver su sonrisa, así que ya no era una niña, a pesar de que su madre parecía muy joven.

Estaban en el puente sobre el río Gállego, muy cerca de su casa, en Biescas. Su madre comentaba que las flores estaban muy bonitas este año. Los pensamientos habían sido generosos y habían florecido pronto y con una profusión de colores.

Marcela miró hacia los enormes maceteros que adornaban el puente, pero su vista se desvió hacia el río. Le pareció que estaba más alto que la última vez que había mirado.

—Deberíamos volver a casa —le dijo a su madre.

Ella sonrió y le apartó el pelo de la cara con una mano que no pudo sentir.

—Hace una tarde preciosa, espera un poco más.

—El río está subiendo —protestó Marcela.

—Tonterías —zanjó su madre.

Había mucha gente en la calle, vecinos y turistas que disfrutaban de los últimos rayos de sol, como ellas. Al otro lado del puente, Marcela vio a Miguel y a Damen, que avanzaban uno delante del otro por la estrecha acera. Sorteaban a quienes se habían detenido a observar el paisaje, a veces pegados a la barandilla, a veces bajando a la carretera. Iban muy abrigados, demasiado para la cálida temperatura reinante, pero no parecían acalorados. Damen incluso llevaba un paraguas en la mano, a pesar de que ni una sola nube desteñía el cielo.

—¡Eh! —los llamó cuando llegaron a su altura.

Ellos no parecieron haberla oído. Su madre seguía admirando las flores, así que se soltó de su mano y cruzó la carretera para hablar con ellos.

—¡Hola! —exclamó cuando los tuvo enfrente.

Los dos hombres la miraron sorprendidos, luego fruncieron el ceño y la esquivaron, dejándola atrás.

—¡Damen! ¡Miguel! ¿Qué os pasa?

Su madre se materializó a su lado y volvió a cogerla de la mano.

—No saludes a desconocidos, chiqueta —le dijo.

—Los conozco —protestó ella.

Esta vez tuvo que mirar hacia arriba para verle la cara.

Desde su nueva altura, acechó el río entre las pequeñas columnas de piedra del puente. Estaba muy cerca, había crecido mucho.

—Mamá, mira el río —pidió acongojada.

—¿Quieres ver el río, mi niña? —preguntó su madre con una sonrisa—. Ven.

La mujer se agachó, cogió a la pequeña Marcela por la cintura y la sostuvo en el vacío, sobre el río.

—¡Mamá!

—¿Más cerca, cariño?

De pronto, dejó de sentir las manos de su madre.

El río se acercaba, bravo, furioso.

Y ella caía y caía, sin llegar nunca al agua.

Ya no veía a su madre ni el río, pero podía oírlo.

Seguía cayendo.

*

Una sacudida de todo su cuerpo la arrancó del sueño. Se enderezó despacio. Le dolían los brazos y el cuello por la postura forzada, y sentía la cabeza lenta, dolorida. Tenía las mejillas húmedas. No recordaba haber llorado, solo caer. Y a su madre.

Consultó el reloj. La siete de la tarde. Tenía hambre y sed.

Cogió el anorak del perchero y salió a la calle. No se alejaría mucho. En la calle de al lado había un bar que también servía comida. Sorteó a los viandantes y se dirigió al lateral del edificio.

El interior del bar, al que se accedía después de bajar dos tramos cortos de escaleras, era cálido y cómodo. Marcela pidió una hamburguesa enorme y una ración de patatas fritas y se sentó en una de las mesas a esperar con un botellín de agua en la mano.

Un minuto después, un tipo de mandíbula cuadrada y pelo rapado se sentó frente a ella. Un segundo individuo, grande y con gafas de sol a pesar de estar en un interior poco iluminado, se quedó de pie junto a ella, impidiéndole salir.

—¿Tú eres la puta loba? —preguntó el que estaba frente a ella—. Te traemos un recado.

40

Elur se dejó caer en la cama y se tapó la cara con un cojín. En la habitación de al lado, su hermano escuchaba en bucle la misma lista de Spotify: *ska*, rap, *trap* y música electrónica.

Hacía ya dos días que le había dejado al policía el mensaje en el bar y todavía no había tenido noticias suyas. Entre las opciones que barajó cuando tomó la decisión de ponerse en contacto con él no estaba que la ignorara. Se imaginó detenida, expuesta, escondida, pero no desdeñada.

Pensó en las alternativas que le quedaban: marcharse lejos y sin llamar la atención, contárselo todo a Bizen o seguir con el juego y posicionarse definitivamente del lado del fantasma.

Se levantó y se acercó a la ventana. Fuera llovía, y los paraguas formaban un curioso río de círculos de colores que parecían suspendidos en el aire. Los vio ir y venir, movidos por los piececitos que aparecían de vez en cuando por debajo de la tela impermeable, mientras se esforzaba por decidir qué hacer.

Se imaginaba muerta; había soñado que lo estaba, pero deseaba evitarlo a toda costa.

El agua golpeaba con fuerza el cristal, casi al mismo ritmo atronador que la música que escuchaba su hermano.

No podía huir.

No quería desaparecer sin más y que su familia viviera con la terrible angustia de no saber si estaba viva o muerta.

Tampoco podía hablar con Bizen. Estaba segura de que la castigaría duramente por no haber sido sincera con él desde el principio. Además, cuando se enterara de que su negocio se estaba viniendo abajo por su culpa, era muy posible que la matara en uno de sus arrebatos violentos.

En realidad, solo tenía una opción.

Cogió el móvil, buscó el número en la agenda y llamó. Él apenas tardó dos tonos en responder.

—¿Por qué me llamas desde tu número? —preguntó con rudeza cuando descolgó.

Elur había olvidado que tenían otro teléfono para sus comunicaciones. Estaba en su bolso, oculto dentro de una funda de lana que le hizo su abuela.

—Qué más da —respondió ella intentando disimular los nervios y el miedo. Sobre todo, el miedo—. Nos conocemos, ¿no? A nadie le extrañará que te llame —contraatacó ella.

Oyó un bufido al otro lado.

—¿Qué quieres? —siguió él después.

—Tenemos que vernos. Quiero saber cuál va a ser mi papel en todo esto y empezar cuanto antes.

—¿Y esas prisas?

Elur esperó unos segundos antes de responder.

—Bizen sospecha algo. El otro día… me pegó. Necesito protección. Me lo prometiste. Tengo miedo de que vuelva a hacerlo y se le vaya la mano. Estoy en casa de mis padres.

—Lo sé —dijo él sin más. Luego llegó su turno de callar durante un interminable instante—. De acuerdo, nos vemos esta noche.

—¿Donde siempre?

—No. Será mejor que nos alejemos un poco del pueblo. La conversación puede alargarse. Ve por el camino fluvial hasta la entrada del túnel junto a la vieja central eléctrica. Nos encontraremos allí a medianoche.

—De acuerdo —aceptó ella, pero él ya había colgado.

Elur volvió a acercarse a la ventana. La lluvia era ahora un sirimiri helado que alimentaba los charcos de la plaza. Vio llegar a su madre bajo su paraguas azul cielo.

Sonrió. Iba a arreglarlo todo. Ya no moriría. Él la protegería. Siempre había estado un poco colado por ella, desde pequeños, cuando jugaban durante el verano en el pueblo de su madre. Sabría manejar la situación y aprendería a tratar con él.

Abrió el último cajón de la cómoda y deslizó la mano hasta el fondo, entre camisetas y braguitas. Sonrió al sentir el tacto frío y poderoso del metal. Esa noche llevaría la pistola a la cita. Solo por si acaso.

41

Marcela intentaba no respirar el aire caliente que el matón que tenía enfrente exhalaba con fuerza. Sentía las bocanadas caniculares rodear su cara y desaparecer a su espalda. El aliento le olía a tabaco y, extrañamente, a pesar de la situación, Marcela sintió ganas de fumar.

—Estás jugando con fuego. —El hombre había adelantado el cuerpo hasta apoyar los dos brazos y el torso sobre la mesa.

—Amenazar a un oficial de policía es un delito muy grave —respondió Marcela sin moverse ni un centímetro. El tipo sonrió sin ganas, mostrando unos dientes demasiado blancos para ser auténticos. Le habría gustado preguntarle cuántas veces le habían pateado la cara y sumar una más bajo su bota.

—No estamos amenazando a nadie —replicó el tipo.

—Solo constato un hecho.

Le pareció que estaba más gordo que fuerte, lo cual no le restaba ni un ápice de peligrosidad. No había podido ver bien al que tenía al lado, de pie junto a la mesa. El segundo hombre no se había movido ni dicho una sola palabra desde que habían llegado, señal de que conocía perfectamente cuál era su papel, y eso era malo para ella.

—Largaos, entonces —ordenó Marcela.

El tipo dejó de sonreír y se acercó unos centímetros más a ella.

—No sé si estás loca o eres imbécil —le dijo demasiado cerca de su cara—. Lo que es seguro es que no sabes con quién te la estás jugando. No tienes ni puta idea, ¿verdad?

Marcela se enderezó en el banco de madera y sopesó mentalmente sus opciones. Cualquiera de los dos podía matarla y largarse de allí antes de que alguien se diera cuenta de lo que había pasado. Un puñal, un disparo con un calibre pequeño, un golpe seco en la nuez. Estaba segura de que esos dos conocían muchas formas de eliminar a alguien con discreción.

Pero ella no era discreta. Se puso de pie y se giró hacia el matón que tenía al lado.

—Apártate —ordenó en voz alta—. Me largo.

Varias cabezas se giraron hacia ellos. El tipo que estaba de pie dio un paso a un lado, lo justo para obligarla a deslizarse pegada a su cuerpo. Lo vio sacar una mano del bolsillo del abrigo. Una punta afilada brilló un instante entre sus dedos.

Tras unos tensos segundos, el tipo que permanecía sentado se levantó. Ya no sonreía.

—Nuestros amigos se han cansado de jugar —dijo en un susurro viperino—. Si no haces lo que te han pedido, las consecuencias serán muy graves, tanto para ti como para ese yonqui que tienes por compañero. El plazo cumple mañana —añadió mientras le hacía un gesto con la cabeza a su compañero.

Estuvieron a punto de chocar contra la camarera que le traía la comida cuando enfilaron hacia la calle con paso rápido.

Pidió la cuenta, dejó el dinero sobre la mesa y se marchó sin probar bocado. Había perdido el apetito.

Se encendió un cigarrillo en la puerta del bar mientras miraba a un lado y a otro en busca de los dos matones, pero no vio ni rastro de ellos. En lugar de volver a Jefatura, giró a la izquierda y se internó en el casco viejo. Caminó con paso rápido hacia las murallas y entró sin vacilar en la recepción del hotel en el que se había alojado Miguel. Una vez dentro, buscó la cafetería y pidió un refresco en la barra. El local en la planta baja le ofrecía una buena panorámica de las dos calles y la plazoleta que rodeaban el hotel por tres de sus cuatro costados. No le costó mucho localizar un vehículo que le resultó familiar. Dentro, una sombra parecía observarla.

Fingió hablar por teléfono y luego consultó el correo. La Reinona le había enviado el informe de lo hallado en el móvil de Elur. Abrió el documento y le echó un rápido vistazo. El listado de números a los que la joven había llamado en los últimos días no era muy largo. Los repasó sin dejar de vigilar la calle. A punto estuvo de pasar por alto el nombre del titular de uno de los móviles. Una sola llamada, el mismo día de su muerte.

Domínguez no se había dado cuenta, claro, no lo conocía. Todavía estaría cotejando cada número. Pero ella sí, ella sabía muy bien quién era ese hombre y a qué se dedicaba. Ahora, de pronto, todo tenía sentido. Estuvo a punto de sonreír.

Terminó la bebida, salió del bar y se dirigió a los ascensores. Subió hasta la última planta y buscó las escaleras. Empezó a bajar despacio. Quienes vigilaban el edificio supondrían que estaba con Miguel. Era importante que siguieran pensando que estaba allí.

Salió del hotel con el mismo sigilo con el que había entrado: el justo para que la vieran intentando que no la vieran.

La cabeza le daba vueltas, repleta de imágenes y, por fin, de respuestas. Quedaban lagunas, por supuesto, pero el relato de los hechos empezaba a tener sentido. Nada de pensamientos deslavazados ni de situaciones dispersas y absurdas. No había nada superfluo si se sabía en qué parte del puzle colocarlo.

Damen Andueza observaba a Miguel desde la cocina. El subinspector había encendido la televisión del salón, pero apenas miraba la pantalla, a pesar de que la voz aguda del presentador era un buen reclamo; no había forma de ignorarla.

Había dado buena cuenta de la botella de vino que habían abierto hacía un rato y ahora se entretenía fisgando entre la colección de discos que Marcela había heredado con la casa, igual que la bien surtida bodega.

—Podrías ordenarlos —sugirió Damen mientras batía unos huevos con energía—. Seguro que Marcela te lo agradece.

Miguel soltó una risa hueca y se alejó de los discos.

—Marcela nunca agradece nada —respondió en voz baja.

Damen decidió fingir que no lo había oído y siguió con la cena. Miguel no se había ofrecido a ayudarlo ni él se lo había pedido. Ninguno de los dos estaba para charlas triviales.

Bonachera dio otra vuelta alrededor del salón y levantó la persiana del ventanal para salir al jardín.

—Ten cuidado —pidió Damen de inmediato.

—No hay nadie en la calle —protestó Miguel—. Necesito un poco de aire.

Llevaban poco más de veinticuatro horas en Zugarramurdi, y desde que llegaron no habían puesto un pie fuera de la casa. Todas las persianas permanecían bajadas y estaban utilizando las conservas de su anfitriona. Y su vino.

El teléfono de Damen comenzó a vibrar sobre la encimera.

—Hola —saludó al descolgar.

—¿Cómo va todo? —preguntó Marcela.

—Tranquilos, casi aburridos. Miguel se sube por las paredes —bromeó. El aludido se giró hacia él e intentó sonreír—. ¿Novedades?

—Todavía no, pero no tardaremos mucho. Los tenemos encima —añadió.

—Lo supongo…

—Estad atentos.

Charlaron un par de minutos más antes de colgar.

Luego, Damen miró fijamente a Miguel.

—Deja de beber —le ordenó sin más explicaciones. Bonachera asintió en silencio.

Terminó de preparar la frugal cena y dispuso un par de platos sobre la mesa de la cocina. Miguel se sentó frente a él, pero no tocó la copa de vino.

—¿Va a venir? —preguntó Miguel.

—¿Quién?

—Marcela, ¿va a venir?

—No que yo sepa —respondió Damen—. Es importante que resuelva el caso.

—Vamos, que nos deja a nuestra suerte —masculló. Miró un segundo la copa de vino y la apartó hacia adelante. Damen la cogió y la dejó en la encimera.

Lo miró durante unos segundos. El viento sacudía los postigos de madera y ululaba cuando se arremolinaba alrededor de la puerta. Hojas secas y pequeños guijarros rodaban y revoloteaban sin rumbo, arrastrados por el inesperado vendaval.

—¿Qué quieres decir? —preguntó Damen por fin.

Miguel chasqueó la lengua.

—Ya sabes a qué me refiero.

—No. No lo sé.

Miguel sonrió. Tenía la mirada turbia y le costaba fijarla en un punto. Había bebido mucho antes de la advertencia del foral.

—No importa —dijo por fin. Apartó el plato que Damen le había servido y se levantó de la silla—. Estoy cansado y no tengo hambre. Me voy a acostar.

Rodeó la mesa y se dirigió a las escaleras. Damen lo vio subir despacio cada peldaño, sin soltar la barandilla. Se preguntó cuándo volvería a ver al subinspector que recordaba. Imaginó la presión a la que estaba sometido por culpa de su adicción, las deudas y el chantaje. No debía ser fácil vivir con la incertidumbre de no saber qué iba a ser de él.

Damen suspiró y terminó de cenar.

El teléfono vibró unos segundos. Un mensaje. Lo leyó con el ceño fruncido y subió a buscar su arma.

*

Una vez le contaron que en los lugares en los que el viento era una constante, las tasas de suicidios eran muy elevadas en relación con pueblos y ciudades con una meteorología más apacible. Luchar contra el viento, zafarse de él, ponerlo a favor. Marcela recordaba a un oficial que pasó un par de años destinado en Pamplona. Era manchego, de un pueblo con un nombre curioso que no conseguía recordar. Estaba preocupado por su madre. Decía que el viento la estaba volviendo loca. «Sopla todo el día, todos los días, caliente en verano y helado en invierno. Imagínate, que hasta tenemos que sujetar con piedras las flores en las lápidas del cementerio y con alambres las coronas para que no salgan volando». Leyó que el viento cálido de poniente exacerba las psicosis e induce los ataques de pánico, y que la tramontana o el siroco aumentan el número de agresiones que se producen cuando soplan con fuerza. El viento que cruza los Alpes se llama *foehn*, y provoca jaquecas y fatiga a los habitantes de los valles suizos, y estrés psíquico a los polacos.

El viento siempre deja huella. La tramontana, en la obra de Dalí; el alisio, en los textos de Saramago; y el recio solano manchego, en las películas de Almodóvar.

Marcela intentaba adaptarse al viento. Seguía su recorrido para aprovechar su empuje, se agachaba para sortear las ráfagas más fuertes, se ponía de lado en los cruces de calles para no ser arrastrada por el vendaval.

Pamplona estaba desierta a esas horas de la noche, aunque no lo parecía.

El viento arrastraba papeleras, sacudía las farolas y las señales de tráfico, aullaba, ululaba y hacía vibrar las marquesinas y los escaparates de las tiendas, formando tal alboroto que parecía que cientos de personas se hubieran puesto de acuerdo para salir a la calle y bramar como becerros.

Algo se estrelló contra el suelo un poco más adelante. Cuando llegó, descubrió los restos de una maceta en el suelo. La tierra y las flores que contenía ya estaban a metros de distancia.

Las grandes avenidas del barrio de Iturrama favorecían que el viento circulara con fuerza.

Podía haber ido en coche, pero prefirió caminar. Eso le daría tiempo para pensar con detenimiento en lo que estaba a punto de suceder, podría calibrar todas sus opciones, visualizar las posibles consecuencias y decidir cómo actuar en cada supuesto caso.

Salvo que la mataran antes de que tuviera ocasión de hacer o decir nada.

42

Al principio, Damen no estaba seguro de lo que había oído. Las ramas de los árboles de la calle se colaban por encima de los setos del jardín empujadas por el viento y arañaban la fachada de la casa y las persianas de las ventanas. Podría haber sido algo así. Pero el sonido se repitió de nuevo pocos segundos después, un crujido sostenido y artificial. No era el viento. Era alguien intentando forzar la corredera del jardín.

Avisó a Miguel y juntos bajaron en silencio las escaleras, con las armas en la mano. Se colocaron a ambos lados de la puerta acristalada, protegidos por los gruesos muros de la pared, y aguardaron hasta confirmar sus sospechas. Sobre el estruendo del viento pudieron oír las voces de al menos tres personas y el chirrido metálico de una palanca contra el riel del portón.

—¡Alto! —gritó Damen—. ¿Quién anda ahí?

El golpeteo metálico se detuvo al instante y distinguieron unos pasos raudos que se alejaban. Un segundo después, varios disparos hacían saltar por los aires el cristal del ventanal.

Damen y Miguel se lanzaron hacia atrás para protegerse de la lluvia de esquirlas.

—¡Policía! —gritó Miguel.

La respuesta fue la misma. Una salva de disparos impactó contra los muebles del salón y la pared del fondo.

Damen asomó el arma por un lado del ventanal y empezó a disparar mientras Miguel se lanzaba al suelo y descargaba su arma desde abajo.

Y entonces, apenas dos minutos después de que se hubieran abierto las puertas del infierno, la noche se tiñó de azul y el canto del viento quedó aplastado por el ulular de las sirenas policiales.

—Ya están aquí —bufó Miguel.

—¡Se lo han pensado! —protestó Damen.

Los gritos, las carreras y los disparos se trasladaron a las calles de Zugarramurdi. Con todas las salidas controladas por efectivos de la Policía Nacional y la Foral, los asaltantes no tardaron demasiado en ser detenidos.

Los efectivos de la Unidad de Intervención Policial rastrearon el jardín en busca de explosivos o armas, pero lo único que encontraron fue la palanca con la que pretendían forzar la puerta.

Cuando los autorizaron a encender las luces, Damen y Miguel descubrieron un panorama desolador.

—Marcela nos va a matar —intentó bromear Miguel.

Damen sonrió. Todo había sido idea de ella. La llamada para que localizaran su ubicación, los efectivos escondidos muy cerca de allí, las conversaciones triviales, ante la posibilidad de que contaran con micrófonos de alcance.

El responsable de la unidad se acercó a ellos con el casco en la mano.

—Uno es de los nuestros —les contó con el ceño fruncido.

Damen y Miguel bajaron la vista al suelo. Podía ser, cabía la posibilidad, pero todos confiaban en que un policía no intentara matar a otro.

En ese momento, un grito se impuso al aullido del viento.

—¡Marcela! ¡Marcela!

Los tres hombres miraron hacia la puerta abierta. Al otro lado, debatiéndose entre los brazos de dos agentes, Antón gritaba y lloraba sin consuelo.

—Mierda —bufó Damen, que corrió hacia él.

El joven se lanzó hacia Damen, que lo abrazó con fuerza mientras le repetía una y otra vez que todo estaba bien.

—Marcela está en Pamplona, a salvo —le dijo, confiando en que fuera verdad—. Aquí solo estábamos Miguel y yo. Miguel es un compañero de Marcela. Todo está bien, de verdad, tranquilízate.

—¿Qué ha pasado? —preguntó entre hipidos.

—Unos delincuentes pretendían hacerle daño, pero nos hemos enterado de sus intenciones y los estábamos esperando para detenerlos.

—Han disparado…

—Sí. No pensamos que fueran capaces de hacerlo. Creíamos que saldrían corriendo al vernos y podríamos detenerlos sin más, pero a veces las cosas no salen como esperas.

—Es verdad —reconoció, más tranquilo—. Siento haber gritado.

—No lo sientas. —Damen volvió a abrazarlo. Sus padres observaban a su lado—. Todos nos hemos asustado mucho. —Se separaron y ambos sonrieron—. Será mejor que te vayas a casa. Hace mucho frío esta noche.

—¿Cuándo vendrá Marcela? —preguntó ya junto a sus padres.

—Supongo que pronto, tendrá que arreglar todo este desastre.

Montiel no pudo disimular su sorpresa cuando abrió la puerta de su casa y encontró a Marcela sobre el felpudo. Sin embargo, la conmoción inicial pronto dejó paso a su habitual sonrisa socarrona. Se hizo a un lado y la invitó a pasar. Marcela no lo dudó.

Montiel no tenía intención de pasar demasiado tiempo en Pamplona. No le gustaba la ciudad, ni el clima, ni la gente, así que había alquilado un piso ya amueblado en el que pasar cómodamente el tiempo que estuviera allí destinado. Por eso, cuando Marcela entró en el salón le pareció adentrarse en el desplegable de una revista de decoración. Todo era perfecto y artificial. El mueble lacado en blanco, la alfombra gris perla, los sofás lechosos, los cojines negros, las lámparas plateadas... Supuso que los libros que llenaban la librería también serían de pega, quizá solo unos lomos de falso cuero, o una serie de cajas huecas con aspecto de novela.

—¿Te apetece algo? —le ofreció—. Cerveza, un combinado... ¿Qué era eso que te gusta tanto beber...? ¡Ah, sí! Jagger. No tengo, lo siento.

Montiel hizo un mohín con los labios e inclinó la cabeza a un lado mientras encogía los hombros. Llevaba un pantalón de chándal holgado de color gris claro y una camiseta negra. Incluso él parecía conjuntar con la decoración.

—No quiero nada, gracias —rehusó Marcela—. Solo me quedaré unos minutos.

—No tengas prisa —protestó él, modulando la voz—. Acabas de llegar.

Marcela no se movió, se quedó de pie junto a la puerta del salón. Tampoco se quitó el anorak, ni siquiera se abrió la cremallera. Sabía que Montiel supondría que iba armada, y no se equivocaba, pero imaginó que él esperaba que llevara una pistolera bajo el abrigo, y si este seguía abrochado, impidiéndole un acceso rápido al arma, crearía en él una sensación de seguridad muy conveniente para ella.

En efecto, la recién recuperada arma reglamentaria de Marcela estaba en la sobaquera, pero sus dedos no dejaban de acariciar el cañón de una pequeña Glock 43 que llevaba en el bolsillo.

Montiel extendió un brazo señalando uno de los sofás, pero Marcela se limitó a dar un solo paso adelante, sin aceptar la invitación.

—Tienes que abandonar esa actitud tan arisca —le recriminó Montiel—. Si vamos a trabajar juntos, será más fácil si la relación... fluye entre nosotros.

A Marcela, la sonrisa que acompañó esa invitación le pareció repulsiva. Ignoró las ganas de largarse de allí dando un portazo y respiró hondo.

—No voy a trabajar contigo. Ni ahora, ni nunca —respondió.

Montiel frunció el ceño. La sonrisa desapareció de sus labios y tensó los hombros.

—Doy por hecho que has venido a zanjar el asuntillo que tenemos entre manos. Dame lo que tienes para mí.

—No tengo nada para ti —negó Marcela, cortante.

Montiel metió las manos en los bolsillos del pantalón y bajó los hombros y la cabeza mientras exhalaba un sonoro suspiro.

—No me lo puedo creer, lobita. Pensaba que las cosas habían quedado claras. Te vas a ir a la mierda, lo sabes, ¿no?

Marcela se encogió de hombros y él siguió hablando con voz pausada.

—Eres una buena poli, es una pena que tu carrera acabe tan pronto y de una manera tan… desagradable.

—Lo sé todo —dijo Marcela, ignorando sus amenazas—. Tus trapicheos, el tráfico de drogas, tu red de extorsión. Sé cómo lo haces, sé quién está contigo. Sé cómo mueves el dinero, dónde lo escondes. Y sé cómo vas a terminar. En la misma cárcel que diriges. Será divertido.

—¡Vaya! —Montiel soltó una exclamación seguida de una carcajada corta—. Por cosas como esta me vuelves loco. Eres valiente hasta la inconsciencia. —Dio un paso adelante. Marcela no se movió—. Sabes que este es un partido perdido, pero te da igual. Vamos a acabar contigo, no serás ni un puto chucho cuando esto termine, y yo seguiré mi camino sin mirar atrás.

—Lo dudo —replicó Marcela sin quitarle los ojos de encima. Era evidente que esa no era la conversación que Montiel esperaba tener cuando la encontró en su puerta.

—¿Qué haces aquí? Si no tienes nada para mí, si has decidido jugarte el cuello de la manera más estúpida, ¿a qué has venido?

—A devolverte el favor —respondió ella.

Montiel frunció aún más el ceño. Sin la pátina de gomina en el pelo ni su habitual traje a medida parecía un hombre corriente, casi vulgar. La camiseta de algodón le marcaba una barriga más que incipiente, y los pies descalzos terminaban en unos dedos gordos y redondeados cubiertos de vello negro.

—Estás loca... —dijo Montiel en voz baja.

—Entrégate. Toda la operación va a saltar por los aires. Si te entregas y colaboras, la Fiscalía lo tendrá en cuenta. Si esperas a que vengan a por ti, no tendrás nada con lo que negociar.

—¿Negociar? —bramó Montiel—. Estás loca, ¡estás más loca de lo que imaginaba! Esto es lo que va a pasar —añadió después de dar otro paso hacia ella—. Me vas a dar el puto móvil y después te vas a olvidar de mí, de Bera, de la droga, de la tía muerta y del puto poli gilipollas. Céntrate en tus asuntos, lobita, que bastante tienes, y deja de meter las narices donde no debes. —Montiel extendió la mano con la palma hacia arriba—. Dámelo. Ahora.

Marcela negó con la cabeza.

—No lo tengo —respondió.

Montiel dejó caer la cabeza hacia delante y masculló algo ininteligible.

—Eres más idiota de lo que nunca imaginé —dijo después en voz baja—. Sería tan fácil... Otros con menos aptitudes que tú han demostrado ser mucho más listos. ¿Lo tiene Bonachera? —preguntó un segundo después. Clavó sus ojos en Marcela, esperando una respuesta que no llegó—. Mis hombres lo encontrarán. Como le han encontrado a él, por cierto. —Le dedicó una sonrisa perversa—. Y a tu chico. Lástima...

—Eres un hijo de puta... —escupió Marcela entre dientes.

No podía decir que no esperara lo que sucedió a continuación, pero, aun así, la sorpresa fue un punto a favor de Montiel.

El director de la cárcel estiró un brazo hacia la librería que tenía a su derecha, cogió un objeto de la estantería y lo lanzó contra Marcela.

La pequeña escultura maciza impactó en su cabeza. Marcela sintió cómo se le doblaban las piernas mientras una ráfaga de intenso dolor se apoderaba de su cerebro y le nublaba la vista. Intentó controlar la caída, pero no pudo evitar golpearse con la mesita en la espalda y su cuello dibujó un incómodo y doloroso arco antes de tocar el suelo.

Aturdida, permaneció quieta mientras intentaba evaluar sus lesiones y sus posibilidades de responder al ataque.

—Puta loca —oyó mascullar a Montiel.

Acto seguido, el hombre se agachó sobre ella, le abrió el anorak y sacó la pistola que guardaba en la sobaquera. Luego le palpó la ropa y volvió a insultarla cuando encontró la segunda arma en el bolsillo.

Sentía la sangre deslizarse desde el lado izquierdo de su cara, caliente, líquida y demasiado rápida. Sabía que era muy difícil desangrarse por una herida en la cabeza, pero necesitaba controlar un posible traumatismo o una conmoción cerebral.

Montiel no le dispararía allí, en su casa, con los vecinos a unos pocos metros de distancia. Lo oyó alejarse y luego volver. Abrió un instante los ojos. Se había sentado en el sofá con el móvil en la mano.

—Tienes que venir —dijo cuando contestaron—. Ahora mismo. Pieldelobo está en mi casa… Sí, lo sé… ¡Está loca! Ven —insistió unos segundos después, tajante—. Es tu trabajo.

Dejó el móvil sobre la mesita, junto a las dos armas de Marcela, y se levantó del sofá. Sintió sus pasos cautos acercándose a ella. Se detuvo junto a sus pies y la miró sin ningún recato.

—Qué pena, lobita. Acabar así…

—¿Vas a matarme? —preguntó en un susurro. Cada palabra rebotó dolorosamente en su cabeza antes de salir de su boca.

—Yo no. Esperamos a un amigo.

—Conozco a tu amigo —dijo. Un fino reguero de sangre se le metió en la boca. Escupió en la impecable alfombra de Montiel, que no pudo reprimir una mueca de asco.

—Lo sé. Ha sido divertido.

—Esto no es cosa de un par de días, lleváis mucho tiempo preparando el golpe contra la gente de Bera.

—Dos años —reconoció Montiel—. Dos largos años de trabajo, y casi te lo cargas.

—Y lo que encontramos en aquella nave industrial —siguió Marcela—, donde dimos con el teléfono que nos ha llevado hasta ti, forma también parte de vuestra «pequeña empresa». Coches, droga…, ¿mujeres? Ni tú puedes ser tan cabrón.

Montiel sonrió divertido y movió la cabeza de un lado a otro.

—El truco está en diversificar —respondió.

—Y en buscar los socios adecuados —añadió ella—. ¿De dónde son esos tipos? Te juntas con lo peor, Gerardo. —Aguantó un latigazo de dolor antes de continuar. Cada palabra era una bomba en su cabeza—. Hay pruebas de sobra para encerrarte, y estoy segura de que tus amigos serán muy colaboradores si saben lo que les conviene.

Montiel encogió un hombro y dio un paso hacia ella. Luego inclinó el cuerpo para ponerse a su altura y habló en voz baja:

—No tenéis nada, lobita. Lo sé.

Marcela cerró los ojos un momento y tragó saliva.

—¿Por qué Ribas? ¿De verdad era necesario?

—Puto Ribas —bufó Montiel—. Tu amigo no era ningún santo, ¿sabes? Nadie dudó de que lo que había en la maleta era suyo. Por algo será.

—¿Quién puso la droga en su habitación?

Montiel sonrió.

—Mi socio. Es un tipo de lo más útil. No conozco los detalles, pero hizo un trabajo limpio y eficaz. —Acercó el trasero al borde del sofá y agachó un poco la cabeza hacia ella—. Habría sido genial trabajar contigo. Después de lo que nos pediste para el pequeño de los Aguirre, estaba seguro de que accederías, de que eras una más de nosotros, y ahora…

—Espera…

Montiel frunció los labios en un mohín de desagrado.

—Tarde, lobita. Hasta aquí hemos llegado. Pórtate bien mientras llega mi amigo, no me obligues a pegarte un tiro.

Montiel la miró en silencio mientras se incorporaba poco a poco. Marcela consiguió apoyar la espalda en la pared. Él no movió un músculo para ayudarla, pero tampoco le impidió buscar una posición más cómoda.

Tenía una herida de unos cinco centímetros en la cabeza, medio palmo por encima de la oreja. Ya no sangraba, pero el dolor la sacudía cada segundo, puntual como un reloj. A su lado, la pequeña escultura que Montiel le había lanzado manchaba de sangre la madera del suelo.

El director del centro penitenciario consultaba su móvil cada pocos segundos. Se mesaba el pelo, se secaba el sudor de las manos frotando las palmas contra los muslos y mascullaba insultos y palabras inconexas que Marcela apenas entendía. Al parecer, ya no se divertía tanto.

El tiempo pasaba despacio. De vez en cuando, Montiel se levantaba, se acercaba a la ventana y observaba nervioso el exterior.

—Disfruta de las vistas —dijo Marcela—. Lo que ves será el último espacio abierto que contemples en mucho tiempo.

—Cállate —bufó Montiel. Luego cogió el móvil con rabia y seleccionó un número. Lo mantuvo pegado a su oreja durante unos interminables segundos. Luego colgó y volvió a marcar. De nuevo, nada.

—No va a venir —dijo Marcela por fin.

Montiel levantó la vista y frunció el ceño.

—Que te calles —ordenó.

—No va a venir —repitió Marcela—. Estás solo en esto. Vas a tener que matarme tú mismo. O entregarte.

Montiel se levantó despacio del sofá y se acercó a ella. Por suerte para Marcela, no hizo ademán de coger ninguna de las pistolas que seguían sobre la mesa.

—¿De qué estás hablando? —preguntó, de pie junto a ella.

Marcela dudó. No le convenía provocarlo. En esos momentos, ella tenía las de perder. Herida y desarmada, no era rival para Montiel. Sin embargo, las preguntas llevaban demasiado tiempo aguijoneándole las tripas.

—Tu amigo. Tu socio. Lo que sea. Ya debería haber llegado, ¿no? —Vio la confusión en la cara de Montiel. Dejó que le diera vueltas unos segundos más y luego continuó—: Lo han detenido.

—No sé…

—¿De qué estoy hablando? —acabó Marcela por él—. Hablo del tipo que mató a Elur Amézaga y a Bizen Itzea, el mismo que ahora organiza el tráfico de droga entre Galicia, Bera y Francia, que recluta a los correos, recoge los fardos y recauda la pasta. El tipo al que has llamado para que te haga el trabajo sucio.

—Mientes… —bufó Montiel entre dientes.

Marcela se encogió de hombros.

—¿Cómo os conocisteis? —siguió ella—. ¿Te buscó él, o alguno de los internos mencionó su nombre y viste tu oportunidad? Te codeas con lo peor de cada casa, pero hay que reconocer que la cárcel es un buen lugar para reclutar gente. ¿Qué les ofrecías? ¿Una vida mejor dentro y mucha pasta al salir? Queríais haceros con el tráfico de drogas, apartar a Bizen y controlar el negocio de principio a fin, de Ferreiro a Francia.

Montiel cerró la boca que había abierto sin darse cuenta mientras Marcela hablaba.

—Todo eso… —dijo en voz baja—. Palabras, nada más. Chorradas.

Cortó el aire con un movimiento de la mano y regresó al sofá. Llamó de nuevo, con el mismo resultado, y consultó el reloj. Había pasado más de una hora desde que Marcela se presentara ante su puerta, y unos cuarenta minutos desde que la noqueó. Incluso para él, era demasiado tiempo.

—No sabes nada… —escupió, de nuevo junto a ella.

Marcela sonrió sin separar los labios.

—Tu socio conoce a Ferreiro en persona. Quizá hayan trabajado juntos, o puede que tengan otro tipo de trato, pero lo cierto es que se conocen. También conocía a Elur Amézaga. Veraneaban en el mismo pueblo. Bueno, él vivía allí. No sé cómo no me di cuenta cuando oí a su madre hablar en gallego. Cuando se enteró de los negocios de Bizen, la presionó para que lo ayudara a quedarse con el cotarro. Lo que no sé es quién reclutó a quién, si tú a él, al conocer sus manejos por la zona, o él a ti para cubrirse las espaldas. Eso ya se lo contarás al juez.

—Fue Ribas, ¿recuerdas? Tu adorado Fernando Ribas. Un corrupto, un yonqui, un...

No acabó la frase, no hacía falta. A pesar de todo, Marcela vio que la risa le bailaba en los labios. Sintió la ira revolverse en el estómago y recorrerle todo el cuerpo en forma de inesperada adrenalina.

—Eres un hijo de puta, además de un delincuente. No hacía falta matar a Ribas.

Montiel se giró y se dirigió hacia la mesa. Pareció dudar entre las dos pistolas que tenía delante, hasta que se decidió por la más pequeña. La sopesó unos segundos en la mano y regresó junto a Marcela.

—Ribas era como tú. Un imbécil. Estaba hasta las cejas de deudas, se metía todo lo que pillaba y la metía donde le dejaban. Y aun así, el muy gilipollas sacó a pasear la bandera de la integridad.

—¿Pensasteis que Ribas os ayudaría? —Montiel no contestó—. No lo conocíais. Ribas era policía. Una mierda de persona, pero policía.

Marcela se enderezó un poco y acomodó la espalda. Montiel parecía haber olvidado que tenía un arma. La toqueteaba despistado, sin prestarle atención, concentrado en Marcela.

—La chica nos iba a delatar —dijo Montiel como si hablara para sí mismo. Sus ojos parecían mirarla a ella, pero Marcela sabía que no la veía—. Entonces hablamos con él. Era fácil. La deja acercarse, ella se confía, cree que tiene un aliado y deja de molestar hasta que sea demasiado tarde. Y entonces…

—Pero se negó —intervino Marcela ante su silencio—. Por eso estaba nervioso los últimos días, porque quería pillaros. Y decidisteis matarlos a los dos.

—Yo no decido nada. No he matado a nadie.

—¿Tanto poder tiene tu socio? —le preguntó Marcela. Montiel torció la boca. Eso era un sí—. Te creía con más huevos, la verdad, pero ya veo que no eres más que un mandado. Te ordenó que te deshicieras de Ribas. Supongo que no te costaría encontrar alguien dispuesto a hacerlo. —Montiel la miró en silencio—. Tienes las manos manchadas de sangre —siguió ella—. Estás acabado.

—¡Y una mierda! —exclamó Montiel—. No sabes nada, no tienes ni idea de las personas que hay detrás de esto. Poderoso caballero, ya sabes.

—Me gusta más lo de que a cada cerdo…

No pudo terminar la frase. Montiel se inclinó hacia ella y le propinó una fortísima bofetada. Al instante, la herida comenzó a sangrar de nuevo. Marcela aprovechó la proximidad de Montiel para agarrar la escultura ensangrentada y lanzársela con todas sus fuerzas. Montiel se llevó la mano al hombro que recibió el golpe y se apartó de ella. Marcela impulsó el cuerpo hacia delante y hacia arriba, saltó y alcanzó la mesa. Con su arma reglamentaria en la mano, empezó a darse la vuelta para enfrentarse a Montiel.

El disparo la pilló desprevenida. Se agachó junto al brazo del sofá, devolvió el disparo y se ocultó.

—¡Ahora! —gritó.

Un segundo después, la puerta saltó por los aires y la casa se llenó de figuras de negro cubiertas por cascos opacos y con las armas listas. Montiel dejó la pistola en el suelo y levantó las manos. No quedaba ni rastro de arrogancia en ese rostro de ojos muy abiertos y pelo revuelto.

Marcela se dejó caer sentada en el suelo mientras sus compañeros peinaban la casa. Terminado el registro, pusieron en pie a Montiel y lo condujeron hacia el ascensor. La práctica totalidad de los vecinos estaba en las ventanas o en los descansillos, casi todos en pijama y zapatillas, conteniendo la respiración e intentando averiguar qué había pasado. Cuando vieron a su elegante vecino esposado y escoltado por dos agentes, la conmoción y el miedo pronto dejó paso a un coro de murmullos, comentarios y exclamaciones.

Marcela aceptó la mano que le ofrecía el inspector Montenegro y se puso de pie.

—Nos das mucha guerra, inspectora —bromeó el oficial.

—Agradécemelo —respondió Marcela—, así no os aburrís. ¿Y el otro? —preguntó a continuación.

—Abajo, en el coche. Lo interceptamos a pocos metros de aquí. No ha dicho ni una palabra, por cierto.

—Lo hará —le aseguró Marcela—. ¿Puedo hablar con él?

—Preferiría que te viera un médico, vas a necesitas puntos en esa cabeza.

—Será un momento.

Montenegro habló con alguien por radio y asintió mirándola. Marcela se quitó el diminuto pinganillo de la oreja y la cámara que llevaba camuflada en el anorak antes de salir del piso y se lo entregó al oficial. Sabía que la estaban escuchando en todo momento y que podían ver lo que sucedía, pero habían acordado que no intervendrían hasta que ella se lo indicara. Los avisó cuando Montiel empezó a mirar por la ventana por si algún efectivo era visible, obedecieron cuando les pidió que esperaran y fueron muy rápidos cuando gritó la indicación. Por suerte.

Le dolía la cabeza. El momentáneo alivio que le había proporcionado la adrenalina se evaporó cuando la puerta se vino abajo.

Ya en la calle, saludó a algunos de los hombres de negro y se acercó al furgón oscuro que esperaba a unos metros. Las luces estroboscópicas teñían la noche de azul a intervalos regulares. Le iba a explotar la cabeza.

341

—¿Está esposado? —le preguntó al agente que hacía guardia junto al furgón—. Abra —pidió cuando asintió.

El detenido estaba sentado en el borde del banco metálico. Tenía los codos apoyados en los muslos y escondía la cara entre las manos. Levantó la cabeza y la miró fijamente. Estaba más pálido de lo habitual. Las facciones alargadas, los huesos marcados, los ojos hundidos. Marcela recordó las palabras que Sancho le dedicó a su caballero: «Tiene la más mala figura, de poco acá, que jamás he visto».

—Buenas noches, agente Tobío. Hasta aquí ha llegado su aventura.

43

Damen la miraba apoyado en la pared de la consulta en la que una enfermera acababa de darle a Marcela cinco puntos en la cabeza. Había tenido la consideración de ponerle un poco de anestesia en la zona y le había pinchado un potente analgésico que había mejorado bastante su humor. Aun así, no le hacía ninguna gracia que Damen se quedara allí, con los brazos cruzados y una expresión severa en la cara.

—Me gustaría un poco de intimidad mientras me cosen la cabeza —pidió Marcela.

—Ya he terminado —respondió la enfermera mientras se quitaba los guantes y se marchaba a atender la siguiente urgencia.

Marcela la miró con el ceño fruncido. Y a esa, ¿quién le había dado vela en este entierro?

—No voy a dejarte sola —dijo Damen—. Me he ofrecido voluntario para acompañarte hasta que la investigación concluya. Como precaución.

—¿Te has pasado a los nacionales? Te van a bajar el sueldo…

—¿No te has enterado? Nuestros respectivos cuerpos vuelven a trabajar juntos en el caso. Y también la Guardia Civil.

—Control de daños —comentó Marcela en voz baja.

—Pienso lo mismo —le aseguró Damen—. Nadie sabe qué nombres van a salir a la luz ni de qué organismo, pero es más que probable que los tres tengan efectivos implicados.

Marcela lo miró con el ceño fruncido.

—¿En serio te has presentado voluntario para…?

Damen se encogió de hombros.

—¿Habrías aceptado protección policial las veinticuatro horas?

—No —respondió ella en el acto.

—Lo sabía, y el comisario también, así que pensamos que lo más fácil sería que me quedara contigo. Habrá un coche patrulla dando vueltas cerca de tu casa.

—No necesito nada de eso —protestó Marcela—, no soy una cría, ni tampoco alguien incapaz de cuidar de sí misma.

—Lo sé, todo el mundo lo sabe —suspiró Damen—, pero no podemos descartar que intenten ir a por ti. Consiguieron llegar hasta Ribas dentro de la prisión. Tú eres un objetivo mucho más fácil.

Marcela miró al suelo. Vio las marcas de los pies de Ribas en el jabón, su cara amoratada, la camisa rasgada, y pensó en el miedo que tuvo que pasar, en la angustia que debió sentir mientras el oxígeno se le agotaba.

—A Montiel no debió costarle mucho encontrar alguien que le hiciera el trabajo sucio —murmuró cuando logró expulsar las imágenes de su cabeza—. Héctor era un preso de confianza. Le ordenó que se demorase en la biblioteca. No puedo culparle por obedecer, el miedo es un poderoso subyugante.

—Está dispuesto a colaborar —dijo Damen, refiriéndose al exmarido de Marcela.

—No le queda otra —respondió ella—. La información que me pasó ha sido clave para organizar la operación.

—¿Le has visto de nuevo? —preguntó extrañado.

Marcela lo miró sorprendida. ¿No se lo había contado? Por la cara de Damen, no.

—Se puso en contacto conmigo a través de su madre. Me pedía

un encuentro. Dudé, pero por fin accedí y lo organizamos. Nos vimos en la consulta de un dentista, tuvo que herirse en la encía para que autorizaran la salida sin llamar la atención. Imagino que Montiel estaría muy encima de él.

—¿Puedo preguntar qué te contó?

Marcela se encogió de hombros. No le habían prohibido compartir la información, al menos de momento.

—Me dio un primer esbozo de los negocios que Montiel manejaba desde su despacho. Poco después de que Héctor llegara a Pamplona, Montiel se enteró de quién era y de qué había hecho y lo fichó para que se ocupara de sus finanzas. Organizaron una caja B e incluso una C. Guarda copias de muchos de esos papeles. Los escondía entre los libros de la biblioteca que nadie más que él consultaba. Ya los han recuperado. Hay nombres, contactos, cantidades… Montiel está acabado.

—Me recuerda a *Cadena perpetua* —comentó Damen.

Marcela asintió.

—No descartes que Montiel sacara la idea de la película. No creo que sea tan listo o imaginativo como para que se le ocurra algo así a él solo.

—¿Y el teléfono por el que se ha jugado la vida Miguel?

—A esto me refiero cuando digo que no es tan listo. El teléfono conecta directamente a Montiel con la banda de traficantes y ladrones que cayó en la operación de Montenegro. Y se le ocurrió llamar desde su propio número… ¿Dónde está Miguel? —preguntó, repentinamente sobresaltada.

—Lo he dejado en Jefatura al volver de Zugarramurdi. Lo iban a trasladar al Juzgado, el juez ya le estaba esperando para tomarle declaración. Su colega de la científica, el que sacó el móvil, también está bajo custodia.

Marcela asintió en silencio.

—Y Ribas… —siguió poco después— era a la vez un peligro para ellos y el cabeza de turco perfecto. Tobío no tuvo problemas en acceder al piso y dejar en la maleta el cuchillo con el que mató a Elur y parte de la droga y el dinero que se había llevado de la gruta y de la central eléctrica. Alcolea ha reconocido que habían dejado de ser tan estrictos con las medidas de seguridad como al principio. Creo que les preocupaba más ocultar su relación que controlar los accesos. Además, supongo que después de tres meses estaban convencidos de la solidez de su coartada. Y si dejó alguna pista de su presencia, la pisotearon los efectivos que entraron a por él.

—Quedan muchas preguntas por responder —comentó Damen.

—No me lo recuerdes... —Enderezó la espalda y lo miró unos segundos—. Si tengo que estar encerrada en casa con un guardaespaldas —dijo por fin—, al menos podré instalarme en Zugarramurdi, ¿no?

—Lo consultaré, pero primero habrá que arreglar las ventanas y limpiar el salón de cristales rotos. —Damen se acercó a ella y le retiró con cuidado el pelo para observar la herida—. ¿Te duele?

—Ahora no mucho —reconoció Marcela.

—Te va a quedar una buena cicatriz, suerte que te la tapará el pelo. —Se agachó para darle un beso en la frente—. ¿Nos vamos? Tenemos que pasar por la farmacia para comprar unas cuantas cosas. Estás hecha un desastre.

Damen la ayudó a ponerse el anorak y se ocupó de su bolso. Sus dos armas habían sido requisadas como prueba; tendría que pedir otra cuando se incorporara al trabajo.

Se bajó despacio de la camilla, con cuidado de no hacer movimientos bruscos con la cabeza, y abandonaron juntos el hospital.

Intentaba ser discreto, pero Marcela no podía evitar un pequeño sobresalto cada vez que se cruzaba con Damen por su casa. Él era alto y fuerte, y la casa demasiado pequeña, de modo que su cuerpo ocupaba buena parte del espacio no amueblado.

Llevaban casi cuatro horas en casa de Marcela y Damen seguía buscando su sitio. Se sentía nervioso, incómodo. Como un invitado. «Quizá lo sea», pensó.

Marcela se había tumbado en la cama poco después de llegar. Estaba más cansada que dolorida, gracias en parte a los analgésicos, y no tardó en quedarse dormida.

Damen recogió los restos de la cena tardía que había preparado y se dirigió al dormitorio. Se desvistió en silencio y se metió en la cama con cuidado de no despertarla. Escuchó su respiración. Tranquila, acompasada. Despacio, le puso una mano sobre el pecho para controlar el corazón. Sintió su ritmo suave y regular.

Dejó la mano ahí, sintiendo el latido firme de Marcela, y extendió la otra hacia su cara. Le retiró con cuidado el pelo para descubrir la frente tersa, sin arrugas de preocupación, sin frunces malhumorados. Le acarició el nacimiento del pelo con la punta de los dedos, se deslizó por el lóbulo de la oreja y dibujó el óvalo de su cara hasta encontrar el abrigo del cuello.

El ritmo del corazón de Marcela cambió. Fuerte, un poco más rápido.

Sobre el hombro, siguió el camino que dibujaba la rama retorcida del árbol de tinta, que bajaba sinuoso para rodearle el torso y perderse en la curva de la cintura.

El corazón de Marcela acompañaba el recorrido de la yema de sus dedos. Suave pero decidido.

Damen sintió entonces la mano de Marcela sobre su pecho. Estaba quieta. Pensó que nunca habían estado tan cerca, y se le hizo un nudo en el estómago.

La mano que exploraba el árbol le rodeó la cintura y la atrajo hacia él. Marcela se acercó dócil, sin mover la mano que medía los latidos de Damen.

La besó en los párpados cerrados, en la frente, todavía tersa. La besó en el pómulo, en la mandíbula. En la boca. Los labios de Damen pidieron permiso con pequeños y breves besos hasta que Marcela separó los suyos.

No había compás en sus corazones. Cada uno latía a su ritmo, hablándole al otro, haciéndole promesas, lo que fuera por alcanzarlo.

Damen la acariciaba despacio, pegado a su cuerpo, atento para no hacerle daño, mientras se iban quitando la ropa.

Marcela, incapaz de seguir esperando, lo empujó despacio pero con decisión hasta que quedó tumbado sobre su espalda y se sentó a horcajadas sobre sus caderas.

—No me voy a romper —le dijo entre jadeos—. Vamos.

Una vez más, complacido, Damen obedeció.

Marcela se despertó tarde. Le había costado dormirse después del sexo. La herida de la cabeza había comenzado a palpitarle dolorosamente y acabó por levantarse para fumarse un cigarrillo en el salón. Cuando volvió a la cama, Damen dormía profundamente, así que no le quedó más remedio que intentar relajarse y dormir. No fue tarea fácil. Necesitó otros dos pitillos y un diazepam para lograrlo.

Cuando se levantó, encontró a Damen en la cocina. Había preparado un opíparo almuerzo. Tortilla, pan tostado, piña troceada y mucho café.

—Esto es demasiado —protestó Marcela.

—Lo he hecho para mí —respondió Damen—. ¿Café?

Cogió la taza y el analgésico que le ofrecía y se acercó a la ventana para encenderse un cigarrillo.

Damen la miró de reojo, pero no dijo nada.

—Tengo que ir a ver al comisario —dijo Marcela al cabo de un rato.

—Ha llamado. Te espera a las doce.

Marcela lo miró con el ceño fruncido.

—Guardaespaldas, cocinero y ahora también secretario.

—Y amante, no lo olvides.

Marcela se dio la vuelta para que no la viera sonreír y lanzó el humo hacia la calle.

—Tú y yo también tenemos una charla pendiente —añadió Damen poco después.

Marcela estaba a punto de replicar, pero el zumbido del teléfono se lo impidió.

Era Miguel.

—¿Cómo va esa cabeza? —preguntó.

—Bien, sabes que la tengo muy dura, ¿y tu brazo? —se interesó Marcela.

—Apenas me molesta —le aseguró Bonachera—. ¿Tienes un rato para hablar? —añadió.

—Claro. Andreu me espera a mediodía, podemos vernos después.

Mientras se vestía, Marcela pensó en lo fácil que era malversar el significado de las palabras. Amistad, por ejemplo. O amigo. La amistad ha de ser desinteresada. Sin embargo, millones de personas se llamaban amigos unas a otras solo por conveniencia. Miguel era su amigo. Le dolía su adicción, la afligían sinceramente sus problemas, la angustiaba su futuro, más incierto de lo que él quería hacer ver. Supuso que eso solo se siente por un amigo.

Se abrochó el anorak, se puso los guantes y se dirigió a la puerta, donde ya la esperaba Damen.

—Nunca me acostumbraré a esto —bufó Marcela.

Damen sonrió, pero no dijo nada.

44

García le hizo una seña con la cabeza para que pasara directamente. Tocó a la puerta con los nudillos y entró. El comisario la esperaba sentado a su mesa.

Se levantó para saludarla y Marcela estrechó la mano que le ofrecía desde el otro lado del escritorio.

—¿Qué tal se encuentra? —preguntó Andreu.

—Mejor, gracias.

Andreu la miró un largo momento antes de continuar.

—Las cosas han salido bien, pero podían haber salido muy mal.

—Lo sé, jefe.

—Valoro enormemente el paso que dio al hablar conmigo. Es lo que tenía que hacer, y lo hizo. Sin subterfugios, sin intentar arreglárselas sola.

Una de cal.

Marcela esperó la de arena.

—Sin embargo, nos habríamos ahorrado muchos problemas si esos... delincuentes —añadió tras una duda— no hubieran tenido motivos para chantajearla. Eso es muy grave, inspectora.

—Me habría entregado a las autoridades antes que acceder a sus exigencias —aseguró Marcela lo más calmada que pudo—. Se lo dije la última vez que me senté en esta misma silla. Le ofrecí mi placa y mi confesión. Sigo haciéndolo.

—Las cosas han salido bien —repitió el comisario—. Vamos a dejarlas como están. Los detenidos están colaborando con la justicia. Hemos desarticulado todo el aparato de Ferreiro en España y en Francia, y la Guardia Civil se ha incautado de cientos de kilos de droga.

—¿Cuántos de los nuestros…?

No hizo falta que Marcela terminara la frase. Andreu bajó la cabeza y soltó aire.

—Al menos cinco efectivos de la Policía Nacional en varias comisarías, dos forales y seis guardias civiles. La investigación continúa. —Andreu pasó un par de papeles y la miró de nuevo—. Bien. Declarará sobre lo ocurrido, incluido el intento de chantaje, pero explicará que su encuentro con el traficante formaba parte de una operación autorizada por mí.

—Jefe…

Andreu levantó una mano.

—No tengo ganas de discutir. Le he dado muchas vueltas y no veo la necesidad de que se arroje usted a las llamas. Nadie gana nada si confiesa lo que hizo. Montiel ya lo ha soltado, por supuesto, y el juez debe investigar esa acusación. Hasta que todo se resuelva, queda usted bajo mi estricto mando y supervisión. Decidiré en qué casos participa y en cuáles no, cuándo se queda en la oficina o incluso en casa. Lo que hizo…

No terminó la frase. Había matado a un hombre. A un asesino, en realidad, y con su muerte castigó por extensión a toda la familia Aguirre, tan culpables como Alejandro.

—Debo decidir si lo que hizo es compatible con su trabajo aquí —acabó por fin—. No sé si la quiero en mi comisaría, inspectora. No sé si es de fiar, si seguirá las normas y la ley o si cuando se vuelva a topar con un muro, intentará derribarlo a cañonazos. Lo que hizo es intolerable, y aunque la justicia no la castigue, usted y yo sabremos siempre que no es una buena persona ni una buena policía.

—Jefe… —empezó a decir Marcela. No tenía intención de excusarse, solo de ahorrarle un discurso que ella se había repetido a sí misma infinidad de veces.

Andreu levantó la mano.

—Esta institución ya ha sufrido bastante. Hay policías detenidos, y aunque pronto se demostrará que el inspector Ribas era inocente, su nombre siempre estará asociado a este asunto tan feo.

Marcela frunció el ceño al escuchar el eufemismo. «Este asunto tan feo» incluía la vida de tres personas.

—Por eso —siguió el comisario—, he decidido no dar curso a ninguna denuncia contra usted. La grabación que esgrime Montiel no sirve por sí misma como prueba, ni siquiera demuestra que fuera usted la que habla y, desde luego, el objetivo de esa sustancia no tuvo por qué ser el joven señor Aguirre.

Marcela ya contaba con eso, formaba parte de su defensa. Lo que no esperaba era lo que llegó a continuación.

—Y además —añadió Andreu—, la familia Aguirre prefiere dejar las cosas como están. El señor Aguirre no quiere que el nombre de su hijo y el de su familia vuelvan a los titulares. Prefieren pasar página y recuperar su vida.

—¿Ha hablado con él? —preguntó Marcela, atónita. El comisario le había consultado los pasos a dar.

—Así es, y prefieren no dar crédito a las acusaciones de Montiel, a pesar de que están de acuerdo conmigo en sus… defectos, inspectora.

—Vamos, que estoy en deuda con ellos —bufó Marcela.

—Es una buena manera de verlo, sí. Y conmigo, por supuesto. Espero que no lo olvide y que se comporte de aquí en adelante. Bien —concluyó el comisario poniéndose de pie—. Descanse, cuídese y acuda a todos los requerimientos. Tenemos su declaración, pero la investigación va a ser larga y complicada. Los tres cuerpos vamos a trabajar a una —añadió en voz un poco más baja.

Marcela también se puso de pie y siguió a su superior hacia la puerta.

—Cuídese, inspectora —repitió Andreu. La miró, posiblemente esperando un «gracias», y frunció el ceño al no conseguirlo. Se giró con rapidez, entró en su despacho y cerró la puerta.

Damen accedió a regañadientes a dejarla sola con Miguel, aunque se negó a marcharse a ninguna parte y se sentó en un taburete en la barra del bar. Ellos ocuparon su mesa habitual, a medio camino entre la puerta y el baño, pegada a una pared que necesitaba una buena limpieza. Desde donde estaba, Damen era poco más que una sombra, aunque intuía su ceño fruncido cada vez que miraba en esa dirección. Al final, Marcela decidió cambiar de silla y ocupar la de enfrente, de espadas a él.

Miguel llegó un par de minutos después. Saludó a Damen y se dirigió a la mesa donde Marcela aguardaba con dos cervezas recién servidas.

—A tu salud —brindó con la jarra alzada en cuanto se sentó.

—A la tuya —respondió Marcela, imitando su gesto. Luego lo observó sin disimulo. Miguel lucía su habitual sonrisa en los labios. Iba aseado y perfectamente vestido, con su indumentaria acostumbrada, elegante e informal y una gabardina verde sobre los hombros. A pesar de su impecable aspecto, Marcela fue consciente del tamaño de sus pupilas, del leve temblor de su mandíbula y de la absurda frecuencia con la que se frotaba las manos.

—Los de la científica se han quedado con la tarjeta SIM de mi móvil, la han recuperado del hotel —explicó.

—¿Has hablado con Asuntos Internos? —preguntó Marcela.

Miguel asintió con la cabeza.

—Suspensión cautelar —dijo a continuación—. Me mandan a la nevera hasta que se resuelva la investigación, y luego…, quién sabe. Si me condenan por robo y alteración de pruebas me pueden caer de seis meses a dos años. En cualquier caso, estoy acabado.

A pesar de sus palabras, no parecía demasiado afligido.

—¿Estás bien? —quiso saber Marcela.

—No lo sé. Por un lado, estoy contento de que todo haya terminado. Estos días... He temido por mi vida. Por la de los dos, en realidad. Ese juego del gato y el ratón no va conmigo, ha sido horrible. Intentar evitar el castigo ha sido más duro que asumir que me han pillado. Me siento aliviado. —Bebió un largo trago de cerveza y la miró sonriente—. Creo que cambiaré de aires, jefa. Buscaré un sitio cálido en el que calentarme los huesos y volver a empezar.

—Hablas como un viejo... —protestó Marcela.

—No, no es eso, pero necesito ser realista. Puedo alquilar el piso, vender algunas cosas y trasladarme a Barcelona, por ejemplo. Algo encontraré.

—Mucha humedad —bufó Marcela—, demasiado calor.

—Buscaré un apartamento pequeño en un pueblecito de la costa.

—Eso no va contigo, Miguel. Quédate hasta ver en qué queda esto.

—¡Soy culpable! —exclamó, desesperado—. Lo hice, robé ese teléfono y se lo habría dado a Montiel si no llegas a intervenir. Y además, involucré a otro policía que también va a perder su trabajo. Tiene familia...

—Nadie le puso una pistola en la cabeza para que cogiera el móvil...

—Tú más que nadie deberías ser comprensiva y tolerante con las debilidades humanas —la reprendió Miguel.

Tenía razón.

—Sé que intentas animarme —siguió Bonachera—, pero no te preocupes. Soy abogado, tengo un máster en Criminología y otro en Conducta Criminal. Se me van a rifar los bufetes más importantes.

Marcela lo miró con severidad.

—Tendrás que hacer algo con tus vicios para no volver a cagarla.

—Le dijo el ciego al tuerto —se burló Miguel—. Sé lo que tengo que hacer, me conozco la teoría al dedillo. Paso a paso, ¿vale? Primero cruzaré este charco, luego el otro, y así no me caeré en un pozo de mierda.

Marcela levantó las manos en señal de rendición. No quería discutir con Miguel. Lo miró largamente a los ojos y relajó las facciones.

—Para lo que necesites —le dijo sin más.

Miguel suspiró y pidió otras dos cervezas.

—Lo sé.

Había una cosa más que tenía que hacer y con la que, para variar, Damen estuvo de acuerdo. A primera hora de la tarde, se acomodó en el asiento del copiloto y pusieron rumbo a Bera una vez más.

Una joven agente los saludó en la recepción del puesto de la Guardia Civil. El sargento estaba en su despacho y podía recibirla, así que Damen se sentó en una silla de la entrada y Marcela se dirigió hacia la oficina del responsable del puesto.

Encontró a Salas sentado tras el escritorio, revisando una pila de papeles que se inclinaba peligrosamente hacia un lado. Se levantó al verla, pero no la saludó ni le ofreció la mano. Señaló una silla y volvió a sentarse. Marcela se acercó y se sentó también.

El sargento tenía mala cara. A primera vista, su aspecto general era impecable, como siempre, pero Marcela distinguió el brillo de unos ojos con falta de sueño, una barba rasurada a toda prisa, el cuello de la camisa sin terminar de encajar en la chaqueta. Bajo la mesa, movía la pierna rápidamente arriba y abajo sin despegar el pie del suelo, una vía de escape para el exceso de nerviosismo.

Pasó un último documento de una pila a otra y la miró en silencio. Tardó un minuto eterno en empezar a hablar.

—¿Desde cuándo lo sabía? —preguntó por fin—. Lo del agente Tobío, ¿desde cuándo lo sabía?

La voz del sargento sonó dura, cortante. No le estaba pidiendo información; le exigía explicaciones. Marcela enderezó la espalda y lo miró de frente.

—Su número aparecía en el listado de llamadas del móvil de Elur. Hablaron el día de su muerte. El resto de las comunicaciones las hicieron con un segundo móvil. Se conocían —añadió—, y Tobío también conocía a Ferreiro, las madres de ambos son primas.

—Pero no me lo dijo, prefirió guardárselo para usted, llevarse la gloria y hundirme a mí —respondió él, escupiendo las palabras entre los dientes apretados. Apenas levantó el labio superior para hacerse entender, como un perro furioso elevando los belfos.

Marcela lo escuchó con el ceño fruncido.

—Usted no hizo su trabajo —contraatacó ella—. Me cuesta creer que no atara cabos, que no viera las coincidencias. Insistió una y otra vez en culpar al inspector Ribas.

—¿Qué está insinuando? —bufó Salas.

—Nada, no insinúo nada. No era mi responsabilidad avisarle a usted, eso deberían haberlo hecho nuestros correspondientes superiores. Pregúntese por qué no lo hicieron.

—¿Intenta meterme en el mismo saco que a Tobío?

—¿Lo está?

—¡Por supuesto que no! —gritó—, ¿cómo se atreve?

—Pues entonces —le cortó Marcela—, no tiene de qué preocuparse.

Salas pareció desinflarse. Hundió los hombros, bajó la mirada y contuvo el repiqueteo del pie.

—Todos estamos bajo sospecha —dijo, más calmado.

—Es el protocolo —le aseguró Marcela.

—Lo sé, lo sé, pero aun así, esperaba un mínimo de confianza.

Marcela no dijo nada. Salas debía demostrar su inocencia por encima de toda duda, la carga de la prueba estaba sobre sus hombros. No sería fácil. Inspeccionarían cada documento, cada orden, todas sus cuentas, los teléfonos… Pondrían su vida patas arriba. Como habían puesto la de la viuda de Ribas.

—Tobío fue muy inteligente —siguió Marcela—. Controlaba a la joven Amézaga, supongo que a base de amenazas, dosificaba la información que les llegaba a los compañeros infiltrados a su conveniencia y se buscó unos socios muy poderosos. Gerardo Montiel se encargó de Ribas cuando Tobío decidió quitárselo de en medio. Elur pensaba hablar con él, así que los dos eran un peligro. Y Bizen Itzea… —continuó—, bueno, necesitaba apartarlo, era un rival que no se quedaría quieto mientras otro se apropiaba del negocio.

—Algunos miembros de su partido siguen sin creerse la versión oficial —dijo Salas.

Marcela se encogió de hombros. No le sorprendía. Nadie quiere creer que uno de los suyos es capaz de cometer determinados actos. Tampoco la policía, como organización, llevaba bien que un efectivo se pasara al otro lado.

—Supongo que ha venido a que le pida disculpas —siguió el sargento tras un instante.

—No, en absoluto —le aseguró Marcela—. He venido a responder a sus preguntas, si las tiene. Las dudas nos pudren por dentro.

El sargento la miró confuso, sorprendido.

—No tengo preguntas, al menos no de momento —dijo—, pero le agradezco el detalle. —Luego sonrió unos milímetros antes de seguir hablando—. Y le ofrezco mis disculpas. Lo siento, inspectora, he sido un completo imbécil.

45

En ocasiones, la carretera que unía Bera y Zugarramurdi dejaba de merecer ese nombre. Durante largos tramos, la vía se estrechaba hasta la mínima expresión y se convertía en una serpentina de asfalto agrietado que ascendía una montaña interminable.

Damen conducía tranquilo, relajado. De vez en cuando comentaba algún aspecto del paisaje o le contaba una anécdota del pueblo que estaban atravesando. Marcela asentía en silencio o le ofrecía media sonrisa ladeada.

Antón los esperaba en casa. Había encendido la calefacción y aguardaba sentado en el salón, con Azti a sus pies. El perro brincó hacia la puerta en cuanto Marcela metió la llave. Cerró un momento los ojos, respiró profundamente y entró. Al instante, las patas negrísimas de Azti saltaron hasta su pecho.

—¡Quieto! —le ordenó Antón—, le vas a hacer daño, perro loco.

Azti corrió hacia Antón y luego hacia Damen, que acababa de entrar con las bolsas que traían.

Marcela miró a su alrededor. El seguro se había encargado de reponer las vidrieras del jardín y de enviar un equipo de limpieza. Solo algunas muescas en la pintura de la pared y un agujero en el cojín del sofá recordaban lo sucedido.

La inminente presencia de una cuadrilla de albañiles y pintores fue una de las razones que los impulsó a conducir hasta Zugarramurdi a pesar de la hora y el cansancio. Esa, y que Marcela seguía sin acostumbrarse a la apabullante presencia de Damen en su pequeño apartamento y ella se negaba a instalarse en el piso de él.

—Gracias por esperarnos hasta tan tarde —le dijo a Antón—, espero que mañana no tengas que madrugar demasiado.

—A las siete, como todos los días, pero no es tan tarde, solo son las diez. No me voy a la cama hasta las once por lo menos.

Marcela sonrió y acarició la cabeza azabache de su perro, que jadeaba pegado a sus piernas.

—Os he traído una tortilla de patata —siguió Antón—. La ha hecho mi *ama*, le salen de muerte.

—Acabas de alegrarme la noche —sonrió Damen.

—Lo sé —le devolvió él.

—¿Te quedas un rato? —le invitó Marcela.

—No, no. Tengo que preparar la cosas para mañana y recoger lo que me toca en casa.

—Como quieras, hasta mañana entonces.

Antón acarició al perro entre las orejas y le susurró algunas frases en euskera.

—No alecciones al perro a mis espaldas —bromeó Marcela.

—Le he dicho que no muerda los cojines. Se ha cargado todos los que tenía en el *txoko*.

—Los muerde porque no te entiende —siguió ella.

—¿Por eso muerdes tú también? —le soltó Antón con una sonrisa de oreja a oreja.

Damen lanzó una carcajada a la que pronto se sumó la del propio Antón.

Marcela los miraba perpleja mientras Damen le palmeaba la espalda a su vecino y amigo.

—¿Eso es lo que le enseñas? —le preguntó a Damen.

—No —negó Antón—, eso lo aprendo de ti. *Agur!*

*

Cenaron en silencio y subieron a la habitación. Marcela se sentía exhausta, pesada; le costaba moverse. Arrastró los pies hasta la cama y se dejó caer de espaldas. Damen se sentó a su lado, en silencio. Marcela sintió que se agachaba y empezaba a quitarle la bota. Se incorporó de un salto y apartó la pierna de él.

Se miraron un instante. Él, con el ceño fruncido y un mohín entristecido; ella, consternada y ofendida.

—No tienes que cuidar de mí —dijo por fin.

—Lo sé.

—No quiero que cuides de mí —modificó Marcela.

—También lo sé —respondió Damen en voz baja. Luego se levantó de la cama y se sentó en la silla junto a la pared—. Dime —siguió poco después—, si fuera al revés, si yo estuviera herido y cansado, ¿me ayudarías? —La vio asentir con la cabeza—. Claro que lo harías, y yo no me sentiría insultado ni menospreciado. Pero tú sí, tú crees que todo lo que hacemos por ti es porque pensamos que no eres capaz, y no es así. Nadie te menosprecia, no tienes que demostrarnos nada, pero haces que sea muy difícil estar contigo.

—No obligo a nadie a quedarse —protestó Marcela.

—¿Lo ves? Ahí está otra vez. Antón tiene razón, no entiendes a la gente, o no nos quieres entender. —Se levantó de la silla y se acercó a ella, aunque se cuidó de no tocarla—. Yo te quiero, he dejado muy claras mis intenciones contigo, pero sigo sin saber qué piensas tú, qué quieres. No bajas la guardia, siempre estás a la defensiva, no te relajas ni un instante. Y antes de que digas nada, estoy aquí porque quiero, e intento ayudarte porque soy tu amigo, sin segundas intenciones.

—Ya sé que no tienes segundas intenciones, pero...

—Pero ¿qué? —insistió Damen ante el silencio de ella.

Marcela se levantó y se alejó unos pasos de él.

—No has dicho nada de lo que ha pasado, de lo que sabes... De lo que hice.

Damen miró al suelo un instante.

—Estaba esperando el momento oportuno —reconoció.

—Y yo estoy esperando ese momento, porque creo que será el último que te vea.

Damen se calló, y Marcela sintió cómo le hervía la sangre por dentro.

—Vamos —dijo en voz alta—. Habla, di lo que tengas que decir.

—¿Qué quieres que diga? —respondió él en el mismo tono—, ¿que no me gusta lo que hiciste?, ¿que nunca pensé que fueras capaz de algo así? Bingo —exclamó con las manos en alto—. Si alguien me hubiera dicho que harías lo que hiciste, le habría partido la cara. Tienes tus cosas —continuó derrotado—, pero nunca pensé que fueras capaz de participar en la muerte de una persona. ¿En qué estabas pensando? —le preguntó, inclinándose hacia ella—. O a lo mejor es que simplemente no pensabas.

Marcela no reculó. Lo miró y levantó la barbilla. Respiró despacio, intentando concentrarse en lo que quería decir y en lo que debía quedarse dentro.

—No me siento orgullosa de lo que hice —empezó—, y no me preguntes si volvería a hacerlo, porque no lo sé. Podría explicarte por qué lo hice entonces. Mi impotencia, la arrogancia de Alejandro Aguirre, la seguridad con la que su padre me echaba a la cara su inviolabilidad. —Se detuvo un instante y se obligó a calmarse—. Por si no lo sabes —continuó con los puños apretados—, Andreu le ha llamado antes de tomar su decisión sobre mí, es él quien ha resuelto que no quiere sacar el tema a la luz, que sería demasiado dañino para su reputación y sus negocios. Por eso no me echa, por eso harán caso omiso de las acusaciones de Montiel y las rebatirán tachándolas de falsedades. Por eso tengo el apoyo del cuerpo, porque los Aguirre así lo han decidido.

—No tenía ni idea —reconoció Damen, más calmado.

—Pero no finjas que te sorprende.

Él no respondió.

Marcela dio un par de pasos hacia un lado y luego regresó al mismo sitio.

—No estoy orgullosa de lo que hice —siguió—, como de tantas otras cosas. Soy experta en joderlo todo. Lo único que puedo decir en mi defensa es que, en aquel momento, me pareció la única salida posible y la tomé. No sé si volvería a hacerlo —repitió—, no sé si me arrepiento o no, pero cada vez que pienso en ello veo el cadáver de Victoria García de Eunate en el vertedero, a su hermana desangrada en el suelo y a su bebé, que no tenía ni un año, asfixiado en su cuna. Veo eso y decido que Alejandro Aguirre está mejor muerto.

—Nosotros no podemos decidir nada.

—¿Por qué te incluyes? —le preguntó Marcela—. ¿Alguna vez has tenido que contenerte para no matar a alguien?

Damen la miró con tristeza.

—Tu problema, Marcela, es que te crees única. Solo a ti se te retuerce el estómago ante las injusticias, solo tú rechinas los dientes cuando tus superiores te ordenan cambiar el curso de una investigación, o detenerla. Solo a ti te afectan las muertes, los dobles raseros, la falsa justicia, la impunidad —añadió en voz cada vez más alta mientras extendía los dedos de su puño cerrado—. Siento decirte que te equivocas. A todos nos hierve la sangre ante determinadas cosas. Lo que nos diferencia es que yo no me tomo la justicia por mi mano, sigo las normas y las aplico, y espero que los jueces hagan su trabajo.

Marcela cerró los ojos, bajó la cabeza y la movió de un lado a otro.

—Yo no soy una justiciera. Siempre he cumplido las normas, acato las leyes. Fue solo… —Extendió las manos, impotente, incapaz de explicar lo que sentía—. No intento justificarme. En cualquier caso, tendré que aprender a vivir con ello. —Dio un paso adelante y se acercó a Damen. Buscó sus ojos antes de seguir hablando—. Tú tendrás que decidir si puedes vivir conmigo.

Damen le sostuvo la mirada unos segundos. Luego bajó la cara y suspiró largamente.

—Descansa —le dijo—, ha sido un día largo. Dormiré en el sofá.

Jamás, en toda su vida, Marcela se había sentido más sola que mientras veía a Damen recoger su neceser del baño y sacar una manta del armario. Sintió la soledad extender sus brazos y rodearla con ellos. Estrangularla. Y, sin embargo, era incapaz de hablar, de explicarse, de pedirle que se quedara. Benedetti escribió que después de la alegría, de la plenitud, del amor, viene la soledad, pero Marcela ni siquiera había alcanzado esas cotas. Estaba sola. Sin asideros, sin nexos con nadie, con nada. Los metros que los separaban estaban hechos de soledad. Cada paso de Damen en dirección a la puerta agrandaba su soledad, ensanchaba el espacio entre ellos hasta colocarlos en galaxias diferentes.

Nunca pensó que la soledad doliera tanto, a ella, que procuraba apartarse de la gente, que lanzaba zarpazos a diestro y siniestro a quienes pretendían acompañarla. Pero dolía. Se estaba asfixiando con las palabras que no había dicho. Y ya era tarde.

Lo vio salir de la habitación y dejarla atrás, sola y en silencio.

Nunca pensó que la soledad pesara tanto. ¿Por qué apenas podía levantar los pies del suelo? ¿Por qué su cuerpo le gritaba que lo dejara caer?

Por una vez, obedeció. Se sentó en la cama y se deslizó hasta que su cabeza tocó la almohada. Ni siquiera tenía fuerzas para extender el brazo y apagar la luz. No tenía fuerzas para cerrar los ojos e intentar dormir.

Simplemente, dejó pasar el tiempo.

Marcela bajó en silencio las escaleras. No sabía qué hora era ni cuánto tiempo había pasado desde que Damen la dejó sola en la habitación.

No se oía ningún ruido en el salón.

La madera crujió ligeramente cuando llegó abajo. Hacía frío y ella iba descalza, pero no le importó. La luz que se colaba a través del ventanal del jardín le permitió distinguir a Damen tumbado en el sofá. Se había tapado con la manta y respiraba tranquilo, con los ojos cerrados. Parecía dormido. A sus pies, Azti roncaba con suavidad.

Se acercó despacio al sofá, intentando no hacer ruido. Observó a Damen y lo echó de menos. Recordó sus palabras. «Te quiero, Marcela». ¿Le había dicho ella alguna vez que le quería? Sospechaba que no, nunca. Y lo cierto era que le quería.

Dobló las rodillas y se sentó en el suelo. Luego se abrazó las piernas para intentar darse calor y apoyó la cabeza en el sofá, cerca de Damen, aunque sin tocarlo. Azti se removió un segundo y volvió a dormirse. Damen no se movió.

Se quedaría solo unos minutos, lo justo para recuperar el ánimo y decidir qué haría al día siguiente. Lo justo para no sentirse tan dolorosamente sola durante un par de minutos, puede que cinco.

Sintió una mano sobre su cabeza, unos dedos perdiéndose entre su pelo. Cerró los ojos y esperó. ¿Debería irse? ¿Estaría Damen empujándola, echándola de su lado?

Con la otra mano, Damen levantó la manta mientras impulsaba su cuerpo hacia atrás.

—Ven —dijo simplemente.

Marcela se levantó despacio del suelo y se tumbó junto a Damen en el sofá, su espalda pegada a su pecho, la cabeza bajo su barbilla. Damen estiró el brazo y la tapó y abrazó en el mismo movimiento.

La soledad escapó bajo la manta, pero se quedó ahí mismo, agazapada, esperando su momento, segura de que llegaría, convencida de su victoria.

Pamplona, 29 de agosto de 2022

AGRADECIMIENTOS

Tengo que confesar que cuando inicié la maravillosa aventura de escribir nunca imaginé que llegaría a redactar los agradecimientos de mi sexta novela. Por eso, hoy tengo que empezar por vosotros, por los lectores y lectoras que me lleváis en volandas, que leéis y vivís las historias que yo imagino, que me sonreís en las presentaciones, que me pedís una foto, una firma, que me urgís a publicar la siguiente cuanto antes. ¡Gracias!

Escribir es un oficio solitario, pero cuento con muchas manos que me ayudan a llegar a buen puerto, empezando, por supuesto, por mi familia. Mi madre, contra viento y marea; mis hermanos, empeñados en hacerme reír a carcajadas (y lo consiguen, ¡vaya que si lo consiguen!); mis sobrinos, que me regalan cálidos abrazos y un montón de besos; mis cuñados y cuñadas, que son hermanos, y lo saben (lo sabéis).

Y a mi lado, siempre, en todo momento, mi marido, mi hija y mi hijo, los pilares que me sustentan, el combustible que me pone en marcha. Santos, Eva e Iker. Escuchan sin rechistar mis monólogos interminables sobre la trama, los personajes, las dudas que me asaltan, el avance del caso... Escribir es menos solitario cuando alguien te prepara un café, caliente en invierno, con hielo en verano, para que pueda seguir avanzando. Gracias.

Hablando de familia, tengo que citar aquí al impresionante equipo que trabaja en HarperCollins Ibérica. Es reconfortante y tranquilizador saber que estáis ahí, dando forma y vida a estas páginas. Gracias a todos, del primero al último.

A mis lectoras y lectores cero (Pilar de León, María Ángeles Rodríguez, Charo González, Montse Bretón, Beatriz Etxeberria, Ricardo Bosque, Joan Bruna y Sandra Bruna, la mejor agente del mundo). No os imagináis lo importantes que son para mí vuestros comentarios y aportaciones, sois una parte importante del resultado final, así que gracias, de corazón.

Finalmente, a todos lo que respondéis a mis dudas con paciencia y cariño. Sois muchos, todos imprescindibles para dar vida a Marcela Pieldelobo.

Si queréis, nos vemos en la próxima.

Printed in the USA
CPSIA information can be obtained
at www.ICGtesting.com
LVHW090359311223
767801LV00001B/3